比较文学与世界文学 研究丛书

主编 曹顺庆

二编 第 **14** 册

再现中国
——十九世纪英国的中国旅行写作研究

徐笑笑 著

花木兰文化事业有限公司

国家图书馆出版品预行编目资料

再现中国——十九世纪英国的中国旅行写作研究／徐笑笑 著
－－初版－－新北市：花木兰文化事业有限公司，2023〔民
112〕
目 2+260 面；19×26 公分
（比较文学与世界文学研究丛书 二编 第 14 册）
ISBN 978-626-344-325-9（精装）
1.CST：旅游文学 2.CST：文学评论 3.CST：比较研究
810.8   111022117

ISBN-978-626-344-325-9

9 786263 443259

比较文学与世界文学研究丛书
二编 第十四册   ISBN：978-626-344-325-9

再现中国
——十九世纪英国的中国旅行写作研究

作　　者 徐笑笑
主　　编 曹顺庆
企　　划 四川大学双一流学科暨比较文学研究基地
总 编 辑 杜洁祥
副总编辑 杨嘉乐
编辑主任 许郁翎
编　　辑 张雅淋、潘玟静 美术编辑 陈逸婷
出　　版 花木兰文化事业有限公司
发 行 人 高小娟
联络地址 台湾 235 新北市中和区中安街七二号十三楼
　　　　 电话：02-2923-1455／传真：02-2923-1452
网　　址 http://www.huamulan.tw 信箱 service@huamulans.com
印　　刷 普罗文化出版广告事业
初　　版 2023 年 3 月
定　　价 二编 28 册（精装）新台币 76,000 元   版权所有 请勿翻印

再现中国
——十九世纪英国的中国旅行写作研究

徐笑笑 著

作者简介

徐笑笑，文学博士。毕业于首都师范大学比较文学与世界文学专业，曾于意大利威尼斯大学（Università Ca' Foscari Venezia）交换学习。现为中国国家开放大学（The Open University of China）文学院讲师、副院长，主讲"外国文学""中文学科论文写作"等课程。主要研究领域为中外文学及文化关系、海外汉学，以及文学的远程教育。公开发表论文多篇，参编教材和专著两部。

提　要

　　十九世纪英国人创作了诸多关于中国的旅行写作，这些作品涉及鸦片战争等中英交往史中的重大事件，也创造了关于中国政治、地理、社会、科技、哲学和人民生活的大量知识，在构建英国人对中国的认知传统上扮演了关键角色。

　　本书第一章考察英国第一批访华外交团成员的出使叙事。他们几乎都将清朝描写为停滞落后和傲慢排外的东方专制主义典型，而将英国确认为自由先进、高贵正义的使者，不仅为政府提供了情报，也为发动对华战争提供了理论和道义依据，旅行写作兼具诗性与政治性在此有充分体现。

　　第二章分析远征记事，以揭示帝国主义和人道情感在战争经验写作中的独特表现。参与对华事务的外交官、军人和领事尽管坚信所有战事都是由清政府"背信弃义"所引发，远征中国是在维护国家尊严和保护侨民，然而同时，亲历远征的经验也引发了人道反思，对清政府感到遗憾和对中国人民同情的表述，也最早出现在亲睹战争之残酷与劫掠之可耻的旅行者笔下，私人日记和书信里流露的矛盾感受，构成了对英帝国殖民正义宏大叙事的反话语。

　　第三章解读社会观察类写作，在这些观察家眼中，中国固有的民族文化导致社会邪恶横生，非学习和接受西方物质文明与基督教无以得救。这类叙事充满了启蒙话语与殖民话语，这一特征长久存在于英国人看待中国的态度中。

　　最后一部分聚焦那些出于个人兴趣在中国自由行走和写作者的作品。他们喜爱中国"如画"的风光，迷恋中国的艺术品，赞赏中国的传统文化，对中国既有反对和批评，也有支持和欣赏，体现了旅行写作的包容性。

　　旅行写作既反映被观察者的部分现实，也反映观察者对本国的反思和焦虑。以帝国和现代性为中心的想象使这些文本充满启蒙与殖民话语，体现了英国旅行者在构建、确认并向全世界推行西方价值观历程中的作用，同时，跨文化体验也促使本国的和外国的两种视域在写作中交融，造成矛盾观点的碰撞与对话，为我们从英国的视角反观中国，与用中国经验反观英国提供了路径。

比较文学的中国路径

曹顺庆

自德国作家歌德提出"世界文学"观念以来，比较文学已经走过近二百年。比较文学研究也历经欧洲阶段、美洲阶段而至亚洲阶段，并在每一阶段都形成了独具特色学科理论体系、研究方法、研究范围及研究对象。中国比较文学研究面对东西文明之间不断加深的交流和碰撞现况，立足中国之本，辩证吸纳四方之学，而有了如今欣欣向荣之景象，这套丛书可以说是应运而生。本丛书尝试以开放性、包容性分批出版中国比较文学学者研究成果，以观中国比较文学学术脉络、学术理念、学术话语、学术目标之概貌。

一、百年比较文学争讼之端——比较文学的定义

什么是比较文学？常识告诉我们：比较文学就是文学比较。然而当今中国比较文学教学实际情况却并非完全如此。长期以来，中国学术界对"什么是比较文学？"却一直说不清，道不明。这一最基本的问题，几乎成为学术界纠缠不清、莫衷一是的陷阱，存在着各种不同的看法。其中一些看法严重误导了广大学生！如果不辨析这些严重误导了广大学生的观点，是不负责任、问心有愧的。恰如《文心雕龙·序志》说"岂好辩哉，不得已也"，因此我不得不辩。

其中一个极为容易误导学生的说法，就是"比较文学不是文学比较"。目前，一些教科书郑重其事地指出：比较文学不是文学比较。认为把"比较"与"文学"联系在一起，很容易被人们理解为用比较的方法进行文学研究的意思。并进一步强调，比较文学并不等于文学比较，并非任何运用比较方法来进行的比较研究都是比较文学。这种误导学生的说法几乎成为一个定论，

一个基本常识，其实，这个看法是不完全准确的。

让我们来看看一些具体例证，请注意，我列举的例证，对事不对人，因而不提及具体的人名与书名，请大家理解。在 Y 教授主编的教材中，专门设有一节以"比较文学不是文学比较"为题的内容，其中指出"比较文学界面临的最大的困惑就是把'比较文学'误读为'文学比较'"，在高等院校进行比较文学课程教学时需要重点强调"比较文学不是文学比较"。W 教授主编的教材也称"比较文学不是文学的比较"，因为"不是所有用比较的方法来研究文学现象的都是比较文学"。L 教授在其所著教材专门谈到"比较文学不等于文学比较"，因为，"比较"已经远远超出了一般方法论的意义，而具有了跨国家与民族、跨学科的学科性质，认为将比较文学等同于文学比较是以偏概全的。"J 教授在其主编的教材中指出，"比较文学并不等于文学比较"，并以美国学派雷马克的比较文学定义为根据，论证比较文学的"比较"是有前提的，只有在地域观念上跨越打通国家的界限，在学科领域上跨越打通文学与其他学科的界限，进行的比较研究才是比较文学。在 W 教授主编的教材中，作者认为，"若把比较文学精神看作比较精神的话，就是犯了望文生义的错误，一百余年来，比较文学这个名称是名不副实的。"

从列举的以上教材我们可以看出，首先，它们在当下都仍然坚持"比较文学不是文学比较"这一并不完全符合整个比较文学学科发展事实的观点。如果认为一百余年来，比较文学这个名称是名不副实的，所有的比较文学都不是文学比较，那是大错特错！其次，值得注意的是，这些教材在相关叙述中各自的侧重点还并不相同，存在着不同程度、不同方面的分歧。这样一来，错误的观点下多样的谬误解释，加剧了学习者对比较文学学科性质的错误把握，使得学习者对比较文学的理解愈发困惑，十分不利于比较文学方法论的学习、也不利于比较文学学科的传承和发展。当今中国比较文学教材之所以普遍出现以上强作解释，不完全准确的教科书观点，根本原因还是没有仔细研究比较文学学科不同阶段之史实，甚至是根本不清楚比较文学不同阶段的学科史实的体现。

实际上，早期的比较文学"名"与"实"的确不相符合，这主要是指法国学派的学科理论，但是并不包括以后的美国学派及中国学派的学科理论，如果把所有阶段的学科理论一锅煮，是不妥当的。下面，我们就从比较文学学科发展的史实来论证这个问题。"比较文学不是文学比较""comparative literature is not literary comparison"，只是法国学派提出的比较文学口号，只是法国学派一派的主张，而不是整个比较文学学科的基本特征。我们不能够把这个阶段性的比较文学口号扩大化，甚至让其突破时空，用于描述比较文学所有的阶段和学派，更不能够使其"放之四海而皆准"。

法国学派提出"比较文学不是文学比较"，这个"比较"（comparison）是他们坚决反对的！为什么呢，因为他们要的不是文学"比较"（literary comparison），而是文学"关系"（literary relationship），具体而言，他们主张比较文学是实证的国际文学关系，是不同国家文学的影响关系，influences of different literatures，而不是文学比较。

法国学派为什么要反对"比较"（comparison），这与比较文学第一次危机密切相关。比较文学刚刚在欧洲兴起时，难免泥沙俱下，乱比的情形不断出现，暴露了多种隐患和弊端，于是，其合法性遭到了学者们的质疑：究竟比较文学的科学性何在？意大利著名美学大师克罗齐认为，"比较"（comparison）是各个学科都可以应用的方法，所以，"比较"不能成为独立学科的基石。学术界对于比较文学公然的质疑与挑战，引起了欧洲比较文学学者的震撼，到底比较文学如何"比较"才能够避免"乱比"？如何才是科学的比较？

难能可贵的是，法国学者对于比较文学学科的科学性进行了深刻的的反思和探索，并提出了具体的应对的方法：法国学派采取壮士断臂的方式，砍掉"比较"（comparison），提出比较文学不是文学比较（comparative literature is not literary comparison），或者说砍掉了没有影响关系的平行比较，总结出了只注重文学关系（literary relationship）的影响（influences）研究方法论。法国学派的创建者之一基亚指出，比较文学并不是比较。比较不过是一门名字没取好的学科所运用的一种方法……企图对它的性质下一个严格的定义可能是徒劳的。基亚认为：比较文学不是平行比较，而仅仅是文学关系史。以"文学关系"为比较文学研究的正宗。为什么法国学派要反对比较？或者说为什么法国学派要提出"比较文学不是文学比较"，因为法国学派认为"比较"（comparison）实际上是乱比的根源，或者说"比较"是没有可比性的。正如巴登斯佩哲指出："仅仅对两个不同的对象同时看上一眼就作比较，仅仅靠记忆和印象的拼凑，靠一些主观臆想把可能游移不定的东西扯在一起来找点类似点，这样的比较决不可能产生论证的明晰性"。所以必须抛弃"比较"。只承认基于科学的历史实证主义之上的文学影响关系研究（based on scientificity and positivism and literary influences.）。法国学派的代表学者卡雷指出：比较文学是实证性的关系研究：“比较文学是文学史的一个分支：它研究拜伦与普希金、歌德与卡莱尔、瓦尔特·司各特与维尼之间，在属于一种以上文学背景的不同作品、不同构思以及不同作家的生平之间所曾存在过的跨国度的精神交往与实际联系。”正因为法国学者善于独辟蹊径，敢于提出“比较文学不是文学比较”，甚至完全抛弃比较（comparison），以防止“乱比”，才形成了一套建立在“科学”实证性为基础的、以影响关系为特征的“不比较”的比较文学学科理论体系，这终于挡住了克罗齐等人对比较文学“乱比”的批判，形成了以“科学”实证为特征的文学影响关系研究，确立了法国学派的学科理论和一整套方法论体系。当然，法国学派悍然砍掉比较研究，又不放弃“比较文学”这个名称，于是不可避免地出现了比较文学名不副实的尴尬现象，出现了打着比较文学名号，而又不比较的法国学派学科理论，这才是问题的关键。

当然，法国学派提出“比较文学不是文学比较“，只注重实证关系而不注重文学比较和文学审美，必然会引起比较文学的危机。这一危机终于由美国著名比较文学家韦勒克（René Wellek）在 1958 年国际比较文学协会第二次大会上明确揭示出来了。在这届年会上，韦勒克作了题为《比较文学的危机》的挑战性发言，对“不比较”的法国学派进行了猛烈批判，宣告了倡导平行比较和注重文学审美的比较文学美国学派的诞生。韦勒克作了题为《比较文学的危机》的挑战性发言，对当时一统天下的法国学派进行了猛烈批判，宣告了比较文学美国学派的诞生。韦勒克说：“我认为，内容和方法之间的人为界线，渊源和影响的机械主义概念，以及尽管是十分慷慨的但仍属文化民族主义的动机，是比较文学研究中持久危机的症状。”韦勒克指出：“比较也不能仅仅局限在历史上的事实联系中，正如最近语言学家的经验向文学研究者表明的那样，比较的价值既存在于事实联系的影响研究中，也存在于毫无历史关系的语言现象或类型的平等对比中。”很明显，韦勒克提出了比较文学就是要比较（comparison），就是要恢复巴登斯佩哲所讽刺和抛弃的“找点类似点”的平行比较研究。美国著名比较文学家雷马克（Henry Remak）在他的著名论文《比较文学的定义与功用》中深刻地分析了法国学派为什么放弃“比较”（comparison）的原因和本质。他分析说：“法国比较文学否定‘纯粹’的比较（comparison），它忠实于十九世纪实证主义学术研究的传统，即实证主义所坚持并热切期望的文学研究的'科学性'。按照这种观点，纯粹的类比不会得出任何结论，尤其是不能得出有更大意义的、系统的、概括性的结论。……既然值得尊重的科学必须致力于因果关系的探索，而比较文学必须具有科学性，因此，比较文学应该研究因果关系，即影响、交流、变更等。"雷马克进一步尖锐地指出，"比较文学"不是"影响文学"。只讲影响不要比较的"比较文学"，当然是名不副实的。显然，法国学派抛弃了"比较"（comparison），但是仍然带着一顶"比较文学"的帽子，才造成了比较文学"名"与"实"不相符合，造成比较文学不比较的尴尬，这才是问题的关键。

美国学派最大的贡献，是恢复了被法国学派所抛弃的比较文学应有的本义——"比较"（The American school went back to the original sense of comparative literature ——"comparison"），美国学派提出了标志其学派学科理论体系的平行比较和跨学科比较："比较文学是一国文学与另一国或多国文学的比较，是文学与人类其他表现领域的比较。"显然，自从美国学派倡导比较文学应当比较（comparison）以后，比较文学就不再有名与实不相符合的问题了，我们就不应当再继续笼统地说"比较文学不是文学比较"了，不应当再以"比较文学不是文学比较"来误导学生！更不可以说"一百余年来，比较文学这个名称是名不副实的。"不能够将雷马克的观点也强行解释为"比较文学不是比较"。因为在美国学派看来，比较文学就是要比较（comparison）。比较文学就是要恢复被巴登斯佩哲所讽刺和抛弃的"找点类似点"的平行比较研究。因为平行研究的可比性，正是类同性。正如韦勒克所说，"比较的价值既存在于事实联系的影响研究中，也存在于毫无历史关系的语言现象或类型的平等对比中。"恢复平行比较研究、跨学科研究，形成了以"找点类似点"的平行研究和跨学科研究为特征的比较文学美国学派学科理论和方法论体系。美国学派的学科理论以"类型学"、"比较诗学"、"跨学科比较"为主，并拓展原属于影响研究的"主题学"、"文类学"等领域，大大扩展比较文学研究领域。

二、比较文学的三个阶段

下面，我们从比较文学的三个学科理论阶段，进一步剖析比较文学不同阶段的学科理论特征。现代意义上的比较文学学科发展以"跨越"与"沟通"为目标，形成了类似"层叠"式、"涟漪"式的发展模式，经历了三个重要的学科理论阶段，即：

　　一、欧洲阶段，比较文学的成形期；二、美洲阶段，比较文学的转型期；三、亚洲阶段，比较文学的拓展期。我们将比较文学三个阶段的发展称之为"涟漪式"结构，实际上是揭示了比较文学学科理论的继承与创新的辩证关系：比较文学学科理论的发展，不是以新的理论否定和取代先前的理论，而是层叠式、累进式地形成"涟漪"式的包容性发展模式，逐步积累推进。比较文学学科理论发展呈现为层叠式、"涟漪"式、包容式的发展模式。我们把这个模式描绘如下：

　　法国学派主张比较文学是国际文学关系，是不同国家文学的影响关系。形成学科理论第一圈层：比较文学——影响研究；美国学派主张恢复平行比较，形成学科理论第二圈层：比较文学——影响研究＋平行研究＋跨学科研究；中国学派提出跨文明研究和变异研究，形成学科理论第三圈层：比较文学——影响研究＋平行研究＋跨学科研究＋跨文明研究＋变异研究。这三个圈层并不互相排斥和否定，而是继承和包容。我们将比较文学三个阶段的发展称之为层叠式、"涟漪"式、包容式结构，实际上是揭示了比较文学学科理论的继承与创新的辩证关系。

　　法国学派提出，可比性的第一个立足点是同源性，由关系构成的同源性。同源性主要是针对影响关系研究而言的。法国学派将同源性视作可比性的核心，认为影响研究的可比性是同源性。所谓同源性，指的是通过对不同国家、不同民族和不同语言的文学的文学关系研究，寻求一种有事实联系的同源关系，这种影响的同源关系可以通过直接、具体的材料得以证实。同源性往往建立在一条可追溯关系的三点一线的"影响路线"之上，这条路线由发送者、接受者和传递者三部分构成。如果没有相同的源流，也就不可能有影响关系，也就谈不上可比性，这就是"同源性"。以渊源学、流传学和媒介学作为研究的中心，依靠具体的事实材料在国别文学之间寻求主题、题材、文体、原型、思想渊源等方面的同源影响关系。注重事实性的关联和渊源性的影响，并采用严谨的实证方法，重视对史料的搜集和求证，具有重要的学术价值与学术意义，仍然具有广阔的研究前景。渊源学的例子：杨宪益，《西方十四行诗的渊源》。

　　比较文学学科理论的第二阶段在美洲，第二阶段是比较文学学科理论的转型期。从 20 世纪 60 年代以来，比较文学研究的主要阵地逐渐从法国转向美国，平行研究的可比性是什么？是类同性。类同性是指是没有文学影响关系的不同国家文学所表现出的相似和契合之处。以类同性为基本立足点的平行研究与影响研究一样都是超出国界的文学研究，但它不涉及影响关系研究的放送、流传、媒介等问题。平行研究强调不同国家的作家、作品、文学现象的类同比较，比较结果是总结出于文学作品的美学价值及文学发展具有规律性的东西。其比较必须具有可比性，这个可比性就是类同性。研究文学中类同的：风格、结构、内容、形式、流派、情节、技巧、手法、情调、形象、主题、文类、文学思潮、文学理论、文学规律。例如钱钟书《通感》认为，中国诗文有一种描写手法，古代批评家和修辞学家似乎都没有拈出。宋祁《玉楼春》词有句名句："红杏枝头春意闹。"这与西方的通感描写手法可以比较。

比较文学的又一次危机：比较文学的死亡

九十年代，欧美学者提出，比较文学作为一门学科已经死亡！最早是英国学者苏珊·巴斯奈特1993年她在《比较文学》一书中提出了比较文学的死亡论，认为比较文学作为一门学科，在某种意义上已经死亡。尔后，美国学者斯皮瓦克写了一部比较文学专著，书名就叫《一个学科的死亡》。为什么比较文学会死亡，斯皮瓦克的书中并没有明确回答！为什么西方学者会提出比较文学死亡论？全世界比较文学界都十分困惑。我们认为，20世纪90年代以来，欧美比较文学继"理论热"之后，又出现了大规模的"文化转向"。脱离了比较文学的基本立场。首先是不比较，即不讲比较文学的可比性问题。西方比较文学研究充斥大量的 Culture Studies（文化研究），已经不考虑比较的合理性，不考虑比较文学的可比性问题。第二是不文学，即不关心文学问题。西方学者热衷于文化研究，关注的已经不是文学性，而是精神分析、政治、性别、阶级、结构等等。最根本的原因，是比较文学学科长期囿于西方中心论，有意无意地回避东西方不同文明文学的比较问题，基本上忽略了学科理论的新生长点，比较文学学科理论缺乏创新，严重忽略了比较文学的差异性和变异性。

要克服比较文学的又一次危机，就必须打破西方中心论，克服比较文学学科理论一味求同的比较文学学科理论模式，提出适应当今全球化比较文学研究的新话语。中国学派，正是在此次危机中，提出了比较文学变异学研究，总结出了新的学科理论话语和一套新的方法论。

中国大陆第一部比较文学概论性著作是卢康华、孙景尧所著《比较文学导论》，该书指出："什么是比较文学？现在我们可以借用我国学者季羡林先生的解释来回答了:'顾名思义,比较文学就是把不同国家的文学拿出来比较,这可以说是狭义的比较文学。广义的比较文学是把文学同其他学科来比较,包括人文科学和社会科学'。"[1]这个定义可以说是美国雷马克定义的翻版。不过,该书又接着指出:"我们认为最精炼易记的还是我国学者钱钟书先生的说法:'比较文学作为一门专门学科,则专指跨越国界和语言界限的文学比较'。更具体地说,就是把不同国家不同语言的文学现象放在一起进行比较,研究他们在文艺理论、文学思潮,具体作家、作品之间的互相影响。"[2]这个定义似乎更接近法国学派的定义,没有强调平行比较与跨学科比较。紧接该书之后的教材是陈挺的《比较文学简编》,该书仍旧以"广义"与"狭义"来解释比较文学的定义,指出:"我们认为,通常说的比较文学是狭义的,即指超越国家、民族和语言界限的文学研究……广义的比较文学还可以包括文学与其他艺术(音乐、绘画等)与其他意识形态(历史、哲学、政治、宗教等)之间的相互关系的研究。"[3]中国比较文学早期对于比较文学的定义中凸显了很强的不确定性。

由乐黛云主编,高等教育出版社 1988 年的《中西比较文学教程》,则对比较文学定义有了较为深入的认识,该书在详细考查了中外不同的定义之后,该书指出:"比较文学不应受到语言、民族、国家、学科等限制,而要走向一种开放性,力图寻求世界文学发展的共同规律。"[4]"世界文学"概念的纳入极大拓宽了比较文学的内涵,为"跨文化"定义特征的提出做好了铺垫。

随着时间的推移,学界的认识逐步深化。1997 年,陈惇、孙景尧、谢天振主编的《比较文学》提出了自己的定义:"把比较文学看作跨民族、跨语言、跨文化、跨学科的文学研究,更符合比较文学的实质,更能反映现阶段人们对于比较文学的认识。"[5]2000 年北京师范大学出版社出版了《比较文学概论》修订本,提出:"什么是比较文学呢?比较文学是一种开放式的文学研究,它具有宏观的视野和国际的角度,以跨民族、跨语言、跨文化、跨学科界限的各种文学关系为研究对象,在理论和方法上,具有比较的自觉意识和兼容并包的特色。"[6]这是我们目前所看到的国内较有特色的一个定义。

1 卢康华、孙景尧著《比较文学导论》,黑龙江人民出版社 1984,第 15 页。
2 卢康华、孙景尧著《比较文学导论》,黑龙江人民出版社 1984 年版。
3 陈挺《比较文学简编》,华东师范大学出版社 1986 年版。
4 乐黛云主编《中西比较文学教程》,高等教育出版社 1988 年版。
5 陈惇、孙景尧、谢天振主编《比较文学》,高等教育出版社 1997 年版。
6 陈惇、刘象愚《比较文学概论》,北京师范大学出版社 2000 年版。

　　具有代表性的比较文学定义是 2002 年出版的杨乃乔主编的《比较文学概论》一书，该书的定义如下："比较文学是以跨民族、跨语言、跨文化与跨学科为比较视域而展开的研究，在学科的成立上以研究主体的比较视域为安身立命的本体，因此强调研究主体的定位，同时比较文学把学科的研究客体定位于民族文学之间与文学及其他学科之间的三种关系：材料事实关系、美学价值关系与学科交叉关系，并在开放与多元的文学研究中追寻体系化的汇通。"[7] 方汉文则认为："比较文学作为文学研究的一个分支学科，它以理解不同文化体系和不同学科间的同一性和差异性的辩证思维为主导，对那些跨越了民族、语言、文化体系和学科界限的文学现象进行比较研究，以寻求人类文学发生和发展的相似性和规律性。"[8] 由此而引申出的"跨文化"成为中国比较文学学者对于比较文学定义所做出的历史性贡献。

　　我在《比较文学教程》中对比较文学定义表述如下："比较文学是以世界性眼光和胸怀来从事不同国家、不同文明和不同学科之间的跨越式文学比较研究。它主要研究各种跨越中文学的同源性、变异性、类同性、异质性和互补性，以影响研究、变异研究、平行研究、跨学科研究、总体文学研究为基本方法论，其目的在于以世界性眼光来总结文学规律和文学特性，加强世界文学的相互了解与整合，推动世界文学的发展。"[9] 在这一定义中，我再次重申"跨国""跨学科""跨文明"三大特征，以"变异性""异质性"突破东西文明之间的"第三堵墙"。

　　"首在审己，亦必知人"。中国比较文学学者在前人定义的不断论争中反观自身，立足中国经验、学术传统，以中国学者之言为比较文学的危机处境贡献学科转机之道。

三、两岸共建比较文学话语——比较文学中国学派

　　中国学者对于比较文学定义的不断明确也促成了"比较文学中国学派"的生发。得益于两岸几代学者的垦拓耕耘，这一议题成为近五十年来中国比较文学发展中竖起的最鲜明、最具争议性的一杆大旗，同时也是中国比较文学学科理论研究最有创新性，最亮丽的一道风景线。

7　杨乃乔主编《比较文学概论》，北京大学出版社 2002 年版。
8　方汉文《比较文学基本原理》，苏州大学出版社 2002 年版。
9　曹顺庆《比较文学教程》，高等教育出版社 2006 年版。

比较文学"中国学派"这一概念所蕴含的理论的自觉意识最早出现的时间大约是 20 世纪 70 年代。当时的台湾由于派出学生留洋学习，接触到大量的比较文学学术动态，率先掀起了中外文学比较的热潮。1971 年 7 月在台湾淡江大学召开的第一届"国际比较文学会议"上，朱立元、颜元叔、叶维廉、胡辉恒等学者在会议期间提出了比较文学的"中国学派"这一学术构想。同时，李达三、陈鹏翔（陈慧桦）、古添洪等致力于比较文学中国学派早期的理论催生。如 1976 年，古添洪、陈慧桦出版了台湾比较文学论文集《比较文学的垦拓在台湾》。编者在该书的序言中明确提出："我们不妨大胆宣言说，这援用西方文学理论与方法并加以考验、调整以用之于中国文学的研究，是比较文学中的中国派"[10]。这是关于比较文学中国学派较早的说明性文字，尽管其中提到的研究方法过于强调西方理论的普世性，而遭到美国和中国大陆比较文学学者的批评和否定；但这毕竟是第一次从定义和研究方法上对中国学派的本质进行了系统论述，具有开拓和启明的作用。后来，陈鹏翔又在台湾《中外文学》杂志上连续发表相关文章，对自己提出的观点作了进一步的阐释和补充。

在"中国学派"刚刚起步之际，美国学者李达三起到了启蒙、催生的作用。李达三于 60 年代来华在台湾任教，为中国比较文学培养了一批朝气蓬勃的生力军。1977 年 10 月，李达三在《中外文学》6 卷 5 期上发表了一篇宣言式的文章《比较文学中国学派》，宣告了比较文学的中国学派的建立，并认为比较文学中国学派旨在"与比较文学中早已定于一尊的西方思想模式分庭抗礼。由于这些观念是源自对中国文学及比较文学有兴趣的学者，我们就将含有这些观念的学者统称为比较文学的'中国'学派。"并指出中国学派的三个目标：1、在自己本国的文学中，无论是理论方面或实践方面，找出特具"民族性"的东西，加以发扬光大，以充实世界文学；2、推展非西方国家"地区性"的文学运动，同时认为西方文学仅是众多文学表达方式之一而已；3、做一个非西方国家的发言人，同时并不自诩能代表所有其他非西方的国家。李达三后来又撰文对比较文学研究状况进行了分析研究，积极推动中国学派的理论建设。[11]

继中国台湾学者垦拓之功，在 20 世纪 70 年代末复苏的大陆比较文学研

---

10 古添洪、陈慧桦《比较文学的垦拓在台湾》，台湾东大图书公司 1976 年版。
11 李达三《比较文学研究之新方向》，台湾联经事业出版公司 1978 年版。

究亦积极参与了"比较文学中国学派"的理论建设和学科建设。

　　季羡林先生 1982 年在《比较文学译文集》的序言中指出："以我们东方文学基础之雄厚，历史之悠久，我们中国文学在其中更占有独特的地位，只要我们肯努力学习，认真钻研，比较文学中国学派必然能建立起来，而且日益发扬光大"[12]。1983 年 6 月，在天津召开的新中国第一次比较文学学术会议上，朱维之先生作了题为《比较文学中国学派的回顾与展望》的报告，在报告中他旗帜鲜明地说："比较文学中国学派的形成（不是建立）已经有了长远的源流，前人已经做出了很多成绩，颇具特色，而且兼有法、美、苏学派的特点。因此，中国学派绝不是欧美学派的尾巴或补充"[13]。1984 年，卢康华、孙景尧在《比较文学导论》中对如何建立比较文学中国学派提出了自己的看法，认为应当以马克思主义作为自己的理论基础，以我国的优秀传统与民族特色为立足点与出发点，汲取古今中外一切有用的营养，去努力发展中国的比较文学研究。同年在《中国比较文学》创刊号上，朱维之、方重、唐弢、杨周翰等人认为中国的比较文学研究应该保持不同于西方的民族特点和独立风貌。1985 年，黄宝生发表《建立比较文学的中国学派：读〈中国比较文学〉创刊号》，认为《中国比较文学》创刊号上多篇讨论比较文学中国学派的论文标志着大陆对比较文学中国学派的探讨进入了实际操作阶段。[14]1988 年，远浩一提出"比较文学是跨文化的文学研究"（载《中国比较文学》1988 年第 3期）。这是对比较文学中国学派在理论特征和方法论体系上的一次前瞻。同年，杨周翰先生发表题为"比较文学：界定'中国学派'，危机与前提"（载《中国比较文学通讯》1988 年第 2 期），认为东方文学之间的比较研究应当成为"中国学派"的特色。这不仅打破比较文学中的欧洲中心论，而且也是东方比较学者责无旁贷的任务。此外，国内少数民族文学的比较研究，也应该成为"中国学派"的一个组成部分。所以，杨先生认为比较文学中的大量问题和学派问题并不矛盾，相反有助于理论的讨论。1990 年，远浩一发表"关于'中国学派'"（载《中国比较文学》1990 年第 1 期），进一步推进了"中国学派"的研究。此后直到 20 世纪 90 年代末，中国学者就比较文学中国学派的建立、理论与方法以及相应的学科理论等诸多问题进行了积极而富有成效的探讨。

---

12 张隆溪《比较文学译文集》，北京大学出版社 1984 年版。

13 朱维之《比较文学论文集》，南开大学出版社 1984 年版。

14 参见《世界文学》1985 年第 5 期。

刘介民、远浩一、孙景尧、谢天振、陈淳、刘象愚、杜卫等人都对这些问题付出过不少努力。《暨南学报》1991 年第 3 期发表了一组笔谈，大家就这个问题提出了意见，认为必须打破比较文学研究中长期存在的法美研究模式，建立比较文学中国学派的任务已经迫在眉睫。王富仁在《学术月刊》1991 年第 4 期上发表"论比较文学的中国学派问题"，论述中国学派兴起的必然性。而后，以谢天振等学者为代表的比较文学研究界展开了对"X+Y"模式的批判。比较文学在大陆复兴之后，一些研究者采取了"X+Y"式的比附研究的模式，在发现了"惊人的相似"之后便万事大吉，而不注意中西巨大的文化差异性，成为了浅度的比附性研究。这种情况的出现，不仅是中国学者对比较文学的理解上出了问题，也是由于法美学派研究理论中长期存在的研究模式的影响，一些学者并没有深思中国与西方文学背后巨大的文明差异性，因而形成"X+Y"的研究模式，这更促使一些学者思考比较文学中国学派的问题。

经过学者们的共同努力，比较文学中国学派一些初步的特征和方法论体系逐渐凸显出来。1995 年，我在《中国比较文学》第 1 期上发表《比较文学中国学派基本理论特征及其方法论体系初探》一文，对比较文学在中国复兴十余年来的发展成果作了总结，并在此基础上总结出中国学派的理论特征和方法论体系，对比较文学中国学派作了全方位的阐述。继该文之后，我又发表了《跨越第三堵'墙'创建比较文学中国学派理论体系》等系列论文，论述了以跨文化研究为核心的"中国学派"的基本理论特征及其方法论体系。这些学术论文发表之后在国内外比较文学界引起了较大的反响。台湾著名比较文学学者古添洪认为该文"体大思精，可谓已综合了台湾与大陆两地比较文学中国学派的策略与指归，实可作为'中国学派'在大陆再出发与实践的蓝图"[15]。

在我撰文提出比较文学中国学派的基本特征及方法论体系之后，关于中国学派的论争热潮日益高涨。反对者如前国际比较文学学会会长佛克马（Douwe Fokkema）1987 年在中国比较文学学会第二届学术讨论会上就从所谓的国际观点出发对比较文学中国学派的合法性提出了质疑，并坚定地反对建立比较文学中国学派。来自国际的观点并没有让中国学者失去建立比较文学中国学派的热忱。很快中国学者智量先生就在《文艺理论研究》1988 年第

---

15 古添洪《中国学派与台湾比较文学界的当前走向》，参见黄维梁编《中国比较文学理论的垦拓》167 页，北京大学出版社 1998 年版。

1 期上发表题为《比较文学在中国》一文，文中援引中国比较文学研究取得的成就，为中国学派辩护，认为中国比较文学研究成绩和特色显著，尤其在研究方法上足以与比较文学研究历史上的其他学派相提并论，建立中国学派只会是一个有益的举动。1991 年，孙景尧先生在《文学评论》第 2 期上发表《为"中国学派"一辩》，孙先生认为佛克马所谓的国际主义观点实质上是"欧洲中心主义"的观点，而"中国学派"的提出，正是为了清除东西方文学与比较文学学科史中形成的"欧洲中心主义"。在 1993 年美国印第安纳大学举行的全美比较文学会议上，李达三仍然坚定地认为建立中国学派是有益的。二十年之后，佛克马教授修正了自己的看法，在 2007 年 4 月的"跨文明对话——国际学术研讨会（成都）"上，佛克马教授公开表示欣赏建立比较文学中国学派的想法[16]。即使学派争议一派繁荣景象，但最终仍旧需要落点于学术创见与成果之上。

比较文学变异学便是中国学派的一个重要理论创获。2005 年，我正式在《比较文学学》[17]中提出比较文学变异学，提出比较文学研究应该从"求同"思维中走出来，从"变异"的角度出发，拓宽比较文学的研究。通过前述的法、美学派学科理论的梳理，我们也可以发现前期比较文学学科是缺乏"变异性"研究的。我便从建构中国比较文学学科理论话语体系入手，立足《周易》的"变异"思想，建构起"比较文学变异学"新话语，力图以中国学者的视角为全世界比较文学学科理论提供一个新视角、新方法和新理论。

比较文学变异学的提出根植于中国哲学的深层内涵，如《周易》之"易之三名"所构建的"变易、简易、不易"三位一体的思辨意蕴与意义生成系统。具体而言，"变易"乃四时更替、五行运转、气象畅通、生生不息；"不易"乃天上地下、君南臣北、纲举目张、尊卑有位；"简易"则是乾以易知、坤以简能、易则易知、简则易从。显然，在这个意义结构系统中，变易强调"变"，不易强调"不变"，简易强调变与不变之间的基本关联。万物有所变，有所不变，且变与不变之间存在简单易从之规律，这是一种思辨式的变异模式，这种变异思维的理论特征就是：天人合一、物我不分、对立转化、整体关联。这是中国古代哲学最重要的认识论，也是与西方哲学所不同的"变异"思想。

---

16 见《比较文学报》2007 年 5 月 30 日，总第 43 期。
17 曹顺庆《比较文学学》，四川大学出版社 2005 年版。

由哲学思想衍生于学科理论，比较文学变异学是"指对不同国家、不同文明的文学现象在影响交流中呈现出的变异状态的研究，以及对不同国家、不同文明的文学相互阐发中出现的变异状态的研究。通过研究文学现象在影响交流以及相互阐发中呈现的变异，探究比较文学变异的规律。"[18]变异学理论的重点在求"异"的可比性，研究范围包含跨国变异研究、跨语际变异研究、跨文化变异研究、跨文明变异研究、文学的他国化研究等方面。比较文学变异学所发现的文化创新规律、文学创新路径是基于中国所特有的术语、概念和言说体系之上探索出的"中国话语"，作为比较文学第三阶段中国学派的代表性理论已经受到了国际学界的广泛关注与高度评价，中国学术话语产生了世界性影响。

四、国际视野中的中国比较文学

文明之墙让中国比较文学学者所提出的标识性概念获得国际视野的接纳、理解、认同以及运用，经历了跨语言、跨文化、跨文明的多重关卡，国际视野下的中国比较文学书写亦经历了一个从"遍寻无迹""只言片语"而"专篇专论"，从最初的"话语乌托邦"至"阶段性贡献"的过程。

二十世纪六十年代以来港台学者致力于从课程教学、学术平台、人才培养，国内外学术合作等方面巩固比较文学这一新兴学科的建立基石，如淡江文理学院英文系开设的"比较文学"（1966），香港大学开设的"中西文学关系"（1966）等课程；台湾大学外文系主编出版之《中外文学》月刊、淡江大学出版之《淡江评论》季刊等比较文学研究专刊；后又有台湾比较文学学会（1973 年）、香港比较文学学会（1978）的成立。在这一系列的学术环境构建下，学者前贤以"中国学派"为中国比较文学话语核心在国际比较文学学科理论、方法论中持续探讨，率先启声。例如李达三在 1980 年香港举办的东西方比较文学学术研讨会成果中选取了七篇代表性文章，以 *Chinese-Western Comparative Literature: Theory and Strategy* 为题集结出版，[19]并在其结语中附上那篇"中国学派"宣言文章以申明中国比较文学建立之必要。

学科开山之际，艰难险阻之巨难以想象，但从国际学者相关言论中可见西方对于中国比较文学学科的发展抱有的希望渺小。厄尔·迈纳（Earl Miner）

---

18 曹顺庆主编《比较文学概论》，高等教育出版社 2015 年版。

19 *Chinese-Western Comparative Literature：Theory & Strategy*, Chinese Univ Pr.1980-6

在 1987 年发表的 *Some Theoretical and Methodological Topics for Comparative Literature* 一文中谈到当时西方的比较文学鲜有学者试图将非西方材料纳入西方的比较文学研究中。（until recently there has been little effort to incorporate non-Western evidence into Western com- parative study.）1992 年，斯坦福大学教授 David Palumbo-Liu 直接以《话语的乌托邦：论中国比较文学的不可能性》为题（*The Utopias of Discourse: On the Impossibility of Chinese Comparative Literature*）直言中国比较文学本质上是一项"乌托邦"工程。（My main goal will be to show how and why the task of Chinese comparative literature, particularly of pre-modern literature, is essentially a *utopian* project.）这些对于中国比较文学的诘难与质疑，今美国加州大学圣地亚哥分校文学系主任张英进教授在其 1998 编著的 *China in a polycentric world: essays in Chinese comparative literature* 前言中也不得不承认中国比较文学研究在国际学术界中仍然处于边缘地位（The fact is, however, that Chinese comparative literature remained marginal in academia, even though it has developed closely with the rest of literary studies in the United Stated and even though China has gained increasing importance in the geopolitical world order over the past decades.）。[20]但张英进教授也展望了下一个千年中国比较文学研究的蓝景。

新的千年新的气象，"世界文学""全球化"等概念的冲击下，让西方学者开始注意到东方，注意到中国。如普渡大学教授斯蒂文·托托西（Tötösy de Zepetnek, Steven）1999 年发长文 *From Comparative Literature Today Toward Comparative Cultural Studies* 阐明比较文学研究更应该注重文化的全球性、多元性、平等性而杜绝等级划分的参与。托托西教授注意到了在法德美所谓传统的比较文学研究重镇之外，例如中国、日本、巴西、阿根廷、墨西哥、西班牙、葡萄牙、意大利、希腊等地区，比较文学学科得到了出乎意料的发展（emerging and developing strongly）。在这篇文章中，托托西教授列举了世界各地比较文学研究成果的著作，其中中国地区便是北京大学乐黛云先生出版的代表作品。托托西教授精通多国语言，研究视野也常具跨越性，新世纪以来也致力于以跨越性的视野关注世界各地比较文学研究的动向。[21]

---

20 Moran T . Yingjin Zhang, Ed. China in a Polycentric World: Essays in Chinese Comparative Literature[J].现代中文文学学报,2000,4(1):161-165.

21 Tötösy de Zepetnek, Steven. "From Comparative Literature Today Toward Comparative Cultural Studies." CLCWeb: Comparative Literature and Culture 1.3 (1999):

　　以上这些国际上不同学者的声音一则质疑中国比较文学建设的可能性，一则观望着这一学科在非西方国家的复兴样态。争议的声音不仅在国际学界，国内学界对于这一新兴学科的全局框架中涉及的理论、方法以及学科本身的立足点，例如前文所说的比较文学的定义，中国学派等等都处于持久论辩的漩涡。我们也通晓如果一直处于争议的漩涡中，便会被漩涡所吞噬，只有将论辩化为成果，才能转漩涡为涟漪，一圈一圈向外辐射，国际学人也在等待中国学者自己的声音。

　　上海交通大学王宁教授作为中国比较文学学者的国际发声者自 20 世纪末至今已撰文百余篇，他直言，全球化给西方学者带来了学科死亡论，但是中国比较文学必将在这全球化语境中更为兴盛，中国的比较文学学者一定会对国际文学研究做出更大的贡献。新世纪以来中国学者也不断地将自身的学科思考成果呈现在世界之前。2000 年，北京大学周小仪教授发文（*Comparative Literature in China*）[22]率先从学科史角度构建了中国比较文学在两个时期（20 世纪 20 年代至 50 年代，70 年代至 90 年代）的发展概貌，此文关于中国比较文学的复兴崛起是源自中国文学现代性的产生这一观点对美国芝加哥大学教授苏源熙（Haun Saussy）影响较深。苏源熙在 2006 年的专著 *Comparative Literature in an Age of Globalization* 中对于中国比较文学的讨论篇幅极少，其中心便是重申比较文学与中国文学现代性的联系。这篇文章也被哈佛大学教授大卫·达姆罗什（David Damrosch）收录于《普林斯顿比较文学资料手册》（*The Princeton Sourcebook in Comparative Literature*，2009[23]）。类似的学科史介绍在英语世界与法语世界都接续出现，以上大致反映了中国学者对于中国比较文学研究的大概描述在西学界的接受情况。学科史的构架对于国际学术对中国比较文学发展脉络的把握很有必要，但是在此基础上的学科理论实践才是关系于中国比较文学学科国际性发展的根本方向。

　　我在 20 世纪 80 年代以来 40 余年间便一直思考比较文学研究的理论构建问题，从以西方理论阐释中国文学而造成的中国文艺理论"失语症"思考

22　Zhou, Xiaoyi and Q.S. Tong, "Comparative Literature in China", Comparative Literature and Comparative Cultural Studies, ed., Totosy de Zepetnek, West Lafayette, Indiana: Purdue University Press, 2003, 268-283.

23　Damrosch, David (EDT)*The Princeton Sourcebook in Comparative Literature*: Princeton University Press

属于中国比较文学自身的学科方法论，从跨异质文化中产生的"文学误读""文化过滤""文学他国化"提出"比较文学变异学"理论。历经 10 年的不断思考，2013 年，我的英文著作：*The Variation Theory of Comparative Literature*（《比较文学变异学》），由全球著名的出版社之一斯普林格（Springer）出版社出版，并在美国纽约、英国伦敦、德国海德堡出版同时发行。*The Variation Theory of Comparative Literature*（《比较文学变异学》）系统地梳理了比较文学法国学派与美国学派研究范式的特点及局限，首次以全球通用的英语语言提出了中国比较文学学科理论新话语："比较文学变异学"。这一新概念、新范畴和新表述，引导国际学术界展开了对变异学的专刊研究（如普渡大学创办刊物《比较文学与文化》2017 年 19 期）和讨论。

欧洲科学院院士、西班牙圣地亚哥联合大学让·莫内讲席教授、比较文学系教授塞萨尔·多明戈斯教授（Cesar Dominguez），及美国科学院院士、芝加哥大学比较文学教授苏源熙（Haun Saussy）等学者合著的比较文学专著（Introducing Comparative literature: New Trends and Applications[24]）高度评价了比较文学变异学。苏源熙引用了《比较文学变异学》（英文版）中的部分内容，阐明比较文学变异学是十分重要的成果。与比较文学法国学派和美国学派形成对比，曹顺庆教授倡导第三阶段理论，即，新奇的、科学的中国学派的模式，以及具有中国学派本身的研究方法的理论创新与中国学派"（《比较文学变异学》（英文版）第 43 页）。通过对"中西文化异质性的"跨文明研究"，曹顺庆教授的看法会更进一步的发展与进步（《比较文学变异学》（英文版）第 43 页），这对于中国文学理论的转化和西方文学理论的意义具有十分重要的价值。（"Another important contribution in the direction of an imparative comparative literature-at least as procedure-is Cao Shunqing's 2013 *The Variation Theory of Comparative Literature*. In contrast to the "French School" and "American School" of comparative Literature, Cao advocates a "third-phrase theory", namely, "a novel and scientific mode of the Chinese school," a "theoretical innovation and systematization of the Chinese school by relying on our *own* methods" (*Variation Theory* 43; emphasis added). From this etic beginning, his proposal moves forward emically by developing a "cross-civilizaional study on the heterogeneity between

---

24 Cesar Dominguez,Haun Saussy,Dario Villanueva Introducing Comparative literature: New Trends and Applications，Routledge,2015

Chinese and Western culture" (43), which results in both the foreignization of Chinese literary theories and the Signification of Western literary theories.）

  法国索邦大学（Sorbonne University）比较文学系主任伯纳德·弗朗科（Bernard Franco）教授在他出版的专著（《比较文学：历史、范畴与方法》）*La littératurecomparée: Histoire, domaines, méthodes* 中以专节引述变异学理论，他认为曹顺庆教授提出了区别于影响研究与平行研究的"第三条路"，即"变异理论"，这对应于观点的转变，从"跨文化研究"到"跨文明研究"。变异理论基于不同文明的文学体系相互碰撞为形式的交流过程中以产生新的文学元素，曹顺庆将其定义为"研究不同国家的文学现象所经历的变化"。因此曹顺庆教授提出的变异学理论概述了一个新的方向，并展示了比较文学在不同语言和文化领域之间建立多种可能的桥梁。（Il évoque l'hypothèse d'une troisième voie, la « théorie de la variation », qui correspond à un déplacement du point de vue, de celui des « études interculturelles » vers celui des « études transcivilisationnelles . » Cao Shunqing la définit comme « l'étude des variations subies par des phénomènes littéraires issus de différents pays, avec ou sans contact factuel, en même temps que l'étude comparative de l'hétérogénéité et de la variabilité de différentes expressions littéraires dans le même domaine ».Cette hypothèse esquisse une nouvelle orientation et montre la multiplicité des passerelles possibles que la littérature comparée établit entre domaines linguistiques et culturels différents.） [25]。

  美国哈佛大学（Harvard University）厄内斯特·伯恩鲍姆讲席教授、比较文学教授大卫·达姆罗什（David Damrosch）对该专著尤为关注。他认为《比较文学变异学》（英文版）以中国视角呈现了比较文学学科话语的全球传播的有益尝试。曹顺庆教授对变异的关注提供了较为适用的视角，一方面超越了亨廷顿式简单的文化冲突模式，另一方面也跨越了同质性的普遍化。[26]国际学界对于变异学理论的关注已经逐渐从其创新性价值探讨延伸至文学研究，例如斯蒂文·托托西近日在 *Cultura* 发表的（Peripheralities: "Minor" Literatures, Women's Literature, and Adrienne Orosz de Csicser's Novels）一文中便成功地将变异学理论运用于阿德里安·奥罗兹的小说研究中。

---

25 Bernard Franco La littératurecomparée: Histoire, domaines, méthodes，Armand Colin 2016.

26 David Damrosch Comparing the Literatures,Literary Studies in a Global Age,Princeton University Press,2020.

　　国际学界对于比较文学变异学的认可也证实了变异学作为一种普遍性理论提出的初衷，其合法性与适用性将在不同文化的学者实践中巩固、拓展与深化。它不仅仅是跨文明研究的方法，而是一种具有超越影响研究和平行研究，超越西方视角或东方视角的宏大视野、一种建立在文化异质性和变异性基础之上的融汇创生、一种追求世界文学和总体问题最终理想的哲学关怀。

　　以如此篇幅展现中国比较文学之况，是因为中国比较文学研究本就是在各种危机论、唱衰论的压力下，各种质疑论、概念论中艰难前行，不探源溯流难以体察今日中国比较文学研究成果之不易。文明的多样性发展离不开文明之间的交流互鉴。最具"跨文明"特征的比较文学学科更需要文明之间成果的共享、共识、共析与共赏，这是我们致力于比较文学研究领域的学术理想。

　　千里之行，不积跬步无以至，江海之阔，不积细流无以成！如此宏大的一套比较文学研究丛书得承花木兰总编辑杜洁祥先生之宏志，以及该公司同仁之辛劳，中国比较文学学者之鼎力相助，才可顺利集结出版，在此我要衷心向诸君表达感谢！中国比较文学研究仍有一条长远之途需跋涉，期以系列丛书一展全貌，愿读者诸君敬赐高见！

曹顺庆

二零二一年十月二十三日于成都锦丽园

目

次

绪 论

　　十九世纪以前，英国人关于中国的知识大多来自意大利、葡萄牙、西班牙、荷兰和法国等航海家、水手、商人和传教士的著作。在英吉利民族的环球航行及海外贸易发达后，英国人写就的亲历性游记就占据了"中国区"书架的半壁江山。"在剑桥和伦敦，走进旧书店，寻捡十九世纪出版的有关中国的书籍。这些书并不放在历史或哲学的架上，而是放在地方志和旅游的书架上。"[1] "对中国的认识，法国是通过在华天主教传教士来完成的，而英国则是由航海家和商人来实现的。"[2]旅行者和旅行写作在英国的"中国学"建构中起了独特的作用，这当属英国文学史、汉学史和中英文化交往史中共存的一个显著特点，然而，这一独特性至今仍未被明确揭示和充分讨论。

　　英国历史上第一个官方访华使团，马嘎尔尼皇家使团（The Macartney Embassy）的副使乔治·莱奥纳德·斯当东爵士（Sir George Leonard Staunton, 1737-1801），在出使中国的报告（*An Authentic Account of an Embassy from the King of Great Britain to the Emperor of China*, 1797）中曾言："中国的排外和偏见、闭关自守，对自己文化的高度优越感，这种狭隘观念形成了整个中国文化的体系"。[3]使团另一位重要成员约翰·巴罗爵士（Sir John Barrow, 1764-1848）在他的旅行记（*Travels In China*, 1804）中断言："跟欧洲相比，中国可以说是在微不足道的小事上伟大，在举足轻重的大事上渺小。"[4]第一位来中

1　〔日〕近藤一成，英国的中国学〔A〕，王瑞来译，张西平主编，欧美汉学研究的历史与现状〔C〕，郑州：大象出版社，2006，第 366 页。
2　〔日〕近藤一成，英国的中国学〔A〕，第 366 页。
3　Staunton, George Leonard. *An Authentic Account of an Embassy from the King of Great Britain to the Emperor of China*, London: G.Nical, 1797. 14.
4　Barrow, John. *Travels in China*. Cambridge: Cambridge University Press, 2010. Chapter VI.355.

国的基督新教传教士，伦敦传道会的马礼逊（Robert Morrison, 1782-1834）在日记（*Memoirs of the Life and Labours of Robert Morrison*, 1839）中说：“中国人也是一个具有不可知论、狡诈和说谎言的民族。”[5]第一位来华的英国国教传教士，曾任香港维多利亚大主教的施美夫（George Smith, 1815-1871）在游记（*A Narrative of an Exploratory Visit to Each of the Consular Cities of China*, 1847）中称，中国是一个“充满迷信与盲目崇拜的黑暗国度”。[6]第二次鸦片战争期间，负责对清朝事务的大不列颠全权公使额尔金伯爵（James Bruce, 8th Earl of Elgin, 1811-1863）在日记中写道：“我将对付的是一个奇怪的民族，这个民族令人钦佩的东西固然不少，然而性格乖张，因此，要想和他们生存在一起，完全有必要以严厉乃至残忍的手段对待之。这个民族自尊到了自负的地步，必须不断提醒他们，世上还有和他们一样的族类，否则，他们将变得无法无天。”[7]与此同时，在北京使馆工作的医生戴维·芮尼（David Field Rennie, ?-1868）则逆主流而行，在旅居中国的札记（*Peking and the Pekingese*, 1860）中称：“当我离开中国的时候，我的判断给了我一个信念，便是中国民族作为一个整体来说，绝对不是从那些有限的和不公平的观察所作的结论那么邪恶。相反，比较我们国民的下层和他们的社会的下层来说，他们无疑更为守礼、严谨、勤劳和聪慧。”[8]曾任上海领事的麦华陀爵士（Sir Walter Henry Medhurst, 1823-1885）在 1872 年的作品中认为：“中国人的性格中既有仁慈与绅士的一面，也有残酷与粗野的一面，在不同的境遇中，会展现出这两类不同的情感。”[9]旅行作家夏金（Charles J.H.Halcombe）在 1896 年的游记中写道：“在领略了东方国家的信仰教义和风俗习惯之后，……如果说因为一个人跟我们不信仰同一宗教，就说他们是‘野蛮人’，未免专横。我相信，无论他信仰基督，还是信仰孔夫子，佛祖或是穆罕默德，只要恪守信仰，按规矩行事，

---

5 〔英〕马礼逊夫人编，马礼逊回忆录〔M〕，顾长声译，桂林：广西师范大学出版社，2004，第 130 页。

6 〔英〕施美夫，五口通商城市游记〔M〕，温时幸译，北京：北京图书馆出版社，2007，第 7 页。

7 Elgin, James. *Letters and Journals of James, eighth earl of Elgin*. London: John Murray, 1872. Chapter VII, 'First Mission To China—Preliminaries'.6 月 1 日的日记。

8 〔英〕芮尼，北京与北京人〔M〕，李绍明译，北京：国家图书馆出版社，2008，第 5 页。

9 Medhurst, Walter Henry. *The Foreigner in Far Cathay*, Cambridge: Cambridge University Press, 2010. p.169.

就是个好人。否则,其他的想法就是荒谬和不宽容的。"[10]书写中国最为著名的英国女作家,阿奇博尔德·立德夫人(Mrs.Archibald Little, 1845-1926)则依据她与丈夫在中国旅居数十年的经验总结称:"尽管中国人在很多方面与我们不尽相同,但他们总体上是一个拥有诸多优良品质的伟大民族。"[11]从完成环球航行的乔治·安森(George Anson, 1697-1762)船队到达中国,到八国联军侵华这百余年间,英国人创作了卷帙浩繁的以中国为主题的作品,这些作品绝大部分都属于旅行写作。除了致力于通商、征战和建立外交关系的带有官方性质的旅行及写作外,还有在福音复兴运动(the Evangelical Revival)激励下产生的传教旅行与传教活动记录,以及部分自由旅行者、记者、画家和摄影师的游记作品,这些著作对英国乃至整个西方社会的中国观念影响都非常大。

正如英文中常用的两个单词"亲华"(Sinophile)与"厌华"(Sinophobia)所显示的,英国人对中国的态度大致可以如此归类,尽管事实上这两种倾向在任何时期的任何作者身上都并非是完全极端和泾渭分明的。从十八世纪下半叶开始,许多影响甚大的英国思想家对中国的看法基本都属负面,这些负面看法大多来源于航海家、商人和传教士的游记。如苏格兰启蒙运动的重要哲学家大卫·休谟(David Hume, 1711-1776)认为中国人对祖宗的成规从不反抗,所以"这个巨大帝国里科学的进展如此缓慢"。[12]而且,英国依靠从美洲殖民地获得供给,而白银流向中国后不再流动,英国在与中国的贸易中蒙受不利。[13]现代西方经济学创始人亚当·斯密(Adam Smith, 1723-1790)写道:

> 中国下层人民的贫困程度远远超过欧洲最贫穷国民的贫困程度。据说,在广州附近,有成千上百户人家,陆地上没有住处,栖息于河面的小渔船中。因为食物匮乏,这些人经常争抢欧洲船只扔向船外的最污秽的食物。腐烂的动物尸体,像死猫或死狗,即使一半烂掉发臭,他们得到后也高兴,就像别国人得到卫生的食品一样。

10　〔英〕夏金,玄华夏〔M〕,严向东译,李国庆校,北京:国家图书馆出版社,2009,第 273 页。

11　Little, Alicia E. Neva. *Intimate China: The Chinese as I Have Seen Them*. Cambridge: Cambridge University Press, 2010. p.xv.

12　〔英〕大卫·休谟,论艺术和科学的兴起和进步〔A〕,人性的高贵与卑劣:休谟散文集〔M〕,杨适等译,上海:三联书店,1988,第 47-48 页。

13　〔英〕大卫·休谟,论贸易平衡〔A〕,休谟经济论文选〔M〕,陈玮译,北京:商务印书馆,1984,第 56 页。

结婚在中国是受鼓励的，但这并不是为了获得人丁兴旺的益处，而
是由于他们可以随意杀害婴儿。在各大城镇，每晚都有若干婴孩被
抛弃在街头巷尾，或者像小狗一样被扔进水里溺死。而这种可怕的
活动据说是一部分人公开的谋生手段。[14]

斯密在《国富论》一书中数十次论述到中国的社会、经济和民生状况，在写到
"中国"（China）时，他所冠以的形容词使用频率最高的是"停滞的"
（stationary）。休谟和斯密都从未有机会到中国进行实地考察，也没有证据显
示他们能够阅读中文书籍，他们论著中所使用的关于中国的材料，主要来自乔
治·安森等人的环球旅行记和天主教耶稣会士的书简，而他们撷取的显然多是
对中国不利的那部分内容。[15]休谟和斯密都是将这些旅行者的见闻录当成可靠
的社会学和经济学例证来使用的。待到 1795 至 1810 年间，马嘎尔尼使团成员
的访华纪事陆续出版后，英国和欧洲其他各国的思想家评判中国时所能依据
的材料就更加丰富了。而且，由于斯当东和巴罗都是饱读诗书、贵为爵士之人，
他们的报告和旅行记又都是基于亲身经验写成，对中国的内省和皇城有深入
观察，记录得又都无比详细，所以，他们的作品传播得更加广泛，影响更加深
远，其他学者和思想家加以引用时几乎不会怀疑其客观、真实与可靠性。斯当
东和巴罗的中国出使记主要展现了满清朝廷的傲慢专制，科学技术停滞不前，
道德体系有弊端，以及中国人生性冷漠卑微，这些描述强化和进一步确认了后
来英国及欧洲知识界对中国的负面看法。例如，英格兰经济学家马尔萨斯
（Thomas Robert Malthus, 1766-1834）认为，尽管中国平民非常贫困，但她巨
大的人口数量却令欧洲人震惊，在如何调控人口数量这个问题上，马尔萨斯认

---

14 Smith, Adam. *An Inquiry into the Nature and Causes of the Wealth of Nations*. Rowman
& Littlefield Publishers, Inc. 1993. Book one, Chapter VIII. p.106.

15 1742 年，乔治·安森船队的主舰"百总号"（Centurion）劫掠了一艘西班牙大帆
船后，停靠澳门，需要修缮和食物供给，但广东地方官没有积极配合。虽然最终
中国人满足了英国船队的要求，但安森旅行记中充斥的仍是对中国艺术、语言和
中国人性格的贬低描述。见 Walter, Richard, and Benjamin Robins, *A Voyage round
the World in the Years MDCCXL, I, II, III, IV*, ed. Glyndwr Williams, London: Oxford
University Press, 1979. 法国启蒙思想家孟德斯鸠（Charles de Secondat, Baron de
Montesquieu, 1689-1755）和卢梭（Jean-Jacques Rousseau, 1712-1778）也对中国政
治、科学和艺术评价很差。见〔法〕孟德斯鸠，论法的精神，张雁深译，北京：商
务印书馆，1995。参见：范存忠，中国文化在启蒙时期的英国〔M〕，南京：译林
出版社，2010，第 58-59 页。钱钟书，'China in the English Literature of the Seventeenth
and Eighteenth Centuries'〔A〕，钱钟书英文文集〔M〕，北京：外语教学与研究出
版社，2011。

为，中国律法容忍任意杀害婴儿是人口控制的主要方法之一。[16]马尔萨斯在写作中一方面引用了休谟、斯密和法国神父杜赫德所编的《中华帝国全志》（*Description de la Chine*, 1735）的部分内容，另一方面，也是更主要的，他使用的材料是来自斯当东的出使报告。此外，德国古典哲学的集大成者黑格尔（Georg Wilhelm Friedrich Hegel, 1770-1831），也在他的《历史哲学》（*Lectures on the Philosophy of History*, 1837）一书中多次提到马嘎尔尼使团在中国的经历，并认为中国历史虽然漫长，但历久不变，已然落后。他对中国历史、社会和文化的论述参考了英国人的作品是确凿无疑的。[17]等到两次鸦片战争爆发，关于中国的负面描述在英国人的中国旅行写作中愈演愈烈。中国人口庞大、杀婴合法、人民赤贫、科技和社会停滞不前，这种看法几乎成了欧洲人的共识。例如，英国古典自由主义的代表理论家约翰·斯图尔特·密尔（John Stuart Mill, 1806-1873）认为，中国是缺乏自由权利的东方专制主义的典型。[18]一直到1900年义和团运动爆发，八国联军远征中国，英国知识界流行的中国观仍旧以中国停滞论，东方专制论，中国人堕落野蛮论为主，最后还衍生出了中国威胁论这一变体。所以，从十八世纪下半叶开始，英国旅行家带回的消息，经过时间的酝酿和发酵，被众多思想家反复挑拣引用并再阐释，某些内容就固化成了无需置疑的定论长久流传。以至于当代一些欧美历史学者和中国研究者在做中国历史及中外关系史研究时，仍旧大量依据他们本国留存的那些关于中国的材料。如法国政要兼学者佩雷菲特（Alain Peyrefitte, 1925-1999）的畅销书《停滞的帝国：两个世界的撞击》（*L'empire Immobile, Ou, Le Choc Des Mondes: Récit Historique*, 1989）[19]，美国学者特拉维斯·黑尼斯三世（W.Travis Hanes III）与弗兰克·萨尼罗（Frank Sanello）的《鸦片战争：一个帝国的沉迷和另一个帝国的堕落》（*Opium Wars: The Addiction of One Empire and the Corruption of*

16 Malthus, Thomas Robert. *An Eassy on the Principle of Population 1798*. London: St.Paul's Church-yard, 1798. Chapter 5. p.74.

17 〔德〕黑格尔，历史哲学〔M〕，王造时译，上海：上海书店出版社，2006，"第一部　东方世界""第一篇　中国"。

18 Mill, John Stuart. *On Liberty*. London: John W. Parker & Son. 1859.密尔的公职是在东印度公司工作，他对中国的评判一方面来自前人著述，另一方面应与亲身经验相关。参见：耿兆锐，文明的悖论：约翰·密尔与印度〔M〕，杭州：浙江大学出版社，2014。

19 有人指出，佩雷菲特的很多著作实际都是另一名叫格扎维埃·瓦尔特的人执笔写就的。见郑若麟，佩雷菲特的"捉刀人"——格扎维埃·瓦尔特〔EB/OL〕，http://blog.ifeng.com/article/1726085.html

Another, 2004）等，他们所用的史料中的很大一部分都属于当时的旅行写作。如果仍旧将这类游记视作无需怀疑的"史料"进行运用，学者的出发点、视角、方法和结论就无疑难逃旧观念的陷阱。

另一方面，从中国进入欧洲人的视野始，不论在商人、水手、大使或传教士笔下，中国都既有丑恶也有美好的一面，这些看似矛盾的描述几乎在每一本著作中都有体现。约翰·巴罗在 1804 年出版的《中国之行》（*Travels in China*）中就批评了耶稣会士们的书籍：

> 在赞颂孝道之美好的同时，他们提到普遍的弃婴现象；在严格的礼仪规范之外，是一系列最无耻的纵情声色；士大夫的美德和哲学又是以他们的无知和恶习作为注解的；如果这一页说该国的土地无比肥沃、农业惊人地发达，下一页则是成千上万的人因饥饿而死；在钦佩地赞美艺术和科学先进的同时，又毫不隐晦地告诉我们，没有外国人的帮助，他们既不能制造火炮，也不能计算日月食。[20]

巴罗的总结很精辟，概括了"中国"在欧洲人笔下的动摇不定和自相矛盾。耶稣会士书简是十九世纪以前欧洲人能够获得的关于中国的最主要的原始材料，由于其本身对中国的描述就毁誉参半，不同的思想家都能从中找到支持他们各自论点的证据。所以，在乔治一世（George I of Great Britain, 1660-1727）和乔治二世（George II of Great Britain, 1683-1760）统治时期的英国，有些反对以金钱左右政治的贵族，就推崇中国通过科举考试选拔官员的制度，认为中国是依靠智者和贤人统治的国家，而这正是柏拉图和托马斯·莫尔（Sir Thomas More, 1478-1535）所憧憬的"理想国"的基本要素。[21]在启蒙时期的法国，伏尔泰（Voltaire, 1694-1778）也大肆赞扬中国的统治文明和儒家道德，与孟德斯鸠（Charles de Secondat, Baron de Montesquieu, 1689-1755）针锋相对。[22]待到十九世纪，欧洲人对中国文化的讨论就不仅限于政治或宗教道德主题了，他们还对中国的自然风景、寺庙佛塔、古董工艺和日常生活进行了大量描述，而涉及这类话题时，赞美与欣赏的态度基本占据主流。各色人等基于亲身体验对中

---

20 Barrow, John. *Travels in China*. Cambridge: Cambridge University Press, 2010. Chapter II. pp.30-31.

21 〔美〕埃德蒙·莱特，中国儒教对英国政府的影响〔A〕，李文昌译，《国际汉学》编委会编，国际汉学〔C〕，第一期，北京：商务印书馆，1995。

22 〔法〕伏尔泰，风俗论：论各民族的精神与风俗以及自查理曼至路易十三的历史〔M〕，梁守锵译，北京：商务印书馆，1995。

国形成的多向度的描摹，还促成了二十世纪初英美知识界对中国的道家哲学、儒家道德和诗歌艺术热衷态度的复兴。由此，如果没有旅行者和亲历性游记的贡献，欧洲人对中国的认识层次就很难加深和细化，并且，得益于诸多旅行者的写作，欧洲人对中国的整体观念和态度才得以松动甚至扭转。所以，十九世纪英国人的中国旅行写作，既拓展了西方的中国知识的范围与深度，又促进了西方人对中国人生活境况的同情与理解，也就是从智识和情感两方面，都增加了西方对中国的接受程度。

从态度上识别英国人对中国的喜爱或厌恶似乎很容易，但问题的关键远不在辨别其是臧是否的态度上，而在于理清其态度所针对的内容，以及其态度产生的深层原因，但这些问题的本质又恰恰隐藏在英国和欧洲思想史纷繁复杂的表象之下。首先，面对关于中国文化的同一个主题，不同时代的思想家的态度可以截然相反。如"中国停滞说"在十九世纪以前被很多人认为是国家稳定的标志，是值得羡慕的，但在十九世纪的主流观点中，"停滞"就被贬斥。美国汉学家柯文（Paul A.Cohen）曾明言："其实认为中国是不变的，并不是什么新鲜看法，它在十九世纪以前已流行甚广。十九世纪看法的新处在于，它给予停滞不变这种据说是中国的属性以否定性评价。在法国革命前，中国社会稳定不变曾被许多作家视为值得西方仰慕的明显优点。"[23]其次，同一时代的不同思想家基于各异的立场，对中国文化的同一主题态度可能相反。最后，面对中国政治、社会、哲学、艺术等不同文化内容，同一位作者的态度并不一致，他可能既贬低中国科技水平落后，又赞美中国艺术优美精湛。这些特点上文已经有所展现。由于十九世纪向英国传递中国信息的旅行者除了代表国家利益的外交官和军人外，还有传教士、商人、作家、记者和艺术家等身份各异的人物，他们对中国的看法有些与官方意识形态比较靠近，有些也会反其道而行。他们的旅行写作中展现了一些中国的丑恶面，比如朝廷傲慢自闭，官员腐败，律法不公，自然科学落后等，但同时也透露了一些美好面，比如对中国自然风光、艺术和哲学思想中某些内容的欣赏。后者尽管处于弱势地位，但这类态度仍旧体现了从马可·波罗时代到十七世纪，欧洲记忆里那个"乌托邦中国"传统的生命力。所以，时代思潮、中国的现实，以及写作者的身份与个体观念，共同决定着英国（西方）人对中国的整体评价和态度。

23　〔美〕柯文，在中国发现历史——中国中心观在美国的兴起〔M〕，林同奇译，北京：中华书局，2002，第56页。

综上所述，十九世纪英国人的中国旅行写作非常重要，它们构成了英国乃至整个西方"中国学"传统的一支，被同时代及后世的西方学者当作是研究中国历史文化和中英交往史的原始资料，左右着其同时代及后世读者认识中国的方式与态度。但是，这些如此重要的，产生了深远影响的写作实际隐含着许多陷阱和问题。问题的第一个层面在于这些著作本身。它们归根结底属于旅行家的文字记述，不可避免地充满修辞策略、主观妄断和片面之词，很难说是完全真实、客观和公正的。问题的第二个层面则在于这些文本被接受的方式。从亚当·斯密和黑格尔等人对中国知识的接受案例看，旅行家的作品几乎未被其读者反思和质疑，旅行写作长久以来都被西方学者视作是传递客观、真实和可靠知识的载体，拥有权威性。但这种客观真实性正在不断受到挑战。问题的第三个层面在当今学术界对这类文本的研究还存在盲点。十九世纪英国人的中国亲历记属于旅行写作这一文类，而不论是近代以来英国人的全球旅行活动，还是旅行写作这一文类的繁荣，都与帝国扩张有直接联系，如何反思和看待这些影响重大的旅行写作，是当今中英学界共同面对的问题。就像英国当代学者彼得·休姆（Peter Hulme）和提姆·杨斯（Tim Youngs）指出的，有相当多的旅行写作发行量大，非常重要，可是文学批评者却对它们关注不够。这与现代主义文学批评观念的流行有关，学者们似乎更重视具有虚构复杂性（fictional complexity）的作品，而轻视摹仿自然（mimetic）的作品。即使有研究涉及，它们也从未被当作旅行写作来分析研究。[24]由此，从旅行写作的角度切入，运用比较文学的跨文化与跨学科视野，对十九世纪英国人的中国旅行写作进行研究，可以对澄清英国的中国观、汉学传统以及中英文化交往史中的相关问题有极大帮助。

一、英国的中国旅行写作：问题的由来及学术研究史

英国人对中国的发现是包含在其对世界的发现历程中的，要理解英国人的海外旅行和旅行写作传统，必须回到"大航海时代"。十五至十七世纪的欧洲被称为"扩张的时代"，1492年哥伦布发现新大陆，1498年达伽马到达印度，1519至1521年麦哲伦的船队进入太平洋并行至马六甲和中国南海，这一系列探险和发现行动的动机都已被证明是为了"上帝和黄金"。在占领海外

---

24 Hulme, Peter, and Tim Youngs, eds. *The Cambridge Companion to Travel Writing*. Cambridge: Cambridge University Press, 2002. p.7-8.

殖民地的行动中，英国落后于葡萄牙和西班牙，直到 1558 年伊丽莎白女王即位，自上而下完成宗教改革，[25]威尔士与英格兰合并，英国的全球探险和征服事业才开始起航。都铎王朝时期（Tudor dynasty, 1485-1603），英国由封建社会向资本主义社会过渡，资产阶级和新贵族希望保持和平，以利于发展经济。从此时起，英国国内的纺织业、矿业、机器制造业的发展与国外的全球贸易都奔向同一个目的，那就是追逐经济利益，积累原始资本，使国家富强。英国第一批试图开拓新世界的行动都始于十六世纪五十年代，乡绅汉弗莱·吉尔伯特（Humphrey Gilbert, 1539-1583）于 1576 年写作了《谈从西北抵达中国和西印度群岛》（*A discourse of a discouerie for a new passage to Cataia*）一书，目的是绕开被西班牙、葡萄牙和荷兰人控制的航道，寻找从西北到达东方的航道。专门抢劫西班牙殖民地和船只的英国大海盗弗朗西斯·德雷克（Francis Drake, 1540-1596）[26]在 1577 至 1580 年间也完成了环球航行，1588 年英国海军击败西班牙"无敌舰队"，1600 年英国东印度公司成立，这一系列行动标志着英国虽然是后起之秀，但她已然夺过了海上霸主的权杖。1660 年，英国第一个皇家学会（the Royal Society）在伦敦建立，成为促进旅行繁荣和影响旅行活动的官方因素。英国旅行及旅行写作的繁荣与帝国的建立和殖民扩张行动相生相伴。到十八世纪中叶，全世界只有很少的地方未被不列颠旅行者探索、通商、占有、分类或书写过。纵观英国人国内和海外旅行的历史以及英国作家的游记创作，很难区分到底是现实中的旅行活动促进了旅行写作的繁荣，还是盎格鲁-撒克逊人喜爱冒险的精神与求知欲结合导致其热衷旅行，抑或是欧洲哲学和科学界对人类认知能力的探索，以及对自然规律的发现，激发了他们对旅行及旅行文学创作的热情。这些因素总是相互交织、相互作用。包括英国在内的所有欧洲国家的航海活动，最终都给非欧洲地区的人民带来了殖民、奴役、贫穷、疾病等伤害，将这些行动统称为"旅行"，以及将在这一过程中产生的作品称为"旅行写作"很难将其中的波澜壮阔或血泪悲苦表达于万一。不过，旅行和旅行写作仅仅是作为本课题研究的一个学术框架，在后文具体分析十九世纪英国人在中国的旅行及写作时，这些问题都会被详加阐述。

---

25 新教对资本主义的促进，可见 Weber, Max. *The Protestant Ethic and the Spirit of Capitalism*. Parsons, Talcott, trans. London and New York: Routledge, 1992.

26 〔美〕克莱顿·罗伯茨，戴维·罗伯茨，道格拉斯·R.比松，英国史（下）〔M〕，潘兴明等译，北京：商务印书馆，2013，第 311 页。

从中世纪的朝圣之旅、骑士传奇，文艺复兴时期的航海日志、环球旅行，到十七、十八世纪的大旅行、探险远征等，在英国文学史中确实存在着一支旅行写作的文类传统。[27]到十九世纪，英国人的旅行足迹已遍布国内外各个角落，经典的旅行文学著作更是浩如烟海，实难一一归纳，[28]也是在这一世纪英国产生了大量关于中国的旅行写作。日益增长的人口压力、财富和权力欲望的膨胀、劝解异教徒改宗的狂热以及对全球贸易和自由行动的推崇，都促使英国人在十九世纪大量涌向海外。来自英国的移民、殖民者、传教士、商人、科学家、投机者甚至罪犯，都可以在美洲、大洋洲、非洲和亚洲各地自由流动。英国人最早与中国的实际接触都在商业领域，所以英国人在十七、十八世纪的旅行记中涉及中国的部分也多为对东南亚地区（爪哇、马六甲、巴达维亚、菲律宾、马来亚等地）华人的印象，以及对澳门和广州等地官员、商人和些许社会现实的印象。[29]东印度公司在中国有庞大的茶叶、丝绸、瓷器等各类进口贸易活动，[30]服务于该公司的大班、译员、水手和船长们是英国人中对中国最早有所熟知的群体。到十八世纪末叶，一方面中国已经成为英国最大的贸易国，但清政府设置的限制过多，苛捐杂税负担太重，所以东印度公司的商人们总是向国内的政府呼吁，要与清政府协商谈判；另一方面，由于来自英、法、葡、西、美各

27 Hulme, Peter, and Tim Youngs, eds. *The Cambridge Companion to Travel Writing*. Cambridge : Cambridge University Press, 2002.

28 英国人在国内的旅行和写作历史可见 Moir, Esther. *The Discovery of Britain: The English Tourists, 1540-1840*. London: Routledge & Kegan Paul, 1964；在中东地区的旅行可见 Said, Edward. *Orientalism*, New York: Penguin Books, 2003；在非洲可见 Koivunen, Leila. *Visualizing Africa in Nineteenth-Century British Travel Accounts*. London: Routledge, 2008；英语学界对英国人在世界各地的旅行活动及写作的研究可见 Hulme, Peter, and Russel McDougall, ed. *Writing, Travel and Empire*. I.B.Tauris & Co. Ltd. 2007; Youngs, Tim. *Travel Writing in the Nineteenth Century, Filling the Blank Spaces*. London: Anthem Press, 2006; Duncan, James, and Derek Gregory, ed. *Writes of Passage, Reading travel writing*, London and New York: Routledge, 2002; Kuehn, Julia, and Paul Smethurst, ed. *Travel Writing*, Form, and Empire, The Poetics and Politics of Mobility, New York: Routledge, 2009.很多年代久远的游记也在英国不断再版，如兰登书屋的旧日旅行（Randon House's Vintage Departures）和皮卡杜的旅行经典（Picador's Travel Classics）系列，剑桥大学出版社的"旅行与探险"系列（Cambridge Library Collection, Travel and Exploration）等，这些书系可以对英国文学中的旅行写作传统有所还原。

29 详见叶向阳，英国 17、18 世纪旅华游记研究〔M〕，北京：外语教学与研究出版社，2013。

30 〔美〕马士，东印度公司对华贸易编年史〔M〕，区宗华译，广州：中山大学出版社，1991。

国的船只和人员都集中在广州贸易，人员素质参差不齐，他们与当地百姓之间的冲突频发，刑事案件非常多，英国人对广东官员的审判乃至对清朝的律法都多有不满，所以他们也向英国政府吁求要与皇帝沟通，保证英国人在广东的人身和财产安全。

就是在这种历史情境下，时任英国内政大臣的苏格兰政治家罗伯特·邓达斯（Henry Dundas, 1st Viscount Melville, 1742-1811）在1792年1月提议，英政府应派出正式使团出使中国，因为"英中贸易正在逐渐增长，实际贸易额超过了英国对所有其他国家的贸易额"，而束缚太多，税费太重，需要与北京政府沟通，也保证广州英商获得尊重和安全保障。[31]故而，由马嘎尔尼伯爵（Earl George Macartney, 1737-1806）任正使的皇家使团于1792年9月从普利茅斯港出发，于1793年8月到达天津白河口。这次声势浩大的出使行动催生出了第一批由英国人写作的，专门关于中国的旅行文本，对英国社会、政治和文化界的影响都非常大，尤其在传播中国知识和构建中国认知上起了重要作用。在这些旅行记录中，影响较大的有副使乔治·莱奥纳德·斯当东爵士的《大不列颠国王派使觐见中国皇帝的正式报告》（*An Authentic Account of an Embassy from the King of Great Britain to the Emperor of China*, 1797）[32]，科技顾问约翰·巴罗爵士的《中国之行》（*Travels In China*, 1804）[33]。此外，水手爱尼斯·安德逊（Aeneas Anderson）的《英国使团赴中国记事》（*Narrative of the British Embassy to China*, 1795）[34]，以及画家亚历山大（William Alexander）的《中国服装》（*The Costume of China, Inscribe to the Earl of Macartney Y.K.B.Embassador from King of Great Britain to the Emperor of China*, 1804）[35]也流传较广。虽然这次出使没有实现英国在商业和政治上的预期目的，但使团成员基于此次出访和游

---

31 Davis, John Francis. *The Chinese, A General Description of the Empire of China and Its Inhabitants*. New York: Harper & Brothers, 1836.Chapter III. p.76.

32 中译本〔英〕斯当东，英使谒见乾隆纪实〔M〕，叶笃义译，北京：商务印书馆，1963。

33 中译本〔英〕巴罗，我看乾隆盛世〔M〕，李国庆、欧阳少春译，北京：北京图书馆出版社，2007。

34 中译本〔英〕埃尼斯·安德逊，英国人眼中的大清王朝〔M〕，北京：群言出版社，2002。

35 两种中文本：〔英〕吴芳思，刘潞编译，帝国掠影：英国访华使团画笔下的清代中国〔M〕，北京：中国人民大学出版社，2006。〔英〕威廉·亚历山大，1793：英国使团画家笔下的乾隆盛世：中国人的服饰和习俗图鉴〔M〕，杭州：浙江古籍出版社，2006。

览经历写就的大部头作品，却为英国政府提供了海量的情报。在打开中国大门这种急切欲望的驱使下，1816 年英国又派出阿美士德伯爵（William Pitt Amherst, 1st Earl Amherst, 1773-1857）率领的使团赶赴中国，这次出使不仅任务失败而且饱受屈辱。尽管如此，这次行动也成就了两部关于中国的旅行作品，这就是随行医师克拉克·阿裨尔（Clarke Abel）的《1816-1817 年中国之旅记事》（*Narrative of a Journey in the Interior of China, and of a Voyage to and from that Country in the Years 1816 and 1817: Containing an Account of Lord Amherst's Embassy to the Court of Pekin*, 1818）[36] 和副使亨利·埃利斯（Henry Ellis）编著的《最近一次出使中国日志集》（*Journal of the Proceedings of the Late Embassy to China*, 1817）[37]。尽管两次出使受挫令英国人蒙羞，但这两次出使也为英国政府带回了关于中国的详尽情报，这使英国人掌握了外交主动权。所以，四十年代他们改变了与清朝交往的对策，转为强硬的"炮舰外交"（Gunboat Diplomacy），发动了两次对华战争。因此，代表国家身份和利益来中国的英国人变成了战时的特派全权大使、通商口岸城市的领事、香港总督、以及为外交服务的汉学家、译员等，这些人也基于他们在中国的活动经历，留下了大量的作品。例如：曾作为翻译跟随阿美士德使团访华，接替律劳卑（Lord Napier, 1786-1834）担任驻华商务总监，并被尊称为英国"第一位汉学权威"[38] 的第二任港督，德庇时（John Francis Davis, 1795-1890）的《中华帝国及其居民概述》（*The Chinese: A general description of the Empire of China, and its Inhabitants*, 1836），第二次鸦片战争期间英国驻华全权特使额尔金伯爵的《书信和日记选》（*Letters and Journals of James, Eighth Earl of Elgin*, 1872）[39]，英军指挥官格兰特爵士（Sir James Hope Grant, 1808-1875）的《1860 年中国战事

---

36 中译本〔英〕阿裨尔，中国旅行记（1816-1817 年）：阿美士德使团医官笔下的清代中国〔M〕，刘海岩译，刘天路校，上海古籍出版社，2012。

37 中译本〔英〕埃利斯，阿美士德使团出使中国日志〔M〕，刘天路、刘甜甜译，刘海岩审校，北京：商务印书馆，2013。

38 《剑桥中国史·晚清卷》编者言。辜鸿铭则毫不客气地说德庇时爵士其实并不怎么懂中文，他自己也坦白承认。也许他会讲官话，也可以看懂官话小说，但是他的那种水平"在今天几乎不足以担当任何一个领事馆的译员"。见辜鸿铭 1884 年写作并发表于上海《字林西报》（North China Daily News）的英文文章《汉学家》（Chinese Scholarship），收于 Ku Hung-Ming, *The Spirit of the Chinese People*, 1915.

39 中译本〔英〕沃尔龙德编，额尔金书信和日记选〔M〕，汪洪章、陈以侃译，上海：中西书局，2011。

记》（*Incidents in the China War of 1860*, 1875）[40]，随军牧师麦吉（Robert James Leslie M'Ghee）的《我们如何进入北京》（*How we got into Pekin: A Narrative of the campaign in China of 1860*, 1862）[41]，随军译员斯温霍（Robert Swinhoe, 1835/6-1877）的《1860 年华北战役记事》（*Narrative of the North China campaign of 1860; Containing personal experiences of Chinese Character*）[42]，英国驻京使馆医生戴维·芮尼的《北京与北京人》（*Peking and the Pekingese*, 1860）[43]，曾任上海领事的麦华陀（Sir Walter Henry Medhurst, 1823-1885）的《遥远契丹国的外国人》（*The Foreigner in Far Cathay*, 1872），同为驻京使馆的外交官和收藏家阿杰农·密福特（Algernon Bertram Freeman-Mitford, 1837-1916）的《北京信札》（*The Attache at Peking*, 1900）[44]，八国联军随军记者林奇（George Lynch）的《文明的交锋》（*The War of the Civilization: being the record of a foreign devil's experiences with the allies in China*, 1901）[45]，以及第十二任港督卜力（Henry Arthur Blake, 1840-1918）的《中国》（*China*, 1909）[46]等。

　　除了反映通商、征战和建立外交关系的带有官方性质的旅行写作外，十九世纪初，从英国开始的宗教复兴潮流也促成大批新教传教组织的建立，英国人到非西方世界传教的热情高涨起来，这引发了另一类旅行写作传统的流行，这就是传教记录。传教记录也构成了十九世纪英国人在中国旅行写作的重要部分。择其要者大致有：第一位来中国大陆的英国伦敦传教会教士马礼逊的日记（*Memoirs of the Life and Labours of Robert Morrison*, 1839）[47]，马礼逊的助手，

40　中译本〔英〕格兰特，格兰特私人日记选〔M〕，陈洁华译，上海：中西书局，2011。

41　中译本〔英〕麦吉，我们如何进入北京〔M〕，叶红卫、江先发译，北京：中西书局，2011。

42　中译本〔英〕斯温霍，1860 年华北战役纪要〔M〕，邹文华译，上海：中西书局，2011。

43　中译本〔英〕芮尼，北京与北京人〔M〕，李绍明译，北京：国家图书馆出版社，2008。

44　中译本〔英〕密福特，清末驻京英使信札〔M〕，温时幸译，北京：国家图书馆出版社，2010。

45　中译本〔英〕林奇，文明的交锋：一个"洋鬼子"的八国联军侵华实录〔M〕，王铮译，北京：国家图书馆出版社，2011。

46　中译本〔英〕布莱克，港督话神州〔M〕，余静娴译，北京：北京图书馆出版社，2006。

47　中译本〔英〕马礼逊夫人编，马礼逊回忆录〔M〕，顾长声译，桂林：广西师范大学出版社，2004。

苏格兰教士米怜（William Milne, 1785-1822）的《新教在华传教前十年回顾》（*A Retrospect of the First Ten Years of the Protestant Mission to China*, 1820）[48]，来自普鲁士，但是受英国东印度公司资助，在中国活动，并用英文写作的郭实腊（Karl Friedrich August Gützlaff, 1803-1851）的《中国沿海的三次旅行》（*Journal of Three Voyages along the Coast of China in 1831, 1832 and 1833, with notices of Siam, Corea, and the Loo-Choo Islands*, 1834），翻译圣经，创立墨海书馆和仁济医院的伦敦会传教士麦都思（Walter Henry Medhurst, 1796-1857）的《中国的现状与传教展望》（*China: Its State and Prospects with Especial Reference to the Spread of the Gospel*, 1838），英国国教传教士施美夫（George Smith, 1815-1871）的《代表安立甘会探访中国领事城市、香港岛和舟山岛记事》（*A Narrative of an Exploratory Visit to Each of the Consular Cities of China, and to the Islands of Hongkong and Chusan, in Behalf of the Church Missionary Society, in the Years 1844, 1845, 1846, 1847*）[49]，米怜的儿子美魏茶（William Charles Milne, 1815-1863）的《在中国的生活》（*Life in China*, 1857）和《中国与中国人》（*China and the Chinese*, 1858），韦廉臣（Alexander Williamson, 1829-1890）和艾约瑟（Joseph Edkins, 1823-1905）的《华北、满洲里和东蒙古及朝鲜旅行记》（*Journeys in North China, Manchuria, and eastern Mongolia: with Some Account of Corea*, 1870），艾约瑟的夫人珍妮（Jane Rowbotham Stobbs Edkins）的《中国景象与人民》（*Chinese Scenes and People: With Notices of Christian Missions and Missionary Life in a Series of Letters From Various Parts of China*, 1863），以及韦廉臣夫人（Isabella Williamson）的《在中国的官道上》（*Old Highways in China*, 1884）等。传教士可谓深入中国内地旅行的急先锋，他们中的很多人既致力于传教，又对中国的史地和文化进行科研考察，所以他们创作的旅行记具有多重价值。

在中国旅行和写作的英国人除了外交官、军人和传教士以外，还有部分自由旅行者、植物学家、记者、画家和摄影师等，这些身份的旅行者在十九世纪中期以前比较少，但在十九世纪末叶开始大量涌现。这类人的旅行写作中影响较大的有：苏格兰植物学家罗伯特·福钦（Robert Fortune, 1812-1880）

---

48 中译本〔英〕米怜，新教在华传教前十年回顾〔M〕，北京：大象出版社，2008。
49 中译本〔英〕施美夫，五口通商城市游记〔M〕，温时幸译，北京：北京图书馆出版社，2007。

的《三年漫游》(*Three Years Wanderings*, 1847)和《通往茶叶之国的旅行》(*A Journey to the Tea Countries*, 1852),苏格兰摄影师约翰·汤姆逊(John Thomson, 1837-1921)的《中国与中国人影像》(*Illustrations of China and Its People*, 1873-1874),翻译过《南华经》的自由职业者,巴尔福(Frederic Henry Balfour, 1846-1909)的《远东漫游》(*Waifs and Strays From the Far East*, 1876),职业旅行家和画家,康斯坦丝·高登·库明女士(Constance Frederica Gordon-Cumming, 1837-1924)的《中国漫游》(*Wanderings in China*, 1886),商人和探险家阿奇博尔德·立德(Archibald John Little, 1838-1908)的《穿越扬子江峡谷》(*Through the Yang-Tse Gorges: Or, Trade and Travel In Western China*, 1888),[50]立德的妻子,作家立德夫人(Mrs. Archibald Little, 1845-1926)的《亲密的中国》(*Intimate China: The Chinese as I Have Seen Them*, 1899),旅行作家夏金(Charles J.H.Halcombe)的《玄华夏》(*The Mystic Flowery Land: Being a True Account of an Englishman's Travels and Adventures in China*, 1896),还有环球旅行者毕晓普夫人(Mrs.J.F.Bishop)的《扬子江及周边》(*The Yangtze Valley and Beyond, an account of journeys in China, chiefly in the province of Sze Chuan and Among the Man-tze of the Somo Territory*, 1899),以及水彩画家李通和(Thomas Hodgson Liddell, 1860-)的《帝国丽影》(*China, Its Marvel and Mystery*, 1909)等。上述这些作者当属开启下一时代先河的人物,因为在义和团运动、八国联军侵华、辛亥革命以及第一次世界大战等重大事件发生后,来中国旅行和从事旅行写作的英国人中,文学家、诗人、艺术家和评论家等知识分子群体显著增加,[51]同时也不断有更多的探险家深入西藏、云南和新疆等省份徒步、冒险或考古,[52]这些人的旅行写作则占据了二十世纪上半叶英国人中国写作的中心。[53]

英国的旅行写作传统与中国知识在英国的传播,从十八世纪开始就形成

---

50 中译本〔英〕立德,扁舟过三峡〔M〕,黄立思译,昆明:云南人民出版社,2001。

51 例如奥登和依修伍德、哈罗德·阿克顿、毛姆、狄更生、瑞恰兹、燕卜荪等。

52 例如斯坦因(Sir Mark Aurel Stein)、丁格尔(Edwin John Dingle)、弗莱明(Peter Fleming)等。

53 英国的汉学也是从二十世纪初期开始转变,从"传教士汉学""外交官汉学"或"学院化汉学"转变为现代的"中国学"。从二十世纪三十年代始,就有英国学者(除汉学家外还有世界史学家、东方学家等)开始回顾、总结和批评中西历史上的文化、政治和外交关系,这种研究已经与今天的"中国学"非常相似。而英国人到中国旅行并进行旅行写作的活动从十七世纪至今从未间断、生生不息。

了密不可分的联系，而到十九世纪，这种联系已经汇成了同一种潮流。十九世纪是英国文化界生产中国知识的巅峰时期，而英国生产中国知识的重要途径之一就是旅行写作。旅行写作中承载的知识不仅为汉学家和历史学家所用，对欧洲思想界产生巨大影响，而且对从十八世纪开始就培养起阅读消遣习惯的英国大众也产生了深远影响。从旅行写作打开缺口，对认识和剖析英国及欧洲的思想史演进，有独到作用。中欧文化关系研究者，比较文学理论家安田朴（René Étiemble, 1909-2002）曾写道，多德（Dodds）撰写的《游记故事——〈法的思想〉之资料来源》的论文使人们"更加坚定了一种信念：旅行培养了基督教欧洲的青年甚至是壮年时代。"古斯塔夫·朗松（Gustave Lanson）和杰弗里·阿特金森（Geoffrey Atkinson）都曾详尽考查过文学游记对欧洲哲学及思想运动的重要影响。安田朴也确信，这些研究都"不允许我们再对此持怀疑态度了：哲学思想大部分是由于对旅行者们之经历的思考而形成的"。[54]法国当代比较文学理论家伊夫·谢弗勒（Yves Chevrel）也指出，"游记从古以来一直是接触外国的优先手段：西方历史研究的奠基作品很大程度上建立在希罗多德（Hérodote）的游记或其经历的旅行的基础上；人们还知道游记可以很好地揭示其撰写者的精神和心理架构，游记也往往观照应加以破译的对外国的集体形象的各种假设。"[55]他还辩护称，尽管人们可能会犹豫如何区别"文学材料"和"非文学材料"，但"往往正是在这些没归入文学类的材料中，人们可以找到有助于理解、甚至于发现某一著名作家引用的典故最清楚不过的例子。"[56]谢弗勒的辩护不是漫无目的的，他为游记研究辩护实际针对的正是那些推崇"纯文学"研究的学者的。尽管不应将游记的作用无限夸大，但旅行和游记在欧洲的特定历史阶段和特定文化语境中所起的关键作用是无可置疑的。澳大利亚学者马克林（Colin Patrick Mackerras），也这样评判欧洲各国在不同历史阶段对中国形象塑造的贡献："如果说在十八世纪，在西方的中国形象这一领域，是由法国执牛耳的话，那么在十九世纪则转向由英国主导，美国以一位主要参与者的身份出现，法国依然保持着重要的地位。传教士、外交官、探险家们是这一时期主要的形

---

54 〔法〕安田朴，中国文化西传欧洲史〔M〕，耿昇译，北京：商务印书馆，2013，第 242 页。

55 〔法〕伊夫·谢弗勒，比较文学〔M〕，王炳东译，北京：商务印书馆，2007，第 36 页。

56 〔法〕伊夫·谢弗勒，比较文学〔M〕，第 38 页。

象塑造者。"[57]这凸显出研究西方的中国认知应该重点关注的两个要素：首先是十九世纪的英国，其次是以传教士、外交官和探险家为核心的旅行主体。尽管很多国内学者将研究对象重点放在虚构文学创作上，不过，正如西方中国观的研究者，牛津大学的汉学教授雷蒙·道森（Raymond Dawson）所言，如《赵氏孤儿》之类以中国为背景的虚构文学作品，实际并没有为"树立有特色的中国形象而做出了什么贡献。"[58]追溯历史可以发现，包括英国人在内的欧洲人记载和传播中国知识的最重要文类仍旧是旅行写作，这些旅行文本构成了西方的中国资料的主体，影响着读者大众的观念、作家的虚构创作以及汉学家的学术研究。

所以，在西方学人的科研工作中，涉及十九世纪英国人的中国旅行写作的，主要在汉学和中外关系史领域。二十世纪伊始，英美的汉学家、东方学研究者及历史学家就开始注意运用旅行者的文本，来进行中西交往史的梳理和研究。如曾任皇家亚洲研究协会副会长，大英博物馆东方典籍管理员的英国汉学家道格斯（Robert Kennaway Douglas, 1838-1913）所著《欧洲与远东》（*Europe and the Far East 1506-1912*, 1912），以及曾在大清海关总税务司服务的美国人马士（Hosea Ballou Morse, 1855-1934），出版于 1910-1918 年间的《中华帝国对外关系史》（*The International Relations of the Chinese Empire*）等。马士的著作力图客观忠实地展现 1800 至 1915 年间中国与外国（主要是欧、美、日）政治、经济和军事的交往历史，因为他身处其中，亲身参与了诸多事件，也获得了更丰富、准确和详尽的资料，所以马士的著作至今都被当作研究晚清外交史的经典参考书。尽管美国的权威汉学专家费正清（John King Fairbank, 1907-1991）对马士的著作赞誉有加，认为许多新的中外关系史著作，都只是对马士的已有成果进行了局部补充，但马士所代表的以政治经济为中心的，注重史料搜集和实证考据的外交史研究方法，从二十世纪三十年代开始，就已经受到诸多挑战。英国东方学与国际关系史专家赫德逊（G.F.Hudson）1931 年出版了《欧洲与中国》（*Europe and China: A Survey of Their Relations from the Earliest Times to 1800*, 1931）一书，概述了十九世纪以前欧洲与中国的交往历史。赫德逊的著作展现了一战之后英国学人历史研究的新特点，他没有将重点放在搜

---

57 〔澳〕马克林，我看中国：1949 年以来中国在西方的形象〔M〕，张勇先、吴迪译，北京：中国人民大学出版社，2013，第 16 页。

58 〔英〕雷蒙·道森，中国变色龙——对于欧洲中国文明观的分析〔M〕，常绍民、明毅译，北京：中华书局，2006，第 149-151 页。

集史料和实证考据上，也没有运用教条的编年史的写法，而是用比较的视角，将中西交往的历史放在历时的和全球的视野中叙述。与十九世纪经典历史编纂学的追求史料细节和科学风格相比，赫德逊的特点在于他对历史的主动反思和批判观念上。他认为，东西"两个文化世界彼此对峙，而不造成侵犯，并且大致上是平等对待的时期"，随着十八世纪的结束也就完结了。在该书结尾，赫德逊精炼地总结了十九世纪英国人在主导中欧交往和互识中所扮演的角色：

> 英国人在十九世纪是欧洲与中国交往的主要代表，他们到1850年左右尤其达到了他们的前辈所难以置信的道德高度。在英国政治中再也不能说'每个人都有他的价格'，英国人现在可以对中国官吏的贪污感到震惊。摄政时代已经过去，随着维多利亚女王在位，英国人这时可以对东方的不法罪行摇头了。1833年，英国自治领废除蓄奴制，现在英国人可以大谈亚洲人忽视的人格的神圣性了。1818年，英国国会经过对法律提案的四次否决之后，终于废除了对从商店偷窃价值5先令货物的人处以死刑，于是英国人又可以马上大谈非基督教的民族是如何缺乏人道的情感。1814年，经过对法律提案的一次否决以后，国会同意废除了活挖叛国罪犯内脏的法定刑罚，从而英国人便可以表示他对中国刑罚残酷的厌恶之情。由于这许多道德方面的进展，英国和欧洲整个说来就不再像十八世纪那样盛行崇拜中国的理性和美德，就不足为奇了。[59]

维多利亚时代英国社会制度的改革和进步，帝国主义的霸权实践，都使英国人站在道德制高点，充满民族优越感。所以，对中国政府、法律和人权，甚至民族性和中华文明的整体批判，成为这一时期英国人书写中国的一个主要特征。与赫德逊同时代的，还有美国学者玛丽·马森（Mary Gertrude Mason）1939年出版的著作《1840-1876年间西方的中国及中国人观念》（*Western Concepts of China and the Chinese: 1840-1876*, 1939）[60]，她是最早提出"西方的中国观"

---

59 Hudson, G.F.*Europe and China: A survey of their relations from the earliest times to 1800*. London: Edward Arnold and Co., 1931. 〔英〕赫德逊，欧洲与中国〔M〕，王遵仲等译，何兆武校，北京：中华书局，1995，第302页。

60 中译有两种版本：〔美〕马森，西方的中华帝国观〔M〕，杨德山译，北京：时事出版社，1999。〔美〕马森，西方的中国及中国人观念：1840-1876〔M〕，杨德山译，北京：中华书局，2006。

这一概念的研究者。马森认为，在第一次鸦片战争至十九世纪八十年代，西方制造了大量有关中国的信息，而这些资料构成了一种相对稳固的，现代西方人对中国的观念，这种观念控制着西方人对中国的认知，其影响直到二十世纪四十年代，也就是她写作的年代。意识到西方人从十九世纪开始形成对中国的整体观念，马森的著作不仅致力于各类资料的搜集和概览，并且试图以此来"展示中国在西方思想中扮演的角色，阐明欧洲人对东方人及其国家所持的观念"。[61]她搜集提炼的材料中，有很大一部分都属于英国人在中国的游记。马森的这种研究与之前纯粹的汉学、中国史或中西交往史的研究路数大不相同，或者说，她的这种研究是既包含中国学和中西交往史，又涉及西方社会思想史的综合性研究的新尝试。

二十世纪三十年代以前，西方学者认识中国的方式是实地考察、钻研典籍和就事论事，以介绍和概述的写作方式，描摹一个客观的中国。但此后，一部分汉学家开始对他们赖以研究的关于中国的材料产生了反思和质疑，他们认为前人关于中国的著述根本不是对客观中国的反映，在西方的文化传统和语境中试图认识客观的中国几乎是不可能的，因为从"中国"这一对象进入西方文化历史语境中的那一刻起，"中国"就已经被西方人重构了。欧洲中国学的这种新研究理念和研究范式兴起，从上世纪三十年代开始并不奇怪，尤其是在 1919 年第一次世界大战结束后的英国，在如剑桥和牛津大学这类英才汇聚之地，也是各类意识形态相互斗争空前激烈的场所。不论从事自然科学研究、人文社会研究，还是从事诗歌、戏剧或小说创作的年轻精英们，都有各自追随的世界观和政治理想。虔诚信奉基督教的，对基督教怀疑的，无神论的，泛神论的，坚持自由主义的，反对英国在海外作为的，批评西方政治的，追随社会主义的，均大有人在。由此，为中国说话的、喜好中国文明的、对俄国和中国革命满怀希望的英国人也开始涌现。当时并存的持不同政见的群体可以被大概划分为左翼和右翼，为中国"平反"的那部分英国人多为左翼人物，中国人关注较多的《中国的科学与文明》(*Science and Civilization in China*, 1954-2004) 的核心作者李约瑟 (Joseph Terence Montgomery Needham, 1900-1995)，就是其中一位。但就汉学和中西交往史研究来看，学者的思路远比政治立场丰富复杂，而且中国人对他们思想的理解与接受，也常有误读之处，不过这是另一个

---

61 〔美〕马森，西方的中国及中国人观念：1840-1876〔M〕，杨德山译，北京：中华书局，2006，第 2 页。

论题了。

　　第二次世界大战结束后，"冷战"不仅存在于美苏两大帝国之间，"冷战"思维也主导着中国与欧美的文化关系。在十九世纪，欧洲人区分世界的方式有"西方与东方""宗主国与殖民地""白人与有色人种"或者"文明国家与野蛮民族"，到了二十世纪，这种区分标准则让位于国家政权的意识形态，在"冷战"观念中，世界主要是资本主义国家与社会主义国家的斗争。1949 年以前，没人知道中国将要从满清王朝变成一个怎样的国家，其前途和命运扑朔迷离，而共产主义政权的胜利，使新中国一诞生就自动卷入了冷战中社会主义阵营的一方，所以英国人当时对中国的看法处在新旧碰撞，犬牙交错的状态。尤其是五十、六十年代的中国与清末相比，发生了翻天覆地的变化，来华考察的西方学者对前辈们的研究也掀起了反思和更新的热潮。牛津大学的汉学教授雷蒙·道森（Raymond Dawson）就是其中一位代表人物。他在 1967 年出版了《中国变色龙：对于欧洲中国文明观的分析》（*The Chinese Chameleon: an analysis of European conceptions of Chinese civilization*, 1967）一书，该作至今都被认为是西方学界对"欧洲的中国观"分析得最为杰出的一部，在英语学界影响力非常大。雷蒙·道森 1958 年来中国访问后，开始意识到之前所读的关于中国的资料并不准确，《中国变色龙》一书就是他作为一名当代汉学家，对之前所依赖的研究资料的反思结果，所以他说，"构成本书框架的是观察者的历史，而不是被观察对象的历史"。[62]道森的研究重心转向了制造中国知识的人的历史，而非中国本身的历史。他反思的资料就包括十九世纪英国人写作的大量旅行记。通过批判性研究，道森发现西方人赋予了中国诸多互相对立的特性，他认为，这些不断变化的观念有一部分属于中国的实际情况，但还有很大一部分是出于欧洲的需要而被想象和杜撰出来的。作者认为，那些旅行者的言论"与其说是描述性的，不如说是自传性的"。中国在西方人的观念中不像龙，而更像一条变色龙，因为"我们对中国（或任何其他文明）的反应，部分受到当地客观情况的制约，部分受到自身兴趣、观念及潜意识需要的制约"。[63]所以，西方人的中国观与其说反应了中国社会的变迁，不如说更多地反映了欧洲知识史的进展。正如道森自己的定位，他的这本著作并不是简单增加了一部

62　〔英〕雷蒙·道森，中国变色龙——对于欧洲中国文明观的分析〔M〕，常绍民、明毅译，北京：中华书局，2006，第 12 页。

63　〔英〕雷蒙·道森，中国变色龙——对于欧洲中国文明观的分析〔M〕，第 2 页。

总结西方汉学史的著作，而是力图从历史的双重视角反观中国与欧洲，以真正增进西方人对中华文明的了解。

美国汉学家、历史学者史景迁（Jonathan D.Spence）也在二十世纪七十年代末写就了《改变中国：在中国的西方顾问》（*To Change China: Western Advisers in China, 1620-1960*, 1969）一书，他以汤若望（Adam Schall）、伯驾（Peter Parker）、华尔（Frederick Townsend Ward）、赫德（Robert Hart）、丁韪良（William Alexander Parsons Martin）、白求恩（Norman Bethune）、陈纳德（Claire Lee Chennault）等十几位曾为中国政府服务的外国人为中心，用历史考据和文学想象相结合的手法，重现了从明代到新中国建立这三百多年间，在中国活动的西方传教士、军人、汉学家和革命家的故事，并从世界史和中西交往史的角度，突显西方人介入中国现实和参与构建中国历史的过程，这个历程里充满了思想矛盾也充满了动人情感：

> 他们的生涯横跨三个世纪，但是所积淀的生命历程却有着惊人的延续性。他们经历了类似的亢奋和危险，怀抱类似的情怀，承受类似的挫折，但他们时而耿直，时而迂回以对之。他们剖白自己的灵魂，在行为中折射出他们的时代，但如此一来也突显了中国固有的基本价值观。他们以坚定的口吻，言及西方优越性的似是而非，以及利他与剥削之间的灰色地带。[64]

史景迁的写作属于历史研究，但他的史学理念和写作手法却全然是新颖的。这种史学理念的转变，从德国哲学家狄尔泰（Wilhelm Dilthey, 1833-1911）和意大利哲学家克罗齐（Benedetto Croce, 1866-1952）对生命体验和心理情感等精神因素的强调开始，发展到七十年代，与福柯（Michel Foucault, 1926-1984）等后现代理论家的思想呼应结合，对传统史学形成了巨大挑战。法国的年鉴学派，意大利的微观史学，英国的文化研究，马克思主义史学等思潮都与这种转变相关联。[65]历史研究很难触及客观真相，即便有史学家声称其写作是客观叙述，但在历史书被编纂的过程中，作者就已经对史料进行选择和排序了，他们的研究无可避免地受其时代、环境、立场和偏见影响。历史学也不是自然科学，不能用决定论解释一切。在这种思潮影响下，西方历史研究的领域从朝代更

---

64 〔美〕史景迁，改变中国：在中国的西方顾问〔M〕，温洽溢译，桂林：广西师范大学出版社，2014，绪言。

65 〔美〕格奥尔格·伊格尔斯，二十世纪的历史学：从科学的客观性到后现代的挑战〔M〕，何兆武译，济南：山东大学出版社，2006。

迭、君王政治和革命事件向更广阔的领域拓展，微观史、日常生活史、文化史和心态史等研究兴盛起来。史景迁的中国研究正处在这种学术思想史的更新和推进历程中。

1978 年，生于耶路撒冷，长于开罗，生活和工作在美国的文学批评家爱德华·萨义德（Edward Wadie Said, 1935-2003）出版了其经典著作《东方主义》（*Orientalism*），他的研究方法与当时美国史学观念的新潮流一致，他的研究理念则受益葛兰西（Antonio Gramsci, 1891-1937）的文化霸权和福柯的后现代理论甚多。萨义德的著作将欧洲与世界其他地区的关系研究推到了历史学和文学研究的显要位置，西方学界的中国研究也深受此感染。澳大利亚学者马克林 1989 年出版了《西方的中国形象》（*Western Images of China*）一书，该作是最早以"形象"命名的，研究西方人如何看中国的著作之一。英国荷德斯菲尔德大学的教授罗伯茨（J.A.G.Roberts）在 1992 年编著了《十九世纪西方人眼中的中国》（*China Through Western Eyes: The Nineteenth Century, a Reader in History*），该书搜集了从马嘎尔尼使团开始，前往中国的商人、传教士、外交官和旅行家的作品，按政府与法律、宗教与科学、社会生活、妇女儿童、经济、军事、中国人的特性等主题进行了提炼和汇编。罗伯茨也注意到，十九世纪西方关于中国的知识绝大部分都来源于旅行者的游记、日记和信件，这些记述充满了私人的想象、情感和观点。这些资料的作者们由于缺乏专业训练，都是"不可靠的目击者"，但似乎为了应对这种诘难，每个人的写作都向读者强调和证明自己的资格。这时期西方人对中国的书写构成了后世汉学家研究中国的文献主体，罗伯茨认为，搜集这些资料的价值在于引起研究者对这些文献的反思和讨论。多次在亚洲旅行的学者作家尼格尔·卡梅隆（Nigel Cameron）所作的《野蛮人与满大人》（*Barbarians and Mandarins: Thirteen Centuries of Western Travellers in China*, 1997）一书，以旅行者和旅行活动为中心，回顾了三百年来西方人在中国的各类旅行经历。他认同托马斯·卡莱尔的观点：历史就是由无数的传记组成的。[66]所以，通过梳理西方旅行者在中国的活动，一段风起云涌、波澜壮阔的东西世界交往史宛若眼前。史景迁在上世纪末又出版了《大汗之国：西方观念里的中国》（*The Chan's Great Continent: China in Western Minds*, 1998）一书，该书是对他课堂讲义和讨论的汇编，覆盖三百多年欧美各

---

66 Cameron, Nigel. *Barbarians and Mandarins: Thirteen Centuries of Western Travellers in China*. Hongkong: Oxford University Press, Oxford New York, 1997. p.11.

国人对中国的记述，包括大量游记作品，侧重文本细读与评析，但缺乏结构性与系统性。

　　接近新千年时，后现代史学理念和方法与中国研究的完美结合在美国学者何伟亚（James L.Hevia）的两本力作中得到展现，他的《怀柔远人：马嘎尔尼使华的中英礼仪冲突》（*Cherishing Men From Afar: Qing Guest Ritual and the Macartney Embassy of 1793*, 1995）与《英国的课业：19世纪中国的帝国主义教程》（*English Lessons: The Pedagogy of Imperialism in Nineteenth-Century China*, 2003）两本书，突破了美国原有的中国学的研究范式，提出了富有新意的观点。在《怀柔远人》中，何伟亚重新描述和解读了马嘎尔尼使团出使清朝的历史事件，他所运用的历史资料既有英国方面的，也有清朝方面的。其中，马嘎尔尼伯爵的日记，斯当东爵士的报告，巴罗爵士以及使团其他成员的游记，都被作者做了理性的辨析，同时加以运用，以说明这个事件是如何被各种话语叙述，最终固定为历史的。此前大量学者都认为这一事件展示的是两种文化甚至两种文明的冲突，但是何伟亚认为，在葛兰西之后，文化就早已充满了权力的意味，与其说是文化竞争，不如说是权势竞争。所谓的礼仪冲突或文化竞争背后都是权力在作祟，是谁遵从谁之争。他反对将中国文化与清帝国、西方文化与英帝国主义混为一谈，所以，"礼仪冲突"的本质不是中国文化与西方文化的冲突，而是两个帝国的冲突，即满族多民族帝国与大英多民族帝国的冲突。在《英国的课业》一书中，何伟亚将十九世纪英国对中国的行动视作一种教育工程，他运用德勒兹（Gilles Deleuze）和瓜塔利（Felix Guattari）的去疆界化与再疆界化模式，来阐释英帝国主义和殖民主义在中国的作用过程。在何伟亚的研究中，十九世纪英国人所著的关于中国的文字和图像材料，也在其关注和反思的范围内，这些书写正构成了英国对中国进行"去疆界化""再疆界化"和教育行动的重要部分。他认为，英国人是在"运用身体暴力和语言暴力，以使清政府适应以欧洲为基础的全球性外交规范和商贸规范"。[67]由于何伟亚的研究终究是历史研究，所以文学文本仅仅是其论述的辅助材料，但是，历史研究与文学文本之间的密切关系已经得到了揭示。此外，何伟亚的这种研究视野和方法也有助于揭示出旅行叙事与历史记忆建构的关系。历史事件的意义并不是天然的，而是可以被不同的人、在不同的时代、运用不同的材

67　〔美〕何伟亚，英国的课业：19世纪中国的帝国主义教程〔M〕，刘天路、邓红风译，北京：社会科学文献出版社，2007，中译本序。

料来进行解说。很多已经被认为是固定了的历史事件的意义，实际是在各种权力的运作下被解释成那样的。而在英国人理解十九世纪中英交往这段历史时，英国人在中国的旅行写作就起了巨大的构建作用，但是这些旅行文本都被证明并非完全公正客观，是充满了偏见和一面之词的。

与何伟亚的研究理念类似的，还有刘禾（Lydia H.Liu）的《帝国的话语政治：从近代中西冲突看现代世界秩序的形成》（*The Clash of Empires: The Invention of China in Modern World Making*, 2004）。据作者称，该书的英文原名针对的正是萨缪尔·亨廷顿（Samuel Huntington）"文明的冲突"（The Clash of Civilizations）"那一类老生常谈"。[68]她在该书的导言中直抒胸臆，"文明不会冲突，帝国才会"（Civilizations do not clash; Empires do.）[69]。通过分析英国的汉学家和负责外交谈判的译员们如何将中文"夷"的语义功能固定在了'barbarian'这个英文词汇上，刘禾指出，"这个语义交叉的衍指符号（the Super-sign）[70]所暗示的，恰恰是大英帝国和大清国对峙的过程中，双方如何争夺对中国主权的象征的和实际的控制。"[71]语言是帝国的有力工具，"语词的冲突绝非小事，它凝聚和反映的是两个帝国之间的生死斗争，一边是日趋衰落的大清国，另一边是蒸蒸日上的大英帝国。谁拥有对'夷'这个汉字最后的诠释权，谁就可以踌躇满志地预言这个国家的未来。"[72]这类跨文化翻译在十九世纪中英交往中扮演了非常重要的角色。

西方古典汉学的研究内容多在中国的语言文字、哲学、宗教、历史和文学上，兼及统治制度、社会状况和民族性格等方面。而当今中国学的研究内容除了包括语言学、文字学、哲学（宗教）、历史和古今文学作品，还增加了经济学、社会学、国际关系学等更为广阔、与时代和现实联系更为紧密的内容，并且很多研究都带有全球史和比较（社会经济史、比较法学、比较宗教学、比较

---

68 刘禾，帝国的话语政治：从近代中西冲突看现代世界秩序的形成〔M〕，杨立华等译，北京：三联书店，2009，第343页。

69 Liu, Lydia H. *The Clash of Empires: The Invention of China in Modern World Making*. Cambridge: Harvard University Press, 2004. p.1.

70 "衍指符号是甲方语言的概念，在被翻译成乙方语言的过程中获得的表述的方式"。刘禾，帝国的话语政治：从近代中西冲突看现代世界秩序的形成〔M〕，杨立华等译，北京：三联书店，2009，第45页。

71 刘禾，帝国的话语政治：从近代中西冲突看现代世界秩序的形成〔M〕，杨立华等译，北京：三联书店，2009，第44页。

72 刘禾，帝国的话语政治：从近代中西冲突看现代世界秩序的形成〔M〕，第52页。

文学等）的视野。所以，今天研究中国问题的西方学者多有跨学科背景，这不仅是一种大势所趋，更是学术研究本身对学者提出的必然要求。剑桥大学的博士，沃维克大学（University of Warwick）比较文学系的助理教授，罗斯·弗曼（Ross G.Forman）的《中国与维多利亚时代的想象：交织的帝国》（*China and the Victorian Imagination: Empires Entwined*, 2013），是从比较文学角度研究十九世纪英国人的中国题材创作的最新成果。他处理的叙事材料包括诗歌、旅行文学、新闻报道和官方文件等，作者认为，这些不同类型的文字材料之间存在着相互勾连和对话的关系。十九世纪英国人眼中的中国具有两大特征：既具有无穷的经济潜力，又对英国的全球霸权事业存在威胁。"中国性"（Chineseness）在维多利亚时代人的眼中从瓷器变成了鸦片，而且，中国在当时英国人的作品中总是被形容为"专横的、停滞的、残忍的和循环的"（Ossified, despotic, cruel, circulate）。[73]不仅如此，作者还发现，直到今天，"'中国'仍旧是那个烦扰'西方'的'残余的'国家"（'China' is still the 'rest' that troubles the 'west'）。[74]"西方"（the west）与"非西方"（the rest），在很长的历史时期内都是西方人用来指称和区分世界的核心方式之一，与美国学者布劳特（J.M.Blaut）所说的"地理传播主义"和"欧洲中心主义"中的"圈层结构"密切相关。[75]也正如美国汉学家彭慕兰（Kenneth Pomeranz）所言，在西方人创造关于自己的现代化的故事中，中国比其他任何国家都更多地担当了他者的角色。[76]"剑桥十九世纪文学和文化研究"书系的编者认为，与之前英国人关注的"东方主义"不同，弗曼没有将焦点放在印度、非洲和加勒比地区，而是通过考察十九世纪英国与中国的文化关系来理解东方主义及帝国主义。作者认为，中国在当时实际处在英国的帝国欲望和文学创作的中心位置。通过考察英文经典和通俗文学中关于中国的创作，弗曼指出，这些作品的流通和接受在塑造英国人关于中国的观念中占据了重要位置。作者挑战了英国人对不列颠帝国主义的先见，强调了官方帝国与非正式帝国之间相互的勾连，重塑了英语语言文学创作在全球和本国的历史语境，发掘了维多利亚时期

---

73 Forman, Ross. *China and the Victorian Imagination: Empires Entwined*. Cambridge: Cambridge University Press, 2013. p.225.

74 Forman, Ross. *China and the Victorian Imagination: Empires Entwined*. p.236.

75 〔美〕布劳特，殖民者的世界模式：地理传播主义和欧洲中心主义史观〔M〕，谭荣根译，北京：社会科学文献出版社，2002。

76 Pomeranz, Kenneth. *The Great Divergence: China, Europe, and the Making of the Modern World Economy*. Princeton: Princeton University Press, 2000.

的中国观念与当下流传的中国威胁论之间的密切关系。弗曼的著作提供了关于当今的英国社会如何看待中国的有效信息，并进一步揭示出维多利亚时代与当下的文化联系。

另外，中国景象在西方的流传既有文字描述又有图像和实物呈现，不同表现形式相映成趣、互为补充。美国学者卡林顿·古瑞奇（L.Carrington Goodrich）与尼格尔·卡梅隆（Nigel Cameron）曾编写一本图录《摄影师和旅行者所见的中国》（*The Face of China: As Seen by Photographers & Travelers 1860-1912*, 1998），对早期摄影史及十九世纪西方旅行者展示的中国形象有所论述。2003年香港中文大学历史系陆文雪的博士论文《阅读和理解：17世纪-19世纪中期欧洲的中国图像》，搜集了从十六世纪的纽霍夫（Jan Nieuhoff, 1618-1672）、基歇尔（Athanasius Kircher, 1601-1680）和卜弥格（Michel Boym, 1612-1659）所传播的中国图像，到十九世纪亚历山大（William Alexander, 1767-1816）的水彩画、钱纳利（George Chinnery, 1774-1852）的外销画、仆呱（Pu Qua）的风俗画和林呱（Lam Qua）的医疗画等，分析了这些视觉图像对中国市井、植物和人物的展现。华裔英国摄影师何伯英（Grace Lau）的《旧日影像：西方早期摄影与明信片上的中国》（*Picturing the Chinese: Early Western Photographs and Postcards of China*, 2008），从摄影史的角度，搜集和分析了十九世纪西方人对中国的图像记录及其传播情况，展现了貌似写实的艺术形式也暗含东方主义和殖民话语。美国密苏里大学英语系的助理教授伊丽莎白·张（Elizabeth Hope Chang）的《不列颠的中国之眼：十九世纪英国的文学、帝国与美学》（*Britain's Chinese Eye: Literature, Empire, and Aesthetics in Nineteenth-century Britain*, 2010），从十九世纪英国的文学、绘画、艺术品和装饰品等多样的文本中，找寻"中国"元素对英国视觉文化走向现代化的进程中所起的重要作用。"中国"（China）在英国人的观念里，既指称一个地理位置（a geographical location）、某些商品、一群人，但同时又象征着某种视觉和美学形式（kinds of visual and aesthetic form）。在十九世纪英国文学家和艺术家的想象中，中国是一片具有无限视觉可能性的地域（a field of imagined visual possibility）。尽管许多研究者都指出，在十九世纪英国人的脑海中，中华帝国主要是"停滞的和循环的"（stasis and recursion），作者也并不否认这一事实，但是，也有很多文本显示出，当他们在叙述和展现中国的园林、乡村、自然风光、建筑等特定景象时，充满了浪漫化情调。也就是说，中国对英国人来说一方面是完全遥远相异的国度，但另一方面他们的生活中却又充满了中国元素的物品和对中国的知识，这形成了一种"熟悉的异域情调"（familiar exotic），[77]正是在这种似乎自相矛盾的语境中，"中国"重塑了英国作家和艺术家们的视域，更新了英国人对中国的观念，也更新了他们对自我的理解。该作纠正和突破了人们在中国对英国文化的影响这个问题上的一些旧有观念，也对英国人利用中国等东方元素推进审美现代性这一过程进行了反思和批判。

十九世纪英国旅行者关于中国的写作，不仅在西方的中国研究和中英关系史研究中备受关注，在文学研究领域也已经有很大发展。如苏珊·瑟琳（Susan Shoenbauer Thurin）的《维多利亚时代的旅行者和中国的开放：1842-1907》（*Victorian Travelers and the Opening of China, 1842-1907*, 1999），作者考察了英国的三位男性：罗伯特·福钦（Robert Fortune）、立德（Archibald J.Little）、亨利·诺里斯（Henry Knollys），和三位女性：康斯坦丝·库明（Constance Gordon Cumming）、毕晓普夫人（Mrs.Bishop）、立德夫人（Mrs.Archibald Little），在中国的旅行活动与写作，采用的是将旅行者传记与著作述评相结合的写法。这些植物学家、商人和周游世界者（Globetrotter）被"东方的诱惑"所吸引，到中国寻找珍贵的商品，传说中仅在中国生长的植物，以及优美和谐的乡村古韵。但是，当时中国的现实又充满了鸦片和传教士的混合。这决定了他们作品的最大特点："维多利亚时代的旅行者们一边享受中国的开放，一边又有所保留。"[78]在英国方面，他们对鸦片贸易和传教活动颇有微词，但同时也认为西方的文化和思想对中国有好处；在中国方面，他们既对中国文化中特定的内容表达了仰慕与喜爱，同时也批评了很多落后和丑陋的地方。总之，通过考察这些人在中国的旅行活动及著作，苏珊断定，"旅行作家的话语中同时包含着中国的和英国的双重视角"。[79]另一本较有影响力的著作是尼古拉斯·克利福德（Nicholas Rowland Clifford）的《真实的国家印象：1800-1949 年间英美的中国旅行写作》（*A Truthful impression of the country: British and American travel writing in China, 1880-1949*, 2001），该作是对十九世纪末至二十世纪中期，英国及美国人在中国的旅行写作进行的考察。他认为此时英美人在中国的旅行

77　Chang, Elizabeth Hope. *Britain's Chinese Eye: Literature, Empire and Aesthetics in Nineteenth-Century Britain*. Stanford: Stanford University Press, 2010. p.6.

78　Thurin, Susan Schoenbauer. *Victorian Travelers and the Opening of China, 1842-1907*. Athens: Ohio University Press, 1999. p.189.

79　Thurin, Susan Schoenbauer. *Victorian Travelers and the Opening of China, 1842-1907*. p.17.

写作的最大特点就是追求真实性、客观性和权威性。[80]1880 年至 1913 年之间的英国被公认为是"高度帝国主义"（Age of High Imperialism）的时期，当时的西方人对欧美的先进性和进步性坚信不疑，西方社会的发展进程已经向世界表明了人类历史进步的方向，其他国家和社会注定了要跟随西方的脚步。可是两次世界大战的发生令他们对西方文明产生了怀疑，对中国文化的重新认识，对中国革命及中国命运的走向的关注与思考，吸引着诸多西方人的注意力。所以，辛亥革命至两次世界大战期间，来中国的旅行者中大批都是记者和文人，他们热切地关注并及时而海量地向欧美报道中国的实况，那一时代的旅行文本与新闻报道的界限已经趋向模糊，有时甚至相互重合。一方面急需向英国报道中国改变与进步的事实，另一方面又渴望与国内读者交流他们在中国感受到的陌生性（strangeness）与异域性（foreignness），这两种并不相容的观念在十九世纪晚期英国人的旅行文本中有明显体现。香港大学的教授道格拉斯·科尔（Douglas Kerr）和朱丽亚·科恩（Julia Kuehn）主编的论文集《一个世纪的中国旅行》（*A Century of Travels in China: Critical Essays on Travel Writing from the 1840s to 1940s*, 2007），汇编了近年来中外学界对十九世纪中期到二十世纪中期这一百年间，西方人在中国的旅行写作研究论文，其中多为个案研究，如德庇时在描述中国的过程中塑造了后浪漫主义旅行者的自我肖像，额尔金的旅行帝国主义与维多利亚时代自由主义的局限性，立德夫人中国游记中体现的人道主义情感，毕晓普夫人在十九世纪晚期对中国西南的记述与她的政治观念的关系等，显示出比较文学界对旅行写作研究的推进。

国内学术界近二十年与本论题相关的研究大部分冠以"西方（英国）的中国形象（中国观）"之名，如忻剑飞的《世界的中国观——近二千年来世界对中国的认识史纲》（1999），厦门大学周宁教授编著的丛书和专著，福建师范大学葛桂录教授的中英文学关系论著，以及山东师范大学姜智芹教授讨论英美文学里的中国等论著。忻剑飞的著作属于哲学和思想史研究，按历史阶段和地域划分，论述了世界重要学者、文学家及思想家对中国政治、文化和人民的观点，将世界对中国的认识和评论作为一面反观自我的镜子。周宁的成果，一是力图搜集和整理整个西方世界自古至今关于中国的文字资料，二是将每个历史阶段西方文化对中国的塑造，都纳入到西方现代化进程中进行解释，期望构

80　Clifford, Nicholas. *"A Truthful Impression of the Country": British and American Travel Writing in China, 1880-1949*. Ann Arbor: The University of Michigan Press, 2001. p.xx.

建形象学研究的完善理论。葛桂录和姜智芹的研究，集中考察英美虚构文学作品里的中国题材创作，有材料梳理，也有美学分析。这些研究的断代和国别区分不甚清晰，试图覆盖全面的同时实际论及的人物与作品又非常有限，因此留下了许多有待细查的空间。聚焦到旅行写作和十九世纪英国人的中国书写这一课题，国内的历史系和汉学研究对此关注较多，他们的成果既有针对单个或多个汉学家和传教士生平功绩的考察，也有对传教机构在特定地域的活动、出版物的考察。文学专业有用比较文学形象学理论和东方主义理论，讨论吉卜林（Joseph Rudyard Kipling, 1865-1936）和康拉德（Joseph Conrad, 1857-1924）对东方他者的书写，也有对立德夫人和麦嘉温（John Macgowan, -1922）等人中国游记的分析。

　　整体来看，国内文学研究界在这一领域的研究还存在很多问题。首先，对许多重大概念的范畴界定不够清晰。例如很轻易就将"西方"作为一个固定的大范畴，将英、法、美、德、意等完全相异的国家的文字资料混合在一起，挑选出极少的一部分用来论证，得出概括性的结论。其次，研究时段有所偏颇。很多专著没有明显的时段划分，试图包含古今，缺乏历史的纬度；有时段划分的多集中研究十六至十八世纪的欧洲，以及二十世纪的美国。再次，研究对象的拓展不够。对一些已被充分讨论过的经典作家的经典文学作品，著名汉学家和传教士的生平成就考察较多，而对影响很大的其它文类或作者的创作鲜有问津。最后，理论视野、研究框架和批评方法趋于僵化。西方中心主义、后殖民主义、东方主义、形象学和文化误读等，是最常见的解释理论，但是，由于研究视野有局限，跨学科知识体系的建立不足，研究方法欠实证性和细致性，致使论证过程模式化，得出的结论或者千篇一律，或者流于表面。西方学界关于中英文化关系的研究也存在诸多问题，有学者指出，直到最近，批评界对英国和中国十九世纪文学关系和美学交流的关注才开始增多，她总结之前英国学界对这类研究有所忽略的原因，一是从维多利亚时代流传下来的对中国的负面态度如轻蔑，甚至憎恶[81]的情绪在今天仍有残余，导致没有很多学人对此课题感兴趣；二是自从"东方主义"占据研究东西方关系的理论界主流，中国的位置很尴尬，实际中国与萨义德所谓的"东方"有很多历史的和文化的差

---

81 文章作者使用 sinophobic 这个词。该词是英语中的固定用语，指称那些对中国、中国人或中国文化害怕或厌恶的人。名词 sinophobia。与"反华"或"排华"相似。见 http://en.wikipedia.org/wiki/Sinophobia

异，中国与西方的关系是独立而特殊的。所以缺乏成熟的理论可供使用或参考也造成英语学界对此课题涉及不多。[82]这的确道出了这一课题面临的现状和存在的症结，这种诊断也能给国内研究者以提醒和警示。近些年，西方学者开始将注意力集中在十九世纪中英关系研究上，与中国当今在国际舞台上占据的重要位置不无关系；另外，将中国与英国在十九世纪的文化关系作为独立课题研究也有助我们重新思考"东方主义"的问题。萨义德基于对西方历史里伊斯兰地区和文化的呈现进行考察，总结出历史上，尤其是十九世纪西方和伊斯兰国家的关系特征，创造了"Orientalism"这个理论框架，这一理论系统是从西-伊关系研究中得来，也只能被运用在理解西-伊历史文化关系问题之上。中国与英国或整个西方的交往历史与伊斯兰国家与西方的交往历史完全不同，故而分析十九世纪中国与英国的文化交往关系特征就应考虑中国地位的特殊性和独立性。正如诺曼·吉拉道特（Norman Girardot）所言："区分不同类型的东方主义（如中国的、印度的、伊斯兰的、犹太的等等，还有重要的民族国家变体），并且去辨别在多大程度上跨文化的交流过程可以被简化为西方主导的单一庞大的死板体系，不仅是必要的而且很重要。"[83]除了"东方"必须被重新思考，"西方"也一样。如今被广泛使用的"西方"是一个被僵化、物化了的概念，以为是自然而然、从来就有的，仿佛其含义是不论用在何处都无需解释，永远固定的。"东-西"或"中-西"成了一对固定的搭配，并且假定两者之间一定存在必然的关系，"在这样的历史叙述所制造的历史中，西方变成了一个处于历史探究范围之外的越来越被自然化了的实体。"[84]然而事实上，西方是一个应当被历史化和地方化的概念。"不论是把研究重心放在殖民地外围，还是置于帝国的中心，对外交部官员、外交官、殖民地官员、士兵、商人和传教士那些最为平淡无奇的活动，都应该重新进行评估，对它们那些被认为理所当然的特性，都应该提出质疑。"[85]基于对英语学界和国内前辈学者研究成果的借鉴，以及考虑目前该课题存在的不足与契机，本书选择十九世纪英

---

82 Fiske, Shanyn. *Orientalism* Reconsidered: China and the Chinese in Nineteenth-Century Literature and *Victorian Studies*. *Literature Compass* 8/4 (2011): 214-226.

83 Girardot, Norman J. *The Victorian Translation of China: James Legg's Oriental Pilgrimage*. Berkeley, CA: University of California Press, 2002. p.14.

84 〔美〕何伟亚：《英国的课业：19世纪中国的帝国主义教程》，刘天路等译，北京：社会科学文献出版社，2007年，第18页。

85 〔美〕何伟亚：《英国的课业：19世纪中国的帝国主义教程》，第19页。

国人的中国旅行写作为题，力图从跨文化与跨学科比较的角度，结合历史语境对文本进行阐释与分析，探究旅行写作与历史建构，汉学谱系以及文化交流之间的关系。

二、本文研究理论、框架及方法

十九世纪英国人的中国旅行写作不仅在英国文学史中占有一席之地，更重要的是，这些创作还对中国知识在英国甚至整个西方思想界的传播起了关键作用。但是，这些产生过如此巨大影响的旅行文学作品至今仍未被充分整理、描述和阐释。尽管已经有学者意识到"此类著作一般笔调轻松，更有些趣闻轶事，受到广大读者的喜好，所以既在中外文化交流史上起过非常重要的作用，也有一定的学术价值。"[86]但真正着手研究这个课题是麻烦重重，"外国来华人士的亲历记述，种类繁杂、语种颇多、数量庞大，特别是难以寻觅。"[87]约·罗伯茨也曾言，十九世纪英国人生产的关于中国的旅行文本数不胜数，游记、日记、书信，还有新闻报道，试图将这些文本全部搜集整理出来都几近妄想，更不用提对之进行深入研究。[88]十九世纪在中国旅行过的英国人不计其数，留下作品的就有三百多位，每人平均至少有两部作品传世，所以文本就有上千部。[89]故而，选取最重要和最具代表性的文本资料就变成了该课题研究的第一步。中国与英语学界的学者们已经在选编十九世纪英人的中国旅行文本上做了重要工作。美国密苏里大学英语系的助理教授伊丽莎白·张（Elizabeth Hope Chang）编纂的《英国的中国旅行写作，1798-1901》（*British Travel Writing from China, 1798-1901*）文本选集，甄选和收纳了二十三位作家的代表作。美国俄亥俄州立大学的李国庆教授主编和译著的"亲历中国"丛书（由国家图书馆出版社出版），与他整理汇编的"'中国研究'外文旧籍汇刊：中国记录"丛书（由广西师范大学出版社），收纳了三十余位作家的代表作。将作者的身份、写作的主题与出现的时期结合起来考察可以发现，英国人关于中国的旅行文

86　"亲历中国丛书"，李国庆序，〔英〕巴罗，我看乾隆盛世〔M〕，李国庆，欧阳少春译，北京：北京图书馆出版社，2007，第3页。

87　"亲历中国丛书"，耿昇序，〔英〕巴罗，我看乾隆盛世〔M〕，李国庆、欧阳少春译，北京：北京图书馆出版社，2007，第1页。

88　〔英〕约·罗伯茨编著，十九世纪西方人眼中的中国〔M〕，蒋重跃，刘林海译，北京：中华书局，2006。

89　数据来自网络，搜索"近三百年外国人关于中国的著述目录"可得。http://www.douban.com/group/topic/18796774/

本在十九世纪早期多为使团出使记录，中期以传教档案和对两次中英战争的记录为主，晚期则大量涌现在中国内地的探险叙事以及各类文人的游记。在数量上，早期著作较少，中期逐渐增多，到十九世纪末和二十世纪初，来华英国人身份各异且人数骤增，作品数量也异常庞大。

结合学界对旅行写作选集的编纂工作与梳理这一课题的研究史来看，研究十九世纪英国人的中国游记并不需要面面俱到，事实上也不可能做到一本不差。本文选择的研究对象大致依据以下四个标准：首先，被探讨的文本必须具有明显的文学性，充满感情和丰富的见解；其次，在当时英国乃至整个欧洲社会和知识界具有广泛而巨大的影响；再次，这些著作中所传递的中国知识及其所构建的中国观念经久不衰。这些作品不仅在当时被热烈讨论，直到今天仍被再版，拥有大量读者受众；最后，这些文本中所写的内容与思想具有超越时代的意义，比如与"欧洲中心主义"、西方的普世主义观念、现代性等问题密切相连，通过反观和研究这些文本，对理解英国的历史和文化，中国的历史与文化，以及中英（西）文化关系史都能有所帮助。基于此，本文重点讨论以下十一本著作：乔治·莱奥纳德·斯当东的《大不列颠国王派使觐见中国皇帝的正式报告》（*An Authentic Account of an Embassy from the King of Great Britain to the Emperor of China*, 1797），约翰·巴罗的《中国之行》（*Travels In China*, 1804），施美夫的《代表安立甘会探访中国领事城市、香港岛和舟山岛记事》（*A Narrative of an Exploratory Visit to Each of the Consular Cities of China, and to the Islands of Hongkong and Chusan, in Behalf of the Church Missionary Society, in the Years 1844, 1845, 1846, 1847*），额尔金的《书信和日记选》（*Letters and Journals of James, Eighth Earl of Elgin*, 1872），戴维·芮尼的《北京与北京人》（*Peking and the Pekingese*, 1860），约翰·汤姆逊（John Thomson）的《中国与中国人影像》（*Illustrations of China and Its People*, 1873-1874），韦廉臣夫人（Isabella Williamson）的《在中国的官道上》（*Old Highways in China*, 1884），立德（Archibald John Little）的《穿越扬子江峡谷》（*Through the Yang-Tse Gorges: Or, Trade and Travel In Western China*, 1888），立德夫人（Mrs.Archibald Little）的《亲密的中国》（*Intimate China: The Chinese as I Have Seen Them*, 1899），阿杰农·密福特的《北京信札》（*The Attache at Peking*, 1900），和林奇（George Lynch）的《文明的交锋》（*The War of the Civilization: being the record of a foreign devil's experiences with the allies in China*, 1901）。将研究对象限定在这些文本还基于以下几点考虑：第一，这些文本可以对政治、宗教和审美等丰富的话语类型都有所覆盖，达到以点带面的效果；第二，这些文本对十九世纪的早、中、晚三个时期也都能够全面涉及；第三，不同身份的作者在写作风格、策略和观点上都各有特色，每种主要的具有时代和历史影响力的论点在这些代表人物身上都能充分展现；最后，本文虽然将论述焦点集中于这十一部文本上，但其他重要的文本也被视作辅助资料在必要时加以论述，力求避免以偏概全。

十九世纪英国旅行者在中国的游记不但属于非虚构创作，也带有汉学的特征，此外，这些游记还有一个突出特点，就是这些作者们大多"亲历了中国近代史上一些重大事件"，他们的"所记可补正史之不足"。[90]所以，国内的汉学研究者和历史研究者都对这些文本有所关注。但直到目前，不论是历史学界还是汉学研究界，对这些文本的探究都不尽如人意。首先，从译介的角度看，大量重要的旅行作品至今都没有中译本。尽管已经有历史学者组织翻译了其中一部分，但这些译作都有一些共同倾向，比如将它们定性为"稀见中外关系史料"；对作品的原名不采取直译方式，常改变其原本的题目，使读者不易觉察出原著的旅行写作特征；译者在序言或推荐语中常强调这些作品的"历史纪实"性，译介目的是为了给国人提供一面镜子，以资借鉴警醒。这就无意中遮蔽了原作本身的文学修辞属性。其次，从汉学研究的角度看，与汉学专著在当今国内学术界受到的礼遇相比，旅行写作的重要性与学界对它的关注度还远不够匹配。用写评传的方式介绍某位或多位传教士的生平创作，或者归纳整理某些"汉学家"的生平译著，这类工作对搜集资料和考证评判做了贡献，但如果止步于此，对更宏观的结构性和综合性深究不做努力，我们关于英国"汉学"历史的知识就仅仅是庞大的信息堆砌，而不能形成清晰有效的思考。最后，从历史研究与文学研究的区别看，文学研究者的贡献还不够。明清史与中外关系史学者会将这些作品当作辅助史料，其中一些人意识到要对这些资料进行"辨伪存真"，以服务于揭示历史真相的目的，但更多时候，很多人都容易被这些所谓的"历史纪实"所蒙蔽。所以，从比较文学的研究视角来重新界定与分析这些旅行写作，是学界所亟需的，对澄清和纠正某些关键问题也有不可取代的作用。在当今的西方学界，文学、人类学和历史学理论家们都开始发现，他们越来越无法不正视"旅行写作"在西方各国文化历史中扮演的重要

90　"亲历中国丛书"，李国庆序，〔英〕巴罗，我看乾隆盛世〔M〕，李国庆，欧阳少春译，北京：北京图书馆出版社，2007，第3页。

角色，而关于旅行写作与帝国、殖民主义、全球化、性别、身份等理论问题的关系，以及与东方学和文化人类学等学科的深刻关系的研究才刚刚启程。

本论文处理的文本材料拥有旅行文学、汉学、历史纪实和民族志等多重属性，所能呈现和反映的思想内容极其丰富，单从任何一个角度切入都难免挂一漏万。旅行写作、后殖民主义和新历史主义等文学批评理论是本研究最主要的理论基础，同时，以涵盖政治、社会和文化等宏观领域的跨学科阐释为基本方法。从二十世纪八十年代开始，英美学者就已经开始自觉从理论角度对文学中的"旅行写作"这一文类传统进行思考和建构。如果"旅行"的意思是在特定时间段内，从一个地点到另一个地点的空间移动，那么绝大多数文学作品的内容都与旅行的意义相关，除了小说，甚至与旅行相关的诗歌似乎都可被划归为"旅行写作"一类，恰如法国理论家塞尔托（Michel de Certeau）曾言："每个故事都是一个旅行故事"。[91]这种宽泛而不确切的界定遭到批评家们的诟病，如英国旅行作家拉班（Jonathan Raban）就将"旅行写作"比喻为"一间声名狼藉的开放房子，在那里不同文类最终睡在同一张床上。它不加甄别地欢迎私人日记、随笔散文、短篇故事、韵文诗、粗糙的笔记和稍经润色的桌边闲谈。"[92]所以，如果将所有但凡与旅行（travel, voyage, journey, tour）有关联的文字都纳入该文类，那么"旅行写作"的范围就将变得无限，而且会打乱从前已有的其它文类的划定界限，从而取消该文类的意义，而那些等待着被归类的作品却仍然无家可归。基于此，有批评家提出，也许用哲学家维特根斯坦的"家族相似性"（Family resemblances）来形容旅行写作比较合适。它拥有一些必要的核心特征，即作品内容必须基于亲身游历，有突出的时间与地域的跨度，有明显的文学性等。但同时它也不排斥一些相关的分支和亚文类（sub-genres），如旅行手册（guide books），旅行日程（itineraries），讲述旅行主题的小说（novels）和回忆录（memoirs），对空间地域的书写，对自然世界的描绘，地图，以及公路电影（road movies）等。[93]所以，"旅行写作"是对英文文类travel writing 的直译，尽管这一文类的范围至今仍难以被严格限定，但它并不仅仅包括"游记"（travelogue），这是可以肯定的。作为文学研究对象时，旅行写作与旅行文学（travel literature）的涵义更为接近。据学者考证，英文的

---

91 Thompson, Carl. *Travel Writing*. London: Routledge, 2011. p.24.
92 Thompson, Carl. *Travel Writing*. p.11.
93 Thompson, Carl. *Travel Writing*. p.26.

travel 一词来自古英语 travaillier，意为"辛苦"（toil），或做一次辛苦的旅行（to make a toilsome journey）。该词又来自古法语 travaillier，意为劳作（to labor），包括从事体力或脑力的劳动。所以，旅行绝不等于休假（vocation），而是一种充满逆境、困难和不安的严肃活动。旅行文学是记录一个人从一个地方到另一个截然不同的地方旅行的文本，这些文本不论在形式还是内容上，都具有持久的品质，能与来自不同时代，有着不同兴趣和背景的读者产生共鸣。[94] 旅行写作和旅行文学有时被混淆使用，不同理论家对这一文类的定义都不尽相同，所以，旅行写作更像是一个拥有诸多家族分支的宽泛的文学实体。

旅行写作具有独特的知识建构功能。欧洲人对通过旅行获取真知的信仰早在古希腊时期就建立起来了，像希罗多德和毕达哥拉斯这样的伟大学者同时也都是伟大的旅行家，他们那些传世之作的诞生大大得益于他们的旅行经历。希腊人自诩是"全然的旅行者"，据说首位将航海（phane）与智慧（sophia）联系在一起的人就是索伦（Solon of Athens）。[95] 只是这种观念到文艺复兴及大航海时代更为彰显了。英国哲学家弗兰西斯·培根追求"建立或恢复人类对自然的统治"，而这种统治依赖于知识。实践出真知，培根所倡导的新科学强调在对世界的丰富的经验事实积累基础上运用理性推导。[96] 这些观念对英国旅行写作的发展产生了深远影响。[97] "书写与旅行总是相生相伴。"[98] 英国商人和航海家很早就知道要仔细保留他们行动的记录，一方面显示他们行动的开拓性与创新性，他们的记录填补了人类地理知识上的空白，另一方面也可以为步他们后尘的旅行者提供指导。旅行写作是把世界呈现在纸上，进行存档（documentation）的活动。旅行与知识的关系在英语格言"远行者懂得多"（He who travels far knows much.）中可以得到充分体现。约翰·巴罗曾说，"有些知识只能通过旅行获得"，可见旅行对知识独特的建构作用。读书与旅

94　Brown, Christopher K. *Encyclopedia of Travel Literature*, Santa Barbara: ABC-CLIO, 2000. p.1-2.转引自张德明，从岛国到帝国：英国旅行文学研究〔M〕，北京：北京大学出版社，2014，第1页。

95　〔英〕安东尼·帕戈登，西方帝国简史：欧洲人的文明之旅〔M〕，徐鹏博译，合肥：安徽人民出版社，2013，第3页。

96　〔英〕索利，英国哲学史〔M〕，段德智译，济南：山东人民出版社，2007，第23-29页。

97　Thompson, Carl. *Travel Writing*. London: Routledge, 2011. p.40.

98　Hulme, Peter, and Tim Youngs, eds. *The Cambridge Companion to Travel Writing*, Cambridge: Cambridge University Press, 2002. p.2.

行是获取知识的两种经典途径，但通过旅行获取的知识有其独特处：一、通过旅行获得的知识名义上具有亲历性，权威性和真实性；二、旅行中获取的知识是琐碎的，大多不成体系；三、旅行获得的知识生动、丰富，不容易被某一种观念左右；四、旅行中的观察视角是双重或多重的，所以原则上是比通过阅读书籍更容易获得客观公正的知识，更容易具有文化多元的立场。五、最重要的，旅行可以生产关于世界的新知识，是书本上从未有过的。

英国生产中国知识的最重要途径就是旅行：

> 在历史帝国主义的语境中……旅行绝不仅仅表示移动，更意味着发现、征服和获取。……旅行是帝国主义实践的本质部分之一。……帝国是流动不安的、冒险的、挑衅的，它本身不知道何时何地才能停止，直到被强制阻止或者无法再移动的那天。……通过旅行，英格兰变成了不列颠，不列颠变成了大不列颠，如果有机会，他们还期望能变成更大的大不列颠。[99]

旅行在英帝国发展历程中的确占据着核心的地位，在英国，包括中国知识在内的关于世界的知识的积累与构建，都与旅行和旅行写作密切关联。十九世纪英国人关于中国的旅行写作中很大一部分都属于这种：他们深入的地域对英国人乃至欧洲人来说，都是"处女地"，是未经亲眼见证和描述过的领域。他们创造真实、可靠、权威和第一手的关于中国的知识。旅行是获取知识的途径，同时也是殖民和侵略的工具。

旅行写作还具有凸显民族身份的作用。旅行绝不单纯是一种个体行为，它与人类的欲望、国家利益、民族冒险精神以及争夺资源等各种复杂的因素紧密相关，欧洲"大航海时代"的历史就是明证。发展到十八世纪，英国国内和国外旅行更加兴盛，部分文人思想家开始探讨旅行及旅行写作的意义。对抗不列颠人的岛国性（Britons insularity），避免本国人对周围世界的忽视，这类倡导在十八世纪就显露在很多英国文人的作品中。[100]当时英国各个阶层在国内或国外旅行行为的兴起，一方面出于人们出游兴趣的增长，另一方面，更重要的是，必须有相对雄厚的国家和个人经济实力做基础，才可能促使旅行活动繁

---

99 Kerr, Douglas, and Julia Kuehn, eds. *A Century of Travels in China: Critical Essays on Travel Writing from the 1840s to the 1940s*. Hong Kong: Hong Kong University Press, 2007. p.40.

100 Richetti, John. ed. *The Cambridge History of English Literature: 1660-1780*. Cambridge: Cambridge University Press, 2005. p.708.

荣。即使是典型的私人游览式的旅行，也必须与社会物质条件相联系才可能实现，这就使得旅行成为一种政治性（political）和综合性的活动。另外，即使旅行者完全出于私人原因出国旅行，但凡走出国门，每个人都会带有这样一种意识：他来自另一个国家，他与他的同胞是具有统一价值观和属性标志的一国的公民。这种与生俱来的意识将他们与他们所游历的国家区别开来。而这种强烈的暗示对大部分旅行写作都有深刻影响。十八世纪英国旅行写作的主要类型有伴随"大旅行"（Grand Tour）而风靡的欧陆游记，还有伴随海外探险、贸易、传教和殖民活动出现的亚非游记。在欧洲大陆的旅行和写作在构建英国人的民族国家意识中扮演了相当关键的角色，而在亚洲、美洲和非洲等地的旅行写作的意义则更为丰富，它们不仅一方面帮助英国人确立了本民族文化和国家的优越性，另一方面，这一过程也促进了博物学、人类学、社会学、地理学和全球史等自然和人文研究的兴盛。或者说，西方的这些现代学科体系的进一步清晰和建立，以及这些学科基本的研究理念、研究方法、研究对象的奠定，都与全球旅行和旅行写作活动有着剪不断理还乱的交缠关系。从十八世纪开始，英国人不仅在学识上对世界地理环境和动植物种类进行研究、分类与定性，而且还对生活在世界各地的人类进行研究归类，这种学问在当时被称为种族人类学（racial anthropology）。研究者根据文明发展程度对各种族进行排序，从顶部最文明理性的民族排到底层最原始凶残的族群。盎格鲁-爱尔兰政治家，英国保守主义奠基人埃德蒙·伯克（Edmund Burke, 1729-1797）就针对"伟大的人类地图"（'the great Map of Mankind'）这一问题这样写道："从欧洲和中国不同的文明类型，波斯和阿比西尼亚的野蛮，鞑靼和阿拉伯人古怪的行事方式，到北美和新西兰的粗野，这里不存在任何未被我们检视过的野蛮愚昧或优雅文明的人类社会形式了。"[101]可见，在追求本国经济、政治和军事利益增长这类欲望的驱动下，十八世纪的英国在地理学与人类学研究上也获得了极大进展，这些知识成果通过旅行获得，同时又经由与之相关的旅行写作大肆传播蔓延。中国也是在彼时进入英国涉及全球的知识体系中，中国也成了他们确认本国和本民族经济与文化实力的参照物之一。不论是传统的贵族还是中产阶级或者下层阶级，他们都将世界视作可供发掘财富的地方，海外游历可以成为他们象征性的教育资本，更可以为他们创造真实的物质利益。

　　旅行写作既可以被视作历史纪实，也可以被当作是一种再现了某一时代

---

101 Richetti, John, ed. *The Cambridge History of English Literature: 1660-1780.* p.731.

社会、文化和思想的文艺作品，但归根到底，它们仍是写作者对自身所见、所闻、所想的主观记载，真实与虚构并存就是旅行写作的最大特征。旅行写作是充满修辞策略（rhetorical strategies）的：

> 作者不得不在写作中平衡已知的与未知的内容，权衡严肃的观点与消遣娱乐的观点，分辨急需让读者知道的事与不那么紧急的事，照顾个人的兴趣与赞助者、雇佣者和君主的兴趣。由于这些复杂多样的目的，现代早期的旅行写作者们经常在上述两种力量之间受折磨，既供人消遣愉悦又提供实际指导，既有流水账（logging）也有叙事（narrating），既描述已经发生过的事，也暗示将要发生的事。与旅行写作者新鲜传奇的经历相伴随的，是这些修辞策略带来的挑战，使得旅行写作不得不面临真实性（authenticity）与可信度（credibility）的问题。[102]

在旅行文学中，旅行者、叙事者和主人公三者的身份分分合合，观察者与评论者视角也相互冲突或补充融合。在旅行写作文本中，叙述者总是同时肩负两种角色，这两种角色在叙述过程中不停斡旋：一种角色是新闻报道者（reporter），他试图传递那些从旅行中得到的准确信息；第二种角色是故事讲述者（story-teller），因为总是设定有读者接受，写作者就必须努力维护读者对他所述信息的兴趣，这就要求他必须将旅行信息以一种令人愉悦的，或者至少是容易被阅读者接受的方式呈现出来。[103]所以，旅行叙事都应当被看作是'再现事实的虚构故事'。[104]批评家们告诫读者，游记中貌似显而易见的事实，也许常常是一种修辞效果，任何形式的旅行写作文本都是一种被建构和被制造的人工作品，不应天真地将它们视作是对世界的透明展现。从这个理论角度重新研究英国人关于中国的旅行写作，不仅可以更新国内早先流行的又有些固化的形象学研究状况，还可以与传统的单纯历史研究或汉学研究区别开来，并补充上述研究存在的不足。

　　十九世纪英国人的中国旅行写作注定了是在历史进程之中，涉及政治事件和军事冲突，同时也涉及中英两国的社会意识、民众心理、文化传统和思维

---

102 Hulme, Peter, and Tim Youngs, eds. *The Cambridge Companion to Travel Writing*, Cambridge: Cambridge University Press, 2002. p.31.

103 Thompson, Carl. *Travel Writing*. London: Routledge, 2011. p.27.

104 Holland, Patrick, and Graham Huggan. *Tourists with typewriters: critical reflections on contemporary travel writing*. Ann Arbor: University of Michigan Press, 1998. p.10.

模式等影响更为长远的内容，但本文不会对每一部文本的所有内容都进行面面俱到的描述，而是在学界对某些具体问题讨论已有的基础上，提出自己的发现和观点。本文首先致力于描述十九世纪英国人的旅行文本对中国和中国人进行了哪些描述，发表了哪些看法，然后深入到中英历史文化语境中找寻他们这样描述的原因，分析他们产生这些看法的根源。这些旅行文本中呈现的中国景观和看法并不统一，揭示这些观点之间存在的相容或对抗的关系，是本论文的一个旨意。为了凸显本研究在沟通中英文化和推进双方达成共识方面的作用，本文将关注点放在中国人与英国人态度差异比较明显的一些话题上。比如对官方出使、鸦片战争和圆明园劫掠等中英交往史中的一些影响巨大的事件的看法，双方差异较大，而这些历史事件的意义在很长时期内都是被英国人单方面阐释且固定下来的，中国人的声音几乎被完全压制。直接参与这些事件的英国官员、军人和译员所写的日记、书信、游记，长久以来都被视为理解历史真相的第一手资料，不论是当时的还是后世的英国读者及研究者，都是从这些作品中认识中国和理解中英关系的。这类著作虽然被称为"纪实"性写作，反映了一部分事实，但也充满了主观偏见，显示着写作者独特的政治或文化立场。而这些主观偏见和立场往往对读者或研究者影响最大，中英双方也正是在这部分内容上认识差异最大。完全不理解或完全认同英国人的记述与阐释都不可取。本文即力图描述和解释在英国人的旅行写作中所呈现的，造成中英双方理解差异的部分问题。此外，除却对历史事件的记录，英国人对中国的文化习俗和中国人性格也发表了大量各异的观点，有些内容切中要害，同时也有很多内容与中国人自身的感受差别巨大，并且有流于表象和歪曲丑化之嫌。很大一部分原因在于不同民族文化间有理解的屏障与界限，旅行者常常只能看到异民族生活的表象，无心或无力深入到中国历史文化传统中去理解或解释这些问题。不过，"误解正是根植于理解他者的进程中，……误解也以误解他者的方式打开了对话之门。"[105]虽然这一世纪的英国旅行者对中国的认识充满了误解，然而对话和理解之门也越开越大了。英国旅行者书写中国，一方面有维护官方价值观的，另一方面也有在松动和反叛官方价值观的。本文将做一种批判性的研究，既不是为了完全用英国人的眼睛看待自身，也不是为了用自身的标准谴责英国人的错误，而是力图相互理解，令中英两种视域产生融合，起

---

105 〔澳〕瓦尔特·F·法伊特，误读作为文化间理解的条件〔A〕，乐黛云，张辉主编，文化传递与文学形象〔C〕，北京：北京大学出版社，1999，第94页。

到兼听则明的效果。

本书正文共有四章，分别以外交出使写作（Embassy），远征旅行写作（expedition），社会观察写作（observations）和自由旅行写作（Travels）为框架。这样分类是在对研究对象的各类特征进行辩证分析后决定的，具体来说，就是对写作者的身份、旅行动机和时段以及写作内容进行综合考虑。首先，从身份上看，一个人的社会公职会影响他的写作，但不会彻底决定他的写作。十九世纪在中国进行旅行和写作的英国人主要有外交特使（envoy），普通外交官（diplomat），通商口岸领事（counsul），港督（colonial secretary of Hong kong），商人（merchant），传教士（missionary），汉学家（sinology），摄影师（photographer），作家（writer）和记者（journalist）等。这些名称表示的是他们的社会公职，但公职又不能完全代表一个人的身份。例如有人既是外交官也是学者（约翰·巴罗、阿杰农·密福特），有人既是商人也是作家（阿奇博尔德·立德）。他们的作品一方面深受其工作影响，使同类公职的写作者的作品呈现出一些相似特征，但同时，由同一社会身份的人写出的作品，也会存在主题、观点和态度上的差异。其次，从写作者的旅行经验来看，旅行动机和时段会对其写作有影响。同一时期的旅行者可能共享一些历史语境和时代观念，出于相似动机（如外交、征战或游览）来中国的人，作品也会有一些共同话题。但旅行经验同样不会彻底决定其写作。最后，从写作内容来看，写同一主题的作品有些共同特征，但在观点和态度上又不会完全一致，所以作品主题也不能彻底决定写作风貌。由此，上述三点因素在每一部作品中都是相互作用的，它们共同决定了十九世纪英国旅行者中国写作的整体特征。

综合考虑这三种因素，本文讨论的十一部文本放在上述四章的框架下，是可以得到全面、充分和有效的分析的。第一，乔治·斯当东和约翰·巴罗都是外交官，共同参与了1793年的出使，作品都是关于这次事件的记述，从身份、经历、写作主题、历史语境来看，都有足够的理由放在一起考察。第二，额尔金和戴维·芮尼都是外交人员，共同参与了第二次鸦片战争，乔治·林奇虽然不是外交人员，但他参与了八国联军侵华战争，他们作品的主题都是远征，这类主题的叙事具有特殊性，而且十九世纪中英关系的最大特征就是充满战争，将这些人的写作放在一起，对作品主题、观点和态度进行历时的分析，有合理性也有意义。第三，施美夫、约翰·汤姆逊和密福特的工作虽然不同，但他们的作品都以游览和社会观察为主，都对中国的政府、城市、科技、教育和文化发表了很多看法，他们在中国的活动时间也较为接近，将之放在一起讨论，不仅可以对英国某一时段的历史语境有所透视，也可以对当时英国社会抱有的对中国的整体看法有所管窥。第四，阿奇博尔德·立德、立德夫人和韦廉臣夫人的工作也不同，但他们的旅行时间接近，都在十九世纪后三十年；他们旅行的方式都是自由探险和自愿观光，写作也不以公务为要；不论是旅行还是写作，他们的目的都以体验、消遣和愉悦为主。这些共同要素对他们作品的主题、内容和观点，产生了比其他因素更大的决定性作用，而这些要素在旅行写作的文体特征中又是相当重要的，所以放在一起讨论。由此，身份、旅行经验和写作主题这三大要素的作用与意义，都能在本文的框架下分别得到彰显，并能够对研究对象进行深入细致的阐释与分析。

本文第一部分考察斯当东和巴罗爵士第一次访华的外交出使写作，以说明这些作品对英国人关于中国的历史记忆所起的关键作用。斯当东的出使报告虽被视作后世了解史实的主要材料，但已经被学者指出"出于当时现实的考虑，斯当东在其报告中有隐瞒、美化和歪曲事实的地方"。[106]他的报告主要有两个特征，首先是美化和升华了英国出访中国的目的，隐藏了英国人迫切需要将中国纳入到其所主导的世界经济体系从而逐利的深刻动因。然后将清朝固定为一个专制落后、倨傲顽固的形象，同时将拒绝遵从觐见礼仪的英国大使、违抗大清律例的英国罪犯，一同拔高到誓死维护国家尊严、个人自由和人类公正的地位，由此，英国对清朝的所有行动都与英勇反抗东方暴政的崇高密不可分了。与斯当东的著作互为补充的，是巴罗的游记。巴罗游记的特征主要是百科全书式的博物学风格，将中国作为一种人类文明的典型进行研究，宣称客观真实、权威可靠，显示了十八世纪英国绅士阶层对科学和理性的热衷。以中国的习俗和中国人的性格为描绘中心，以与欧洲比较为方法，巴罗的结论是中国停滞，无力创造新历史，而欧洲已功绩显赫。中国的政治文明在十八世纪的法国得到很多思想家的赞美，而英国人对中国的第一个去神秘化对象就是以皇权为代表的统治力量。在斯当东和巴罗等人的记录中，这种描述和定性为英国发动鸦片战争提供了理论和道义支持。这些作品流露的对清朝的敌视态度，与关于中国的地形、军事等情报相结合，影响了英政府对华政策，也影响了后来到中国出使与作战的其他英国人的观点和态度。

---

106 〔英〕巴罗，我看乾隆盛世〔M〕，李国庆、欧阳少春译，北京：北京图书馆出版社，2007，第3页，译者前言。

本文第二部分重点分析额尔金伯爵和戴维·芮尼等参与第二次鸦片战争,以及乔治·林奇等参与八国联军侵华人员的远征旅行记事,以揭示帝国主义和人道情感在战争经验写作中的独特表现。当时的英国人常用"中华帝国"(the Celestial Empire 或 the Middle Kingdom)来称呼中国,对不断壮大的实际上是真正帝国的大不列颠(Great Britain)来说,在马嘎尔尼使团时代,"中华帝国"是英国要挑战的老牌对手和假想敌;在鸦片战争时代,是英国必须征服与控制的敌国;在义和团运动之后,则是威胁大不列颠的复仇的巨龙。有些大使、军人和领事自觉认同帝国忠实仆人的角色,将对华战争和劫掠描述为正义合理的报复,将自我塑造为勇敢高贵的绅士,将英国美化为维护民族荣誉与帮助落后国家的伟大形象。但通过分析个体旅行者对战事的写作也可以发现,尽管大部分人多对清朝各方面贬低批评,对本国极力美化,但也有少数旅行写作者对清政府表示遗憾,对中国人遭受的苦难抱有同情之感。这种人道主义的感情,最早出现在亲眼目睹战争之残忍以及劫掠行动之可耻的军事旅行者笔下,额尔金日记中矛盾的、私人化的感受,以及芮尼逆主流而行对中国人品德的辩护和赞美,实际都构成了对英帝国殖民正义宏大叙事的反话语。

本文第三部分综合评论施美夫、密福特和汤姆逊等人的作品。这些作者本身来自于正处在现代化进程中的英国,目睹了自由、民主、商业、科学、工业化和城市化等给人类生活带来的改变,这使他们相信,仍处在如同"欧洲中世纪"阶段的中国,应该开放门户,接受西方带来的成果。因为中国的文明即使再伟大,它也已经停滞了,并且残留很多恶习,西方文化能够给中国注入新活力,促使它进步,而进步是人类社会的必然趋势。所以,他们细数中国社会的落后之处,不仅指摘中国经济、工业、科技、教育和军事水平原始,而且认为中国人缺乏道德和精神信仰。中国文明不仅不是上一世纪欧洲人所认为的那样完美无缺——这一点也总是被中国皇帝拿来驳斥和拒绝英国的通商要求——反而是处处存在缺陷与匮乏的。在英国社会观察家的记录下,中国是个腐败落后、邪恶横生的国度,非学习和接受西方物质文明与基督教文明无以得救。这些"启蒙话语"充斥于旅行作家笔下,展现了他们在构建与确认,并向全世界推行"普适的"西方价值观历程中的作用,他们向英国传递的中国知识也就不可避免地染上了欧洲中心主义的色彩。在对中国的政府、社会、法律和文化等层面进行全面批判后,十九世纪后期,中国人的民族性成了新写作主题。一个民族或种族是否具有某些独特的性质,在十九世纪中后期成为西方人类学与社会学的研究热点，所以，中国人作为一个民族整体也成为了英国旅行者的重点观测对象。由于社会进化论、种族主义和帝国主义等观念影响，英国作者对中国人民的关注焦点转向种族，食物与酷刑等习俗也被呈现为判定中国人低等和野蛮的依据。

民族自豪感、爱国主义以及殖民主义影响了十九世纪大部分英国旅行者对中国的批评与鄙视态度。有助于引发这类态度的还有十九世纪中叶兴盛的自由功利主义，十九世纪下半叶流行的社会达尔文主义，热情高涨的帝国主义，宗教普世主义，甚至种族主义思潮。然而，与此同时，还有很多同样重要的观念与上述思潮并存，如人道主义和慈善观念，理性主义，审美上的浪漫主义，异国情调主义，十九世纪末的怀疑主义等等，这些思潮对英国人的中国旅行写作同样产生了深刻影响。十九世纪英国人整体的时代心态就是既高傲肯定又质疑悲观，时而对上帝怀疑，对人生徘徊，时而又热心于道德，享受大自然之美。这种紧张状态体现的是人们对科学和工业时代的捉摸不定，那些不断变化的不确定因素困扰着文人的思考。十九世纪后期，由英国主导中国事务的趋势逐渐减弱，瓜分中国变成了一场欧洲列强之间暗中进行的大博弈行动，此时，英国涌现出了大批对中国腹地进行旅行探险的著作。这类写作与英国早期的全球探险叙事有一脉相承的联系，他们都倾向于将自我塑造为一个深入处女地的探寻者形象，他们的记录不仅贡献了关于中国的一手的新知识资料，还能够为祖国在远东的行动出谋划策、找寻利益。同时，在这一时期来中国旅行的新主体还有英国女性，她们作为游客的身份更加明显，她们对中国的书写更加丰富多彩、饱含情感，这与英国前期的中国记述大不相同。本文的最后一部分，就是对上述身份和观点更为多样的旅行群体作品的分析，因为他们完全出于个人的兴趣和原因来中国游览、探险或旅居，将之归为自由旅行写作，能够揭示他们的写作与政治、军事和社会观察家作品的风貌差异。

尊重历史是对本研究的基本要求，然而，随着研究的深入可以发现，历史本身就不是一个确定无疑的实体，十九世纪中国的政治、社会、经济、人民生活是怎样的，英国是怎样的，中国与英国在全球语境中分别处于什么状态，这些问题的答案并非已经确定无疑，这些历史本身都还存在争议，更遑论其所承载的意义。正如美国汉学家柯文（Paul A.Cohen）的感慨："不是历史学家的人有时以为历史就是过去的事实。可是历史学家应该知道并非如此。当然事实俱在，但它们数量无穷，照例沉默不语，即使一旦开口又往往相互矛盾，甚至无法理解。史学家的任务就在于追溯过去，倾听这些事实所发出的分歧杂乱、断断续续的声音，从中选出比较重要的一部分，探索其真意。"[107]当研究视角延伸至此，对历史编纂学等相关理论的借鉴也就不可避免了。当代美国学者海登·怀特（Hayden White）在《元史学：19世纪欧洲的历史想象》（*Metahistory: The Historical Imagination in 19th-century Europe*）一书中揭示了历史写作与叙事和修辞学不可分割的关系，他指出："特定历史过程的特定历史表现必须采用某种叙事化形式，这一传统观念表明，历史编纂包含了一种不可回避的诗学——修辞学的成分。"[108]主导十九世纪西方史学观念的当属德国历史学家利奥波德·冯·兰克（Leopold von Ranke, 1795-1886）开辟的传统，这种传统追求史料、实证和考据，以期用明晰的语句使字面意义与纯粹逻辑达成一致，然而这种试图将历史学变为科学的理想未能实现。到二十世纪七十年代，美国学界兴起了新历史主义批评方法（New historicism），这种思潮也被其领军人物之一的格林伯雷（Stephen Greenblatt）称为"文化诗学"（the poetics of culture），这一派的研究方法大胆跨越历史学、人类学、艺术学、政治学和经济学等学科界限，但重点仍在研究文学与历史之间的关系。这一理论既吸收又改造了旧历史主义批评、西方马克思主义、后结构主义、文化人类学和年鉴学派等思想遗产，强调文学研究应该重视历史和政治的纬度，但又不认为文学简单地从大写的历史中产生，因为完全客观的历史语境根本不存在，同时也反对形式主义和新批评之类过分强调纯粹文学性，把文学现象视作封闭自足系统的倾向。[109]历史具有文本性，文本也具有历史性，十九世纪英国的中国旅行写作可以被视作是"作为历史的文学"，同时也可被视作是"作为文学的历史"。所以，对十九世纪英国人中国旅行写作的研究不仅是文学研究，它同时也是一种广义的历史研究，本文将参与到这种仍在继续的广泛的争论中去。

　　本论文的研究视野是跨文化与跨学科的，这由旅行写作的性质所决定。十九世纪英国人的中国游记具有多重特性，既有文学性和民族志属性，又有历史性和学术性。它们可以同时归属于文学、东方学和文化人类学名下，文学、历

107　〔美〕柯文，在中国发现历史——中国中心观在美国的兴起〔M〕，林同奇译，北京：中华书局，2002，第41页。

108　〔美〕海登·怀特，元史学：19世纪欧洲的历史想象〔M〕，陈新译，南京：译林出版社，2013，第2页。

109　详见张京媛主编，新历史主义与文学批评〔C〕，北京：北京大学出版社，1993，张进，新历史主义文艺思潮通论〔M〕，广州：暨南大学出版社，2003。

史学、地理学、社会学和人类学研究都无法不正视旅行文学的价值和意义。十九世纪的帝国扩张和殖民贸易促使英国人不得不对其他地区和民族进行研究，英国人类学奠基人之一的约翰·卢伯克（John Lubbock）曾说："研究野蛮人的生活，对英国特别重要，因为它是一个大国，它的殖民地遍布世界各大洲。"[110]除了殖民贸易和殖民统治的需要外，传教士等旅行者将远方的消息传回国内，促使欧洲学术研究的兴趣和方向转变，比较语言学、比较宗教学、比较文学和考察异民族文化风俗的人类学研究开始兴起。"人类学是近代发展起来的一种学术传统，它最早指的是对人体特征的测量与分析，到19世纪才发展成为一个系统化的学科。"[111]王铭铭认为，"从资料搜集的对象看，人类学（尤其是文化人类学）与东方文化研究有许多相似之处。……把所谓的'非西方'当成一个对象来进行系统化的研究，是16世纪之后欧洲经济、政治、军事、文化势力开始向西方之外的区域展开殖民进攻之后才逐步开始的。"[112]追溯人类学学科史也可发现，从十六到十九世纪，欧洲各国都鼓励教会、学者、探险家致力于海外研究，组成不同的学术团体，使非西方成了西欧学界的研究对象，这与欧洲统治者将非西方地域视作其所拥有的财富和可供掠夺的对象，以达到攫取利益的目的有直接关系。[113]萨义德也认为，十九世纪后期以前，非西方研究带有明显的描述性、资料性和工具性风格，有情报搜集和服务于侵略的特点。后来着力于用非西方研究来证实西方的某些社会理论的价值，这种倾向为正在形成的西方主导的世界体系提供了科学依据，从而将"东方学"的掠夺性和霸权色彩改头换面了。[114]也有西方学者认为，人类学的学科起源众说纷纭，不同国家的传统也不尽相同。人类学与历史学有交叉之处，他们的研究对象有时相同，但采用的方法不同。当代的许多人类学理论家都对旅行写作非常关注，通过反观旅行写作、英帝国与人类学之间的关系，也可以廓清人类学学科起源的问题。从二十世纪八十年代开始，西方人类学界开始注重运用文学

110 夏建中，文化人类学理论学派：文化研究的历史〔M〕，北京：人民大学出版社，1997，第13页。

111 王铭铭，想象的异邦：社会与文化人类学散论〔M〕，上海：上海人民出版社，1998，第5页。

112 王铭铭，想象的异邦：社会与文化人类学散论〔M〕，第5页。

113 Wolf, Eric. *Europe and the People without History*, 1982. 转引自王铭铭，想象的异邦：社会与文化人类学散论〔M〕，上海：上海人民出版社，1998。

114 〔美〕爱德华·W·萨义德，东方学〔M〕，王宇根译，北京：三联书店，1999，第12页。

批评分析一些人类学的写作，这被称为人类学研究的"文学转向"（literary turn）。[115]这种转向说明人类学与社会学、历史学、旅行写作以及文学批评之间有密不可分的联系。人类学研究对旅行写作的学术兴趣来自后殖民研究的语境，重写西方帝国与其他文化接触的历史成为近年来流行的趋势。由此可见，旅行写作处在人类学、历史学、社会学和文学研究的交叉地带。学科的界限是人为的划定，但跨学科的知识可以为本学科研究提供独有的洞见。旅行文学内容的丰富性和形式的多样性，决定了研究它必须采用跨文化的视角和跨学科的分析阐释方法。萨义德在《世界·文本·批评家》（*The World, the Text, and the Critic*, 1993）中，曾将文学批评的整体理念倾向分为两类，一种是强调"文学性"的"宗教化批评"，另一种是支持文学与文化、意识形态、政治、社会、历史等语境相联系的"世界化批评"，"世界化"（Worldly）的批评理念，也为本课题的研究提供了理论指导。

表面上看十九世纪英国人对中国的描绘非常阴暗，流露的态度也充满了蔑视，然而，只要再广泛深入地细察就会发现，在这些文本中，有官方和主流话语的影响，同时也存在着民间的和边缘的反权威话语。这在十九世纪英国人的中国观念中一直存在。本课题的一个目标是分析流传在英国的那些主流观念是如何通过叙事与修辞被塑造出来的，同时凸显非官方的和个体的经验与话语，发掘曾经被中英双方都有意无意忽视的边缘内容，在不同的话语间建立起联系。文学叙事一方面不可避免地对现实依赖，受官方意识形态左右，再现一幅支离破碎的、被扭曲的世界图景，同时，文学叙事又会对现实有很多背离、批评与反叛。通过细读和分析这些文本可以发现，看似记录事件或历史事实的文字，实际背后都存在扭曲与修饰。这些篇章是在摸索一种再现现实的道路和方法。然而，开辟道路就必然会凸显主路，同时忽略或掩盖其他小径。读者只能沿着作者通过文字篇章（passage）开辟出的道路（passage），观察他所展现的风景。文字是修辞的艺术，这就可以解释为什么英国人和中国人写一段共同的"历史"，却常常是构建出了完全相异的景观，带给读者完全不同的感受和认知。被视作"写实性记录"的史料充满了语言的修辞，这些文字用不易被察觉的方式将现实进行巧妙地重塑，每一句描述背后都含有价值判断和意义褒贬。虽然客观还存在，但已经被主观改头换面。正如爱德华·萨义德所言，"就

---

115 Hulme, Peter, and Russel McDougall, ed. *Writing, Travel and Empire*. I.B.Tauris & Co. Ltd. 2007. p.222.

像它能够被毁掉和重写一样，历史总有着各种各样的沉默与省略，总有着被强加的形塑和被容忍的扭曲。"[116]而十九世纪英国人关于中国的旅行写作（日记、自传、书信、游记）则更加彰显了历史真实与写作再现间的错位、缝隙和张力。

---

[116] 〔美〕爱德华·W·萨义德，东方学〔M〕，王宇根译，北京：三联书店，1999，第5页。

第一章　外交出使写作

从十三世纪一直到十八世纪，"中华帝国"在欧洲旅行者和作家们的描绘中大都是如神话般美好的。"大多数欧洲旅行家既前往中国，也到过波斯和印度，但他们把最精彩的描绘留给了中国。"[1]然而，这些对中国的极致描述令人难以置信，所以马可·波罗也被称为吹牛的"百万大王"。到天主教传教士的作品充斥欧洲的时代，"中国风尚"（Chinoiserie）曾风靡一时，"中国不是一种现实，而是一种模式，或者说是一种乌托邦。"[2]然而，这种"乌托邦"在十八世纪末就开始消解，正如赫德逊所言："十八世纪的古老中国伸张出去并且迷惑了她的未来的征服者，给欧洲文化留下了不可磨灭的痕迹，但西方的进步文化却注定了在十九世纪及以后要粗暴地侵略、席卷并彻底改变古老的中国。"[3]通过实地考察和旅行写作揭开中华帝国的神秘面纱，并将它固定为"停滞的帝国"是从英国人开始的，而传递出这种观念的第一批重要作品，就是马嘎尔尼使团出使中国后产生的那些旅行记。乔治·斯当东和约翰·巴罗都是外交官，共同参与了1793年的出使行动，作品都是关于这次事件的记述，从身份、经历、写作主题、历史语境来看，都有足够的理由放在一起考察。斯当东和巴罗对中国的记述，几乎奠定了一个世纪以来英国人看待、描述

1　〔英〕赫德逊，欧洲与中国〔M〕，王遵仲等译，何兆武校，北京：中华书局，1995，第135页。

2　〔英〕雷蒙·道森，中国变色龙——对于欧洲中国文明观的分析〔M〕，常绍民、明毅译，北京：中华书局，2006，第72页。

3　〔英〕赫德逊，欧洲与中国〔M〕，王遵仲等译，何兆武校，北京：中华书局，1995，第214页。

和评判中国的基调。他们分别从不同的侧重点，将清朝展现为高傲排外、深拒固闭和虚张声势的形象，将英国确认为先进强大、自由高贵和民主公正的典范，并将与叩头相关的事件神话化为"礼仪冲突"，对中国人不尊重英国人大加渲染，同时揭露清朝腐败的政治体系，以及原始的航海、科技和军事水平，这几点综合在一起，就为英国政府的对华外交政策提供了指导。

第一节　重塑自我与他者：斯当东的出使报告

直到十九世纪中叶，在清朝方面，中西贸易都由广州十三行和广东地方官员操控，在欧洲方面，则由东印度公司这类具有垄断经营权的商人进行管理与控制。英国人与中国的官方接触，其动因也不外乎都与贸易有关。1784年《折抵法案》（Commutation Act）的实施有效降低了英国茶叶走私现象，加上国内人民饮茶风气盛行，中英间的茶叶贸易额大增，到十九世纪初，英国已成为清朝最大的贸易国。[4] "随着茶叶、生丝和瓷器被收集起来运往欧洲和美洲，中国的一部分劳动力和物质生产也被带入一个此前非常陌生的建构之中，这就是以伦敦为中心把英国、印度和中国沿海连接起来的跨区域经济。"[5]茶叶贸易虽为英政府带来了丰厚的税收，但是，由于当时清朝进行外贸有三个特点，一是货物只出不进，或者出口多而进口少，二是交换媒介只接受白银，三是贸易港口被严格限定在广州一地（虽然澳门也早已开放，但被葡萄牙人势力控制），这就给英国造成了困扰。因为英国不希望只从中国进口茶叶，还希望中国也能进口英国的现代工业产品，以此取代白银作为交换媒介。苏格兰哲学家休谟很早就在论文中提到，英国依靠从美洲殖民地获得供给，而白银流向中国后不再流动，英国在与中国的贸易中蒙受不利。[6]然而，英国商人们发现中国人对英国产品的需求微乎其微。1792 年 9 月 26 日，大不列颠国王乔治三世派遣了一个会见中国皇帝的使节团，乔治·马嘎尔尼伯爵担任正使，乔治·斯当东为副使，"为了商业的目的而去"，还为了"改善英国

4　游博清、黄一农，天朝与远人——小斯当东与中英关系（1793-1840），中央研究院近代史研究所集刊，民国 99 年 9 月，（69）：2。

5　〔美〕何伟亚，英国的课业：19 世纪中国的帝国主义教程〔M〕，刘天路、邓红风译，北京：社会科学文献出版社，2007，第 54 页。

6　休谟，论贸易平衡〔A〕，〔英〕休谟，休谟经济论文选〔C〕，陈玮译，北京：商务印书馆，1984，第 56 页。

人在中国的地位"。[7] 至于说为乾隆皇帝庆祝八十大寿，更像是英国为了促使谈判顺利而借机行事。1793 年 8 月 5 日，即清乾隆五十九年六月廿三，英国使团乘坐一艘六十门炮舰的"狮子"号，和两艘英国东印度公司提供的随行船只，抵达天津白河口。

关于这次出使和觐见的历史细节，清朝方面的原始记录主要存在于内阁、军机处、宫中、内务和外务等部门的零散记载中。编年史书《清实录》和《清史稿》，朝廷档案文献汇编如《朱批奏折·外交类》和《掌故丛编》中都有涉及。中国第一历史档案馆曾将与此事件相关的原始资料进行过搜集编纂，即《英使马戛尔尼访华档案史料汇编》一书。英国方面，这一事件得以重现则全部依据使团人员的旅行记录。署名为斯当东的《大不列颠国王派使觐见中国皇帝的正式报告》[8]（*An Authentic Account of an Embassy from the King of Great Britain to the Emperor of China*, 1797），在构建英国人关于出使中国的集体记忆中起了核心作用。因为是第一次来中国内地旅行，这本记录不厌其详。这部作品重点揭示了关于中国的两方面情况：一是清朝社会物质水平低，科学和军事技术落后，远远比不上英国；二是清朝官员及皇帝高傲自大、愚昧无知、排外多疑，不尊重而且欺压英国商人，英国面临的最大问题是改善其在中国的名声和地位，令中国皇帝平等且敬重地对待英国。这种记述与清朝对此事件的记载大相径庭，然而，就是这第一次访华使团的行纪，奠定和开辟了延绵整个十九世纪英国人对中国的主要看法。下文就将细致分析在这个文本中，作者是如何将清朝描述和判定为落后文明，又如何将英国凸显为不卑不亢的，尽管被不公正对待，但仍如绅士般与蛮横清帝国百般修好的高贵形象。故而，英国使团的要求是公正合理的，他们的行为是无可指摘的，尽管出使任务失败，但他们也是"高贵的失败"。关于这次出使的报告已经为英国国内公众传达出这样一种中国景象和中英局面，这为后来英国动用武力教训中国埋下了伏笔，且提供了合理的说辞与证明。

一、报告的成书语境

乔治·莱奥纳德·斯当东（Sir George Leonard Staunton, 1737-1801），曾为

7　〔英〕斯当东，英使谒见乾隆纪实〔M〕，叶笃义译，北京：商务印书馆，1963，第 17 页。

8　中译本将该报告的名称意译为《英使谒见乾隆纪实》，对读者理解这一文本的原本涵义有所误导。

东印度公司服务，同时也是一位医学博士、法学博士和植物学家。他起初在法国图卢兹（Toulouse）的耶稣会学校（Jesuit College）和蒙彼利埃（Montpellier）医药学校就读，于 1758 年获得医学博士学位。接着在西印度群岛（West Indies）担任内科医生，但后来转行学习法律，并于 1779 年当选格林纳达（Grenada）[9]的司法长官（Attorney-General）。1784 年，斯当东与他在西印度群岛结交的好友马嘎尔尼一起前往马德拉斯（Madras）[10]，同迈索尔王国（Kingdom of Mysore, 1399-1947）的国王蒂普苏丹（Tipu Sultan, 1750-1799）议和签约。凭此功绩，斯当东于 1785 年 10 月 31 日获得爱尔兰从男爵（Baronet）的爵位。1787 年 2 月，入选英国皇家学会院士。1790 年获得牛津大学民法学博士学位。1793 年，斯当东以马嘎尔尼伯爵的得力助手身份，成为英国访华使团的副使，他对此次行程的始末都有记录。回国后，在约翰·巴罗的协助下，斯当东完成了《大不列颠国王派使觐见中国皇帝的正式报告》一书，于 1797 年出版。该报告在同一年被伦敦的两家出版社出版，冠以的书名略有不同。尼克尔出版社的版本，扉页名称是"大不列颠国王派使觐见中国皇帝的正式报告（An authentic account），包括在那个古老帝国（ancient empire），以及中国蒙古部分地区旅行（travelling）所做的匆匆一瞥的观察（cursory observations）和获得的信息（information）。还有关于乘坐'皇家狮子号'（HMS *Lion*）和东印度公司的'印度斯坦号'（HMS *Hindostan*），在黄海和北京湾（Gulf of Pekin）[11]行进，最终返回欧洲这些旅程（the voyage）的叙述（a relation），途径地点有：马德拉岛（Madeira）、特纳里夫岛（Teneriffe）、圣雅哥岛（St.Jago）、里约热内卢（Rio De Janeiro）、圣赫勒拿岛（Saint Helena）、特里斯坦（Tristan）、达空雅岛（D'cunha）、阿姆斯特丹（Amsterdam）、爪哇岛（Java）、苏门答腊（Sumatra）、南卡群岛、康多岛（Pulo Condore）和交趾支那（Cochin-China）。本作品的内容主要来自马嘎尔尼伯爵阁下的记述（papers），以及伊拉斯谟·高尔爵士（Sir Erasmus Gower）和使团其他绅士们（other gentlemen）的记录。"[12]斯多克戴

---

9 位于加勒比海与大西洋交界处，原为印第安人居住地。1650 年被法国占有。1763
   年，在英法七年战争中法国战败，英国获得了格林纳达。1779 年法国重新夺回。
   1783 年再次被英国争走，正式沦为英国殖民地。
10 印度南部的一座沿海城市，1628 年，英国东印度公司开始在这里落脚发展贸易。
   1996 年改名为金奈。
11 实为渤海湾。
12 Staunton, George Leonard. *An authentic account of an embassy from the King of Great Britain to the Emperor of China*. 3 vols. London: G.Nichol, 1797.

尔出版社的版本名为："大不列颠国王命令出使中国皇帝的历史档案（An historical account）：包括中国居民的礼仪和习俗（manners and customs of the inhabitants），出使的起因，以及前往中国的整个旅程（voyage to China）。主要内容来自马嘎尔尼伯爵的部分记述（papers），并由乔治·斯当东爵士（Sir George Staunton）编辑（compiled）而成。"[13]这次出使声势浩大，众所皆知，斯当东的作品也成为流传最广、最权威的报告。

虽然这本著作名义上是"官方报告"，但根据书名的解说词可以轻易发现，这本报告的内容完全是对一次完整旅程的叙述。而且，该文本的叙事是依据时间和空间移动顺序进行的，从目录可以明确看出。这就是本文将其作为旅行写作进行解读的主要依据。此外，这个文本还有另一个显著特点，那就是它并非完全由署名的作者一人亲自写就，而是汇集了五位以上使团其他成员的记录，经斯当东和巴罗之手，多次加工整理而成。所以，虽然该著作的署名只有乔治·斯当东一人，但它的真正作者至少包括正使马嘎尔尼伯爵，"皇家狮子号"战舰的指挥官伊拉斯谟·高尔爵士（Sir Erasmus Gower, 1742-1814），科学家领队詹姆斯·丁威迪（James Dinwiddie），画师托马斯·希基（Thomas Hickey），医生休·吉兰（Hugh Gillan）和威廉·司各特（William Scott）等人。上述人员的日记和札记在报告各处都经常出现，被编者直接进行原文引用和插入。所以，这个文本必然同时体现着主编写者与其他真正作者的旨意。此外，由于这次出使得以成行得益于许多政治家的助推，"官方报告"也必须满足这些人物的各类期许，这也是影响文本最终成型的重要力量。

1787 年，英国首相小皮特（William Pitt the Younger, 1759-1806）和时任东印度公司掌管人的亨利·邓达斯（Henry Dundas, 1st Viscount Melville, 1742-1811），曾安排查尔斯·卡斯卡特（Colonel Charles Cathcart）作为正使率领使团出使中国，但他在旅途中不幸病逝了。1791 年，邓达斯成为内务大臣，马嘎尔尼曾提议，他的朋友乔治·斯当东爵士可以尝试再次出使中国。邓达斯则建议马嘎尔尼自己担任正使。马嘎尔尼接受了这个提议，但条件是他必须获得伯爵封号，并且有权自己挑选随同成员。于是乔治·斯当东就被任命为副手，约翰·巴罗被任命为审计和检察官（comptroller）。追究上述主要人物的背景与相互之间的交往史，对还原当时的历史语境大有裨益。

---

13 Staunton, George Leonard. *An historical account of the embassy to the emperor of China*. London: Stockdale, 1797.

　　亨利·邓达斯[14]来自苏格兰的显赫家族，他的父亲老罗伯特·邓达斯（Robert Dundas, of Arniston, the elder, 1685-1753）是苏格兰大法官。他同父异母的长兄小罗伯特·邓达斯（Robert Dundas of Arniston, the younger, 1713-1787）继承父业，在哥哥的帮助下，亨利·邓达斯年轻时也进入苏格兰的政府法院（Faculty of Advocates）[15]，并成为检察总长（Lord Advocate）。邓达斯演讲口才出众，1774 年开始进入大不列颠议会活动，与小威廉·皮特结为密友，1791年进入内阁，任内务大臣。就是在此期间，访华使团得以成行。邓达斯是苏格兰的拥护者，辉格党人，苏格兰启蒙运动的重要活动家。他反对废奴，支持对法七年战争，支持在印度进行扩张。因为小皮特对他无比依赖和信任，他在内务部大权在握，所以对废奴行动有极大阻碍。1794 至 1801 年间，他又任战争事务部大臣，1804 年任海军部第一大臣，负责财务方面工作。不料，两年后小皮特去世，他在当年被控告侵吞和滥用公款，被弹劾。虽然最终被宣告无罪，但他就此失势，之后再未担任公职。由于邓达斯的激进政治主张，他被后世冠以"苏格兰的无冕之王"（The Uncrowned King of Scotland）和"大暴君"（Great Tyrant）之类的诨名。斯当东报告的开始，就提到了邓达斯在促成此行上的功劳，巴罗 1804 年出版的《中国之行》结尾也特别对他表达了敬意。所以，这部报告必然也要符合邓达斯的意愿。

　　马嘎尔尼 1759 年毕业于都柏林的三一学院（Trinity College, Dublin），经由贵族子弟斯蒂芬·福克斯（Stephen Fox, 2nd Baron Holland, 1745-1774）引荐，他得以加入伦敦律师学院（Temple, London），跟随斯蒂芬的父亲亨利·福克斯（Henry Fox, 1st Baron Holland, 1705-1774）学习。亨利·福克斯是当时英国最重要的政治家之一，他曾任战争事务部大臣，与国王乔治二世（1683-1760）的二儿子（Prince William Augustus, Duke of Cumberland 1721-1765）是密友，后来在内阁有席位，在议会有极大影响力。1763 年，七年战争（1756-1763）结束，法国与英国签订了《巴黎和约》（Treaty of Paris），是亨利·福克斯极力劝诱下议院通过该条约。因为这一层关系，马嘎尔尼对七年战争和《巴黎合约》的签订都有论述，他认为不列颠至此"开始统治一个巨大的日不落帝国"。

---

14 Archival material relating to Henry Dundas, 1st Viscount Melville listed at the UK National Archives.

15 拥有悠久历史，前身是 1532 年"苏格兰议会法案"（Act of the Parliament of Scotland）通过成立的"正义学院"（College of Justice），专门掌管和处理与民事和刑事相关的法律事务。

1764 年他成为驻俄国大使，1768 年回到爱尔兰后，成为下议院议员，被封骑士（knight）。1775 年任西印度群岛总督，次年被封为从男爵。1781 年开始任马德拉斯（金奈）总督，三年后，英国与迈索尔王国第二次战争爆发，他参与签订了《芒格洛尔条约》（Treaty of Mangalore）。马嘎尔尼在殖民地工作的政绩显赫，他后来提议驾驶有 64 门炮的"皇家狮子号"去中国。马嘎尔尼比邓达斯大五岁，他虽然出生于爱尔兰的安特里姆郡（County Antrim），但他的家族最早也来自苏格兰。此外，马嘎尔尼在印度马德拉斯长期任职，东印度公司是印度的实际控制者，邓达斯又是东印度公司的要员，他们之间就有了交集。但是，马嘎尔尼与邓达斯的关系并不紧密，因为邓达斯是极力支持殖民扩张的，而马嘎尔尼似乎还兼具人道之心，所以他在 1786 年拒绝了印度总督（governor-generalship of India）的任职。马嘎尔尼知道东印度公司当时已经在向中国售卖鸦片，他不大赞同，而是希望英国能向中国出口其他好一点的商品。这一想法也在出使行动中得到体现。

　　细查斯当东与马嘎尔尼的交往关系可以发现，斯当东大致在 1759 年开始在西印度群岛当医生，当时马嘎尔尼刚从三一学院毕业，进入亨利·福克斯门下。马嘎尔尼于 1775 年去西印度群岛任总督时，斯当东还在那里，他们一起在西印度群岛共事四年，直到斯当东 1779 年离开，去格林纳达任司法长官。在西印度群岛的时候，马嘎尔尼就已经获得爱尔兰从男爵的头衔。他们俩都来自爱尔兰，而且是同年生人，因此结为了密友。所以 1784 年马嘎尔尼带着斯当东一起，去马德拉斯与蒂普苏丹签订了《芒格洛尔条约》。凭借这一经历，斯当东也获得了爱尔兰从男爵的封号。由此，当 1791 年英政府筹划出使中国行动时，马嘎尔尼就选任了斯当东为助手。

　　在英国，不论是想从政还是做其他事业，都必须要找到自己能依托的庇护人或赞助人（patron）。对出生于普通家庭的年轻人来说，更是如此。而寻求庇护人或曰自己的贵人的主要途径，就是交游和建立私人的友谊关系。出使中国这一事件中的另一位核心人物约翰·巴罗，就是这样成长起来的。巴罗出生于英格兰西北部兰开夏郡的一个小村庄（the village of Dragley Beck, in the parish of Ulverston），早年在利物浦做工，由于勤奋好学，他二十岁的时候在格林威治的一所私立学校当上了数学老师。而乔治·斯当东的儿子小斯当东（Sir George Thomas Staunton, 2nd Baronet, 1781-1859）正是他的学生中的一位。1790 年左右，巴罗开始担任小斯当东的家庭教师，由此与老斯当东建立了紧密联系。故而，在 1793 年的中国之行中，马嘎尔尼选了斯当东当助手，斯当东又选了巴罗当审计官。三人都相互认识了。当马嘎尔尼 1796 年去好望角担任总督时，三十二岁的巴罗就被选做秘书同去。马嘎尔尼两年后就回到英国了，但巴罗在好望角一直待到 1804 年，在那里结婚置地。巴罗虽然是斯当东写作官方报告的第一协助人，但由于当时他很年轻，地位也不高，所以在左右这部作品的内容与倾向的要素中，巴罗的影响力不是很大。他个人的独家观点完全体现在六年后出版的《中国之行》一书中。

对这次出使寄予希望并有所期待的另一位重要人物，是皇家学会的主席约瑟夫·班克斯爵士（Sir Joseph Banks, 1st Baronet, 1743-1820），他对博物史和植物研究痴迷至极。因为对世界各地的生物种类有强烈的求知欲，他进行过多次海外旅行，并给国王乔治三世提议，敦促英国进行全球探险，不仅能够促进科研，而且可以殖民。班克斯在 1768 至 1771 年间曾跟随库克船长（Captain James Cook）的"皇家奋进号"（HMS Endeavour）完成第一次航行，到访过巴西、塔希提、新西兰和澳大利亚。他还建议英国人移民新南威尔士（New South Wales），将澳大利亚变成殖民地，并且将博塔尼湾（Botany Bay）当作罪犯的流放地。班克斯出生于林肯郡（Lincolnshire）的一个非常富有的乡绅之家，他父亲是下议院的议员。他是伊顿公学的毕业生，牛津的高等自费生（gentleman-commoner）[16]。父亲去世后，他继承了家族庄园（estate of Revesby Abbey），并雇佣黑人做仆人。他还是建造英国皇家园林邱园（Kew）的主要倡导人，怀有从全世界各地搜集珍贵植物到邱园和卡丘塔植物园（Calcutta Botanical Garden）[17]进行研究的雄心。最主要的，他是想要在孟加拉或者阿萨姆（Assam）种植茶树，以解决英国政府与中国的茶叶贸易带来的巨大的白银流失问题。所以，当马嘎尔尼使团出发前，班克斯就建议使团要仔细观察和采集旅途中见到的所有植物，尤其是茶树。戴维·斯庄纳奇（David Stronach）和约翰·哈克斯顿（John Haxton）作为使团的植物园艺家同行。[18]正因为如此，报告中记录在中国行程的部分，几乎每一章结尾都列有成千上百种搜集到的植物标本的名称。报告中所附的图片也全部是由班克斯爵士挑选和安排的。

---

16 需要自己付学费，一般来自富裕但非贵族家庭的学生，阶层地位上高于自费生（commoners），但低于贵族（noblemen）。

17 位于孟加拉国。

18 Kitson, Peter J. *Forging Romantic China: Sino-British Cultural Exchange 1760-1840*. Cambridge: Cambridge University Press, 2013.

综上所述，因为马嘎尔尼使团的中国之行肩负着来自国王、政治家、商人和科学家共同托付的多重任务，最终的报告也对这些期许都有交代。虽然与清朝建交并迫使清朝开放通商口岸的是这次出使最根本的任务，但报告的写作者又不能囿于这一旨意，以免将英国塑造为一个唯利是图的形象，所以，他们必须同时展现出英国的无私、高贵和伟大。本着这一宗旨，报告淡化了英国的政治和商业目的。他们所带的礼物多为钟表，天体仪，军事武器，望远镜和纺织品，本意是想向中国推销，让中国进口英国商品，但报告中突显的是英国人通过展示这些物品，已经向中国人说明了英国科学技术的先进性与实用性；他们开着两架带有几十门大炮的巨型军舰在中国沿海航行了一圈，极具威慑力，但报告没有对可能的威胁有任何暗示，军舰与百余人的海军护卫队在报告中完全是作为向中国人展示英国人的文明和现代的道具。最后，该报告的修辞还有一个最主要的特征，那就是极力表明，使团已经向中国人成功展示了英国人的国民性（Britain's "national character"）：英国人是智慧聪颖、心灵手巧和有创造力的；英国人对自然世界怀抱着高尚纯粹的好奇心和探索热情。如此一来，虽然政府交给他们的政治和商业任务悉数失败，但报告仍旧展现了使团在其他任务上的成功。而且，报告中表明所有成员已经仁至义尽、竭尽全力，最后仍被清政府拒绝，其原因完全在清朝官员与皇帝孤陋寡闻、偏听偏信、深拒固闭、蛮横无理。所以参与执笔的巴罗说："该书的目的只是解释使团的使命，表明为了促进英国的利益，维护英国人民的尊严，我们已竭尽所能。"[19]通过描绘英使团与接待他们的清朝地方官员的交往细节，特使与和珅等钦差的谈判过程，以及对觐见礼仪的争论，该报告暗示，与这个狂妄自大的朝廷交涉充满障碍，通过和谈的方式很难使中国改变态度。而且，他们此行也肩负着科研和搜集情报的使命，从自然环境到统治制度、律法、科技水平、军事实力和人民生活，成员们对沿途事物都做了详尽观察与分析。所有人员一致认为，清朝外强中干，英国不论在科技、商业和海军力量上，都已胜过中国。这为英国之后对中国采取的行动也提供了指导。因此，由多种力量左右而写成的官方报告，总体上态度是中正的，但其最突出的特点在于重塑了英国与中国的形象。同时，由于它寄托着诸多人物的期许，被众多力量所塑造，最终显示出的态度就可以代表当时英国上层阶级对中国所抱有的"集体意识"。

---

19 〔英〕巴罗，我看乾隆盛世〔M〕，李国庆、欧阳少春译，北京：北京图书馆出版社，2007，第2页。

二、对位展现中国和不列颠

报告的第一部分介绍出使计划的缘起，主要申明英国人要求与中国通商的自然合理性，以及中国人"反常"的抗拒。叙事者首先讲述，英国是一个商业国家，在世界各地进行贸易是英国人拥有的权利，这权利由国王赋予。早在十六世纪末，伊丽莎白女王就颁给英国商人"到中国贸易的特许执照"，只是信丢了。[20] "到1634年，除了伊丽莎白女王颁给的执照外，英王查理一世又批准颁给英国商人可以到东印度群岛进行贸易的执照。"[21]这是与葡萄牙人进行协商后获得的应许。于是，英国人就信心满满地向广州驶来。但是，没想到英国人不仅没得到中国人的配合，而且还遭到了出乎意料的袭击。[22]报告认为，"此时中国方面已经听不忠实的葡萄牙人污蔑英国的种种谗言，说英国人都是无赖、小偷、乞丐等等，因此中国人对英国人所说的一切概不相信。"[23]东印度公司对此事件的记载是，英国人进行了愤怒的还击，中国人败退，英人占领了堡垒，插上英国国旗。之后，"中国人对待外国的政策已趋向缓和，或者也许是标志着这个衰落王朝的统治软弱无力和不稳定。它同时还说明英国人是在如何不顺利的情况下同中国发生关系的。"[24]

叙事者在下文中即开始进一步说明清朝政府和百姓是如何对英国及英国人怀有不友好、不公正态度的，如同向读者传达一个毫无疑问的既定事实。报告写道："他们（英国同胞）不仅在交易中受到许多压迫，并也受到许多人身的侮辱。"[25]英国人被中国歧视大概出于以下三点原因：首先，最初葡萄牙人充当中英之间沟通的翻译，他们说了很多关于英国的坏话，所以中国人不信任英国人。其次，中国人最瞧不起商人，而在中国的英国人几乎全部是"最自由的"商人，中国人因此视英国人为放肆和鲁莽的冒险家。最后，中

---

20 1596年，伊丽莎白女王派遣了一个使团出使中国，但那个使团失踪了，女王给万历皇帝的信也随之灰飞烟灭。

21 〔英〕斯当东，英使谒见乾隆纪实〔M〕，叶笃义译，北京：商务印书馆，1963，第3页。

22 指温戴尔船长一行的故事，他们想找翻译或领航人却找不到。另，约翰．蒙特尼和多玛斯．鲁滨逊要求中国政府发放贸易许可执照，中国人先是答应下来，后来反悔，并向英国船开炮。见第一章。

23 〔英〕斯当东，英使谒见乾隆纪实〔M〕，叶笃义译，北京：商务印书馆，1963，第5页。

24 〔英〕斯当东，英使谒见乾隆纪实〔M〕，第7页。

25 〔英〕斯当东，英使谒见乾隆纪实〔M〕，第24页。

国人称英国人为红毛蛮夷（Carotty-pated race），自己的同胞被当作"没有国籍的人"。[26]接着，作者又列举了英国人在中国所受的不公正待遇的表现，如英国人学中文被中国人阻碍，英国人所珍视的本国货币在中国却被视作废品。而这一切都根源于"中国的排外和偏见、闭关自守，对自己文化的高度优越感，这种狭隘观念形成了整个中国文化的体系"。[27]基于以上现状，英国要求在中国获得与其他欧洲国家一样的贸易权利，而且要求英国人必须被正视和尊重。报告强调中国人对英国之所以有偏见是因为他们无知且听信谗言，而中国人之所以长久以来屈辱对待英国人，是以为他们没有国属，没有政府保护。所以英国人要直接去北京见皇帝，一为正式亮相，在中国展示和树立一种真正高贵的英国形象，二为通过政府的力量为英国同胞伸张正义。

至此，叙事者又讲述了一个故事，以证实和强化上述感受。在印度与广州之间来往的一艘非东印度公司的船只上，一个船员放烟火误杀了中国百姓，广州衙门要处罚他时，英国人出面阻拦并保护罪犯，声称船员放烟火只是执行长官命令，所以是从犯，而身为主犯的长官已经逃跑，所以该船员不应受到惩罚。英国人认为中国律法处罚从犯是违背公正的。这个故事就是1784年11月24日发生的著名的"休斯女士号"事件，这桩案件影响甚大，而英国人的观点成为西方的标准看法，"特别是在英国，'休斯女士号'事件成为不断恶化的伤口，不仅使中英关系江河日下，也对中美关系造成了深远影响。"[28]报告在讲述这一事件时，始终强调英国人在做一件非常公正且高尚的事，而中国官员却昏庸愚昧、专横强硬，不承认船员是误伤人命，非认为所有坏事都是英国人做的。这个故事的讲述掩盖了许多事实，只将作者愿意让公众相信的那部分内容写了出来。比如船员为何放烟火，放的到底是烟花还是火炮，是真的没有看见中国百姓导致误伤，还是明知有百姓围观并未避让，下达命令的长官又如何逃走了，这些细节直到今天都仍待详尽考察。然而这个故事在报告中仅占极小段落，对细节也没有呈现，这种书写策略却恰好达到了说明英国人正义而中国人荒谬的目的。英国对清朝司法主权的干涉与挑战，被呈现为了是对残酷的清朝律法与蛮横的暴政的英勇反抗，英国成了不计前嫌且不为一己私利而主持公

26　〔英〕斯当东，英使谒见乾隆纪实〔M〕，第22页。

27　〔英〕斯当东，英使谒见乾隆纪实〔M〕，第23页。

28　〔美〕多林，美国和中国最初的相遇：航海时代奇异的中美关系史〔M〕，朱颖译，北京：社会科学文献出版社，2014，第80页。

道、伸张人道的英雄形象。这个故事渲染出英国绝不是睚眦必报、狭隘小气的
国家,对中国的行动都是被逼无奈的反抗,是为民族和国家争取尊严的光荣行
动,具有正当性与合理性。强调中国人视英国人为没有国属的人,也更容易激
起读者的民族认同感与愤慨,似乎是中国在藐视大英帝国。这种强调起到了一
箭双雕的作用:将商人的利益上升为国家的利益与威严问题,使个体的经历与
感受扩展为整个民族的自尊和感受。所以英国政府与大众对中国都会产生同
仇敌忾之感。

　　斯当东的报告中还有两段与放炮相关的饶有深意的记述。当使团到达浙
江舟山时,英国战舰鸣炮七声,而舟山接待处只回放了三声。舟山一个官员专
门带了一个商人翻译见他们,解释此事。他说:

> 中国政府为了节约,命令为了任何礼节鸣炮不得超过三声。他
> 顺便还解释为什么中国炮总是朝天放。他提到过去在广州一个英国
> 船鸣炮庆祝,不慎打死两个中国人,这件事导致把鸣炮的人正法,
> 并几乎引起中英贸易关系的断绝。中国政府认为在任何借口下,发
> 平射炮总是抱着恶意的。[29]

　　在讲完这段话后,叙事者没有做任何评述。但细心的读者可以发现,这段
记载至少表明了两点:第一,其实当时清政府和地方官都早已注意到英国人在
中国领海内有肆意开火的恶习;第二,舟山官员专门向英国人解释放炮的事,
是在提示英国以后在这方面应多加注意,否则再出现类似的案件,中方都会认
为英国是在故意滋事。当使团将要前往热河(Jehol)觐见乾隆皇帝时,他们打
算将六门小铜炮、礼炮和弹药都带去,说是要表演给皇帝看。但钦差没收了这
些东西。报告叙事者认为,清朝钦差是对英国人有疑惧,所以"深怕中国人认
识到英国人的威力高出于鞑靼人"。[30]这显然是强词夺理,不论在世界任何国
家,外交使臣觐见国王时都不可能允许携带明显具有威胁性的武器,可英国人
就像不知道这一点似的,硬说清朝官员是害怕自己被比下去所以才拒绝。与此
类似,英国人也根本没有在意舟山官员关于放炮的暗示,或者完全没有从正义
的角度来理解此事,他们从放炮伤人这类纠纷中得出的结论是:

> 中国人民虽然在他们的政府中没有丝毫的权利,但当中国人同

29　〔英〕斯当东,英使谒见乾隆纪实〔M〕,叶笃义译,北京:群言出版社,2014,
　　第229页。
30　〔英〕斯当东,英使谒见乾隆纪实〔M〕,第362页。

外国人起纠纷的时候，中国官员却支持任何中国人的控诉，有时需要外国人的血来抵偿中国人所受的损失。不久前，广州一个英国炮手不慎打死一个中国农民，过失完全是无意的，在广州的全体欧洲企业联合起来为之辩护营救，但是最终这个炮手还是由中国方面拿去正法。因此，在我们和中国人民的交往中，即使对方是最贫贱的人，也必须非常小心谨慎。[31]

从这段论述看，英国人似乎对与中国人交往还有所顾忌，但他们的顾忌不是出于想要平等尊重中国百姓，不再肆意发射平炮，尽量不违背友好善良的原则，而是提醒本国人尽量不要把事情闹得太严重。他们从未真心考虑要尊重清政府的规矩和防止伤害普通百姓的生命安全，只是因为清政府对他们的犯罪行为处罚严苛，而每当这样就会损害贸易，所以才有所忌惮。

直到 1836 年，在华的英国人还是这样考虑问题。德庇时（John Francis Davis, 1795-1890）曾高度评价了斯当东和巴罗的游记（travels），认为"内容皆真实可信"，"在这两本书出版后的三四十年时间里，其权威性没有被任何著作超越。"[32]他认为，"在致人死亡的案件中，只要是欧洲人做的，不论是否属于意外，广东地方政府一律采取血腥的手段进行处置。"[33]德庇时在《中华帝国极其居民概述》一书中讲述了不下五例刑事案件，都是英国人在广州与中国百姓发生冲突，致使中国人死亡的事件。而英国人总坚持是中国人先骚扰他们，所以错在中国人。广东地方官严厉执法，甚至将大清律例中涉及杀人罪的法条摘抄出来交给英国负责中方事务的相关委员会，可德庇时仍断定广州地方官是"可耻的不公正以及背信弃义"。他还发现，"杀人事件——即便出于意外——的发生，总会严重干扰广州的贸易活动。"[34]因为如果案件没有断清，英国人试图抗诉，广州官员总是以停止贸易或生活供给的方式对他们进行敦促。所以英国人对大清律法和中国官员处理中外纠纷的方法十分反感，总是理直气壮地蔑视清朝法律，并以逍遥法外为荣。德庇时的书中还记录了一个海王星号事件，是英国水手喝醉闹事，打死一名中国百姓，罗尔斯舰长强硬干预，

31　〔英〕斯当东，英使谒见乾隆纪实〔M〕，第 257 页。

32　Davis, John Francis. *The Chinese, A General Description of the Empire of China and Its Inhabitants*. New York: Harper & Brothers, 1836.序。

33　〔英〕戴维斯，崩溃前的大清帝国：第二任港督的中国笔记〔M〕，易强译，北京：光明日报出版社，2013，第 49 页。

34　〔英〕戴维斯，崩溃前的大清帝国：第二任港督的中国笔记〔M〕，第 62 页。

凶手未被惩罚，只赔了家属 12 两银子（4 磅）了事。东印度公司董事会很高兴，奖励了罗尔斯 1000 英镑。而德庇时从这件事得出的结论是地方官瞒上欺下，皇帝容易被蒙骗。他还对比美国船上意大利水手被绞死和英国人打死中国人免遭处罚的例子，说明英国人"树立了一个榜样，如果有一个组织良好而稳定的联盟，并且对中国人的野蛮行为进行坚持不懈的斗争，在中国就会有良好的收获。"[35]他将"休斯女士号"事件简称为"炮手案"，并不无骄傲地宣称"'炮手案'是发生在中国的类似案件中，英国人不得不低头的最后一个案子"，因为"自马嘎尔尼伯爵出使北京以来，在广州的英国人的境遇已经得到极大改善"。[36]

　　将斯当东报告与德庇时的记述结合起来看，恐怕就很难相信英国人真的是为了正义公平而与清朝对抗的。德庇时列举的大部分案件都说是中国百姓骚扰英国人，然后英国人理直气壮地开火，用大炮或者火枪回击，因此很轻易就打死了贫民和儿童，可他们却都觉得错在中国人。一边以反抗者的姿态要求中国人平等看待他们，宣扬英国人是最公正的国民，一边却为时刻用枪炮对准手无寸铁的中国平民的行为争辩，难道英国人在他们本国与人发生矛盾时也直接开火，用枪炮回击吗？清朝官员按照大清律例执法，要求他们受罚，如何就被视作不公正了？刘禾也在其著作中分析过英国人在广东的人命案，她援引了《大清律例》条款，说明清政府基本都是秉公执法。但在英国人看来，即使是用钱财赔偿中国人的命也很麻烦。刘禾认为这种"冷酷"在英国人身上一点不稀奇，因为当时的英国人在海外普遍认为对土著人的伤害可以用钱补偿，或者逍遥法外，因为那些伤害算不上是真的"伤害"（injury）。在英国人的观念里，"伤害"是"只有当它涉及到保护欧洲人的自然权利和财产权利时，才有意义"。刘禾经过考察也发现，在中英早期的很多法律纠纷中，英国人不仅不补偿被害人家属，反而倒打一耙，指责中国人寻衅滋事、借机捞财，欧洲人才是被害者的事例俯拾即是。[37]德庇时所讲述的故事也可证明，虽然他都站在英人立场进行维护，但读者仍能看出破绽。十九世纪初期中英交往的历史由一系列礼仪冲突和法律纠纷构成，然而在对这段历史进行描述和定性时，

---

35 〔英〕戴维斯，崩溃前的大清帝国：第二任港督的中国笔记〔M〕，第 73 页。
36 〔英〕戴维斯，崩溃前的大清帝国：第二任港督的中国笔记〔M〕，第 51 页。
37 刘禾，帝国的话语政治：从近代中西冲突看现代世界秩序的形成〔M〕，杨立华等译，北京：三联书店，2009，第 95-96 页。

起决定作用的是英国人的叙事，中国人的处境几乎被完全忽视，或者是有意扭曲了。

与展示清朝的倨傲排外相对的，报告对英国的描述极尽美化。首先，斯当东拔高和升华了英国的出使动因："除去政治上的和商业上的理由外，一个意义更大的人道主义的和科学研究的原因也包括进来考虑这项计划。"[38]尤其展现了英国国王带给乾隆帝的国书，国书以与中国皇帝平行的口气，概述了在他带领下英国人民获得的功绩，最主要的是向世界各地派遣远征队，海军征战的胜利，新领地的开拓以及国王统治范围的辽阔。报告在此极力赞颂英王，称他的这些行动不仅使不列颠获得了物质财富，更是在实现人类的崇高理想过程中立下了永垂不朽的功绩。国书宣称，"一个富强国家的君主，只有在推广人类的知识领域和增进人类的幸福生活中有所贡献，才能为他的国家和他个人争得最大的荣誉。"[39]这就表达了不列颠治国的一个崇高目标和原则，他们自始至终所做的一切绝不是为了追逐私利，而是为了增进关于世界的知识，为了提高全人类的福祉。这样宣扬的一个潜在目的，也是为了向自以为是的中国皇帝表明，英王与他一样伟大，并且，英国已取得的成就和英国为世界做出的贡献，恐怕比中国更高一筹。如此一来，如果中国皇帝仍旧瞧不起或不尊重英国，仍旧拒绝承认英国的先进与伟大，那只能说明中国人纯粹是顽冥不化的井底之蛙，是在拒绝承认科学和真理，在违背自然之道而行之。报告中说，向北京派遣大使与建立使馆，既可以维持中英贸易，还可以解决南亚小国之间的矛盾。因为他们认为，英国是与清朝平等的，甚至更伟大的帝国，双方的附属国领土相接。所以，报告表明使团成员对祖国的信心无可置疑，"勤劳勇敢的英国人民在贤明政府的照顾和指导之下"，[40]什么事都能做得成。

其次，为了向英国政府以及公众表明，使团为了扭转中国人对英国的偏见已经竭力所为，报告详细列举了使团对所有成员立下的各项规矩，以展现英国人的纪律严明，并且，将使团的规模与风范描摹得非常壮观：

按照派到一般东方国家使节的管理，马嘎尔尼特使携带个人卫士一对随行。与其说这是为了保护他个人的安全，不如说是为了增加使节团的威严。卫队人数虽然不多，但每个人都是步兵和炮兵中

---

38 〔英〕斯当东，英使谒见乾隆纪实〔M〕，叶笃义译，北京：商务印书馆，1963，第28页。

39 〔英〕斯当东，英使谒见乾隆纪实〔M〕，第29页。

40 〔英〕斯当东，英使谒见乾隆纪实〔M〕，第26页。

精选出来的头等人材。他们携带的轻便武器在某种意义上显示出欧
洲的现代战争技术的进步，可以在自夸征服了广大领域和许多鞑靼
部落的中国皇帝面前举行一个精彩的表演。[41]

可见，在中国皇帝面前展示英国军人的威武与武器的杀伤力，在他们看来是在
塑造英国现代和强大的国家形象。但实际上这种展示明显是一种威慑。

在热河面见乾隆帝的时候，英国使团也做了充足准备。报告称，因为"中
国人对外表服装一向注意"，所以他们自认为都依据中国人的审美标准进行
了打扮。马嘎尔尼正使"身穿绣花天鹅绒官服，缀以巴茨骑士（Knight of Bath）
钻石宝星及徽章，上面再罩一件掩盖四肢的巴茨骑士外衣。"斯当东"以牛津
大学法学名誉博士的资格，特于官服之上加罩一袭深红的博士绸袍。"之所以
这样打扮是因为他们认为，中国人的衣服都是"又宽又大，尽量使其遮盖全
身"，所以特使的穿着"一定合乎中国人的口味"。他们这样做都是为了迎合
"东方式"的宫廷礼仪，内心根本不认同。但实际上这些装扮应该也根本没使
清朝对他们刮目相看。

再次，除了通过使团成员的气质来展示英国人的美德与风度，报告还表
明，英国所有的物品几乎都比中国的先进，这也帮助塑造了英国高贵、现代和
美好的国家形象。负责接待他们的礼部官员要首先对礼单过目，以调整和安排
进献事宜，然而，在使团成员看来，这是官员们和皇帝都对英国礼品非常感兴
趣，所以着急要看礼品单子。"欧洲物品的高度精巧技术，他们过去早已知悉，
现在在这样重大场合之下，他们当然产生更高的期待。"[42]尤其当中国官员见
到英国特使所乘的大船时，在英国人看来，他们无一不惊喜艳羡：

这些官员们似乎过去从未到过海上，自然也从未看过'狮子'
号这样高大而华丽的船只。他们走到船边不知如何上船。船上马上
从甲板上用滑车放下椅子把他们很快很舒服地拉上来。他们坐在椅
子上又是惊恐又是高兴又是羡慕。[43]

而清朝官员乘坐的船只不过是"中国舢板"，"又脏又挤，极不舒服"。所以，
"他们见到'狮子'号船如此威武庄严，船上官舱如此整齐华丽，以及船上的
各种方便设备，使他们受到很大的感动。"通过生动的比喻和形容，以及主观

---

41 〔英〕斯当东，英使谒见乾隆纪实〔M〕，第30页。
42 〔英〕斯当东，英使谒见乾隆纪实〔M〕，第245页。
43 〔英〕斯当东，英使谒见乾隆纪实〔M〕，第245页。

的误解与修饰, 两名从帝国首都派来的文武大员, 在斯当东的笔下成了没见过世面的老古董。用"惊恐"等词形容他们见到英国船的表情和神态, 凸显了中国人的见识短浅, 而英国事物让他们大开眼界, 英国的高贵与先进就变得显而易见、无可辩驳了。另一段写去热河途中清朝官员乘坐英国马车的景象也与此类似,"中国人看惯了同英国手推车差不多的又矮又笨重的不带弹簧的两轮车, 现在看到特使这样高大华贵的马车, 感到是一个奇观。""他们坐在车上, 看到各种灵巧设计, 尝试到舒服的弹簧座位, 可以随意开关的玻璃窗和百叶窗, 车子走得又稳又快, 他们乐不可支。"这类记录不仅为清朝官员们勾勒出了一幅幅滑稽的素描画, 将他们贬低为眼界狭小的乡巴佬, 而且以非常自然的方式展示了英国货物的先进与中国物品的原始落后。不仅英国物品比中国的先进, 即使整个北京城也根本无法与伦敦媲美。基于此次的考察经历, 他们对清朝首都的感受是:

> 大家共同的感觉是, 实际所看到的一切, 除了皇宫而外, 远没有未到之前想象的那么美好。假如一个中国人观光了英国的首都之后做一个公正的判断, 他将会认为, 无论从商店、桥梁、广场和公共建筑的规模和国家财富的象征来比较, 大不列颠的首都伦敦是超过北京的。[44]

在他们笔下,"英国货品远销至西班牙和葡萄牙在世界遥远各处的殖民地上。他们对英国商品的消费造成伦敦货栈的大量订货要求, 因此在一个商业意义上, 使伦敦成为世界的京城。"[45]过去耶稣会士的很多作品都赞美过京城的宏伟壮观, 但在英国人看来, 北京的美好被严重夸大了, 伦敦才是世界的中心。

最后一种重塑英国形象的方式, 是用科研考察确认中国的传统技术和产业已经衰落。"中国人虽然在特定几种手工业上的技术非常高超, 但在工业上和科学上, 比起西欧国家来, 实在处于极落后的地位。"[46]"中国人制造一个事物或者研究一样东西, 只达到了初步使用的目的就中止, 他们没有好奇心, 也不想利用他们的财富把这项事物继续钻研改进, 增加效能。"[47]中国人总是凭经验办事, 那些高超的手工业技术不过是从经验中总结出来的, 一旦够用, 就不会进一步研究以增进效率。比如中国没有温度计, 陶瓷烧制从来不计算温

44　〔英〕斯当东, 英使谒见乾隆纪实〔M〕, 第317页。
45　〔英〕斯当东, 英使谒见乾隆纪实〔M〕, 第55页。
46　〔英〕斯当东, 英使谒见乾隆纪实〔M〕, 第498页。
47　〔英〕斯当东, 英使谒见乾隆纪实〔M〕, 第501页。

度，报告认为，"假如中国能使用韦奇伍德的温度计，这对它的陶瓷事业会有很大帮助。"否则，中国的陶瓷业就是不稳固的。[48]英国人直接开始挑战中国的传统出口产业，认为英国的制瓷方法和技术已经比中国更科学。他们之所以能这样评价，是因为 1769 年，出身于陶工世家的韦奇伍德（Josian Wedgwood, 1730-1795）在特伦特河畔的斯托克（Stoke on Trent）开办了陶瓷厂，尝试自烧瓷器，1794 年英国人司博德（Josiah Spode the Second）就发明了骨瓷（Bone China）。后来，欧洲的高级日用瓷和艺术陈列瓷都使用这种质地细腻的软质瓷了，斯托克也成了英国著名的陶瓷之都。促使英国人自己研发制瓷技术的动力，是为了不依赖昂贵的中国进口瓷。从十八世纪起，饮茶的习惯普及到英国的平头百姓，但普通人家根本配置不起中国产的陶瓷茶具。所以，由于韦奇伍德的出现，英国可以骄傲地宣称他们不必再依赖中国。摆脱商品上对中国的依赖，也意味着英国文化身份上的独立。依赖外国象征着自身的缺乏，而通过自身努力摆脱了对外国的依赖，则象征着本国对外国的超越。这一点在十九世纪初的英国人看来尤其重要。不过，斯当东的报告此时所展现的"超越"，事实上也仅仅是一种愿景，因为直到十九世纪中叶，英国也尚未摆脱对中国茶叶的依赖，所以罪恶的鸦片才被当做商品来平衡中英贸易。通过鸦片倾销、武力征服及签订不平等条约，英国的确扭转了对华的贸易逆差，而且还彻底击垮了清帝国。然而，查尔斯·狄更斯（Charles Dickens）仍然在 1846 年的长篇小说《董贝父子》（*Dombey and Son*）中，担忧对中国商品的依赖会影响英国的独立性，流露出对英国文化身份的焦虑。[49]斯当东的报告却完全掩盖了实际是英国迫切需要中国商品的事实，反倒说中国人不仅在历法、天文和数学上"要依赖外国人"，而且"外国产品大量推销中国商埠，这又增加中国对外国的依赖"，而清朝的统治者们因为惧怕和不愿承认这种依赖，所以极力阻碍中国与外国人交往，顽固禁止英国人扩大与中国的贸易。这种写法即使不是颠倒黑白，至少也有失偏颇。在 1794 年左右，应当是英国人对中国商品的依赖更甚于中国人对英国物品的需求。斯当东的记述严重误导了当时英国人对中英关系的认知。然而，由于该报告的写作和宣传符合英国政府的利益与期许，所以读者会心甘情愿地相信，使团成功地在中国人面前展示了英国的文明与发达，

---

48 〔英〕斯当东，英使谒见乾隆纪实〔M〕，第 469 页。

49 Lewis-Bill, Hannah. "'The World Was Very Busy Now, In Smooth, and Had a Lot to Say': Dickens, China and Chinese Commodities in *Dombey And Son*". *Victorian Network*, Vol.5, No.1 (2013): 28-43.

英国人实现了如斯当东数次所强调的，纠正中国人对英国人的偏见的目标。"我们必须使他们，一直包括到海陆两方面的最低官员以及全体所有官员和社会人士，都认识到我们来自一个有礼貌守秩序的国家"，"中国人对于英国人的道德和行为是抱反感的，这次一定要把他们这种观念改变过来"，[50]斯当东报告里的这些话给阅读这本记录的每一位英国人一种鼓舞，那就是英国已经在中国树立起了有威严的形象。而"英国人现在所受的压迫，将来总有解除的一天"[51]这句话则更像一种宣战，表示英国使团已经尽最大诚意与中国修好，如果通过和平谈判的方式还不能令中国人平等尊重英国，那英国必然会采取更为强硬的方法使中国改变。

在这本记录中，斯当东隐藏了许多决定着理解中英关系的非常关键的问题。比如，他总是渲染英国如何礼貌和平地外交，却隐匿了其在印度及世界各处驻扎的陆军和海军力量。清朝回绝英国的要求是合理的防范，但英国人对此没有提及。例如报告中提到，福康安（1754-1796）对他们最为敌视，他们却始终不明白原因。直到回国后写作这本报告时，他们才得知原来与1790年（乾隆五十六年）发生的廓尔喀进犯西藏的事件有关。[52]报告极力辩白，是清朝误解了英国，英国根本没有暗中帮助尼泊尔攻打西藏。这件事应该是事实。但即便如此，英国已经在亚洲各地侵占殖民地，四处抢劫征战，[53]清政府对此是有所顾忌的，但报告借上述一例，夸大了英国的清白和无辜。

还有更重要的一点，该报告将英王乔治三世给乾隆皇帝的信全文录入，但乾隆皇帝的回信却被有意省略了。德庇时在他的书中曾引用了乾隆帝回信的一段英文翻译，乾隆皇帝的口气无比傲慢，充满了对英国的威慑。斯当东在报告中也仅仅展示英国使团对清廷如何尊重，提出交往要求时多么温和而合理，却并未明确写出英国提的要求到底有哪些。[54]如果将这些要求公之于众，并将乾隆皇帝的复信一起展示，尤疑将威胁报告试图使读者相信的那种傲慢无知

---

50 〔英〕斯当东，英使谒见乾隆纪实〔M〕，叶笃义译，北京：商务印书馆，1963，第287页。

51 〔英〕斯当东，英使谒见乾隆纪实〔M〕，第411页。

52 十八世纪中叶，尼泊尔建立起廓尔喀族统治的新王朝，曾于乾隆五十三年（1788年）入侵西藏。乾隆五十六年再次兴兵，直犯日喀则，洗劫了札什伦布寺，掠走大批珍宝财物。福康安去征战，廓尔喀向孟加拉总督求援，希望获得英国东印度公司的军事帮助。

53 例如多次在澳门抢劫，挑战西班牙的势力。

54 英国使团到底提出了哪些要求至今似乎仍有争议。

的中国与文明崇高的英国形象的构建。英国的要求如在北京设立使馆，并派常驻大使以管理和保护英国人，开放宁波和天津等港口让英商交易，允许英国人携家眷在广东居住，这些无疑都是出于英国的利益和需求所提，而丝毫没有顾及其对清朝体制与礼法的违背。由于澳门早已完全开放为中外贸易和混居的城市，所以乾隆帝用"岂能因尔国王一人之情，以致更张天朝百余年法度"，以及来者甚众，"岂能一一拨给地方分住耶"这一理由回绝了英国。此外，英国还要求占有珠山附近一处海岛囤货，单独降低英国商船的税率，让英国传教士在中国自由传教，这使清朝认定英国妄图侵占大清领土、牟取暴利和扰乱民心，所以乾隆帝说："天朝尺土俱归版籍，疆址森然。即岛屿沙洲，亦必划界分疆，各有专属。"绝不可能随便就划给英国一块。而且中国出口商品的税额都是一视同仁，不能因为英国进口量大就享受特权。至于英王说以上要求也是为了中国好，乾隆帝认为完全不对："天朝统驭万国，一视同仁。……天朝德威远被，万国来王，种种贵重之物，梯航毕集，无所不有。尔之正使等所亲见。然从不贵奇巧，并无更需尔国制办物件。……天朝物产丰盈，无所不有，原不藉外夷货物以通有无。"[55]乾隆帝的回信可谓逻辑清晰、原则明确，于情于理都是有礼有节。然而，这封回信一直被欧美各国忽略，直到1896年，由E.H.帕克将之全文译成英文也没有得到应有的重视。1914年巴克豪斯（Backhouse）和濮兰德（Bland）的译本使之开始广泛流传，却是被西方人当做嘲笑和娱乐的对象。[56]读了巴克豪斯和濮兰的英文译本，伯特兰·罗素（Bertrand Russell）认为，"乾隆拒绝英国要求的理由是很充分的"。[57]西方强迫中国通商不过是出于一己私利，而"直到这封信不再被视为荒谬可笑时，西方人才会理解中国"。[58]然而，能够像罗素这样设身处地理解中国的英国人屈指可数。根据报告中记录的片面之词，清朝皇帝、官员及外交政策都被定性为傲慢自大、专横无知和嫉妒排外的，清朝对本国传统体制的坚持，以及不通商量的口气让英国人非常生气，他们从不认为是他们的要求首先超越了界限。对这次英国所提的要求，在中国皇帝看来是得寸进尺，而在英国人看来却是他们在要求平等的权

---

55 中国第一历史档案馆编，英使马嘎尔尼档案史料汇编〔M〕，北京：国际文化出版公司，1996，第165-166页。

56 〔美〕何伟亚，怀柔远人：马嘎尔尼使华的中英礼仪冲突〔M〕，邓常春译，北京：社会科学文献出版社，2002，第243页。

57 〔英〕罗素，中国问题〔M〕，秦悦译，北京：学林出版社，1996，第38页。

58 〔英〕罗素，中国问题〔M〕，第39页。

利，甚至是反抗所受的压迫。官方报告的文字仅仅表现和突出了后者，所以中国就永远地在英国人心中留下了这么一种印象：他们贫穷落后却盲目自大，他们从不与外国人交往因为懦弱害怕。到 1900 年义和团运动爆发后，甚至绝大部分西方人都还是坚持认为他们在中国是被无缘无故地仇视和虐待。

　　马嘎尔尼使团成员中有一位地位低下的水手，爱尼斯·安德逊（Aeneas Anderson），他也对此次旅行做了札记，而且他的游记是最早出版的关于此次出使经历的记录。但他的书曾受到约翰·巴罗等人的批评讽刺。尽管如此，他的书中仍有一句话流传甚广："我们进入北京时像穷鬼，留在那里时像囚犯，而离开时则像流浪汉。"（We entered Pekin like paupers, we remained in it like prisoners and we quitted it like vagrants.）[59]。这句话是对使团首次中国之行生动的总结，不断回荡在英国人的历史记忆中。清政府将英国使团当做贡使接待，给他们提供了数量惊人的鸡鸭鱼肉、蔬菜水果和粮食，根本都吃不完，许多都扔到了河里。[60]在安德逊看来这就好像在施舍穷人；而当使团进入北京后，被严密监视和禁足在住所，所以他说像囚犯；外交使命全部失败并且被下逐客令，安德逊认为他们离开时就像落魄的流浪汉。这种描述不仅敏锐地抓住了英国人在中国被对待的方式，并且，这三种身份似乎等同于了英国在中国的形象，这令英国人感到无比屈辱和难以释怀。不过，在官方记载里，斯当东并未如此直接地展示英国的失败，而是最大程度地展现了英国的体面与高贵。约翰·巴罗在他自己的书中曾宣称，用不了多久，人们就能领会马嘎尔尼伯爵博人的智慧，他们的记述"将向世界证明，这一次出使以一种崭新而辉煌的方式，对一个先前对此极端无知的皇朝和民族，宣示了英国人民的品格和尊严。"[61]正是这两种被同时记录下来的对立的英国形象——一种是英国人的自我认知，一种是他们认为的中国人对他们的偏见——构成了英国人对首次中国之行的集体记忆，由此引发的复杂感受也奠定了后来英国人对中国的印象和情感基调。

59　Anderson, Aeneas. *A Narrative of the British Embassy to China, in the years 1792, 1793, and 1794.* London: Printed for J. Debrett, 1795. p.181.

60　巴罗在作品中曾提到，由于清政府为使团提供的食物过多，"有些猪和家禽已经在路上碰撞而死，被狮子号扔下了海。但中国人马上把它们捞起来，洗干净后腌在盐里。"〔英〕巴罗，我看乾隆盛世〔M〕，李国庆、欧阳少春译，北京：北京图书馆出版社，2007，第 51 页。

61　〔英〕巴罗，我看乾隆盛世〔M〕，李国庆、欧阳少春译，北京：北京图书馆出版社，2007，第 462 页。

第二节　以英国为标准的中西比较：巴罗的中国之行

上文已经提到，约翰·巴罗（John Barrow, 1764-1848）大约于 1795 至 1797 年间在协助斯当东写作官方出使报告，因为当时斯当东年事已高，病体虚弱。但当时他既年轻，社会地位也不高，报告中没能彻底体现出他个人的许多想法。所以他后来又经过多年的资料搜集与反刍，在 1803 年写作了一本大部头的著作，主题仍然是跟随使团访华的经历，命名为《中国之行》（*Travels in China*）于次年在伦敦出版。这也从一个侧面表明，1793 年的出使行动影响深远，不仅有官方报告，其他成员还单独出版了个人的行纪，而且将近十年后，巴罗以此话题写作，不仅不显过时，而且大有可为。

一、成书语境及风格特征

1793 年的出使中国，在当时的英国也许称不上众人皆知，但很多社会力量对此都有期许，这是肯定的。所以，爱尼斯·安德逊的日记在他一回国就被出版商请人操刀修改后迅速出版，并且同年之内再版。他在书的序言中写道："由于本书非常大的四开本出版后的销售剧增，我决定以较廉价的版本发行新版；这样可以更广泛地满足对充满着新颖事物的访华使团的好奇。"[62] 而安德逊本人仅仅是使团所乘轮船"狮子号"的水手，这一身份使有些人对他的书发起质疑与攻击。巴罗也算其中一位，在他自己的作品中，他不无讥讽地指明安德逊的记录错误百出："人们不应因为资料来源于一个侍仆，便认为我在贬低其真实性和权威性。……但是，如果一个作者在书中当作事实写道，他看到在北纬 39 度和 40 度之间的白河两岸长满了茶叶和水稻，那么他提供的信息又有多可靠呢？"尽管他表达得很委婉，但很明显，巴罗有自信自己所写的要比安德逊的专业与权威得多。对于 1797 年出版的官方报告，巴罗也愿意表明自己的记述将与之侧重不同，会补充一些被大使忽略的"有意义的题目"。巴罗认为，除了斯当东和大作和约翰·贝尔的零碎记载，"中国可以被认为是英国人尚未探索过的土地"，"我们还没有听到过一个真正熟悉中国习俗和人们性格的英国人的看法"。他认为自己写作的主要目的是：

> 揭示这个奇特民族本来的而不是他们的道德箴言所表现的面
> 目，剥除传教士出于私心在其书简中刻意为这个宫廷涂上的浮华艳

62　〔英〕爱尼斯·安德逊，英国人眼中的大清王朝〔M〕，费振东译，北京：群言出版社，2002。

丽的油彩，努力勾画这个国家的风俗人情、社会状况、语言文学和艺术、文明礼仪和科学、宗教信仰和观念、农业发展和人口、人民的文明程度和道德品质，让读者诸君自己来判断，中国到底应当在文明国家的行列里占据什么地位。[63]

这种目的在他的书名里就已经展现出来了，《中国之行：基于在皇家宫殿圆明园暂居和从北京到广州的旅程而写成的对中国的描述、观察与比较；以此试图将这个奇特的帝国放在各文明国家的行列里评判其等级高下》(*Travels In China, Containg Descriptions, Observations, And Comparisons, Made and Collected In the Course of A Short Residence At the Imperial Palace of Yuen-Min-Yuen, And on A Subsequent Journey Through the Country From Pekin to Canton.In which it is attempted to appreciate the rank that this extraordinary empire may be considered to hold in the scale of civilized nations.*)，而他的这本关于中国百科全书式的著述与该书的题名一样详尽冗长。厚重详细的记述也可以成为显示作者学识渊博、态度严谨、观点可靠的一个依据。

巴罗虽然出身贫寒，十三岁就开始在社会上谋生，然而他头脑聪明，勤奋好学，文法学校毕业后，又凭着对知识的兴趣与热情，他钻研和掌握了自然科学类相关知识，后来在格林威治私立学校谋得数学教师一职。在这期间，他有幸成为小斯当东的家庭教师。在小斯当东(George Thomas Stuanton, 1781-1859)的自传中，他提到儿时父亲非常重视他的学习，命他深入学习拉丁文与希腊义，并且多次带他在英格兰、苏格兰及爱尔兰各地旅行，因为他父亲希望孩子在真实的自然世界中激发起好奇心与求知欲。[64]巴罗就是在那时成为小斯当东的家庭教师的，而巴罗的博学多才和忠诚可靠也深得斯当东爵士赏识。斯当东是马嘎尔尼的挚友与顾问，在马嘎尔尼被委派为使团特使后，斯当东被推荐为副使，而斯当东也因巴罗"娴熟天文、力学和其他以数学为基础的科学"，就势将时年二十八岁的他推荐做了审计官。从中国回来后，巴罗受聘做了斯当东的图书管理员，协助斯当东写作那份正式的访华报告。得益于马嘎尔尼和斯当东的提携，以及曾任内务大臣的亨利·邓达斯的独子罗伯特·邓达斯(Robert Dundas, 2nd Viscount Melville, 1771-1851)的引荐，到 1804 年，巴罗已经成为

63　〔英〕巴罗，我看乾隆盛世〔M〕，李国庆、欧阳少春译，北京：北京图书馆出版社，2007，第 4 页。

64　Staunton, Gorege Thomas. *Memoirs of the Chief Incidents of the Public Life of Sir Georege Thomas Staunton*. Cambridge: Cambridge University Press, 2010.

英国海军部的第二大臣（Second Secretary to the Admiralty）。

巴罗喜爱读书、学习和写作，他从一加入使团就开始关注中国的知识了。"狮子号"上有个小型图书馆，在漫漫旅途中，马嘎尔尼大使找到了所有能找到的关于中国的书籍进行阅读，以期对中国加深了解；年仅十二岁的小斯当东也跟随四名担任翻译的中国人学习汉语和汉字；但巴罗做了什么，报告中完全没有记载。不过，在他自己的作品中，巴罗有力地展示了自己的勤奋好学和学识渊博。他也是从使团一出发，就跟随小斯当东一起学习了中文。在圆明园逗留期间，他曾说"我特别希望只有中国仆役，以便我被迫提高已经获得的那一点口语能力"。[65]

而后他应该又广泛涉猎了欧洲知识界现存的与中国相关的许多著作，所以才写出了六百多页的巨著。因为该书成型时巴罗的身份与地位已经显著提高，尤其是他拥有渊博准确的学识，所以他在书中暗示自己是真正理性公正的观察者、研究者与记录者。由此，他的著作中所展示的中国自然是对中国现实的可靠反映，而读者们也可以在阅读中得出客观公正的判断。已经有学者指出，巴罗这本游记的写作追求的是当时一种时髦的研究方法，即"推理历史研究法"（"conjectural history"），旨在搜集当时所有国家和世界上所有人类的确凿数据。[66]分析"数据"（document），"以事实和推理来证明"（to prove by facts and analogy），的确在巴罗的著作中处处都有体现。

这部书不是严格按照旅行日程来进行叙述，而是以专题探究与旅行见闻相结合的方式进行书写。所以，该文本的内容一部分是基于对旅行见闻和经历的记述，但更重要的是，它还带有回忆录和科研论著的性质。该作总体读来有三大特征：第一，作者力图对中国进行全面深入的探究，记述内容事无巨细，力求准确，显示出作者强烈的求知欲和渊博的学识。那种追求真相的精神也十分可贵。第二，作者在作品中不是单单表达个体主观的情感或经验，而是基于个人在长途旅行中的详细观察，进一步将实地观察、现实体验与欧洲已有的其他涉及中国的知识进行比较，理论联系实际来进行思考，增加了著作的可靠性与权威性。第三，在作者个人的兴趣点上，巴罗对人权和女性地位非常重视，在中国的全部旅程中，他每到一地都十分注意观察女性群体。他激烈地批判中

---

65 〔英〕巴罗，我看乾隆盛世〔M〕，李国庆、欧阳少春译，北京：北京图书馆出版社，2007，第78页。

66 Bickers, Robert, ed. *Ritual and Diplomacy: The Macartney Mission to China*, London: The Wellsweep Press, 1993. p.15.

国文化传统和社会体系对妇女的束缚与压迫，认为中国妇女忍受着不平等的对待，而且由于中国允许纳妾，也滋生和导致了其他道德堕落行为。总体来看，巴罗对清政府的统治制度、中国儒家的文化体系，以及中国人中道德败坏的现象，都是嫉恶如仇的。

二、对中国文明的酷评

对于中华文明，巴罗肯定了中国历史悠久、幅员辽阔、人口庞大，但从十六世纪后就再也没有变化，没有进步。也就是说，中华文明是人类最早达到较高水平的国度，可是停滞了。他在第二章先用人类学及历史考古学的风格追溯了中国人的起源，中华民族在海外的移民，以及中国人的远航史，认为中国人是非洲的霍屯督人的祖先，因为他们也被称作"中国霍屯督人"（Chinese Hottentots）。亚洲和远东岛屿上的马来人，苏门答腊人，斯里兰卡的僧伽罗人，可能都起源于中国人，因为那些岛名都是"中国式的"。[67]后来德国人类学家林奈（Carolos Linnaeus, 1707-1778）从种族划分的角度，也将中国人与霍屯督人归为一类，而直到 1915 年毛姆的小说中，还有如此类比。[68]将中国人与霍屯督人并举的格式延续了一个多世纪，差别只是，在科学家眼中他们都是劣等种族，在基督教信徒眼中，他们都是异教徒。巴罗认为，亲身游历中国后只会"乘兴而来，败兴而归"："她可以夸耀的绘画和古代遗迹寥寥无几"，"没有绘画也没有雕塑足以引人注目"，城市"千篇一律"，都是四方形围以石头或黄土的墙。塔和庙"千人一面，跟民居一样拙劣"，"各地人民的习俗、服饰、娱乐相差无几"。[69]巴罗的这种概括仅仅道出了中国社会的某些表象，他并不是在以普遍的美学标准对中国建筑、风景或习俗进行价值判断，而是在以欧洲特色为标准来进行对比。

> 在欧洲大陆，尤其是意大利和希腊的古典圣地，每一个城市，
> 每一座山峦，每一条河流，每一处遗迹，都因掌故累累而意味深长。
> 诗歌的主题，哲学家或立法者的座位，重大事件发生的场所，都会

67　〔英〕巴罗，我看乾隆盛世〔M〕，李国庆、欧阳少春译，北京：北京图书馆出版社，2007，第 39 页。

68　毛姆在《人生的枷锁》中将中国人与霍屯督人并举，他们都是没有基督教信仰的人，会下地狱。主人公表示怀疑。

69　〔英〕巴罗，我看乾隆盛世〔M〕，李国庆、欧阳少春译，北京：北京图书馆出版社，2007，第 5 页。

　　　复活我们心中在少年时代学习他们的历史时产生过的快乐，叫我们
　　　心潮澎湃。[70]

而中国历史到目前为止都没有"这种可资回忆的东西"，"现状也不令人欣赏"。将他看到的关于中国的这些表象与欧洲文明所能激发出的文化认同感与自豪感相比，中国的确是空洞且缺乏魅力的。与十八世纪英国绅士流行的"大旅行"（the Grand Tour）文化联系起来看，巴罗显然也是参加过欧陆游历的人，他毫不掩饰对欧洲大陆的热爱，在西方文明的发源地旅行可以使巴罗找寻与重温民族文化的传统，并自觉地与欧洲文化进行认同，以确认自己的文化身份。所以，"希腊神庙的美丽和对称、罗马建筑遗迹的宏大和辉煌、或者欧洲现代大厦的便利和优雅"，这些景观之所以伟大，是因为它们显示了欧洲人创造历史的能力与进步的能力，因而可以激发起他的民族自豪感。对欧洲各类建筑、绘画、音乐等艺术充满热情的赞颂的段落在西方人笔下一点也不陌生，在艾迪森（Joseph Addison, 1672-1719）的《旁观者》（*The Spectator*, 1711-1714）杂志中，他已经对人类的这些伟大遗迹做过评判了。[71]而且，直到一个世纪以后，在德国社会学家马克斯·韦伯（Max Webber）《新教伦理与资本主义精神》（*The Protestant Ethic and the Spirit of Capitalism*, 1905）一书的序言中，类似的颂词仍旧重复着：唯有欧洲创造出了圆顶建筑、悦耳和谐的交响乐等等，而这些人类的伟大成就在东方都不见踪影。巴罗对中国艺术的评判都是依据欧洲审美原则来下的，比如他在实地观看了圆明园的山水湖泊等诸多景点后，认为虽然都能看出来是独具匠心，但还是"远远不像威廉·钱伯斯爵士所描绘的中国园林那样神奇和铺张"。[72]类似的，以欧洲求真的绘画标准，协奏曲的音乐标准，以及古希腊传统的人体美的雕塑标准，来评判中国的绘画、音乐和雕塑，自然都是很差的，完全不符合欧洲人的审美观。

　　由于约翰·巴罗本人是自然科学专家，所以他对清朝当时的工业和科技水平非常关注。他发现中国的造船术和航海技术都很原始，毫无科学指导，指南

70　〔英〕巴罗，我看乾隆盛世〔M〕，第5页。

71　十八世纪英国的旅行文化兴盛，艾迪森在该杂志曾发表系列关于旅行的文章，带领读者用史地视角，观览从欧洲到东方世界各民族国家的远古与现代建筑艺术，从罗马的万神殿、埃及的金字塔到中国的长城，力图用文字和图片引领读者进行虚拟的环球遨游。Richetti, John, ed. *The Cambridge History of English Literature: 1660-1780*. Cambridge: Cambridge University Press, 2005. p.731.

72　〔英〕巴罗，我看乾隆盛世〔M〕，李国庆、欧阳少春译，北京：北京图书馆出版社，2007，第91页。

针已经是很古老的发明了，而中国人却还在迷信它。不论是世界地图还是大清国地图，都是由耶稣会士测绘的，所以中国人的地理知识贫乏。而天主教传教士掌管中国钦天监时，因为一己私利，没有将阿拉伯数字和数学教给中国人，所以中国的历法与天文知识也是贫乏原始的。纺织业、印刷业、机械制造、造船术以及军事武器的研发和制造水平均非常落后，这些技术在中国处于停滞状态已经很久。而且，中国完全没有医学，中医典籍就是"植物志"，不解剖人体，也不做外科手术。科学上的新式东西都不能让中国人动容。巴罗得出这些判断的一个原因在于，当特使和部分使团成员去热河拜见乾隆皇帝期间，他负责留在圆明园安装和摆放天文仪器等礼品，而圆明园正是几个世纪以来清朝皇帝存放各式西洋物品的地方。在圆明园中有耶稣会士带来和制造的各式钟表、大炮和仪器，还有不胜枚数的皇帝的奇珍异宝。斯当东的报告里曾暗示，当马嘎尔尼特使看见清朝皇帝所藏的丰富物品时有点赧颜，因为英国使团带来的他们引以为豪的礼物仿佛中国都早已有之。而这种疑虑在巴罗爵士心中是不存在的。他坦言在圆明园期间被严密监视，但还是抓住了一些机会偷偷溜出去观看了圆明园景致。在考察过圆明园的宫殿群落后，巴罗认为中国皇帝的寝宫条件极差，窗玻璃、壁炉、沙发、书桌、吊灯、镜子、书架和油画全无，床单、床幔、桌布、餐巾与刀叉汤匙更是不见踪影。完全以英国人的起居标准和审美标准来评判中国皇帝的宫殿，巴罗的观点并没错。关于住宅内部环境的看法，显示的只是中英两国当时生活理念的差异。追求生活各方面的享乐与舒适是在边沁（Jeremy Bentham）式功利主义哲学出现后开始流行的，认为"至善"就是能给尽可能多的人带来最大的幸福，这种观念从十八世纪末期的英国开始传播，并成为了引导社会发展变革的动力之一。所以巴罗认为中国皇帝的住宿条件都赶不上英国一个富裕家庭的马棚。

在巴罗眼中，清政府不近人情的严苛法律和统治制度，使中国百姓毫无尊严可言。例如清朝处罚人的方式最常见的就是打板子，在巴罗看来非常恶劣，它将人的尊严消于无形。然而，与打板子类似的鞭笞在英国也有漫长的传统，从十六到十九世纪一直存在。"严厉鞭笞在 16、17 世纪文法学校里是寻常、日常事件。""鞭笞在当时被认为是控制成人和小孩的唯一可靠方式。"[73]巴罗自己就是从文法学校毕业，但在他的书中，就仿佛英国根本不存在鞭笞一

73　〔英〕劳伦斯·斯通，英国的家庭、性与婚姻：1500-1800〔M〕，北京：商务印书馆，2011，第 104 页。

样。他对清朝的这种惩罚人的方式痛恨不已,这种批评是否也隐含了对英国类似行为的批判呢?他说,虽然中国文化推崇家长制,注重忠孝,而事实却恰恰相反:父(皇)暴虐、压迫和不公;子(民)则畏惧、欺瞒和忤逆。[74]中国人"生性和平、顺从和胆小,社会状况以及法律的滥用把他们变得冷漠、麻木,甚至残酷。"[75]在颐和园里时,他被太监严厉监察和追踪,若想出去看看都得像做贼一样偷偷摸摸,他感到非常有失尊严。万一被宫里的官吏发现后阻拦,更加有失体面。故而出于一名有教养的绅士的自尊,他宁愿强忍好奇心不出去打探。离开京城前夕,巴罗感慨道:"真正的自由只存在于大不列颠那个幸福的岛国。"[76]在这里,巴罗试图向读者传递这样一种意识,即自由和尊严是英国人特有的民族性,而马嘎尔尼使团力图向中国人展示的英国的民族性,正是这样一种贵族阶层所追求的品质。实际上英国人行为方式多样,并没有固定统一的形象。巴罗虽然出身寒门,但由于遇到了马嘎尔尼和斯当东这样的贵族赞助人(patron),他也有幸加入到十八世纪不列颠流行的那类绅士构成的"文学俱乐部"中,这些人追求"品味、洞察力、求知欲、公正无私、周密细致以及高水准的道德原则,这些就是马嘎尔尼打算展示给中国的英国国民性。"[77]重视艺术、科学、品味、公正心、大众福祉、忠于国王、超越腐败,这种理想化的追求都在巴罗对中国的批判话语中有所体现。事实上,当时英国的派别斗争与政治腐败也很严重,买卖议会席位、找寻政治庇护、攀附权贵以求升官发财等社会风气盛行。而且,马嘎尔尼和巴罗等人本身也是认清了此现状,才谋求到远大前程。

除了自由与尊严,巴罗还特别指出中国缺乏财产权观念,因而也缺乏人权。清政府统治下中国百姓的个人财产毫无保障,所以穷人很多。通过读书和科举考试做官可以享受荣华富贵,但经商或想通过其他途径积累财产有极大风险,因为勒索成性的官员可能随便找个名头敲诈侵吞个人财产。这就导致了"中国没有中间阶层——这个阶层的人,因拥有财富和独立的观念,在自己的国度里举足轻重;他们的影响力和利益是不可能被政府视而不见

---

74 〔英〕巴罗,我看乾隆盛世〔M〕,李国庆、欧阳少春译,北京:北京图书馆出版社,2007,第258页。

75 〔英〕巴罗,我看乾隆盛世〔M〕,第118页。

76 〔英〕巴罗,我看乾隆盛世〔M〕,第305页。

77 〔美〕何伟亚,怀柔远人:马嘎尔尼使华的中英礼仪冲突〔M〕,邓常春译,北京:社会科学文献出版社,2002,第69页。

的。"[78]巴罗所说的这个"中间阶层"正是英国当时已经发展强大的中产阶级，而中产阶级能够参与政治，左右政府决策是民主制度带来的。中国只有统治者和被统治者，普通百姓深受专制政府压迫，贫困愚昧，只要能果腹，就不会造反，他们从来没有公民权利的观念。写到此，巴罗还戏称托马斯·潘恩的《人权论》一书在中国肯定不会有市场。该书在 1791 年问世，宣扬"理性能够带来社会进步的信念"，认为"英国的寄生虫、特权贵族、腐败议会、迷信教会、残酷法典、腐朽选区和专制地方官等，都是使人民不道德、使社会剥削成性的制度"。潘恩在书中呼吁，"应废除一切君主和贵族的压迫和特权，建立一个民主共和国，恢复所有人的一切自然权利；要教育人民树立一种清楚的，理性的道德观念……对年老者应给予养老金，对家庭人口多者应发放贴补，对失业者应提供宿舍住宿和工场工作。……精简政府，缩小开支，减少税收，简化法律……这就是潘恩的乌托邦。"[79]英国政府认为该书极具煽动性，极力阻挠其传播，潘恩也逃到法国，但书还是在三年内销了二十万册，影响巨大。对比英国当时国内的政局和民智启蒙的程度，中国普通平民的生活的确太过"原始"了。

至于中国人的生活与性格，巴罗观察的一个明显结果就是肮脏。士大夫都留长指甲，显示自己不用干体力活，是一种身份和阶层的象征。通过亲眼所见巴罗感慨，难怪斯威夫特很早就说中国人肮脏。中国人不换洗内衣，不洗澡，"喜爱污垢的寄生虫子孙满堂。就连朝廷最大的官员也会毫不迟疑地呼唤仆人，当众在自己的脖子上捕捉这些讨厌的小虫。一经捕获，他们就面不改色地将其放入牙齿之间。"他们还随地吐痰，"或者像法国人似的吐到墙上。"[80]城市里都没有下水道，垃圾多，水源也"令人恶心"。看着巴罗对中国人生活和行为的批评令人不禁幻想，当时的英国应当是个非常干净整洁的国度，人口素质颇高。然而事实并非如此美妙，十八世纪英国的城市环境和人口素质与中国当时的状况孰高孰下实难下定论。有历史学家指出，在十九世纪以前的英国，"对个人卫生和公共卫生的忽略意味着不洁的食物和水是一恒在的危险。

78　〔英〕巴罗，我看乾隆盛世〔M〕，李国庆、欧阳少春译，北京：北京图书馆出版社，2007，第 282 页。

79　〔美〕克莱顿·罗伯茨、戴维·罗伯茨、道格拉斯·R.比松，英国史〔M〕，潘兴明等译，北京：商务印书馆，2013，第 124-125 页。

80　〔英〕巴罗：《我看乾隆盛世》，李国庆、欧阳少春译，北京：北京图书馆出版社，2007 年。第 58 页。

个人卫生标准在社会金字塔的最高层与最底层同样不好。"[81]国王和大臣也会随地大小便,而且几乎不洗澡。十八世纪英国的许多市镇充满沟渠和死水,尸体与粪坑污染水源,尤其是人粪泛滥,不知如何处置。所以即使态度严苛的巴罗也承认,"有一项长处是英国首都也难以发现的:没有散发臭气的粪便之类秽物被仍在街道上"。中国人处理粪肥的方式(management of manure)一直让英国人很感兴趣。斯当东和巴罗的游记中都曾详细记载中国百姓如何将人粪收集起来晒干,做成肥料块,投入农业生产使用。甚至到十九世纪中期,维多利亚女王都曾关注过这类世俗事务(mundane topiecs),[82]这类观察自然在英国旅行者的记录中多有展现。历史学家指出,"直到 18 世纪末,英国人才开始对他们国家的卫生状况感到自豪"。一幅 1796 年的讽刺画描绘了'各国厕所'——英国抽水马桶、苏格兰水桶、法国沟渠和荷兰湖泊。[83]走在时代前列的英国人当时显然不仅仅对中国的落后卫生状况嗤之以鼻。到十九世纪末,阿奇博德·立德虽然也认为中国人普遍不爱清洁卫生,但他将之视为人类古代传统社会的普遍特征,这是相对客观的。

此外,中国女性处境极差,巴罗以此作为一个判断中国社会文明程度低的标志。一夫多妻制、赌博、买卖儿童和妇女,这些都是中国社会的阴暗面。而对曾经被欧洲人肯定的中国人的审美水平,巴罗也极力贬低,他说中国的陶器虽然烧得好,但上面的绘画却粗劣,画家们就是"糟糕的涂抹匠"。[84]由这些旅途观察及与接待使团的官员的接触,使巴罗得出关于中华民族的结论:"这个民族的主要性格是一种奇怪的混合体,交织着高贵和卑劣、虚假的严肃和真正的轻浮,优雅的文明和极端的粗俗。"[85]这种判断与马嘎尔尼对中国朝廷的判断几乎一模一样:"一种奇特的混合,夹杂着一贯的好客和天生的猜疑,形式的文明和实质的粗野,虚幻的顺从和真心的偏执。"[86]而黑格尔在其《历史

---

81 〔英〕劳伦斯·斯通,英国的家庭、性与婚姻:1500-1800〔M〕,北京:商务印书馆,2011,第 47 页。

82 Thurin, Susan Schoenbauer. *Victorian Travelers and the Opening of China, 1842-1907.* Athens: Ohio University Press, 1999. p.29.

83 〔英〕劳伦斯·斯通,英国的家庭、性与婚姻:1500-1800〔M〕,北京:商务印书馆,2011,第 48 页。

84 〔英〕巴罗,我看乾隆盛世〔M〕,李国庆、欧阳少春译,北京:北京图书馆出版社,2007,第 232 页。

85 〔英〕巴罗,我看乾隆盛世〔M〕,第 137 页。

86 〔英〕巴罗,我看乾隆盛世〔M〕,第 141 页。

哲学》中也对中国文明做了类似总结："以上所述,便是中国人民族性的各方面。它的显著的特色是,凡是属于'精神'的一切——在实际上和理论上,绝对没有束缚的伦常、道德、情绪、内在的'宗教'、'科学'和真正的'艺术'——一概都离他们很远。"[87]所以,所谓高贵或粗野,狡诈或真诚这类判语可以被放在清朝政府、清朝官员、普通百姓或者整个中华民族身上。这类绝对的判断对展现真实的中国和中国人显然意义有限,然而,正是这类高度概括的、充满贬抑意味的排比句深受英国人喜爱,之后的人们再提到中国和中国人时,可以方便地套用这种格式,对比、夸张和排比,总之充满矛盾就对了。

　　巴罗对中国文明的观察、分析与评判,既有偏颇和严苛的一面,但同时也有保留的一面,尽管比较少。例如,他认为是中国法律的野蛮,导致中国人缺乏同情心。"中国人品德中的巨大缺陷不在民族天性或气质,错在政治制度。"[88]这与十九世纪末期欧洲殖民主义和种族主义的观点木质大不相同。此外,他承认自己对汉语诗歌还不能轻易下判断,因为欧洲人不懂中国的语言,由此,他也举例说明英国对中国的了解多么浅薄,知识多么匮乏,呼吁英国人要多下工夫学习汉语,研究中国文化和历史。对宗教巴罗表示也不敢妄加评论,因为旅行者根据走马观花最不能轻易了解异国人民具有深厚历史渊源的宗教。巴罗对大运河和长城也都十分欣赏和赞美,长城的宏伟,苏州府惊人的有四十五个孔的拱桥,如画的风景,他都有描绘。此外,中国的算盘很巧妙,还有制造工艺品的水平高超,如象牙雕精巧至极。"儿童的玩具,各种小摆设,小玩意,在中国比在世界上任何国家都制作得更精致,更便宜。"[89]最后,对从使团踏上中国土地就开始接待他们的王大人与乔大人,巴罗也表示喜爱与欣赏,赞美他们俩的美德。在护送使团离开的最后离别关头,他们俩都留下了伤感的眼泪。在巴罗心中,中英两国大使们之间已经结下了深厚的友谊。

　　所以,他考察中国后的整体结论是,中国很早达到高度文明,但两千年来一直未进展,有些甚至退步了。"目前,跟欧洲相比,他们可以说是在微不足道的小事上伟大,在举足轻重的大事上渺小。"[90]针对过去赞颂中国的言辞,

---

87　〔德〕黑格尔,历史哲学〔M〕,王造时译,上海:上海书店出版社,2006,第181页。

88　〔英〕巴罗,我看乾隆盛世〔M〕,李国庆、欧阳少春译,北京:北京图书馆出版社,2007,第135页。

89　〔英〕巴罗,我看乾隆盛世〔M〕,第223页。

90　〔英〕巴罗,我看乾隆盛世〔M〕,第255页。

巴罗认为有正确的地方，但如今还承袭那些观点就错了。在古代，中国文明的确是先进、优雅与宽容的，而欧洲则落后、狭隘和粗俗。但世界已经发生巨大变化，英国工业与科技正在突飞猛进地发展，中国却几千年一成不变。英国目前已经在各方面都大大超越中国，若还说中国好，未免是假话了。"有些知识只能从旅行家的报告中获得，而通过联系和比较不同的描述和说明，公众或许才能获得最正确的知识。"[91]巴罗对中国之行的记载重在比较，用他世界性的眼光将不同国家和地域理性地梳理，放在以英国为基准的秩序里，排个高低上下，好坏优劣，这就是他认为的"客观"。他自言：

> 在皇家园林圆明园暂住期间，我所享有的自由跟中国通常给予外国人的相比要大得多，再加上稍通该国语言，所以我有可能搜集到如今展现给公众的事实和数据。在叙述过程中，我努力遵守我们不朽的诗句所设定的规则：'不偏不倚，也不怀恶意。'因为对任何一个国家的好与恶、优秀和平庸，只有跟其他国家的同样品质作比较，才能得出公允的评价。[92]

巴罗将国家竞争、民族竞争和文明竞争的西方观念理所当然地当作是全世界通行的准则，这一点就连他自己也毫不隐晦："我所做的比较，意在帮助读者按照欧洲民族的尺度，自己来判断中国在世界上应该处于什么地位。"[93]该书结尾处的这句话，点明了他写作的出发点、原则及视角。尽管巴罗的确学识渊博，秉持公正之心，但他所认为的客观比较，实际仍旧是以英国的历史进程、政治制度、审美标准和价值观来作为标准的。这种忽视中国历史的连贯性，将表象从其赖以存在的社会有机结构和文化语境中剥离出来，从而与英国文化做比较的认知方法一直延续到维多利亚时代。他们不是根据中国自身的背景来理解中国，"而是把它同西方做比较"，"西方人……对中国人的看法大致上是由时代精神决定的。"[94]的确，十八世纪对英国人来说是启蒙的时代，理性、科学、人道、进步、公正、民主等一系列价值观都是在这一世纪开始兴盛传播的，而这些价值观是基于英国和欧洲特有的历史文化土壤一步步成长出来的。可是在巴罗眼中，这些都应该是人类共有的追求，而英国明显是领先中

91　〔英〕巴罗，我看乾隆盛世〔M〕，第2页。
92　〔英〕巴罗，我看乾隆盛世〔M〕，第26页。
93　〔英〕巴罗，我看乾隆盛世〔M〕，第461页。
94　〔美〕马森，西方的中国及中国人观念：1840-1876〔M〕，杨德山译，北京：中华书局，2006，第309页。

国太多了。以英国为标杆，巴罗重新衡量了中国在世界中的位置，将中国比下去的同时，也就确立了英国"世界典范"国家的角色。

约翰·巴罗一生对海外探险和殖民扩张都充满兴趣，他甚至被认为是"英格兰历史上最为激进的扩张主义者之一"（one of England's most ardent expansionists）[95]。在他担任海军第二大臣的四十年间（1804 至 1845 年），曾多次主持英国船队在非洲和北极探险，北极至今有两个以他的名字命名的地点，巴罗海峡（Barrow Strait）和巴罗角（Point Barrow）。从中国回来后他就被接纳为英国皇家学会会员，1830 年，又成为英国皇家地理学会的创始人之一，并担任会长多年。他也酷爱写作，所以留下了很多旅行探险及评论作品，如《北极地区的发现和研究之旅》（*Voyages of discovery and research within the Arctic regions: from the year 1818 to the present time*），《北极地区旅行编年史》（*A chronological history of voyages into the Arctic Regions: undertaken chiefly for the purpose of discovering a North-East, North-West, or polar passage between the Atlantic and Pacific*），《皇家学会剪影》（*Sketches of the Royal Society and Royal Society Club*），《约翰·巴罗爵士自传回忆录》（*An auto-biographical memoir of Sir John Barrow, bart., late of the Admiralty: including reflections, observations, and reminiscences, at home and abroad, from early life to advanced age*, 1847）。他还曾主编《马嘎尔尼伯爵生平资料及未刊作品》（*Some account of the public life, and a selection from the unpublished writings, of the Earl of Macartney: the latter consisting of extracts from an account of the Russian empire; a sketch of the political history of Ireland; and a journal of an embassy from the King of Great Britain to the Emperor of China. with an appendix to each volume*, 1807）。在当时伦敦的政治、思想和文化界颇有影响，他的作品也常常被视为权威。

在商业观点上，巴罗是比较激进的一员，[96]而清朝对商业的鄙视，以及对英国通商要求的拒绝，都可能影响他对中国的态度。他的游记出版后，《爱丁堡评论》欢呼"这个半野蛮的帝国声誉扫地。"巴罗无情地揭示出中国人生活在"最为卑鄙的暴政之下，生活在怕挨竹板的恐怖之中"，他们"胆怯、肮脏并残酷"。他们给妇女裹脚，将她们圈禁起来，残杀婴儿，并犯有其他违情悖

95 Barrow, John. *Travels in China*. Cambridge: Cambridge University Press, 2010.
96 Jones, David Martin, *The Image of China in Western Social and Political Thought*. London: Palgrave macmillan, 2001. p.43.

理的罪行。他们无法接受精密科学和自然哲学，并对最必不可少的工艺技术一窍不通。他们的社会关系建立在一种愚蠢的形式主义基础上。最后，中国人"不从事体育，缺乏有益的消遣"，所以"没命地赌博"。"几千年以来，中国人像家禽那样叽叽喳喳地叫着，而不会像人那样说话。"总之，"巴罗先生的伟大功绩就是他那健全的理智和评论的直率。"[97]这就是来自不列颠北部文化中心爱丁堡对巴罗一书的评论，尽管巴罗的书中展示的并不全是负面的信息，但显然他们紧紧抓住和拼命渲染的都是关于中国最极端、最邪恶的那部分内容，正是这部分内容构成了十九世纪西方中国认知的一个模板。这个模板在法国、德国和美国广泛流传，几乎出现在这一时期所有西方人写中国的作品中。即使一个人对中国一无所知，他也仍可以说中国人"肮脏、杀婴和赌博"。巴罗的比较将中国神话撕破，揭示出了作为一个现实世界里的政治实体的清朝的真面目，得出结论是北京完全比不上伦敦，中国更加比不上英国。在巴罗的揭示之前，尽管已经有孟德斯鸠和笛福等人对中国发表负面评价，但他们毕竟没有实地考察过，所以来得不如亲历旅行记确切、实在、可信。而巴罗的著作满足了人们一直渴望得到真实信息和权威观点的部分愿望。在马嘎尔尼使团中国之旅纪行之后，英国人对中国的书写焦点有所转移，关于中国的知识和话题不再以艺术品、园林景观和美学为重点，而是转向中国的统治制度、律法和刑罚、社会文化，以及民族性格中的弊端。

第三节　正邪分明："礼仪冲突"故事里的角色塑造

在十九世纪中英交往历史中，关于"叩头"的故事不绝于耳。面对清朝皇帝，叩或者坚决不叩，成了侮辱还是维护英国国体尊严最重要的区别。因为英国人对此事的反复渲染，"kowtow"早已成为一个英文单词，表示软弱屈服和卑躬屈膝之意。这个极具中国本土风格的词汇进入到英国人的集体记忆中，正与斯当东、巴罗、小斯当东、马礼逊等人的记述密切相关。叩头这一意象通过英国人的叙事，被塑造成为一个关于国家和民族尊严的神话。形象学研究的一个方法就是"辨析出一些关键词和幻觉词"，以及"两类词汇：一类是源自注视者国家，用于定义被注视者国家的词汇；另一类是取自被注视者国家，未

97　〔法〕佩雷菲特，停滞的帝国：两个世界的撞击〔M〕，王国卿等译，北京：三联书店，1995。

经翻译就转入到注视者国家的语言、文化空间及文本中的词汇。"[98]在十九世纪英国人塑造中国形象的文本中，第一类词汇有如"停滞的"（stagnant）、"专制的"（despotism），叩头（kowtow）则属于第二类词汇，它似乎是最重要的一个直接由中文进入英文的词汇。而另一个词汇"夷"，就被翻译成了barbarian。这两类词汇都在注视者国家的集体想象物占据重要地位，是理解中英文化互识及误解历史的重要切入点。本文认为，在英国人的政治旅行文本中，关于"礼仪冲突"或"叩头"的叙事，实质上是一段段的故事，它们被讲述为英国与中国斗法的情节化的戏剧，其中"中国"被塑造为专横危险的反派敌人角色，而"英国"则被塑造为了英勇正义的正面英雄形象。

一、最初的故事版本

直到今天，在论及中英第一次官方交往的历史时，学界和普通人都以为双方交恶的症结主要在"礼仪冲突"，即英国大使不愿对清朝皇帝行使三跪九叩的觐见礼仪，所以英国的要求全部被拒绝。这种认识是有史实依据的，在斯当东的报告和巴罗的游记中都有暗示，当使团回国后，有许多人批评他们不应该不遵守中国礼仪，因为他们的无礼才导致乾隆皇帝拒绝了英国的要求。持这种看法的全是没有去过中国，只通过其他欧洲使团记述中的寥寥知识，肤浅认识此事的人，其中有些是承担出使一事的主要人物的政敌。由于国内的批评之声不绝于耳，敌对势力很强大，所以处在舆论核心位置的马嘎尔尼大使的旅行日记一直没有公开，直到 1807 年，大使去世之后，约翰·巴罗才将部分资料搜集整理出来，进行了出版。[99]所以，不论是斯当东写作官方报告时，还是巴罗自己写作中国之行时，以及后来他整理编辑马嘎尔尼伯爵的日记时，都必然会精心考虑该如何处理与"叩头"相关的那段经历。在记述这一事件时，尤其考验写作者的修辞工夫：如果在书中说英使叩头了，结果又失败了，那用什么理由解释使团的失败呢？如果在书中说英使没叩头，结果失败了，还是会招致

---

98 〔法〕达尼埃尔-亨利·巴柔，从文化形象到集体想象物〔A〕，孟华主编，比较文学形象学〔C〕，北京：北京大学出版社，2001，第 130 页。

99 即《马嘎尔尼伯爵生平资料及未刊作品选集：出使俄国、爱尔兰和中国相关记事》（*Some account of the public life, and a selection from the unpublished writings, of the Earl of Macartney: the latter consisting of extracts from an account of the Russian empire; a sketch of the political history of Ireland; and a journal of an embassy from the King of Great Britain to the Emperor of China. with an appendix to each volume.* By John Barrow. London: T.Cadell and W.Davies in the Strand, 1807.）一书。

政敌的攻讦。在这种两难处境中，当事者同时又作为记录者和言说者，必然会为自己的行为找到一种最为圆满的修饰方式。面对"叩头"这一最为敏感的部分，使团主要成员的叙述均各有策略。

斯当东官方报告中称，起先，清朝钦差要求大使必须对皇帝行叩头礼，但他们据理力争，如果特使要对中国皇帝下跪叩头，那么清朝官员也要对着英王的肖像下跪叩头。后来，大使与钦差进一步交涉，按照欧洲的宫廷规矩，人们只对自己的国王行单膝下跪礼，以表示尊敬和臣服，特使也愿如此对中国皇帝行礼。[100]最后获得同意。在这个过程中，报告费了很大笔墨来渲染中方的强硬与威胁，英方的坚定正义，以及最终解决问题方法的圆满。例如，报告记载，第一轮交涉时，特使给清朝官员讲了一个案例，以说明与东方朝廷交涉时欧洲人秉持的荣誉原则，那就是，国家尊严比生命更重要。

> 他们非常惊愕地听到特使对他们叙述下面一个历史事例，过去一位名叫提马哥拉斯的雅典特使被派到东方强国波斯交涉。他回国后因为辱国而被处死。特使对他们说，一个国家代表的行动不只是他个人的问题，而是代表整个国家的。任何一国的臣民对他们君主所行的礼节，决不能要求外国代表也照样做。前者表示屈服和顺从，后者表示尊敬和友谊，而这是有严格区别的。[101]

这个故事来自古希腊历史学家的记述，那个被判辱国罪的欧洲人应该是服从了波斯的宫廷礼仪。马嘎尔尼在此对清朝官员讲述，很显然是在向他们传递欧洲的价值观，并突显"雅典原则"的崇高与悲壮，"东方原则"的蛮横与不公正。报告又称，"对特使来说，是否能不顾一切危险而不辱及英王陛下，确是一个严重的考验。特使在钦差的威胁之下，仍然坚持或者双方行对等礼，或者必须使独立国使节和属国代表的谒见礼节有所区别。"[102]以此突显"礼仪冲突"的绝对性和危险性，似乎中国"礼仪"是无比强硬，不通商量，充满威胁的。而面对这种危急，英国大使仍旧临危不惧，就突显了英使团行为的无可指摘。"正在全体使节团关心如何觐见的时候，中国方面最后通知特使说，皇帝陛下已经允许特使可以以觐见英王陛下同样的礼节来觐见中国皇帝。特使得到这个通知之后，心中如释重负。又要完成任务，又要不失国体，这个矛盾圆

---

100 〔英〕斯当东，英使谒见乾隆纪实〔M〕，叶笃义译，北京：群言出版社，2014，
　　第356、402页。
101 〔英〕斯当东，英使谒见乾隆纪实〔M〕，第356页。
102 〔英〕斯当东，英使谒见乾隆纪实〔M〕，第402页。

满地解决了。"[103]报告还在多处极力渲染,英国使团能够不叩头是得到了多么大的宽容,是中国单独对英国的特殊待遇,遭受其他人的嫉妒。以此暗示中国皇帝和宫廷礼仪如何严苛,仿佛不容丝毫反抗,一旦反抗就犯下大忌。但实际上,报告中记述的这些英国人的感受和理解是不准确的,因为在清朝的相关史料中,对所谓叩头之争根本没有费什么笔墨,说明在当时朝廷官员以及皇帝眼中,这一细节在英使觐见事件中并不占据什么重要或核心地位。乾隆帝拒绝他们的要求也有更深层的原因,而绝不像英国人当时及后来一直反复描摹的,说完全是因为清朝盲目自大、闭关自守、蛮横强硬。他们这样写的动机很大程度上是出自维护个人及国家的声誉和利益,是充满了修辞策略的。

在巴罗的作品中,他则坚决称大使完全没有叩头,连单膝下跪的细节也完全没有涉及,不仅如此,巴罗还大力赞扬了使团处理这一事件的方式,将之拔高到了更极端的层次。在《中国之行》的第一章,巴罗就回顾了之前所有欧洲来华使节团的经历,他得出的结论是,所有下跪叩头了的使团没有一个被尊重和被礼遇了的,而且没有一个完成了出使使命。但英国使团敢于开先河,坚决不对皇帝下跪叩头,却得到了最好到待遇,可见中国政府最会欺软怕硬,欧洲使团促使中国开放成功与否的关键,也不在于是否遵从中国礼仪。对清朝的礼仪,巴罗不但不建议遵守,简直是鄙视,"我们的那两位同僚朋友王大人和乔大人在宫里相见,按照帝国的礼仪,互相屈膝问候,那模样在我们看来极其荒谬可笑。"[104]关于出使,巴罗支持和赞扬了马嘎尔尼公使的丰功伟绩,他的这本书就是敬献给公爵的。他认为中国朝廷要求外国人遵从的全是"侮辱性礼仪"(submitted to every humiliating ceremony),下跪和叩头就是"自取其辱"(humiliate themselves)。"侮辱"这个词在他形容清朝皇帝和官员对待外国人时经常使用。"在不管是阴谋诡计还是威逼恫吓,都不能迫使英国公使放弃其尊严之后,他们一定自以为受到了莫大的屈辱,丢了天大的面子。"通过抗拒朝廷恶意的欺压,让中国人"丢面子"这种意识从巴罗就开始流传,直到世纪末美国传教士明恩溥(Arthur Henderson Smith)的《中国人的性格》(*Chinese Characteristics*)一书,使之"发扬光大"了。巴罗还用事实证明,荷兰使团奴颜婢膝,从中国得到的只有蔑视,而英

103　〔英〕斯当东,英使谒见乾隆纪实〔M〕,第404页。

104　〔英〕巴罗,我看乾隆盛世〔M〕,李国庆、欧阳少春译,北京:北京图书馆出版社,2007,第142页。

国使团分庭抗礼，反倒得到尊敬和礼遇。"奴颜婢膝地遵行这个傲慢朝廷所要求的侮辱性的礼仪，只能助长其荒谬的狂妄自大之心。"[105]所以，"看到自己的祖国得到热切地赞扬是颇为令人得意的一件事。中国如今开始看重英国了。……他们已经感觉到英国的优越，尽管不好意思坦承。""英国使团之行是一个榜样，绝对应当被效仿。"[106]由此，巴罗确立了一种英国人关于中国的具有强大影响力的观念：清朝统治制度是蔑视人权，欺压弱者的，清朝的外交礼仪也已不合时宜，并且，其统治阶层都是外强中干，只有强硬的态度和坚决的手段才是对付这个傲慢专制帝国的唯一正确方式。

二、故事的流变

在斯当东和巴罗的作品中，与"叩头"故事相关的，还有对中国人愚昧世界观的抨击，以及对中国人向皇帝顶礼膜拜的嘲讽。这些讨论是在挖掘"叩头"背后的文化含义，对这一主题反复刻画和渲染，能够增加其深刻性和无可辩驳性，同时也使英国人的分庭抗礼神圣化了。

首先，中国人对世界和外国缺乏兴趣与基本知识：

> 中国人对一切外国人都感到新奇，但关于这些外国人的国家，他们并不感兴趣。……除了少数住在沿海铤而走险的人，……没有人想离开中国到别的国去看看。……他们的书上很少提到亚洲以外的地区，甚至在他们画得乱七八糟的地图上也找不到亚洲以外的地方。……对于更远的区域，中国政府，如同外国人做生意的中国商人一样，只有一个抽象的概念。其余社会人士对于任何中国范围以外的事物都不感兴趣。中国一般的百姓对于外国事物除了离奇的神话般的传述外一切都不知道。[107]

而且，中国人"对地球和宇宙的关系完全无知"。斯当东的报告中很多话貌似在判断中国人的天文或科技知识，实际是在暗讽中国人无知愚昧的世界观：

> 中国的天文学家和航海家们始终未能超脱人类原始的粗糙观念，总认为地球是一块平面。他们认为中国位置在这片平面的中心，因此他们自称为'中华'，其他各国，在他们的眼光中都比较小，

---

105 〔英〕巴罗，我看乾隆盛世〔M〕，第 19 页。

106 〔英〕巴罗，我看乾隆盛世〔M〕，第 17 页。

107 〔英〕斯当东，英使谒见乾隆纪实〔M〕，叶笃义译，北京：群言出版社，2014，第 322 页。

　　而且远处在地球的边沿，再往远去就是深渊和太空了。[108]
因为整个国家的人都如此愚蠢，所以他们才不能正视英国。就连"中国"
（Middle Kingdom）这个中国人命名自己国土的名称，在英国人眼中都不合时
宜，似乎总包含着无知与自大的意味。

　　其次，在斯当东和巴罗看来，由于国人普遍的蒙昧无知，中国统治者又极
力维护其专制权威，所以，叩头类的崇拜礼仪是荒谬至极的。"中国人对于皇
帝的崇拜真是五体投地，任何些微小事涉及到皇帝都要引起大惊小怪。"[109]英
国马车的车夫座位高于后面主人的座位，让中国人吃惊。有些人看到"狮子
号"里挂着皇帝画像，"他们立刻伏在地上，非常恭敬地在地皮上几次亲
吻。"[110]实际是跪拜，却被英国人视作和记作亲吻，显得更加夸张。"对皇帝
行这样繁重的敬礼并不只是表面上的形式，它的目的在向人民灌输敬畏皇帝
的观念。"[111]中国统治者以强制性和神秘性为手段控制人民，在崇尚自由平等
的英国人看来是虚假的，应该被废弃和揭穿。在资产阶级观念兴起，人民权利
被重视的英国，对这些东方专制式的维护皇权威严的手段，他们非常厌恶且瞧
不起。叩头九次，"很难想象世界上还有什么礼节比它更表示行礼者的恭顺卑
贱和受之者的神圣崇高的了。"[112]故而，马嘎尔尼一行人的策略是绝不迁就中
国礼仪，否则就等于辱国。如果要求英使向中国皇帝叩头，那么中国官员也要
向英王像叩头。等到第二次阿美士德使团访华时，小斯当东就继承了这一传
统，并且比其父的态度更加坚决强硬。

　　小斯当东在十二岁时就跟随父亲一起到过中国，并扮演了一个非常重要
的角色。他在旅途中学会了说汉语和写汉字，抄写了给乾隆帝的一张文书，并
且单独受到接待，乾隆帝与他进行了亲密的交谈，并将自己腰间的一个绣花荷
包摘下来送给了他。这些情节在中英两国都被广泛传为美谈。在英国，尤其有
一副描绘小小年纪的斯当东，单膝跪地面见乾隆皇帝的画像。小斯当东非常具
有学习汉语的天赋，他长大后就在广州的东印度公司工作。然而，儿时与中国
的情缘发展到成年后的现实经验，发生了翻天覆地的变化。小斯当东在回忆录
中曾言，在广州工作的那些经历，是人生中最为低迷晦暗的一段（1800 至 1816

108　〔英〕斯当东，英使谒见乾隆纪实〔M〕，第 225 页。
109　〔英〕斯当东，英使谒见乾隆纪实〔M〕，第 334 页。
110　〔英〕斯当东，英使谒见乾隆纪实〔M〕，第 211 页。
111　〔英〕斯当东，英使谒见乾隆纪实〔M〕，第 397 页。
112　〔英〕斯当东，英使谒见乾隆纪实〔M〕，第 318 页。

年间)。在 1816 年他担当阿美士德使团副使时，就建议正使必须坚决反对向中国皇帝行叩头礼。尽管使团遭受被驱赶的命运，小斯当东也从未后悔，而是更加突出地强调，坚持不叩头是在用生命捍卫祖国的尊严。如果叩头，那就是屈服于中国荒谬愚昧的世界观，是象征着英帝国与清帝国在竞争世界政治与文化霸权中的失败。小斯当东曾严厉抨击中国朝贡式的外交政策，称其落后无知，就此认为中国是个文明程度很低的国家。所谓"无知"，就是指清朝政府对当时已经在欧洲国家通行的"国际法"一无所知，所以清朝的外交政策是远远落后于欧洲国家的。小斯当东在广东的工作经历，加之他对中国文化的研究，使他对叩头所象征的权力内涵有独特感受，故而耿耿于怀、寸步不让，在 1822 年的《中国札记》（*Miscellaneous Notices Relating to China*）一书中，他认为好友罗伯特·马礼逊（Robert Morrison）的解释揭露了中国文化中叩头所象征的臣服意味：

> 所谓礼仪实际上蕴涵着平等的概念。……身体不同的姿势表达了不同的屈服与虔诚，……站着和低头不及单膝下跪尊敬，单膝下跪不及双膝下跪，双膝下跪不如加上前额触地。……对中国人而言，这些礼仪又比不上如此反复做三次、六次、九次。……三跪九叩表现的是个人或国家对其他国家的屈从和效忠，……认为自己臣属于中国的欧洲国家会行此礼，其他不认为如此的国家将不会。[113]

马礼逊是英国第一位来中国的新教传教士，他从 1804 年开始，就在马六甲、澳门、广州等地活动，开始是单纯从事学习汉文、翻译圣经、印刷宗教小册子等传教工作，但后来由于资金紧张，他受聘为东印度公司的译员，可以获得丰厚收入。并于 1816 年作为翻译，跟随阿美士德使团一起去过北京。他和小斯当东是非常密切的友人，两人共同的生活经历也使他们对中国问题的看法和态度非常接近。所以，从马礼逊和小斯当东这些被公认为是"中国通"的人物口中讲解中国礼仪，使英国人更加坚定了这种对叩头礼仪内涵的理解：英国绝不可能臣服于那个停滞落后的"半野蛮国家"，所以英国人绝不会向中国人下跪。1836 年，德庇时在《中华帝国极其居民概述》一书中也引用了马礼逊的这段话，证明英国人的理解是正确的。

---

113 Staunton, George T. *Miscellaneous Notices Relating to China, and Our Commercial Intercourse with the Country, Including a Few Translations from the Chinese Language*. London: John Murray, 1822. pp.121-124.

当小斯当东回国后成为不列颠下议院的议员，他就强烈支持对清廷开战。在 1833 至 1840 年间，英国国会讨论对中国用兵与否的问题时，小斯当东发表演说，认为出兵是完全正确且必须的。因为林则徐的"货尽没官，人即正法"是"非常不公义且残暴的"。中国不遵守国际法行事在先，如果英国一味退让下去，将在清廷彻底失掉本国尊严。当时代表英国与清廷交涉的海军上将查理·义律爵士（Admiral Sir Charles Elliot, 1801-1875）在广州时受清朝官员的胁迫，勾起小斯当东的回忆，他说：

> 当年因为我拒绝建议大使行中国的礼仪，皇帝的钦差便在类似的情况下胁迫我，但我既不害怕，也不屈从；大家都知道后来使节团回程不仅是非常平安，而且受到与马嘎尔尼使团同等的尊重与更大的方便！[114]

这段话至少暗示了三重意思，对不叩头一事，他不忘强调自己的坚毅抵抗行为，这种抵抗不仅展现了作为一名有身份的英国男性个体的尊严，更代表着祖国的尊严；另外，"胁迫"是清朝官员惯用的卑鄙伎俩，他表示藐视；最后，跟清政府打交道，决不可被他们虚张声势的专横威胁所吓倒，因为如果你比他更强硬勇猛，他们徒有其表的威力就会被撕破，他们就会尊重你。这就是一位在华工作、生活和研究十年的英国"中国通"，对中国政治文化的理解，他的看法很被英国政府尊重，而且也大大影响着英国公众对中国的看法，最终这些看法指导了英国政府对华的所有外交行动。而小斯当东的这种观点与斯当东和巴罗的态度是一脉相承的。小斯当东逝世于 1859 年，英国皇家学会为这位会员所写的讣告中称：

> 他在许多场合表现出高尚的道德与果敢，……尤其是 1816 年的中国之行，清廷要求大使行叩头礼，否则拒绝觐见。……熟悉对华事务的他确信这是屈辱，……因此坚决反对。当清廷官员威胁驱逐使团并将其囚禁时，他仍表示绝不屈从。……即使有大祸临头的危险，他仍严守道义责任的底线。[115]

---

114 Staunton, George T. *Corrected Report of the Speech of Sir George Staunton*, pp.19-20. 转引自游博清，黄一农，天朝与远人——小斯当东与中英关系（1793-1840），中央研究院近代史研究所集刊，民国 99 年 9 月，（69）：1-40。

115 The Royal Society. *Proceedings of the Royal Society of London*. London: The Royal Society, 1860, Vol.10, pp.xxviii-xxix.转引自游博清，黄一农，天朝与远人——小斯当东与中英关系（1793-1840），中央研究院近代史研究所集刊，民国 99 年 9 月，（69）：1-40。

由此可见，坚决不向中国皇帝叩头，是象征英国尊严的最高标准，这不仅使小斯当东在生前受到国家和人民的尊重，更使他青史垂名。

同时代的德庇时也说中国皇帝是"三位一体"，受人崇拜如神，直到今天，美国学者萨缪尔·亨廷顿还说，在中国"皇帝就是上帝"。[116]德庇时也继承了巴罗的观点，认为清朝的礼仪是"践踏尊严的礼仪"[117]。他在书中还提到，"对亚洲人的性格颇为了解"的约翰·马尔科姆爵士（John Malcolm, 1769-1833）在一本著作中称："从使团抵达波斯的那一刻起，把我们看做无知之辈的波斯奴仆、商人、镇长、酋长以及高级政府官员们一直试图践踏我们的尊严。尽管各种尝试都遭到了抵制，他们的努力仍在继续，直到设拉子（Shiraz）战役把这个问题彻底解决了。"[118]英国对付东方各国的手段就像各个击破，驾轻就熟，因为他们已经成功控制了亚洲很多国家，所向披靡，轮到中国时也毫无悬念，态度强硬然后打败他们，一切问题都能解决。关于叩头，德庇时认为绝不是礼仪这么简单，而是下跪就表示成了帝国的一部分，是附属国，低人一等，不跪不是表示独立，而是反叛。

十九世纪英中关系史专家何伟亚对礼仪冲突的问题这样解释，在英国新兴资产阶级男性观念里，男性身体是一个表达意义的载体，屈从或解放的象征性与一个人的身体姿态紧密相连，身体姿势完全可以用来区别奴役和自由。只有被奴役者才下跪、卑躬屈膝和躬身告辞，而自由人则挺直站立。与下跪和直立这一对反义词具有相同意义的，还有高与低、洁净与肮脏一类反义词。维多利亚时代的绅士和帝国的构建者们总是笔直地站立着，只有被凶残的野蛮人击伤或者杀死的时候，才会双膝着地。[119]到 1909 年，港督卜力（Sir Henry Arthur Blake, 1840-1918）甚至说："东、西方人之间在身体结构上的一个差别就是，东方人可以坐在自己的脚后跟上而西方人则不能。"[120]下跪的动作成了东方人特有的"身体"姿态，而西方人与东方人天然的身体构造就不同。英国男性

---

116 〔美〕萨缪尔·亨廷顿，文明的冲突与世界秩序的重建〔M〕，周琪等译，北京：新华出版社，2013。

117 〔英〕戴维斯，崩溃前的大清帝国：第二任港督的中国笔记〔M〕，易强译，北京：光明日报出版社，2013，第 63 页。

118 〔英〕戴维斯，崩溃前的大清帝国：第二任港督的中国笔记〔M〕，第 71 页。

119 〔美〕何伟亚，英国的课业：19 世纪中国的帝国主义教程〔M〕，刘天路、邓红风译，北京：社会科学文献出版社，2007，第 67 页。

120 〔英〕布莱克，港督话神州〔M〕，余静娴译，北京：北京图书馆出版社，2006，第 124 页。

绝对不能做这些动作，因为身体是他们显示力量的主体，坚定的腰背和刚强的双腿牢固站立，无法弯曲彰显的是一种不屈不挠的品格。对身体姿势的控制也成为区分东西方种族品质的标准之一。

小斯当东以清朝不懂"国际法"而断定其外交政策无知落后，欧洲国家的外交政策先进、优越且合理。这部"国际法"就是 1820 年维也纳会议通过的关于外交活动的法典。一国首脑与另一国大使的礼节性会见，成为相互承认主权的重要场合。这种外交方式围绕平等、交换和由主权者男性订立的契约等观念展开，这种原则不仅被认为是合理的，而且被欧洲人认为应该是全球标准。美国当代政治家基辛格（Henry Alfred Kissinger）后来这样阐释国际法的产生条件：

> 近代西方的国际观念产生于十六至十七世纪，当时欧洲的中世纪制度解体，产生一批实力不相上下的国家。罗马天主教也分裂成为形形色色的教派。均势外交不是一种选择，而是必然结果。没有一国足够强大，从而可以把自己的意愿强加给他国，也没有哪一种宗教具有足够的权威，从而能畅行天下。各国主权平等和法律平等的概念成为国际法和外交的基础。[121]

"国际法"不仅被英国用来判定清朝外交政策和礼仪的落后，而且也是英国用来说明第二次鸦片战争和八国联军侵华行动正义的依据。"国际法"有其产生的基础和原因，但是在英国与中国交往时，这被英国人视为一种"自然化了的霸权话语"（a naturalized hegemonic discourse）[122]。所以，也有中国学者争辩，中国当时并没在国际法上签字，不遵守也不是非错不可，而英国人总是以此为理由和借口惩罚中国，实在不足称道。[123]所以，英国人为了达到使中国开放的目的，用各种手段削弱中国统治力量的威严。首先，通过嘲讽中国人的皇帝崇拜，来对皇帝本人及其所代表的权威进行去神圣化。同时，通过揭露政府的腐败和社会的落后，反复抨击清政府，质疑和否定清朝统治的正当性与合法性。以至后来，运用武力和签订不平等条约直接损害清政府的主权。通过旅行记录，最早一批英国外交官把帝国宫廷礼仪与中国人的嫉妒排外观念牢牢

---

121 〔美〕基辛格，论中国〔M〕，胡利平等译，北京：中信出版社，2012。

122 〔美〕何伟亚，怀柔远人：马嘎尔尼使华的中英礼仪冲突〔M〕，邓常春译，北京：社会科学文献出版社，2002。

123 王开玺，英军焚毁圆明园事件与"国际法"〔J〕，北京师范大学学报（社会科学版），2012，（2）：55-65。

联结在一起。清政府越来越被看做是一个蔑视商业、科学与人权的专制政权。第一次鸦片战争后，任何拒绝叩头的行为都被视作反抗傲慢无知的中国的英勇精神的象征。

1860 年英法联军在中国北方的战役中，一名东肯特团叫莫伊斯（Moyse）的英国列兵的事迹被记述得正义凌然，[124]他在当时甚至因此变成了传奇人物。故事是这样的：莫伊斯和几名运送军需物资的印度士兵被蒙古骑兵俘虏，并被带到清军将领僧格林沁面前。僧格林沁表示，只要他们跪下叩头，就不会伤害他们。印度士兵跪下了，而莫伊斯却拒绝，并宣称宁死不会使自己的国家蒙羞。结果，他立刻被砍了头。这一道听途说的事件被当作事实广泛传颂，它突出强调，即使是一个贫穷、莽撞、粗鲁、出身卑微和未受过教育的英国士兵，也会站在额尔金的地位上，不给英国种族丢脸。这个故事利用种族把阶级差异打得粉碎。从英国大使到英国普通士兵，他们都以国家尊严为最高荣誉，以维护国家尊严为底线，宁愿被砍头也绝不屈服，这种英国式英雄形象的构建凸显了其政治意义和民族意义。然而，具有反讽意味的是，就在另一位英国人的记述中，这一事件被认为纯属伪造，这就是 1861 至 1862 年间在北京使馆工作的医生芮尼（David Field Rennie, -1868）的记录。而且，芮尼还专门针对以上那种故意美化的记录进行了批驳，称那个士兵是患病去世，根本连僧格林沁将军的面都没见过。芮尼是这样写的，1860 年 8 月 12 日，在新河被俘走的 18 名广东苦力、第 44 团一名中士、布夫斯团（Buffs）一名士兵和马德拉斯团（Madras）一名士兵，被直接送往天津大沽。"途中一名英国士兵，布夫斯团的默斯患病死亡。这个不幸的人，出之于他的第 44 团同胞的幻想，以及泰晤士报记者的追求煽情新闻，被容易受骗的英国大众相信是因为不向僧格林沁叩头而被斩首了。其实，他至死都没有见过僧王一面"。[125]真相到底如何不论对当时的英国人还是今天的我们，都难以获悉。但当时的英国人情愿相信上面的那种传说是现实。在这种不断被重复渲染的景象中，清朝沦为脸谱化的专横高傲且动不动就砍头的野蛮残暴形象，英国不论是高贵的大使还是出生低微的士兵，都可以誓死捍卫祖国和民族的尊严。在这种叙事中，英国阶级的区分让位于民族区分，凸显了英国国族作为一个整体比中国都要文明高贵。正是这样一种从帝国

---

124 〔英〕麦吉，我们如何进入北京〔M〕，叶红卫、江先发译，北京：中西书局，2011，第 103-105 页。

125 〔英〕芮尼，北京与北京人〔M〕，李绍明译，北京：国家图书馆出版社，2008，第 436 页。

领导者到普通士兵所表现出来的无畏精神，被认为是对付傲慢、排外和不讲道理的中国人的唯一办法。

通过分析马嘎尔尼使团成员的出使叙事，可以发现旅行写作在历史记忆建构中起了巨大作用。实际上，该使团于 1792 年 9 月 26 日从普利茅斯出发后，到底发生了什么，在中国的经历是怎样的，这些史实都是有争议的。在西方学界有两本描述这一事件的历史研究著作影响较大，一本是《狮与龙的对望》[126]，还有一本就是佩雷菲特的《停滞的帝国》，然而这两本著作所依据的多为西方史料，也就是本章所讨论的斯当东、巴罗和马嘎尔尼等人的行记。有学者已经指出，即使是被称为"官方报告"的斯当东的记录，也都是基于个体记忆的叙事。马嘎尔尼使团出使中国是一个不断被讲述的故事，而讲述这一历史事件的框架被肤浅化和固化了。[127]比如，这段历史被很多人很轻易地说成是文明的撞击，一个是停滞的文明，另一个是进步的文明。导致这种固化和肤浅化认识的主要原因在于西方研究者几乎不看中文材料，英国人的记录基本就是历史学家主要依据的史料，所以从十八世纪至今，西方学人的观点变化不大。到本世纪初，美国学者何伟亚在《怀柔远人》一书中对出使事件进行新的解读，他就运用了清朝的中文资料。尽管他对中文资料的翻译和运用也被很多人批评为不准确，但他试图反叛固化观点的尝试仍是颇有成效的。对中英学者来说，这次出使的研究都远未结束。不论从哪种标准看，这次出使都是失败的，而且是一次昂贵的失败。马嘎尔尼勋爵说这次出使是一次"乏味且痛苦的任务"（tedious and painful employment）[128]，这种赔本买卖让英国人难以忘怀。但是这次出使所催生的大量关于中国的知识甚至比事件本身影响更大。"就像所有的旅行写作一样，关于这次出使的文学遗产显然不仅仅是对观察的记录，也是对预期的和当时已被接受的关于中国的知识的记录。"[129]虽说这些旅行写作被认为是一个转折点，标志着英国人对幻想的中国的态度从亲善转变为蔑视，但从写作者生活的十八世纪文化环境来看，斯当东等人的态度还是有

---

126 Singer, Aubrey. *The Lion and the Dragon: The Story of the first British Embassy to the Court of the Emperor Qianlong in Peking, 1792-1794.* London: Barrie & Jenkins, 1992.

127 Bickers, Robert, ed. *Ritual and Diplomacy: The Macartney Mission to China*, London: The Wellsweep Press, 1993. p.7.

128 Cranmer-Byng, J.L. ed. *An Embassy to China: Lord Macartney's Journal 1793-1794.* London: Longmans, 1961. p.220.

129 Bickers, Robert, ed. *Ritual and Diplomacy: The Macartney Mission to China*, London: The Wellsweep Press, 1993. p.11.

所保留的。对十八世纪的欧洲人来说，"道德、理性和挥别战火的自由等需求，远比物质发展重要。"[130]马嘎尔尼等人的著作中还隐约可见十八世纪英国贵族的理性（reason）和人道（humanity）风度。

"在19世纪的作品中，中国不再指导别人而是接受指导，它不再被视作典范却成为批评的对象，它不再是受人崇敬的理想国度，而是遭到蔑视和嘲笑。"[131]法国学者安田朴（Etiemble）在《中国化的欧洲》（L'Europe Chinoise）一书中也将十八世纪到十九世纪的这种转变总结为"从崇拜中国的热潮到对华不友好的转变"。[132]米丽耶·德特利将十九世纪西方的中国形象分为两个阶段：18世纪末到1840年，各民族文学中态度有差异；1840到1910年则较为统一。1839年前，欧洲人对中国所知甚少，态度不稳定且自相矛盾；中英宣战后，"消除了一切犹豫，并立即树立了典范，成为对待中国人的唯一态度。"[133]在注解中作者称，"只有认真寻找，才能找到一部19世纪下半叶对中国人来说态度不太严厉的作品。"她也指出，"1840年以来描写中国的文学大量涌现（随着中国国门被迫打开，涌现了大量游记以及从游记中汲取灵感的虚构作品），这些作品给人的印象是无休止地和过去的文学作品进行清算：因为它们不断地有意无意地对照耶稣会士和启蒙哲学家塑造的理想的中国人形象，建立一个完全相反的新形象。"英国在十八世纪中期开始对中国的叙述语调发生猛烈逆转，这与当时世界各国经济、政治势力的发展变化密切相关，同时也暗含了古代世界格局在向现代迈进的伊始，中英两国的较量过程。英国凭借民族国家威权的建立、知识科学领域的发现、海洋军事实力的强大、遍及多洲的殖民拓展和全球自由贸易，已成为世界上最强大的国家，现实上他们不可能再承认遥远古老的中华帝国的成就。基于更多人通过旅行亲身接触中国（清朝），以及在国家力量和民族认同感的鼓舞下，十八世纪中期至十九世纪，英国涉及中国的叙述背后都隐藏着否定和贬低中国（老牌世界榜样），以抬高和确认英国文明是世界典范的倾向。

130 〔英〕维克托·基尔南，人类的主人：欧洲帝国时期对其他文化的态度〔M〕，陈正国译，商务印书馆，2006。

131 〔法〕米丽耶·德特利，19世纪西方文学中的中国形象〔A〕，孟华主编，比较文学形象学〔C〕，北京：北京大学出版社，2001，第241页。

132 〔法〕安田朴，中国文化西传欧洲史〔M〕，耿昇译，北京：商务印书馆，2013。

133 〔法〕米丽耶·德特利，19世纪西方文学中的中国形象〔A〕，孟华主编，比较文学形象学〔C〕，北京：北京大学出版社，2001，第248页。

第二章　远征旅行写作

　　为了平衡在亚洲的贸易，英国人在印度种植鸦片并卖往中国。尽管雍正皇帝于 1729 年禁止贩卖和吸食鸦片，嘉庆皇帝于 1796 年禁止鸦片进口，但鸦片还是在中国找到了市场，而且彻底重整了中国与英国的商业关系。到十九世纪三十年代，英国输入中国的鸦片价值不仅足以支付其所需的茶叶和丝绸，而且使白银回流欧洲，英镑成为最大受益者。[1]但是，清朝出于对本国主权的维护，对鸦片严加禁止，林则徐的虎门销烟导致了第一次鸦片战争，而"亚罗号事件"则成为英国发动对清朝第二次军事打击的口实。在很长一段历史时期内，为了倾销鸦片和牟取暴利的两次侵略战争，都被英国人称作是为了国家尊严和利益而进行的正义之战，在中国人看来是"鸦片战争"的事件，也曾被称为无关宏旨的"第一次英中战争"（First Anglo-Chinese War）和为保卫英国国旗而进行的"亚罗号之战"（The *Arrow* War）。[2]这种态度在参与第二次鸦片战争的英国全权大使额尔金伯爵（James Bruce, Eighth Earl of Elgin, 1811-1863），军

1　〔美〕何伟亚，英国的课业：19 世纪中国的帝国主义教程〔M〕，刘天路、邓红风译，北京：社会科学文献出版社，2007，第 54 页。

2　1856 年 10 月 8 日，广东水师在一艘叫做"亚罗号"的商船上，逮捕了两名海盗和十名有嫌疑的水手，因为清朝认为该船是走私船。船上所有人都是中国人，船主也是香港华人，而该船的登记证已经过期。但巴夏礼等英国外交官坚持称该船在香港英国政府登记，并挂有英国国旗，清政府必须放人。并且，关于广东水师曾扯下英国国旗，污辱英国国家尊严的说法大肆流传，这成了英国人拒与广东总督叶名琛和谈，并发动战争的最主要口实。但对国旗的事，中国人始终坚持认为是英国单方面捏造的谣言。

官詹姆斯·格兰特（Sir James Hope Grant, 1808-1875）和翻译罗伯特·斯温霍（Robert Swinhoe, 郇和，1836-1877）等人的叙事中，都有体现。《北京条约》签订后，外国人在广州街头行走，如果有任何围观或骚扰就被说成"无辜的英国人受到中国人的侮辱和虐待"，中国人的任何抗议行为总被英国人说成是"暴行"。[3]拥有强大的海军做后盾，英国人在十九世纪下半叶的中国愈发傲慢任性，他们可以通过武力威胁，来迫使清政府履行所有条约中规定的要求。1874 年，英国作家、美术评论家约翰·罗斯金（John Ruskin, 1819-1900）曾讽刺英国人教化中国的行动，他认为英国处理中国事务的方式就是："让我们发动一场战争，给中国人一点苦头尝尝，然后让我们的观众认为这是理所当然的，其他任何事情就会顺其自然。"[4]一语成谶，二十六年后，不仅包括英国，其他七个西方列强也一起向中国驶来，两万人的军队将清军八万兵勇打得落花流水，不仅北京周围被烧杀劫掠，皇宫紫禁城也被大炮轰开了大门。英国人百余年来对中国的行动，也许部分实现了他们所期望的目的，但这一过程也留下足以伤及双方的裂痕。

　　本章讨论的作品主要包括额尔金伯爵出使中国的日记和书信（*Letters and Journals of James, Eighth Earl of Elgin*, 1872），使馆医生戴维·芮尼的日志（*Peking and the Pekingese*, 1860），以及随军记者乔治·林奇的战事记（*The War of the Civilization: being the record of a foreign devil's experiences with the allies in China*, 1901）。额尔金和芮尼都是外交人员，都曾参与第二次鸦片战争，乔治·林奇虽然不是外交人员，但他参与了八国联军侵华战争，他们作品的主题都是远征，这类主题的叙事具有特殊性，而且十九世纪中英关系的最大特征就是充满战争，将这些人的写作放在一起，对作品主题、观点和态度进行历时的分析，有合理性也有独特意义。

第一节　帝国与人道的矛盾：额尔金的出使日记

　　第二次鸦片战争期间来华参战的英国人的叙事不仅继承前代人对清朝的贬低态度，而且更进一步，都认为英国对中国的行动是迫不得已的回击，为了

3　纪陶然编著，天朝的镜像：西方人眼中的近代中国〔M〕，南京：江苏人民出版社，2014，第 71 页。

4　〔美〕马森，西方的中国及中国人观念：1840-1876〔M〕，杨德山译，北京：中华书局，2006，第 147 页。

争回祖国的尊严与荣誉。额尔金在中国是由于火烧圆明园而臭名昭著，但在当时的英国，他却头顶伯爵封号，是一位功勋卓著的政治家。在出使中国的日记中，额尔金将自我描述为一个矛盾体，一边必须扮演凶横好斗的帝国代理人，一边也对自己的工作怀有疑惑和愧疚之感。但他通过转换问题的焦点，把帝国侵略与正义人道之间的矛盾化解了，那就是，虽然中国受了暂时的战事之苦，但打开中国大门也会使中国人接受西方文化而进步受益。这就是十九世纪主导英国人认识中英关系的基本逻辑。

一、成书语境辨析

"额尔金伯爵"（The Earl of Elgin）的贵族头衔最早授立于 1633 年的苏格兰，詹姆斯·卜鲁斯（James Bruce）是八世额尔金伯爵的本名。他的父亲托马斯·卜鲁斯（Thomas Bruce, 7th Earl of Elgin and 11th Earl of Kincardine, 1766-1841）以将希腊帕台农神殿的石雕带回不列颠而广为人知。詹姆斯·布鲁斯是其父与第二任妻子的孩子，他有七个亲兄弟姊妹，还有四个同父异母的兄妹。其中他的弟弟弗莱德里克·卜鲁斯（Sir Frederick Wright-Bruce, 1814-1867），也是一名外交官，1844 至 1846 年在香港担任殖民秘书。额尔金 1857 年第一次来中国时，他也作为首席秘书同行。1857 年 4 月由他将签订好的《天津条约》的原本带回英国。1858 年 12 月他在中国代替哥哥担任大使职位。詹姆斯·卜鲁斯曾在伊顿公学与牛津大学接受教育，在牛津时与威廉·格拉斯顿（William Ewart Gladstone, 1809-1898）[5]成为朋友。他 1842 年在牙买加任总督，1847 年去加拿大任总督。1857 年到中国谈判，1858 年成功签订《天津条约》。1858 至 1859 年有一段时间去日本谈判，签订了《友好通商条约》（Treaty of Amity and Commerce）。1860 年返回中国，处理俘虏事件。[6]他手腕强硬，谈判技巧娴熟。

因为火烧圆明园，额尔金成了中国人最为熟知的一位英国侵略者的名字，他是"一位苏格兰贵族，……是一位严肃冷静理智，典型的维多利亚时代的政治家"。[7]尽管额尔金在出使中国之前担任过牙买加和加拿大等地的总督，但

---

5 自由党政治家，后来成为英国历史上最著名的首相之一。

6 1860 年 9 月，清军扣押了二十位左右的欧洲人和印度人，包括巴夏礼（Sir Harry Smith Parkes, 1828-1885）大使和一个泰晤士报（The Times）记者。

7 Cameron, Nigel. *Barbarians and Mandarins: Thirteen Centuries of Western Travellers in China*. Hongkong: Oxford University Press, 1997. p.348.

他在英国声誉的建立，完全依赖于第二次鸦片战争中他在中国的战斗和谈判功劳。在第一次鸦片战争获胜后，英国如愿迫使清政府签订了《南京条约》，条约中的内容就包含了马嘎尔尼使团原本希望得到的权利。但是，英国认为中国对条约履行不力，在 1856 年借亚罗号事件为口实，再次向广东开战，实际是想获得更多特权。当时的英国首相巴麦尊，为了压服如叶名琛类的清朝地方官员，向中国派驻全权大使，放手让其处理英中关系：

> 出使的人必须具有外交手腕和人格力量，尽可能不违反人道的原则；他必须能干、坚定而果敢，以确保胜利，同时又必须具有宽大慈悲的胸怀。只有这样的人，行动才不至于过犹不及，才能担当得起领军远征的重任，以对付既顽固又懦弱的敌国。[8]

额尔金被选中担此重任。实际上，尽管帝国的逐利、扩张和竞争观念以及写作者对民族国家身份的认同对外交和军事叙事影响较大，但十九世纪上半叶的英国人并不全都对中国十分鄙夷或仇视，支持对中国发动第一次鸦片战争的议会投票仅以微弱优势胜利。第二次鸦片战争发生前，自由派政治家格拉斯顿（William Ewart Gladstone, 1809-1898）和科布登（Richard Cobden, 1804-1865）都反对鸦片贸易，反对对华战争，[9]然而，首相巴麦尊（Henry John Temple, 3rd Viscount Palmerston, 1784-1865）却是态度强硬的帝国主义者，而首相的意志对当时英国的影响甚大。从乔治四世开始，英国皇室的王权不断衰微，首相和内阁的权力增大，"至 1815 年，内阁大臣掌管处理大部分日常事务，完全独立于国王之外"。[10]而热情奔放的爱尔兰子爵巴麦尊（帕默斯顿），性格是出名的强硬高傲，在 1830 至 1840 年，1846 至 1851 年间他两度任外交大臣，1855 至 1865 年间又出任英国首相，他还曾长期任陆军大臣。他宣称"英国强大的力量将保护他免受不公平和不公正"，英国公民在世界任何地方都能得到国家的保护。"在他（巴麦尊）粉红色脸庞的后面……有着冷酷、工于心计和智慧的坚定信念，那就是英格兰正在对中国做正义的事，事实上，在整个东方所

8　Elgin, James. *Letters and Journals of James, eighth earl of Elgin*. London: John Murray, 1872 ,Chapter VII. First Mission To China--Preliminaries.中文引文参考〔英〕额尔金著，沃尔龙德编：《额尔金书信和日记选》，汪洪章、陈以侃译，上海：中西书局，2011 年，下文同。

9　〔英〕额尔金著，沃尔龙德编：《额尔金书信和日记选》，汪洪章、陈以侃译，上海：中西书局，2011 年，第 2-3 页。

10　〔美〕克莱顿·罗伯茨，戴维·罗伯茨，道格拉斯·R.比松：《英国史》（下），潘兴明等译，北京：商务印书馆，2013 年，第 157 页。

做的也都是正确的。"[11]正是帕默斯顿勋爵，在 1848 年英国下议院的讲话中，说出了"没有永远的盟友也没有永远的敌人，只有永远的利益，而获取利益正是我们的义务"这句名言。

> 十九世纪中叶，英国是世界上最富裕、最强盛的国家。它的人民都城市化了，有文化，又很富足；新闻言论自由，开明，深受欢迎；它的立宪政府在欧洲最为古老。在技术上、科技上、以及文学上，英国人可以、也的确为他们取得的非凡成就感到自豪。这些事实促使英国人形成了一种自命不凡的家长式作风和一种骄傲自大的爱国主义，这两者在同样骄傲自大和家长气十足的地主帕麦斯顿勋爵的外交政策中得以充分展示。[12]

巴麦尊至今都是英国历史上最为著名的帝国主义侵略者之一，他的干预主义的外交政策也饱受争议，但同时他也被认为是争取国家利益卓有成效的政治家。所以，民族自豪感、爱国主义以及殖民主义影响了十九世纪大部分英国旅行者对中国的批评与鄙视态度。有助于引发这类态度的还有十九世纪中叶兴盛的自由功利主义，十九世纪下半叶流行的社会达尔文主义，热情高涨的帝国主义，宗教普世主义，甚至种族主义思潮。

额尔金在人生的各个阶段都留下了日记，由于他担任殖民公职常年在海外，所以也经常与国内的妻子通信。他的妻子玛丽·兰顿（Lady Mary Louisa Lambton, 1819-1898）是激进的辉格党政治家，殖民总督，约翰·兰顿（John George Lambton, 1st Earl of Durham, 1792-1840）的女儿。在中国出使的经历，额尔金也记在了日记里。他的部分日记和书信，由西奥多·沃尔龙德（Theodore Walrond）在 1872 年编选出版，即《额尔金伯爵书信和日记集》（*Letters and Journals of James, eighth earl of Elgin*, 1872）一书。这部文集内容庞杂，类似回忆录、传记和日记的混合，包括额尔金的早年生活，在牙买加、加拿大、中国和印度的工作经历等。与中国相涉的部分主要存在于第七章到第十四章中。尽管编者将这些资料汇集起来命名为"日志"（Journals），但它们本质上也属于旅行写作。首先，出使行动也是一种旅行。额尔金不是自愿选择离开苏格兰到中国来旅游观光的，他是被政府委派，出于外交公务的原因而长途跋涉。但客

---

11 Cameron, Nigel. *Barbarians and Mandarins: Thirteen Centuries of Western Travellers in China*. Hongkong: Oxford University Press, Oxford New York, 1997. p.349.

12 〔美〕克莱顿·罗伯茨，戴维·罗伯茨，道格拉斯·R.比松：《英国史》（下），潘兴明等译，北京：商务印书馆，2013 年，第 183 页。

观上，他从英国到中国，在中国又到过广州、天津、上海等地，历经漫长旅途，这些经历就是旅行。其次，他的日记和书信都写于这一过程中，他的写作是对这些旅程的记载，而且日记具有时间的线性特征，与地域上的空间移动相结合，额尔金的日记和书信也具有了旅行写作的实质。最后，因为额尔金是以外交官的身份进行政治旅行，而中途又发生了战争，所以，政治谈判和战事自然在写作中占据了主要部分。但是，在不需要谈判和未发生战斗事件的时段，额尔金进行了很多私人的出游和内心的反思，这些也都记在了日记中。这更加能证明其写作的文学性特征。由此，这些日记和书信揭示了额尔金两次出使中国的很多细节，也显示出了作为个体的私人感受。其中有夜游金字塔的难忘记忆，也有在优美宜人的中国乡间远足的愉悦，这些记述展现了他细腻多情和充满艺术修养的特质。

额尔金的写作中最引人注目的部分，是他对自己所从事的征服行动的矛盾心理的表白与剖析。在写作中，叙事者将自我塑造成了两种完全矛盾的形象，一个是仁慈的"中国人的朋友"，另一个则是强硬的帝国征服者。他自认为第一种才是真正的自我，而第二种就像在演戏，但他却演得惟妙惟肖。在现实中的所作所为被他在日记中判定为虚伪的，而在现实中他丝毫未展现的特质，却被他在日记中认定为是真实的自我。现实与书写之间的张力，在额尔金的中国旅行写作中体现得尤为明显。

二、自我形象的塑造

1857 年 6 月 1 日，额尔金到达槟榔屿。他在当地碰到一位传教士，传教士与他谈论了一些关于当地华人的事。回到船上后，额尔金开始思考东方人的问题，并为自己将要与中国人打交道的方式定下了初步原则：

> 我将对付的是一个奇怪的民族，这个民族令人钦佩的东西固然不少，然而性格乖张，因此，要想和他们生存在一起，完全有必要以严厉的手段对待之。这个民族自尊到了自负的地步，必须不断提醒他们，世上还有和他们一样的族类，否则，他们将变得无法无天。[13]

他相信了关于槟榔屿的华人不但不遵守法律，而且以荒谬理由攻击欧洲人的故事，"华人不大情愿遵守相关治安条例，以为条例干扰了他们的娱乐和生活习惯，于是很快就发现他们对欧洲人图谋不轨……就因为当时未用武力予以

---

13 Elgin, James. *Letters and Journals of James, eighth earl of Elgin*. London: John Murray, 1872. Chapter VII. First Mission To China--Preliminaries.

镇压。"[14]在当地统治者和额尔金眼中，这些华人不可理喻，不遵守治安条例是因为以为条例干涉了中国人的过节娱乐，所以中国人就意欲屠杀所有欧洲人。这种描述是将中国人视为没有逻辑和没有理解力的蛮人，以欧洲人无法理解的冒犯为理由就可能屠杀欧洲人。因此，在额尔金对中国和中国人最初步的印象中，他也认为中国人愚昧无知、顽固排外、野蛮凶残。

以"处置劣等民族"为题，额尔金在 1857 年 8 月 21 日写道：

> 生活在劣等民族中总是件令人不快的事。……对中国人或印度人，我们都报之以憎恶、鄙夷和凶狠。……你会满不在乎地在他们当中走来走去，不是把他们当作狗而是机器。因为如果把他们当作狗的话，你还可能向他们吹一声口哨，走过去用手轻轻地拍拍他们，可要是把他们当作机器的话，你完全没必要与其进行任何交流，也不必对他们有任何同情。当惧怕和仇恨与这种冷漠的心理相结合时，其结果就非常令人可怕了，这会使人对这些民族所遭受的苦难变得极其麻木不仁，而这只有亲眼见到的人才能理解、相信。[15]

1857 年 5 月，印度德里的军队发生哗变，额尔金本来想去处理，但由于正在前往中国的旅途中，国内政府又让他先按兵不动，所以他就继续往中国赶去。上述这段话是船队停靠加尔各答时，他每天面对三四百位印度仆人时所发的感慨。以为大英帝国谋取更大更多的利益为目标时，殖民者们只能将印度人和中国人都视作劣等民族，所有敌对的或者需要征服的对象都会物化为连狗都不如的机器，完全不需要将他们当人看待。他似乎对此有所疑虑，但他也发现，这几乎无可避免。

西方人一向认为和平是通过战争获得的，如果不愿战斗却想要求和平，那是天方夜谭。额尔金也是这样看待的：

> 显而易见，双方不一决雌雄，是很难有所谓和平的。中方不想打，可又不愿意接受条件，给外国人以优惠地位，而外国人不得到这些优惠条件，是不会相安无事地和他们相处的。看来，双方只有通过战争一决雌雄，事情才能得到解决。英国人要的就是战争。[16]

---

14 Elgin, James. *Letters and Journals of James, eighth earl of Elgin*. Chapter VII. First Mission To China--Preliminaries.

15 Elgin, James. *Letters and Journals of James, eighth earl of Elgin*. Chapter VII. First Mission To China--Preliminaries.

16 Elgin, James. *Letters and Journals of James, eighth earl of Elgin*. Chapter VIII, First Mission To China--Canton. December 17,1857.

可是，在广州，中国军队丝毫没有抵抗，让他觉得"我一生中还从来没有像现在这样感到耻辱"（I never felt so ashamed of myself in my life），"此行使我很难过。"他们进城没有遇到抵抗，有些中国百姓哄抢变了质的法国饼干，掉进水里淹死，还有些甚至帮助联军将搁浅的炮艇推下水！额尔金勋爵又羞又恼，不知该如何理解中国人。"中国人的性格极其神秘，深不可测……让人感到几乎束手无策。"清朝的军队和士兵极度虚弱，不堪一击，英军要战胜他们简直不费吹灰之力，这一方面令额尔金感到鄙视，另一方面也使他感到"痛苦"：

> 这些可怜的中国人绝大多数手中都没什么火器，有火器的也不知道应该朝哪个方向放。他们胆子很小，又不懂得战术，而且毫无纪律。我敢说，24 名坚定的战士，带着左轮手枪和足够数量的子弹匣，就可以从中国的这一端走到另一端，所向披靡。[17]

这就是他著名的对中国毫无军事防御能力的描述。当时是因为清军很多兵力用于镇压捻军起义，但额尔金将此视作中国国家军事力量和防御力量的常态。这种懦弱苍白的军队形象成了十九世纪中国惨败的缩影。

> 无法挥去心头阴郁的感觉，因为我觉得，该城数百年来一直声望很高，外国人虽杀来过也毫发无损，如今竟被残酷地摧残，而我们的敌手又是那样可鄙，让我们徒生出一种英雄无用武之地的感觉。[18]

仗打得似乎很没劲，原想广州城会勇猛抵抗和还击，中英能一决高下，至少是英勇热烈的交手，显示出力量与精神。如果侵略者和反抗者能够激烈冲突相互对抗，好歹也是一种可称道的事件，善恶好坏道德界限分明。然而，广州的疲软让他觉得本国的一腔热血洒向了空虚。

在他第一次出使中国的观察与经历中，以叶名琛为代表的清朝官员"奉行中国人这种愚蠢的政策"，"一派胡言"，"很懦弱"，"无计可施"。与两广代理总督见面时：

> 我以较为傲慢的口吻对这位代总督讲话。我说我所做的一切都是出于仁慈。现在我算是知道了，这两人有多愚蠢同时又自大而诡计多端。他们给自己带来灾难，也给其可怜的人民带来不幸。[19]

---

17 Elgin, James. *Letters and Journals of James, eighth earl of Elgin.* Chapter VIII, First Mission To China--Canton. May 23,1858.

18 Elgin, James. *Letters and Journals of James, eighth earl of Elgin.* Chapter VIII, First Mission To China--Canton. May 23,1858.

19 〔英〕沃尔龙德编，额尔金书信和日记选〔M〕，汪洪章、陈以侃译，上海：中西书局，2011，第46页。

在额尔金笔下，战争发生的原因完全是清政府官员的责任。战争的罪责不应由英国人承担，因为完全是清朝咎由自取，这就是十九世纪中英及后来中西战争中列强的逻辑。所以，败寇不仅要道歉，还得赔付战争发动者因为征程遥远而产生的经济损失。额尔金的指挥使他获得了欧美人普遍的称赞，美国驻华公使列威廉（William Bradford Reed）祝贺他："是由于阁下性情温和，作出慎重考虑，才取得这场不流血的伟大胜利。"[20]他在广州的行动得到了意料之外的赞誉，这让他非常高兴："我想方设法宽宥百姓，未导致生灵涂炭，这一事实到底为天下所知。"[21]他似乎更加受到了鼓舞，在日记中也开始不断强调自己宽厚仁慈的举动："我尽力克制自己，不去虐待这些不幸的百姓……我认为自己是成功的，一个城市被敌军占领而未遭受太大的苦难，这在中国历史上是绝无仅有的。"[22]此后，额尔金更进了一步，不仅说自己以慈悲为怀，将对中国人的伤害降到最小，而且他甚至将战争当成了做善事的机会。

"人有时的确身不由己，对自己卷入中国这摊难事中感到遗憾。不过，从某些方面来说，这又是个干善事的绝佳机会，至少可以消除些恶事。"[23]一方面他认为自己仁慈温和，他来主导会比其他性格暴躁的人来处理，给中国人的伤害会小一点，比如他说："要是我没有信心为中国人自己也谋求一些利益，这些暴行我是不会参与的。……接下来的工作才是真正高尚的工作。《天津条约》谁都签得成，但真正值得褒奖的，是在这一过程中没有造成多少苦难。"[24]另一方面，他认为中国存在那么多恶，英国迫使中国开门，通过条约打开中国大门和约束中国行为，也可以给中国带来好的影响和转变。据此，他认为自己是在做善事。他几乎每天强调一遍自己的善行，百般辩解自己未作恶，而且他的义举已经为天下人所知，被认同和被称赞更能使他心安理得、问心无愧，甚至洋洋得意。在这种自我剖析、自我辩解和自我说服中，他的出使行为中不正义的成分被弱化，反倒使读者感到他是在从事一项光荣的事业。

20　〔英〕沃尔龙德编，额尔金书信和日记选〔M〕，第 58 页。
21　〔英〕沃尔龙德编，额尔金书信和日记选〔M〕，第 83 页。
22　〔英〕沃尔龙德编，额尔金书信和日记选〔M〕，第 62 页。
23　Elgin, James. *Letters and Journals of James, eighth earl of Elgin*. London: John Murray, 1872. Chapter VIII, First Mission To China--Canton. April 7, 1858.
24　〔英〕沃尔龙德编，额尔金书信和日记选〔M〕，汪洪章、陈以侃译，上海：中西书局，2011，第 125 页。

　　额尔金为自己的帝国事业和争取立功的行为找到了冠冕堂皇的理由。他为自己以"恩威并施"的手段获得条约签订而自豪，因为他认为如果换做别人可能就会大肆发动战争，会使中国人受尽磨难。而他没有让中国人受苦，所以值得嘉奖。由他担任此项工作既为国家谋得了利益，树立了英国的威严尊贵形象，又没有对中国造成伤害，他对国家使命的完成称得上完美了。果不其然，额尔金1854年从加拿大回国的时候，他在殖民地的工作默默无闻，但1859年当他从中国回来时，各种荣誉都向他涌来。在伦敦受到的礼遇使他非常高兴，对他也是极大的激励，在日记中他毫不掩饰这种心情。然而，就在他以为自己已经以最圆满的方式解决了中国问题后，关于中国人背信弃义的消息传来，他不得不再次作为全权大使与法国盟友远征中国。这一次，他下定决心演好"凶猛好斗的蛮夷"这一角色。

　　在北京与清政府打交道，使额尔金对清廷非常痛恨，坚定了他认为惩罚应该针对政府而非人民的信念。"我只觉得跟这个愚蠢的政府打交道，不多加一点威逼恫吓，他们总是要胡来。"[25]"9月8日。又要打仗了！愚蠢的中国人弄虚作假，正好给我一个最好的理由带兵进京。……这些傻瓜还戏弄我，让我再没有什么好跟他们谈的。……伸出橄榄枝之前，还是刀剑开道比较好。"[26]在与中国政府作战和谈判的叙事中，英国人总是凸显中国人的狡猾和对英国人的戏弄，这为强硬逼迫中国就范并惩罚他们提供了理由。

　　1860年9月，巴夏礼（Sir Harry Smith Parkes, 1828-1885）一行被僧格林沁扣押，英法联军认为清廷是在将他们作为人质对英国进行要挟。而且，关于巴夏礼领事如何被蒙古亲王按压着磕破了头颅，被俘的人质如何被虐待惨死的传说，令额尔金怒火中烧。尤其是关于一位《泰晤士报》（The Times）的记者托马斯·鲍比惨死的故事，迅速传回英国新闻界，激起了英国人滔天的怒火。这些传说被写成耸人听闻的新闻，被当作确凿无疑的事实，向英国公众传达着中国人是如何暴虐成性，英国必须对这野蛮的国家和暴徒实施惩戒。

　　10月7日，额尔金听说法国人占领了圆明园，他赶到那里时看见被严重破坏的景象，怪罪法国人：

> 那里的确让人流连，有点像英国的园林，楼宇数不胜数，其中

25 Elgin, James. *Letters and Journals of James, eighth earl of Elgin*. London: John Murray, 1872. Chapter XIII. Second Mission To China--Pekin. September 1.

26 Elgin, James. *Letters and Journals of James, eighth earl of Elgin*. Chapter XIII. Second Mission To China--Pekin. September 8.

的房间装饰精美，充斥着各种华贵的钟表、铜器，不胜枚举。可惜啊，到处都是一篇狼藉。……洗劫这样一个胜地已是罪过，但更糟的是其中的浪费和破坏。……法国士兵用各种方法毁坏那些最华美的丝绸，砸破那些玉石和瓷器。[27]

很快，英军也进入园中进行抢劫，英法两军瓜分了皇帝的珍宝和财物。后来，在额尔金的命令下，一把大火烧掉了这个恐怕是人类历史上最为壮丽的园子。[28]额尔金在 10 月 25 日的一封信中，详细阐述了自己做此决定的原因。惩罚必须严厉迅速又不伤及北京，但要特别给大清皇帝沉重一击，比较赔偿和惩罚凶手等方法，他认为"最可取的就是焚烧圆明园"。

> 这是清帝最喜爱的住处，将之毁去，不仅仅动摇他的威严，也会刺痛他的感情。正是在这附近，他将我们不幸的同胞擒拿，让他们遭受了最严酷的虐待。正是在这里我们找到了被囚骑兵的马匹和装备，英勇的法国军官胸前被扯落的勋章，和另外一些人质的个人物品。因为园中所有的贵重物品几乎都已被拿出，所以这次去，我们的军队不是去掳掠的，而是要通过一个严正的惩戒，来标示这一重大罪行在我们心中所激起的憎恶与愤慨。惩戒针对的不是中国人民，他们是无辜的，惩戒完全是针对清朝皇帝的，他不可逃脱对罪行的直接责任。不仅仅是因为在圆明园对囚犯所犯下的暴行，而且，他发出旨意，给洋人的头颅悬赏，还宣称他会用他所有的财富奖赏这些杀手。[29]

额尔金的这段话暴露了帝国主义者的本来面目，之前所有的关于在战争中施以仁慈和同情的说法，不过是一种修辞，前提是顺服帝国的强力，然后他尽量手下留情；而一旦中国真的开始反抗，他们的惩戒是异常严厉凶狠的。10 月 18 日，星期四，圆明园付之一炬，19 日整整一天，还在燃烧。罗亨利回忆："黑云被风吹送，像一个巨大的黑色斗篷，罩在北京城的上空。"在这骇人的黑云中，隐约可见的，还有在额尔金命令下，英国人用中文所写的一份告示，

---

27 Elgin, James. *Letters and Journals of James, eighth earl of Elgin*. Chapter XIII.Second Mission To China--Pekin. October 7.

28 "圆明园是中国的宝藏——集各种视觉魅力、艺术品和财富于一身。世界上前所未有，后世恐怕也难以再现。"Beeching, Jack. *The Chinese Opium War*. New York: Harcourt Brace Jovanovich, 1975. p.315.

29 Elgin, James. *Letters and Journals of James, eighth earl of Elgin*. London: John Murray, 1872. Chapter XIII.Second Mission To China--Pekin. October 18.

张贴在圆明园附近所有城墙和建筑上，大意是"任何一个人，不论地位如何崇高，背信弃义之后都不能逃脱惩罚。焚烧圆明园，只是要惩罚清朝皇帝违背自己的承诺，以及亵渎停战白旗的卑鄙行为。"英国军队抢劫的财物丝毫不比法国军队少，但额尔金却说他们不是为了劫掠。他认为烧掉园子是为同胞复仇并惩戒清朝皇帝。但当一切都只剩下灰烬时，英国人对中国所施的战争暴行及劫掠也被销赃灭迹。也许事后会有人质疑他的行动，但他可以辩解。重要的是，一张严苛的帝国主义大网将所有人都罩在下面，每个成员只能各居其位。远隔重洋、万里迢迢，人们会渐渐淡忘这一切是如何开始的。

额尔金是帝国命令的执行者，他自己的言辞总是表示无可奈何、身不由己，屡屡强调恃强凌弱并非他的本意。然而帝国主义的扩张本性不受个人意志左右，他们都像是帝国要求下的一个角色，要完成帝国任务和获得荣耀，只能扮演好这个角色。如果这个角色要求凶猛好斗，那他也在所不辞。火烧圆明园的那个他仿佛并不是真实的他，一个内心善良仁慈的绅士为了敌人好，只能故意扮演严肃凶狠的殖民者，这种自我认知一方面在为自己的行为找借口，减轻内心的负罪感，另一方面也有助于将自己的行动美化，这个额尔金勋爵的形象就成为了悲情英雄的形象。

1861 年 4 月 11 日，额尔金回到英格兰。在皇家艺术院宴会上，他受到极高礼遇，并发言为自己的行为解释：

> 我请大家相信，摧毁那个宫殿，那些亭阁——虽然将其洗劫一空和我并不相干——没有人比我更痛心疾首。这个皇家园林地位崇高，它是中国皇帝的夏宫。但是我知道，中国人犯下的罪行，如果不给予惩戒，那个土地上的所有欧洲人都会被置于危险的境地，我心中的愤慨，英国军队心中的愤慨——而在座的嘉宾能否允许我说一句——每个英国人心中的愤慨，没有其他办法来表达了，除非我们愿意让英国和中国再承受一年的战事之苦，……但我相信，每一个为女王效忠的人，面对那样的局面，也会毫不犹豫地做出那样的抉择。[30]

烧毁圆明园这么大的暴行，在额尔金的文过饰非下，成了张扬民族尊严的伟大行为。他的发言对听众也有煽动性，说中国的"罪行"能引起"每个英国人"

---

30 〔英〕沃尔龙德编，额尔金书信和日记选〔M〕，汪洪章、陈以侃译，上海：中西书局，2011，第 249 页。

的愤慨，就将他的行动变成了代表每个英国人的国家荣誉和尊严的行动，无可指摘。

这本日记和书信集的出版乍看像有辩解甚至忏悔的意味，细看倒更像是邀功，为他个人和英帝国歌功颂德。他的那些漂亮的说辞不仅掩盖了残忍真实的一面，对中国的伤害轻描淡写或者根本不提，而且还处处不忘用"可怜的中国和中国人"来展示他的同情与慈悲。即使对英国及他个人在中国的行动有所厌恶，但他强调的都是他有多么痛苦，良心受了多大折磨："我们这些人，一幅凶神恶煞的样子，野蛮残忍地以武力闯入有着悠久历史传统的这片神秘大地的深处，我们做的这一切都是为了谁呢？我多么希望能有令自己满意的答案啊！"[31]额尔金向妻子剖析自己的人生原则及灵魂品质，显示出真诚和崇高：

> 这几封信记录着我的道德良心和回忆，过去日子的情感和事件也都记在里面……相信我，我赖以处世的唯一信条就是：不做违心事，否则良心会感到不安；违心事绝对不能做；不仅不做错事、傻事，还不能疏忽、懈怠，既不能作恶，还要始终不忘寻机多去做善事。这样的话，自己的良心才觉安稳。[32]

这本"自白"中所树立和展现的勋爵形象，是勇猛正直、强硬有效、智慧忠诚、能力超群且慈悲为怀的形象。这种形象正是英国社会和国家所期望与认可的帝国男性主体的形象，他们英勇强大，为本国和本民族利益竭尽全力，并且同时将正义与善良带到野蛮世界。关于英国征战中国的事件，被英国人以一种有效的方式书写成了正义合法的历史，"把女王陛下在华代理人的各种行动从一个自利、贪婪、走私鸦片、卑鄙无耻的低俗境界，提升到了正义征服和普世受惠的高度。"额尔金勋爵和他的顾问们相信，中国和世界都会因为英国使用武力而变得更加美好。在回国后的演讲中，额尔金发表了他对中国的看法：

> 在艺术上，中国没有什么能教给我们……在中国人自己的手中，火药只在工人娱乐的爆竹和烟花中被引爆，指南针也只用在沿着海岸来来回回的帆船上。印刷的工艺一直停滞在铅板印刷的《论语》上，而他们认为神圣和美丽的，是市场中盛行的一些最为恶俗的光

31 〔英〕沃尔龙德编，额尔金书信和日记选〔M〕，汪洪章、陈以侃译，上海：中西书局，2011，第 63 页。

32 Elgin, James. *Letters and Journals of James, eighth earl of Elgin*.London: John Murray, 1872. Chapter VIII. First Mission To China--Canton.March 1.

怪陆离的印刷品。不过，我依然愿意相信，在这些丑恶的糟粕之中，

隐藏着高尚的星火，我们将运用我们英国人的智慧找到它们，让它

们熊熊燃烧。[33]

这段发言委婉而礼貌地体现了额尔金的自大与伪善。他表面上罗列了中国人的四大发明，但言辞间透露出的却是明显的蔑视。在他心中，中国几乎一无是处，但出于仁慈，他说"愿意相信"，"丑恶的糟粕"里隐藏着"高尚的星火"。不过，这星火要变成大火，必须由"英国人的智慧"才能找到，中国只有在英国的帮助下才可能进步。在市长官邸的宴会上，额尔金发表对中国问题的看法，他先说在中国的英国人中有很多劣迹斑斑的人，伦敦应该限制这些人去，然后鼓励另一些"正直的商人"和"虔诚的传教士"去。"我相信这个伟大的城市能一直发挥他的教化力量，进行这样的鼓励和批判。""建设那个国家的宏伟任务依然在等待着我们。中国幅员辽阔，土地肥沃，有勤劳的人民，将这个国家带到国际大家庭之中，让他们和我们一起为人类的幸福作出贡献，依然有待我们的努力。"[34]他毫无悬念地将中国视为英国可自由处置的对象，摧毁她或者建设她，似乎都在英国的控制之下。英国作为高尚伟大的帝国，会不遗余力去将中国带入英国主导的国际秩序中，这样才能达到全人类都幸福的目标。印度裔当代作家奈保尔（V.S.Naipaul）在小说《河湾》（*A Bend in the River*）中，这样描写殖民经验："欧洲人，像所有人一样，想要黄金和奴隶；可是同时他们又想给自己树立雕像，就像是对奴隶做了好事。由于他们聪明伶俐，精力饱满又处在权力的鼎盛时代，就可以把自己文明的这两方面同时都表达出来；他们既得到奴隶又得到雕像。"[35]从额尔金的写作中可以发现，英国殖民主义的这种经验的建构，与写作修辞有巨大关系。

　　分析额尔金对侵华事件的遮掩、美化和推脱罪责，并不是为了单纯的揭穿或指责。通过分析他的日记和书信，可以使读者进入他的内心和精神世界，还可以使这些文字背后庞大的文化内涵向读者展现出来。额尔金毕业于牛津大学基督教堂学院，他深知自己在中国的工作充满邪恶，但又从未停止过此项工作。沃尔龙德（Theodore Walrond）在编辑出版额尔金的文字时虽然使用

---

33 Elgin, James. *Letters and Journals of James, eighth earl of Elgin*. London: John Murray, 1872. Chapter XIV. Second Mission To China--Homeward.

34 Elgin, James. *Letters and Journals of James, eighth earl of Elgin*. Chapter XIV. Second Mission To China--Homeward.

35 Naipaul, *A Bend in the River*, New York: Vintage Books, 1980, p.17.

的名称是"Letters and Journals"，但这只是对信件和日志通俗的称呼，以书信的形式进行创作并出版的作品，在英国文学的文类（genre）传统中有明确的学术用语，即 Epistolary，直译为"书信体写作"，也有的称为"letter writing"，比如萨缪尔·理查森（Samuel Richardson, 1689-1761）的《帕梅拉》（*Pamela*, 1740）就是典型代表；逐日记录自己生活的写作形式，也属于英国文学中的一个文类。英国文学史家基本都认为这两种文类的繁荣与十八世纪（即早期现代 early modern）英国的历史文化语境有密切关系，但同时，追根溯源来看，这两类写作与《圣经》中的文体也都有基因联系。[36]首先，日记是对自己一生行动和思想的记录，是为了察看轨迹，做上帝的见证人。因为在基督教信仰里，每个人的人生轨迹都是由上帝在牵引和指导，将自己的人生记录下来，可以发现上帝在自己身上留下的印记。所以，日记有见证的意味。第二，每个人临终都将接受上帝的审判，灵魂的轻重决定着一个人能上天堂待在上帝脚下，或者被打入地狱接受永久的煎熬惩罚。日记可以在人活着时衡量自我灵魂的善恶轻重。如果自己的行动有可能被他人指责或误解，日记就是一种辩解或补充。在被上帝拷问的那一天，至少他可以将日记拿出来证明自己真实的灵魂是如何无奈，如何受煎熬，这几乎能完全改变一个人灵魂的性质。额尔金的这种自剖，大概也是出于一种良心不安与隐约的恐惧。写日记和在书信中公开自己的内心，以证明自己一生行为坦荡无咎，配得上进天堂，这是一种提前的对自己的审判，清点一下自己灵魂的筹码。在十八世纪，英国就开始流行起书信体（Epistolary）及日记体小说，比如丹尼尔·笛福（Daniel Defoe, 1660-1731）的《鲁滨逊漂流记》（*Robinson Crusoe*, 1719）等。这些写作类型在西方极为重要，比如《圣经·新约》福音部分就是耶稣的传记，后半部则是使徒的行传（Acts）与书信（Epistle）。这种写作类型一开始就与宗教传统紧密相连。中世纪的圣徒行传不胜枚数。历史学家指出，从十八世纪开始，英国社会中的情感个人主义开始盛行，由此带动了新的文类的产生，"新书写类型的第一项是日记"，第二种就是自传。"清教徒不断在寻找他的灵魂，履践道德与精神的实绩调查以看他是否是上帝的选民"，"写日记是新人格类型极为重要的一个表征，它可被视为一种内在时间、动态的研究，个人借着这样的方式逐日记载，鉴定他的心灵活动。它是行为的

---

36 Day, Gary, and Bridget Keegan. *The Eighteenth-century Literature Handbook*. London: Continuum, 2009. p.120-133.

自我与记录的自我间有所分隔的证据。"[37]这对理解和分析额尔金的写作大有帮助。赵毅衡曾评述过额尔金勋爵的日记，称其为一位英国自由主义政客的"忏悔"。展现他一边施暴一边忏悔的著作能够促使读者思考自由平权思想本身的局限性，在面对非我族类时，自由似乎有个边界。另外，忏悔与不忏悔也有区别，能够在私人书写中表达忏悔之意显示了自我修正的品格，这也有其独特价值。[38]书信一词的词根与认识论（epistemology）的词根一致，写作日记或书信是自我认识以及人类认识世界的一种方式。在卢梭的《忏悔录》，以及陀思妥耶夫斯基式的拷问灵魂类小说里，可以看出这种文化传统的影子。额尔金将远征中国的经历书写在日记和书信中，这使得他的写作拥有了双重属性。远征也是一种旅行，所以他的日记既是对身体旅行经历的记载，也是对自我精神旅程的剖析。这样看来，表面上看似像忏悔录的写作，不仅不会招致公众的批评，反倒令他赢得了人们的尊敬。这种记录和写作方式可以用来理解，为什么有可能招致更多人反对和批评的事件，当事人愿意写出来公开出版。按理说这些远征和暴力行为越少人知道越好，但与其隐瞒让公众猜测或产生质疑与敌意，不如主动坦白。不过，坦白的方式和语言，是可以修饰的。这些回忆录或日记没有使帝国的将军和官员们蒙羞，人们似乎更加理解了英国对东方或者中国的战斗，会更容易引起他们的民族认同感。额尔金的日记与书信可谓既记录了真相，同时也掩盖了真相。

第二节　对劫掠的"合法化"

伦敦直到今天仍旧被认为是全世界最著名的古董中心，英国的邱园也是世界上拥有最丰富物种的植物中心。文化的多样性与自然的多样性齐聚在这个曾经的帝国首都。在十六到十八世纪的全球旅行中，英国人就处处以博物学家的方式在行动，他们将世界的多样性编目分类，并搜集标本到英国。位于伦敦西南郊，泰晤士河畔的邱园是英国皇家植物园（Royal Botanic Gardens, Kew Gardens），始建于 1759 年，如今仍是世界最大的植物园。在 149 万平方米的地面上种植有 2.5 万种稀有植物，这里收集的植物标本超过 500 万个。

---

37 〔英〕劳伦斯·斯通，英国的家庭、性与婚姻：1500-1800 〔M〕，北京：商务印书馆，2011，第 141 页。

38 赵毅衡，伦敦浪了起来〔M〕，北京：人民文学出版社，2002。

正是在这个邱园中，钱伯斯建了英国最早的一座中国式宝塔。位于伦敦市北的大英博物馆（British Museum）始建于 1753 年，馆中收藏的文物包罗万象，从埃及的木乃伊、古希腊雕塑到中国艺术品，稀世珍品数不胜数。其中，中国历代艺术品达两万多件，最著名的有东晋顾恺之的《女史箴图》和世界上最早的印刷品唐代敦煌经卷《金刚经》等。英国人对搜集古董和艺术品的热衷从十八世纪就已开始，而且，不论是搜集动植物标本还是各民族艺术品，都与旅行密切相关。十七到十九世纪的"大旅行"兴盛有下述几个原因：有产阶级对异国文化、教育和市场有兴趣和需求；英国人崇尚经验主义哲学，对实践和实地考察情有独钟，游学方式能够增强阅历，提高个人素质；英国是欧洲最富强的国家，贵族和乡绅等富有的社会精英有财力和兴趣周游列国。而游历的一项收获就是珍品收藏，例如收藏家汉密尔顿爵士的欧陆旅行就是"寻宝之旅"，大英博物馆的诞生就来自植物学家、藏书家和国王的首席医生汉斯·斯隆爵士（1660-1753）的临终捐赠。1772 年，汉密尔顿爵士也将藏品捐赠，丰富了大英博物馆的收藏。[39]英国人对欧陆绘画、建筑、雕塑、服饰等艺术非常仰慕，对中国的古董、动物和植物多样性也充满兴趣。如今，伦敦、巴黎、纽约和维也纳被称为世界四大古董中心。一个疑惑很容易产生，东方很多国家是人类古老文明的源地，像中国这样文明从未中断的国家原本应该拥有最多的古董。可是，如今不论是希腊、埃及或者中国，都没有因保有本民族最辉煌、最珍贵的遗产而成名。大量埃及文物藏在巴黎的卢浮宫，而中国最为珍贵的文物很多都在大英博物馆、维多利亚和阿尔伯特博物馆，以及法国的枫丹白露宫。对世界各地的植物种类，英国人可以在旅行中任意采摘，而对承载文化与价值的艺术品，他们则是通过战争劫掠的方式获取的。如今，不论是那些植物还是文物，都安静地待在大不列颠土地上，伦敦也享受着拥有最丰富的多样性、最令世界瞩目的收藏这些荣誉。秘而不宣的是，这些并不由盎格鲁-撒克逊民族或联合王国创造的物品从何而来，如何东方的文物如今成了英国引以为豪和吸引世界瞩目的文化资本。

　　1860 年在中国参加战斗的英军指挥官詹姆斯·格兰特（General Sir James Hope Grant, 1808-1875），留下了一本《1860 年中国战事记》（*Incidents in the China War of 1860*, 1875），此外，以鸟类学家铭记于后世的罗伯特·斯温霍

---

39 阎照祥，英国史〔M〕，北京：人民出版社，2014，第 220-221 页。

（Robert Swinhoe，郇和，1836-1877）也参与了第二次鸦片战争，他写作了《1860 年华北战役记事》（*Narrative of the North China campaign of 1860; Containing personal experiences of Chinese Character*）[40]一书，随军牧师罗伯特·麦吉（Robert James Leslie M'Ghee）也留下了《我们如何进入北京》（*How we got into Pekin: A Narrative of the campaign in China of 1860*, 1862）[41]一书。可见，远征为更多的英国人提供了到中国旅行的机会，同时也引发了对旅行经历进行记录的热情。格兰特于 1826 年参军，1835 年成为舰长。1842 年第一次鸦片战争中，他被英国陆军中将萨顿勋爵（Lieutenant-General Alexander George Fraser, 17th Lord Saltoun, 1785-1853）任命为副旅长（brigade-major），在"镇江之战"（capture of Chinkiang）中立下战功。1859 年，格兰特被任命为对华战争的陆军中将。斯温霍生于印度的加尔各答，十六岁时回到英格兰，在伦敦大学国王学院接受教育。1854 年恰逢英国外交部招考驻外使领馆公务员，他便辍学应考，次年就被派到厦门领事馆当翻译。1858 年和 1860 年的战争他都参与了，《华北战役记事》一书就是他对第二次参战经历的记录。

对于英法联军在华北的战役，英国人都认为他们自己是在为国家的荣誉而战。英军翻译斯温霍在大连湾漫步时，自然美景令他陶醉，"我不禁开始思考此次远征的目的。我的祖国被羞辱，荣誉受损，为此那些飘扬的桅杆雄起起前来复仇。"[42]尽管对将要来临的战争他感到心有不安，可是他仍坚信是清政府背信弃义，对英国敌视在先。所以，这次的征战是具有惩罚敌国和挽回祖国尊严的意义。他在大沽之战后说："敌人尽管在数量上具有压倒性的优势，然而高贵的英国子孙在他们同盟国英勇的支持下征服了敌人，打击了敌人傲慢无礼的嚣张气焰，勇敢地挽回了祖国受损的荣誉，一雪去年战败之耻。"[43]战争不仅没有令他对自己的国家产生厌恶，当他观察过北方中国人的生活后，反而使他对祖国更加热爱："我不禁感谢上帝，让我拥有一个与这个中国人不同的国籍。"[44]英国找借口发动第二次鸦片战争，目的是为了开放更多通商口岸。

---

40 中译本〔英〕斯温霍，1860 年华北战役纪要〔M〕，邹文华译，上海：中西书局，2011。

41 中译本〔英〕麦吉，我们如何进入北京〔M〕，叶红卫、江先发译，北京：中西书局，2011。

42 〔英〕斯温霍，1860 年华北战役纪要〔M〕，邹文华译，上海：中西书局，2011，第 9 页。

43 〔英〕斯温霍，1860 年华北战役纪要〔M〕，第 71 页。

44 〔英〕斯温霍，1860 年华北战役纪要〔M〕，第 17 页。

可是清政府没能履约，而且将巴夏礼等人扣押，英法两国认为受到极大侮辱，所以联军攻入北京。斯温霍说："中国政府认为，我们此次远征的目的是要从他们手里夺走这个国家，或许有人会质疑这种想法；但是，所有人都非常清楚，我们要羞辱他们。"[45]实际，英国和法国的确不是为了夺取中国政权，他们是想羞辱和打击清政府使之屈服，通过不平等条约获得经济利益和资源，同时又不愿承担管理和建设中国的任务。

当圆明园在额尔金一声令下烧毁后：

> 我们走出圆明园的大宫门，兴奋中带着一丝哀伤，回首望去，只见飞舞跳跃的火苗像一个个奇异的花环，点燃并吞噬了一扇扇大门。……虽然我们对如此华美的建筑被残忍地摧毁而深感痛心，但同时我们又情不自禁地暗自高兴，因为此举击中了中国人的要害。杀害我们可怜同胞的刽子手和幕后怂恿者，已经受到了我们的惩罚。[46]

远征战役是对敌人应有的惩戒，代表人类古代文明杰作的园林被毁，在军人的眼中，虽然有些遗憾，但战胜的报复性快感与为国争光这类幻想，很容易就淹没了私人化的多愁善感。在英军总司令格兰特眼中，英国的胜利和中国的失败对比更加明显，他对中英两国大使签约仪式的描述极具象征意味：

> 我们来到礼部大门，……在进门口碰到了恭亲王，他身后簇拥着约 500 名官员，有些穿着王公的丝绸礼服。亲王走上前，双手抱拳，行中国礼，但额尔金勋爵只高傲而轻蔑地看了他一眼，微微前身，以示回礼，这一定使倒霉的亲王从头一直冷到了脚。亲王是个看起来很绅士、很灵巧的人物，但显然是被吓坏了。……不知疲倦的摄影师比托急于想要拍一张签订仪式时的照片，因此拿来照相设备放在门口，把大镜头对准忧郁的恭亲王的胸口，皇弟抬头一看非常吃惊，面如死灰，他看看额尔金勋爵又看看我，想着对面这个饵雷会随时把他的脑袋炸掉，那架相机看起来确实像一种迫击炮准备将其炮弹射入他的身体。人们急忙向他解释其中并无恶意，只是为他拍张照片，这时他才慢慢缓过神来。[47]

这幅景象非常著名，这段描述也被后来英国人的历史书反复引用，成为许多英

---

45 〔英〕斯温霍，1860 年华北战役纪要〔M〕，第 108 页。
46 〔英〕斯温霍，1860 年华北战役纪要〔M〕，第 190 页。
47 〔英〕格兰特，格兰特私人日记选〔M〕，陈洁华译，上海：中西书局，2011，第88 页。

国人印象中英国战胜中国的标志性形象。在格兰特笔下，清政府最高权力的代表恭亲王如此苍白软弱，被英国人吓得不知所措，轻视与嘲笑之意渗透在字里行间。羞辱和惩罚中国的目的不仅在作战中实现了，在英国人笔下和文字间也实现了。

　　在帝国扩张和争夺利益的时刻，所有人道主义或文明都变得不重要，夺取战争的胜利就是在保卫祖国。侵略和征服中国之战让斯温霍更加为祖国骄傲，并对未来英国将从中国获得的利益充满希望：

> 我们的军队取得如此伟大的胜利，都得归功于我们开明政府的适度坚持。……这些口岸可能要发展成更大的贸易商业中心，而额外的财富也将吹送到大英帝国的海岸。……基督宗教以其文明化的影响力也将逐渐进入中国，并牢牢地控制中国百万大众的心，引导他们去祝福这场在他们国土上蹂躏数月的战争灾祸，放弃对外国人先入为主的敌意，坚持可以让外国人获得进入中国的权利。[48]

将中国之战认定为是一场为被残害的同胞复仇的战役，是为维护国家和民族荣誉的战役，是开拓祖国光明未来的战役，征服就变得正义且合法了。征服的一个重要标志是战胜，另一个象征性标志则是劫掠和占有被征服者的物品。

　　就像斯温霍所说，圆明园是个博物馆，在它被劫掠和烧毁之前，应当称得上是世界上最辉煌的博物馆。不过，因为在战争状态，所以劫掠被英法联军视作合理的获取战利品的行动。在英军司令格兰特眼中，这个宫殿里的珍贵艺术品仅仅是"中国产的"，正确的方式应当是英法两军平分。但法国人开始不顾规矩一味抢劫，"我不希望英国军队受此不良影响，……仅派军官去收集属于英国人的财物。"[49]那些财物因为是英法两军发现的，并且似乎没有皇帝看管，所以格兰特认为理所应当可以被占有为战利品。为了区别于法国人的缺乏纪律性，英国将所劫物品搜集起来拍卖，按规则将拍卖的钱分配，"三分之一分给军官，三分之二给士官和士兵。"简直做到公平公正、文明有礼了。并且格兰特声称："两位少将和我都放弃了我们的这一份。"由此显示出英国比法国军纪严明且理性公正，而且将军本人慷慨奉献，主动放弃了本应属于他的那

48　〔英〕斯温霍，1860 年华北战役纪要〔M〕，邹文华译，上海：中西书局，2011，第 219 页。

49　〔英〕格兰特，格兰特私人日记选〔M〕，陈洁华译，上海：中西书局，2011，第 94 页。

份。即使在抢劫活动中，英国也彰显本国军队比法国人更高尚，面对财宝不贪婪，没有失掉英国军队的身份和品格。他们"挑了一些最好的东西分别送给大英帝国女王陛下和法国皇帝。"[50]在帝国的指引下，这些军人勇猛征战，获得宝藏也不忘敬献本国君王。通过奖赏金程序，英国将第二次鸦片战争期间的劫掠合理与合法化了。

经过何伟亚考证，"劫掠"（Loot）一词，是十八世纪从印地语和梵语中引进英语的，它与英语在印度的扩张有密切关系。不论是它的名词形式还是动词形式，都被频繁用来代替一些原有的英语单词，如抢劫（pillage），战利品（booty），赃物（spoils），劫掠物（plunder）等。这一单词是帝国新词汇，不能与上述词语互换使用。"这个单词使人联想到某种机会感，特别是在它被理解为战争"奖赏"——帝国构建事业给那些敢于冒险的勇士的奖励——的时候。"何伟亚说，在英帝国招募士兵的布告中，常常宣传勇敢者们获得战争奖赏和奖章的机会到了。"劫掠"一词在第二次鸦片战争期间，开始频繁被用在记录中国的军事行动中，不仅那些圆明园的宝藏被视作荣耀的战利品，在英国被称作来自圆明园的最著名的"璐蒂"（Looty）的，还有一只哈巴狗。英国人向来喜爱狗，1860 年，英军在颐和园发现了一些长相奇异的小狗，抱走五只，一只被命名为 Looty，献给了维多利亚女王，它一直活到了 1872年。1861 年 6 月 15 日的《伦敦新闻画报》（*Illustrated London News*），专门刊登了璐蒂的素描像，英国著名画家兰瑟尔（Sir Edwin Landseer）还创作过多幅以璐蒂为主题的油画。从此时起，英国人来北京又多了一项捉拿京巴的爱好，立德夫人在《我的北京花园》中，曾辟专篇写英国人以养育纯种北京犬为时髦。虽然只是小狗，但在中英交往中仍旧具有象征意味。《伦敦新闻画报》对璐蒂的解说是：

> 在获自清帝夏宫圆明园的战利品中，第 99 团团长登纳最后发现了这只小狗。它与众不同，也许属于皇后或其他帝室妇女。不知此狗之名，今重新取名为璐蒂。登纳将它带回英国，送给了女王。女王陛下已和蔼地接受了璐蒂，它成了皇家狗藏之一。所见之人都认为它是出现在英国的最小而又最漂亮的小动物。[51]

---

50 〔英〕斯温霍，1860 年华北战役纪要〔M〕，邹文华译，上海：中西书局，2011，第 168 页。

51 黄时鉴编，维多利亚时代的中国图像〔M〕，上海：上海辞书出版社，2008，第 229页。将《伦敦新闻画报》中涉及中国的图像报道搜集整理出版的还有：沈弘编译，京巴原本是清代皇宫里的贵族们才有的宠物狗品种，当它们被英军带回英国后，就变成了从中国皇宫获得的战利品。将璐蒂献给维多利亚女王与将珐琅花瓶等珍宝献给女王的意义是类似的，代表着英国君王占有了原本属于中国皇帝的物品，这是一种彰显英国对中国报复性完胜的标志和象征。尤其是当时，英军虽然将大量圆明园艺术品运回英国，但实际在六十年代，几乎没有英国人对中国的瓷器、绘画和玉器等文物有专业知识，他们根本不能辨别其中的优劣或价值。所以，这些战利品在当时仅仅被称作"古董"（curiosity），献给女王时都附有"1860 来自北京圆明园"（"From Summer Palace, Peking, 1860"）的标识。来自中国的古董陈列在女王的皇宫中，被视作是一种单纯的征服的荣耀。

在协助清政府镇压太平军中立功的英国人查尔斯·戈登（Charles George Gordon）也曾跟随英法联军进入北京，参与了圆明园劫掠。戈登在天津把一箱箱的黑貂皮、花瓶、玉器、珐琅寄回家乡，分别标示"A 送给父亲，B、C、D 送给将军及平均分送给戈登家族，E、F 送给父亲，G 送给艾米阿姨……P、Q、R 送给母亲……Y 送给亨利……"[52]在中国"获得"丰厚的"战利品"，在十九世纪的英国人看来，似乎是天经地义的事。许多在圆明园抢劫的士兵都感到那像一场狂欢。1865 年才到北京使馆工作的外交官密福特（Algernon Bertram Freeman-Mitford, 1837-1916）在日记中曾写到，他经常去琉璃厂和北京的各式古董店闲逛，看到了许多从圆明园出来的精品，可是都非常昂贵。有一次，在一家店中，他看到"有个陈设装饰品的黑色架子，用乌檀木制成，雕刻成许多纤细的竹竿，支撑高低无序的平台，上面摆着天青石、玉石、红玉髓、玛瑙，以及其他珍贵宝石的雕刻。真想整个儿捧走！"[53]他似乎为不能随便将之拿走而感到遗憾。在长城游览时，他甚至取了一块大砖带回了使馆："我们在长城上逗留了很久，景色之美，看不够，赞不够。我们采集了一些蕨类和苔藓，会送些给您。烈日之下，花了九牛二虎之力，设法取下一块大砖，作为战利品。终于拿回房间，希望有天能够带回英国。"[54]在这里，密福特使用的是"战利

遗失在西方的中国史：《伦敦新闻画报》记录的晚清 1842-1873，北京：北京时代华文书局，2014。

52 史景迁：《改变中国：在中国的西方顾问》，温洽溢译，桂林：广西师范大学出版社，2014，第 87 页。

53 〔英〕密福特，清末驻京英使信札〔M〕，温时幸译，北京：国家图书馆出版社，2010，第 83 页。

54 〔英〕密福特，清末驻京英使信札〔M〕，第 98 页。

品"一词，也由此可见劫掠观念在当时的影响力。

从上述英国人对战争劫掠行动的书写可以发现，在战争状态中抢劫不被认为是一种犯罪；经由战争旅行到另一个国家，由此抢夺当地店铺、民宅等各类机构里的物品，不被认为是犯罪。这种理念和行为在殖民时代普遍存在。尤其是，如果说对中国的战争是一种正义的报复，那么从中国抢走他们遇到的所有东西，就同时被赋予了合理性。放在更广阔的文化背景中看，战时劫掠与旅行中的采集动植物标本、搜集文化纪念品，甚至将土著带回本国，都有非常相似的逻辑。在帝国扩张和殖民时代，英国人到世界各地旅行，他们将世界视为基督徒的财产，谁先发现就属于谁。由此，不仅认为自己可以被允许采集沿途所见的所有物品，甚至连贩卖黑人当奴隶，霸占原住民的土地，也不被认为有问题。这种殖民观念与旅行中的伦理问题也有千丝万缕的联系。

到八国联军入侵北京时，远征行动与旅游观光的性质糅合得更为紧密了。在马嘎尔尼使团访华的时代，清朝还严格禁止中国人出海去国外，同时也严格禁止外国人在中国内地随意旅行。直到1860年《北京条约》签订后，像长城，皇家园林，天坛，雍和宫之类的地方，也都不能允许外国人随便参观，除非是外交人员获得清政府颁发的"护照"。但是到1900年时，中国已经完全没有秘密了。1900年9月，联军让紫禁城面向游人开放，所有欧洲人都可以进去参观。女游客可以坐在皇帝的御座上留影，"天朝上国"成了极平凡和极世俗的东西。在此时英国人的游记中可以发现，他们对游览皇宫的经历充满了情感矛盾，一边不断表示对愚昧的中国的蔑视，一边又毫不掩饰坐上皇帝宝座，或者在皇太后的床上躺下带来的明显快意。当这些欧美人看到宫中物品时，每个人都想带点纪念品回去。

> 虽然许多东西显然被放了起来，但是有些房内仍有大量美丽而吸引人的装饰物——瓷器、玉刻、书籍和图画。大家渴望得到一些紫禁城之旅的小小纪念品，但是一开始还不好意思拿走任何东西；但是过了一会儿，有些人就克服了他们的羞涩。[55]

随军记者乔治·林奇（George Lynch）用非常滑稽的段落，讽刺性地描写他的同胞们在看到宝贝时，是如何遮遮掩掩、偷偷摸摸拿走的：

> 我看见一个公使正在皇帝的某个房间里审视一块玉刻匾牌。他

---

55 林奇，文明的交锋：一个"洋鬼子"的八国联军侵华实录〔M〕，王铮译，北京：国家图书馆出版社，2011。

把它放回原处走开了。然后，他好像很好奇地想再研究一番，就又
小心地仔细审视了片刻。不过接着他把手放进了口袋，又似乎突然
决定研究天花板的图案了，而且太过专注，以至于忘了把那块玉放
回架子上去。[56]

从林奇的叙述中至少可以发现两点：第一，到 1900 年，拿走在中国看到的东
西，对英国人来说已经习以为常，甚至不会被视作是严重的抢劫犯罪。战时，
士兵可以拿走任何无人看守的中国民居和店铺里的财物，游客也可以在旅行
完毕时捎上一件纪念品。第二，作家的叙事态度已经有了明显的扭转。与第二
次战争期间格兰特和斯温霍等人的叙事语调相比，林奇的讲述对自己的同胞
充满了讽刺和批判。

第三节　同情或恐惧：两种态度的分流

十九世纪最后几年，西方列强瓜分中国的狂潮引发了剧烈动荡，1900 年
的义和团运动与西方列强对中国的远征行动，在欧美社会引发了广泛的认知
焦虑。当时，中国消息传回欧洲的途径更加多元化，并且也更加及时，英国国
内对中国的舆论开始出现分流。有人开始怀疑西方国家对中国的远征与劫掠
是否完全正义，西方人是否真的文明，而中国人是否真的野蛮。中国百姓所遭
受的苦难在英国作家笔下也多有涉及，这类叙事不时流露出观察者的同情与
人道主义情感。曾经神秘崇高的紫禁城被西方军队破门而入、门户洞开，曾经
不可一世、高高在上的清帝国政权被西方国家贬低羞辱，这一方面引起英国旅
行者的征服快意，另一方面也勾起了部分英国人的遗憾、伤感与空虚之情。英
国人在十九世纪的旅行写作中对中国的看法并非一成不变。尽管很多人的写
作都深受国家和官方意识形态的影响，展现出对中国和中国人的蔑视与偏见，
但也有一部分人的写作充满了个人的同情与理解。而这两种看似对立的对待
中国的情感，从一开始就并不是泾渭分明的。与政治相关的话语方面，虽然大
部分英国人坚信他们对中国的侵略都有正义的理由，但也有一些作者批评英
国的霸道和野蛮行径，出于对道德、文明和正义的反思，这类作者对中国的态
度又分流为两大类，一类是从人道和慈善的角度为中国人的品性正名，另一类
是将中国人的反抗想象为一种觉醒和复仇，这两种反省的态度都有其意义，但

---

56 林奇，文明的交锋：一个"洋鬼子"的八国联军侵华实录〔M〕，第 112 页。

也有浪漫化误读的倾向。

一、人道主义与对中国的同情

额尔金虽然是负责 1860 年对华战争的英国全权大使，但他在日记中仍流露出对英法联合行动的不满："我说'可恶的东方'，意思倒不是说东方本身可恶，而是因为东方这片大地上，到处记录着我们这些人的暴力、欺诈和蔑视人权行径。"[57]他在日记和书信中对自己的工作性质充满了掩饰和美化，但时常也表示对西方人在中国的行径有所愧疚，乃至恼怒和恐惧。"英国人又要在另一个孱弱的东方民族身上施以暴行，必遭天谴，不知道我能否阻止其发生？难道我为之奋斗的，只是让英国人在更广阔的地域上去展现我们空洞的文明和信仰？"[58]即使是远征军的主统帅，额尔金也对帝国主义的侵略行径难掩质疑与悲观之情。1870 年来中国从事新闻行业的巴尔福（Frederic Henry Balfour, 1846-1909）虽然从地缘政治学角度考虑，认为英国应该在远东地区占领殖民地和确立势力范围，但他的写作也暗示了英国国内实际从鸦片贸易开始，对中国的舆论就一直存在矛盾。对中国饱含感情的人谴责英国对中国的战争，他们认为英国的鸦片贸易是"通过把一个对中国人来说是要遭诅咒及灾难的制度合法化而获得大量的国库收入"。英国虽然是一个信仰基督教的国家，但却为了赢得不义之财，"勾引一个异教徒国家沉湎于放纵自己的邪恶"。这部分英国人谴责这种对华行动，说："只要我们犯了这种民族之罪，我们将来就无法指望得到天堂的祝福。"[59]发出这种批评的以传教士、在野党和文人居多。1860年，圆明园被劫掠和烧毁后，法国文豪雨果发出了一封著名的谴责信。[60]他认为自己心目中和每个欧洲人梦中的圆明园，是仙境一样神奇、珍贵和美妙的地方，却被英、法这两个强盗毁了。雨果对英法两国远征中国行动的批评是出于其人道主义同情，出于他对中国这片土地美好的幻想。雨果对英法两国侵略行径的谴责虽然严厉，但他的观点却并未成为主流。在十九世纪中期，能在写作中对中国和中国人表示声援与同情的英国人则更少。曾经在北京使馆工作过

57　〔英〕沃尔龙德编，额尔金书信和日记选〔M〕，汪洪章、陈以侃译，上海：中西书局，2011，第 118 页。

58　〔英〕沃尔龙德编，额尔金书信和日记选〔M〕，第 176 页。

59　〔英〕巴尔福，远东漫游：中国事务系列〔M〕，王玉括等译，南京：南京出版社，2006，第 88 页。

60　清华大学思想文化研究所编，世界名人论中国文化〔C〕，武汉：湖北人民出版社，1991。

的芮尼（Dr.Rennie）医生，可算难得的一位。

1861 年，英国在北京始建使馆时，芮尼就来到了中国。当时他和所有的同事都有一种共识，就是应当将使馆每天发生的大事做记录，因为在北京建立英国使馆对两国来说都意味着一项重要的新开始。在征得全权大使卜鲁斯（Sir Federic Bruce）同意后，芮尼将自己的日记取名为《北京与北京人》（*Peking and the Pekingese*），于 1864 年出版了。这本日记覆盖的时段从 1861 年 3 月 22 日到 1862 年 4 月 15 日。作者跟随英法使团连同军队一干人从天津前往北京，在书中他记下了一些值得记述的事件和对事物的观察。芮尼在序言中花费了很大的篇幅解释自己为何会比较公正地描述中国人，因为他不愿再重复那些偏见。也许会有人认为他把中国人的性格涂抹得太美了，他解释说：

> 说我对中国人有偏爱，我绝对承认，因为我认为中国人作为一个民族，外间所知甚少，而且对他们的描绘，可称错误百出。……我因此小心翼翼地不让这些偏见影响到我，……我这样做的目的，是尽可能从我每天和中国人的交往中，描绘出中国人的真实面目。[61]

芮尼认为，罪恶是一种世界性的普遍存在，分别只在于有些国家可能更多，在一个社会内，某个阶层可能更多。他曾在中国工作两段时期，中间相隔八年，在长久的观察中，他都没有改变对中国和中国人的好感：

> 当我离开中国的时候，我的判断给了我一个信念，便是中国民族作为一个整体来说，绝对不是从那些有限的和不公平的观察所作的结论那么邪恶。相反，比较我们国民的下层和他们的社会的下层来说，他们无疑更为守礼、严谨、勤劳和聪慧。[62]

在从天津前往北京的途中，作者被中国北方乡村美丽的景象打动。然而，一路随处可见英法联军留下的打砸寺庙、民房和商铺的痕迹，他忍不住心生忧虑："当我在这随处都是荒凉、一片悲伤的环境中闲荡时，我不禁想到：这可能是基督徒所做出来的吗？他们希望在一个国家建立信仰和传扬福音，但在此之前却没有必要地先把这个国家破坏了！"[63]中国的王府和商铺虽然仍旧能看出来曾经一度辉煌，但被战争摧残后显露出破旧衰败之感。对火烧圆明园一事，大概很多英国人都认为那是一个合理的报复，但芮尼在日记中转述了两

〔英〕芮尼，北京与北京人〔M〕，李绍明译，北京：国家图书馆出版社，2008，第 5 页。

62 〔英〕芮尼，北京与北京人〔M〕，第 5 页。

63 〔英〕芮尼，北京与北京人〔M〕，第 12 页。

位中国先生的伤感之情。他们都认为那是一件令人痛心疾首的事，是中国的莫大损失。因为圆明园的宝物都是从上几代就开始收藏，如果它们不能继续留在中国，至少也应该被完善地保存在别处。然而，那一切都被野蛮的军人破坏了。虽然仅仅是转述，芮尼也没有在此发表更多的意见，可这种转述已经流露出作者对英国主流叙事的反抗。毕竟，火烧圆明园一事仅仅发生在芮尼写作的一年之前，而且他本人就是为英帝国服务的外交人员，在当时，与他处境类似的英国人，几乎没人对那件事发表任何与官方态度相左的意见。

在日记中，他记录了一些听来的事，但大部分都是他自己亲身经历和观察到的事。中国人不会笑话一个因为烈马不听话而被摔下泥坑的旅人，他们会关切地帮助；遇到迷路或有危险的地方，中国人会主动提醒和帮助他；救助一位醉酒的英国士兵后，中国人没有动他口袋里的任何东西；当有顽童叫他洋鬼子，向他仍石块时，会有人出来制止并带他离开。当作者记录这些事件，并对中国人报以赞赏时，他总是以英国的情况做对比，认为中国普通百姓的很多行为都可能会比本国同胞好。在使馆装修期间，他观察中国工人的劳动状态，认为中国人聪明、能干且诚实，中国给工人的膳食水平比英国给下层工人的高。与此同时，他还记录了其他一些英国人或西方人的轶事，大部分都表现他们的傲慢和野蛮。芮尼写道：

> 我有很强的理由相信，在所有英国人和中国人的争执中，我们这一方首先是不对的，但不幸的是中国人也总都是用错误的方法去解决问题，而当事件升级到领事裁决时，我们原先所犯的错误被完全忽略了，反而中国人的错处却成为判案的中心。因此，在上诉裁决时，中国总是吃亏的多。[64]

在芮尼眼中，中英两国交往时英国非常强势，而中国总是迫于压力而屈服。他说："关于中国人的性格，我知的愈多，我便愈相信若要对他们的思想有较为长远的影响的话，我们便须改弦易辙，采取调和折中的方法，并以说理的和平手段取代迄今为止外国使团在中国所奉行的以力服人的霸道方式。"[65]从1860年后，英国人就试图进一步迫使北京开放，他们不仅想让外交人员和外国商人能够随意出入京城，还希望北京对所有外国游客开放。这种要求被中国人

64　〔英〕芮尼，北京与北京人〔M〕，李绍明译，北京：国家图书馆出版社，2008，
　　第 92 页。
65　〔英〕芮尼，北京与北京人〔M〕，第 222 页。

认为是得寸进尺，芮尼也颇有顾虑，他站在清政府一边，希望限制外国人入京。他说："试想，一个英国人见到巴黎杜乐丽皇宫打开门便冲进去，或一个中国人擅自越过哨所侵入白金汉宫，情形会如何？"[66]英国名义上声称所作的一切都是为了使清政府与英国政府平等，然而，实际对中国当时的合法政府却充满贬抑，对中国的主权多有挑战与伤害。密福特也曾用类似的比喻，讽刺某些英国传教士连中文都说不好却在大街上传道，他说，请读者想象一下，如果一个拖着辫子、穿着长袍的中国人站在一辆手推车上，在伦敦的闹市用一口洋泾浜英语向英国人大声传播佛教教义，英国人会作何感想？这类生动的想象和比喻在部分英国人笔下都曾出现，他们少有地以换位思考的方式，重新理解英国人在中国的所作所为。尽管这些比喻也许显得不够严谨，却常常对本质一击即中。

与雨果的谴责相似，芮尼的著作也没有成为当时的主流。而且，十九世纪六十年代的全球通迅还不发达，英法对中国的侵略战争并不为当时的很多人所知。到四十年后，八国联军远征北京时，情况发生了一些变化。1900 年 7 月 16 日，伦敦每日邮报发表了一份驻上海特别通讯员的电报，称北京的使馆区被义和团占领，所有外国人全部被杀害。这则假新闻到达欧美后，联军迅速组织远征军前往中国，目标是解救被围困的外交团，并且要对中国这种公开侵犯"文明"和"国际法"的行为进行严惩。八国组成的远征军沿着 1860 年英法联军的路线前往北京。1900 年 8 月 18 日，美国大炮炸开了通向太和殿的大门。8 月 28 日，八国部队在紫禁城的中央大道上阅兵，举行胜利游行式。9 月 16 日征讨西山八大处，那里曾经是英国和美国人的避暑公馆。据称八大处还有义和团民躲藏，而且，西方人相信八大处这种佛教圣地正是迷信荒谬的中国人的信仰之地，摧毁那里就意味着对义和团民所信奉的宗教进行了象征性惩罚。11 月 6 日，征伐保定府，保定的官员廷雍、奎恒和王占魁被带到城墙西南角附近，"尽可能地接近传教士被杀害的地方，在那儿，在所有的外国士兵面前，他们被砍去头颅"。这一场景在 1901 年 1 月即传回英美各国。得益于照相机的广泛使用，1900 年西方国家对中国的军事行动把惩罚行为转变为一种权力的表演，一个欧洲和美国的普通大众也能够观看的宏大场景。西方大炮轰开了前门正中那个只有皇帝才可以通行的大门，那些西方将士们大摇大摆地坐到御座上拍照，得意洋洋地进入皇帝和皇后的寝室，在先农坛和天坛分别驻扎美国和英国军队，在天坛打曲棍球，这所有的行动都留下了影像和文字记

---

66 〔英〕芮尼，北京与北京人〔M〕，第 321 页。

录，彰显着西方对中国的完胜。他们还用剪掉辫子的方式惩罚罪行较轻的中国人。联军不仅对皇宫和有关皇帝的一切进行羞辱，对所过之处的普通百姓也烧杀劫掠。由于信息传回西方的途径更加多元也更加及时，西方的主流报道都致力于消除人们的各种疑惑。他们试图用"暴徒"和"受害者"这样黑白分明的词汇，把历史事件的意义固定下来。在记录战争和劫掠事件时，他们也力图掩盖本国的罪恶，比如英国人可以把责任归咎于俄国人、法国人或德国人，当然还有中国人。这种相互指责的，将罪责模糊化的记录方式可以使帝国在未来的统治中能够有一个清晰的道德面目。在英国波利维尤公园，一个以演出英国帝国战争而闻名的户外剧场，1901 年也上演了北京的围困，与布尔战争中的围困故事构成一个系列。[67]主流叙事总是避免提到英帝国国家的所作所为会不会与中国那些事件有某种联系。他们在记述中转移了意义的重点，将"中国佬"的暴行作为表现中心，可以让英国人去同情一个不幸的民族，可以煽动他们对酷刑产生强烈痛恨，让英国公众对他们生活在一个正义仁慈国度感到庆幸。主流叙事把读者的理想社会与帝国国家利益巧妙地混为一谈。

然而，英国的舆论似乎还是不受控制地发生了分裂。有些人"担忧与'低等'文明或民族接触，可能会唤醒欧洲人心灵中蛰伏的欲望或者残存的原始性"，[68]另一些人则对中产阶级原有的对野蛮和文明有明确界限这一观念产生了怀疑。何伟亚认为，八国联军远征中国事件使西方人的自我知觉中出现了一个巨大的创伤，一个需要区分鉴别也需要进行缝合的创伤：

> 这些惩罚活动在那些执行者和见证者之间，也产生了预想不到的种种反应：从胜利者的洋洋得意，到失望和幻灭；从严惩中国人的坚定决心，到对中国人所受苦难的同情和内疚。引起这些反应并且使之呈现出各种不同面貌的，是各种各样相互冲突的信念：有旧约圣经和新约圣经对基督教道德的不同要求，有国际法与各个民族国家个体利益之间的矛盾，还有许多欧美人对中国人既爱又恨的感情。从亵渎清朝皇宫紫禁城开始，这些差异就表现了出来。[69]

合唱中的不和谐音调首先出现在私人日记和写给亲人的信中，道德上的不安与羞耻感在这些记述中时隐时现。这一时期对西方批判最多的是美国作

---

67 〔美〕何伟亚，英国的课业：19 世纪中国的帝国主义教程〔M〕，刘天路、邓红风译，北京：社会科学文献出版社，2007，第 303 页。

68 〔美〕何伟亚，英国的课业：19 世纪中国的帝国主义教程〔M〕，第 262 页。

69 〔美〕何伟亚，英国的课业：19 世纪中国的帝国主义教程〔M〕，第 220 页。

家马克·吐温。欧美国家的文人最先推动了二十世纪初期西方对中国感情的转变。很多作家笔下充满了对中国的怀旧之情，他们怀念那个浪漫主义时代的东方，那个想象中的神秘美好的过去。因为，欧洲人对中国的情感和记忆与其说与现实的中国有关，不如说与两个世纪前欧洲人先辈留给他们的文化遗产有关——那个瓷器上柳条飘飘的蓝白色中国，那个人们带着尖顶草帽愉悦劳作、安享静谧的鲜花盛开的国度，这种沉淀在欧洲人集体文化记忆里的中国景象从来没有被彻底忘怀。正如休·奥纳（Hugh Honour）在研究十八世纪欧洲文化里的"中国风尚"时所感慨的：

> 今天，虽然已经没有人再相信那个由华托、布歇和毕芒等人描绘过的国度，那个在十七、十八世纪的瓷瓶上展现的栩栩如生、美丽浪漫的国度，在历史和地理的概念里真实存在过。但那个鲜花盛开的乐土从此留在了欧洲人的记忆中。那里的景象如诗一般浪漫：生活中最重要的事，就是在杜鹃花、牡丹花和菊花绽放的园林里，坐在宁静湖边的一个亭台楼榭中喝茶，在柳树枝条哀婉的飘拂下，聆听从叮当作响的乐器中流淌出来的韵律，人们在美妙的瓷塔间无忧无虑地跳着舞，永远跳着，跳着。[70]

然而，那个曾经激发和承载了数代欧洲人美好幻想的中国彻底消失了，而且恰恰消灭在他们自己人手中。时下这个中国的面纱被全部撕碎，显露出虚弱平庸、千疮百孔的景象，没有一件东西是神圣的了，这给西方文人带来了虚无和悲哀之感，他们对西方文明的未来产生了忧虑。二十世纪初期的一些英国旅行者对北京的描述充满了挽歌性质，这部分写作构建起了对西方殖民话语的反话语，或者说干扰了殖民话语的常规。在这种趋势的影响了，越来越多的西方文人在游记、小说或诗歌中，开始向东方逃逸。不论他们是去东方旅行，还是写作以东方地域为背景的小说，又或者展现出对东方哲学的兴趣，都使东方仿佛被赋予了一种反现代主义的功能。这种思想潮流在第一次世界大战后欧美人的东方游记、小说和诗歌中表现得更为明显。

二、对中国觉醒的忧虑

有学者认为，火烧圆明园是英国人带给中国的一大创伤，而这种伤害后来

---

70 Honour, Hugh. Chinoiserie: *The Vision of Cathay*, London: John Murray Ltd., 1961. p.225.

被证明是致命的。[71]义和团运动就是中国人复仇行动的开始。也有学者指出，八国联军远征中国同样在欧洲人的自我认知上刻下了伤口，[72]为了弥合这种撕裂，英国人在十九世纪末期的写作策略中展示出两种不同倾向。一是表示愧疚与伤感，用重新肯定曾经被羞辱者的尊严来获得内心平静；二是恐惧，怕本民族和本国的不义之行会被报复，所以不断重复被羞辱者的错误，不断提醒读者不要忘记戒备。第二种倾向与主流的官方叙事似乎有一致之处。义和团和八国联军事件发生后，西方世界越来越严肃地开始思考，到底什么是文明，什么是野蛮。东西方不同的文化到底哪一种才是更高级、更好的，是东方还是西方最终将支配这个世界？文明的冲突就像白日噩梦碾压着西方人的内心。

1901 年，在八国联军侵华战争中担任日本军队的随军记者的乔治·林奇（George Lynch），在伦敦与纽约出版了一本对战事的记录书籍，即命名为《文明的交锋》（*The War of The Civilization*）。1900 年 6 月 20 日至 8 月 15 日，由英、法、俄、德、日、意、匈、美八国组成的联合军队远征中国的事件，在西方被称为"北京之战"、"北京之围"或"解救北京事件"，在中国则称"庚子事变"。西方列强用两个根据来说明这次战争的正当性，一是国际法，二是惩罚中国，西方国家认为它们有义务帮助中国改进其野蛮的状态。但在林奇眼中，西方列强却恰恰是野蛮的强盗，而中国不过是一位古老的贵族，因为热爱和平，不愿自己的领地被外人打扰，不同意贩卖毒品而被英国人打倒在地。[73]林奇的记录共二十五章，记录了他跟随联军从上海、胶州芝罘、大沽、天津、通州直到北京的战役，详细描绘了联军攻占紫禁城、摧毁翰林院、解救北堂的情形。并且在书的最后，他发表了对西方在华事业的悲观看法，以及他对中国正在酝酿的改革的忧虑。林奇将这一西方列强侵华事件视作是东西方文明的较量，结果会如何还不甚明朗，但他提醒西方人不要太过自负高傲，中国改革后即"将能傲然面对西方的挑战"。

林奇开篇就对英国人污蔑和诋毁敌人的言论表示了讽刺，他认为中国是与西方截然不同的文明，西方人想要理解中国很难，尤其是他们很少"兼

---

71 Cameron, Nigel. *Barbarians and Mandarins: Thirteen Centuries of Western Travellers in China*. Hongkong: Oxford University Press, 1997. p.360

72 〔美〕何伟亚，英国的课业：19 世纪中国的帝国主义教程〔M〕，刘天路、邓红风译，北京：社会科学文献出版社，2007。

73 〔英〕林奇，文明的交锋：一个"洋鬼子"的八国联军侵华实录〔M〕，王铮译，北京：国家图书馆出版社，2011，第 151 页。

听"，"我们自然会以我们的文明尺度来衡量他们。一旦发现他们非我族类，马上就会给他们贴上野蛮愚昧的标签。"[74]关于西方与中国交往的历史，林奇认为"丝丝缕缕的不实之词，既有故意的中伤，也有无意的误解，交织在有关这些神秘的东方民族的历史之中"。而他以个人的亲身经历为担保，认为英国人还没有得到关于中国的真正情况：

> 昏睡之英格兰的梦乡中假如真的浮现一幅幅淡淡的真相影像，那将是什么样的梦魇呀！联军所经之处，一座座村庄化为一炬，一船船无助的苦力死于河口，一群群妇女为免受侮辱而投水自尽！西方残忍的十字军一路重复着暴君尼禄在古罗马所施过的恶行，像利刃直插北京的心脏，在皇宫汉白玉地面上践踏出一双双军靴的掌印！[75]

战争是有悖人道的，当面对中国人所受的灾苦，任何作战的理由都显得不公正。林奇认为：

> 我们与东方的交往，从始至终是一部争'面子'的历史。我们与中国人的整个交往既不诚实、认真，也不体面。……中国人有一种极为人性、理智、公平地看待事物的方式。他们是公认的做生意绝对诚实的人。他们心中的是非是一清二楚的。

他还引用广东总督在 1847 年就说过的一句话："欲使华洋和平共处，不得违背天理人情。"林奇认为，西方人从来没有正义地按照这种方式处理过与中国的关系。

当紫禁城的大门被西方大炮轰开，联军在原先只有皇帝才能行走的中央大道上举行胜利游行式，"神圣的中国"彻底消失了，这使作者感到意料之外的虚无和失落之感。被攻占的北京就像一个残缺而美丽的他者，被动、安静地停留在那里。展示英国强大力量的是她，展示英国的同情和人道的也是她。虽然林奇承认，"整体而言，联军穿越紫禁城的庆祝游行既深具历史意义又宏伟壮观。"但是，他仍旧无法感到彻底的骄傲和高兴。

> 艳阳高挂在万里无云的空中，照亮了汉白玉高台的雕栏玉砌，使它们看起来像是昨天才修建而成，耀眼闪烁。黄琉璃瓦屋顶和铺着相似瓦片的墙头，仿佛仍蕴含着落日绚烂的光芒般熠熠生辉。这

74 〔英〕林奇，文明的交锋：一个"洋鬼子"的八国联军侵华实录〔M〕，第 5 页。
75 〔英〕林奇，文明的交锋：一个"洋鬼子"的八国联军侵华实录〔M〕，第 5 页。

座古老的宫殿有种无法征服的、终极的辉煌，入侵它的圣殿，让人有种几近悲伤之感。[76]

这就是乔治·林奇作为战胜国一方的成员，在紫禁城中观览时的个人感受。

此时作者的叙述似乎回到了十八世纪欧洲人对中国的崇拜之中。中国的皇宫从传说中的威严神秘到被贬低、被羞辱和被占领，如今又再次被多愁善感的英国人推崇起来，仿佛要重新给她蒙上一层面纱，遮住她的伤口。"我们在紫禁城的中心，我们亵渎的脚步冒犯了圣地的神灵，然而这里有一种巨大的幻灭感，一种无限骚落的感觉。"[77]"我们从这里漫步穿过几处紧凑的宫殿，但是总体来看明显令人失望。这一切看起来都像是一家人去了海边。帘子放了下来，令大部分房间都很阴暗；所有的东西都蒙了灰尘。"慈禧和光绪的寝室也任由他们进进出出，"外面的门厅从各处显示出年久失修，所有东西上面都覆盖着一层裹尸布般的灰尘。"[78]曾经辉煌灿烂、威严无比的中国皇帝的宫殿变得黯然失色，所有的神秘性与神圣性都消退了，只剩下尘土。然而宫殿里一切的摆设都那么精美宁静，院落外面的风景也美丽而令人沉醉。在这种对比下，作者使读者们开始回想和怀念那个古老高贵的"大朝上国"，对眼前它的破败衰朽感到遗憾伤感。

虽然该书处处流露作者对中国的同情与理解，对西方国家的批评，但很显然，林奇对中国的认识中掺杂了很多浪漫的幻想成分，这些幻想乍看起来似乎美化了中国，并为中国进行了辩护，实际却仍将真相歪曲向了另一个极端。比如，他这样理解山东："山东省是中国的圣地。……舜曾在泰山之巅用自己的生命祭献上苍。舜之于中国人就如摩西之于犹太人。泰山便是中国人信仰中的西奈山。"[79]这显然是作者将基督教文化作为附会来理解中国，虽然本意是表示尊重，但仍旧显得不伦不类。"圣地的丧失"，"唤起人们的宗教意识和富于想象的情感"这类语言渲染了一种神圣性，仿佛是想将中国再次蒙上神秘的面纱。对于义和团的行动，他表示自己似乎能理解背后的动力。在林奇笔下，慈禧被神话为一个女王形象，引领中国人为民族而战。他认为中国是高度文明的国家，之所以发生义和团运动，是中国人在用欧洲人的野蛮方式还击欧洲人。将义和团对外国人和一切外国事物的反抗与摧毁理解为中华民族为了自

76 〔英〕林奇，文明的交锋：一个"洋鬼子"的八国联军侵华实录〔M〕，第 105 页。
77 〔英〕林奇，文明的交锋：一个"洋鬼子"的八国联军侵华实录〔M〕，第 111 页。
78 〔英〕林奇，文明的交锋：一个"洋鬼子"的八国联军侵华实录〔M〕，第 120 页。
79 〔英〕林奇，文明的交锋：一个"洋鬼子"的八国联军侵华实录〔M〕，第 5 页。

己的信仰（佛、道等迷信）而战，这种倾向至今在西方文化界都存在，这实际是误解的另一种极端。当事件发生时，西方主流叙事将义和团运动理解为中国人在愚昧的佛、道教迷信思想蛊惑下，对西方施行反人类、反文明的罪行，所以联军征战的对象除了皇宫以外，主要是孔庙、佛寺、道观等地；宗教人士则将此理解为中国的佛、道教对基督教教士和教徒施行宗教迫害，所以这次战争属于宗教战争。所谓"宗教"因素在中国人眼中似乎并未占据义和团运动的核心位置，然而在西方人眼中，却非常重要。林奇的观点也如出一辙。虽然他是站在义和团的立场反对西方，说中国人在为自己的宗教信仰而战，但他们的看法都是建立在西方人对宗教信仰的理解基础上的。美国汉学界在上世纪已经开始试图在研究中使义和团去神秘化，将他们理解为人性的和真实的历史事件。不过，对义和团的误解与想象始终没有停止，荣获 2013 年美国国家图书奖的美籍华裔漫画小说家杨谨伦（Gene Luen Yang）创作了《义和团与圣徒》一书，上卷叫《义和团》（Boxers），下卷叫《圣徒》（Saints），将两卷书的封面拼接起来就是一幅义和团民的肖像。作者认为每场战争都有两面性，"为国家而战，为信仰而战，为自我而战"（"Fight for your nation", "Fight for your belifes", "Fight for who you are"）成为了他所理解的义和团运动的意义。这种想象和书写与林奇的观点有一致之处。

这种向另一个极端的解释导致了另一个意料之外的后果，就是对觉醒的中国的恐惧，这种倾向的叙述竟然成了中国威胁论的来源之一。林奇试图通过揭露西方列强在中国犯下的暴行来督促同胞反思："对那些能透过事物的表象看到本质的人来说，对东西方冲突的反思之中有一种巨大的悲哀，夹杂着对未来的恐惧，而且挥之不去。"他认为在中国与西方国家的交往中，中国一直都是受害者，第一次战争是为了阻止毒品，第二次是为了维护自己的信仰。他认为东西方交往的历史是一部伴随着罪行的野蛮侵略史。在西方所有的著作、所有的杂志文章和记者的报道里，都没有阐述事实真相。但是，如今中国已经觉醒，"他们被迫接受西方文明到了一定程度，也将会吸收我们的军事理念。当大量能够有效使用武器的士兵被正确训练之后，对我们来说将是非常可怕的问题。"[80]林奇还采访了孙中山，记录了孙中山对中国改革的看法。在林奇看来，中国将会变得更加不和平，且对外国人的恨在等待时机爆发。

---

80 〔英〕林奇，文明的交锋：一个"洋鬼子"的八国联军侵华实录〔M〕，第 171 页。

联军留下的从北京、保定府到渤海的战争轨迹，与被洗劫的城镇、被烧毁的村庄、被亵渎的庙宇，和被侵犯的圣地一起，被留下来助长他们的怒火，让他们更加仇恨外国鬼子，并更加蔑视他们的信仰。[81]

这种恐惧实际也是西方人自我认知里的夸张想象，林奇将慈禧幻想为一个领导中国人反抗西方侵略的复仇女神形象，他认为慈禧"为了保卫她的领土不受落后的欧洲人的侵犯"，不得不倒退回复仇的阶段，"欧洲人的幼稚的文明教给他们的最高逻辑就是残暴。她不得不教导一个高度文明的国家，要生存就得放下理性，握起拳头。然后，当拳头失败了，她告诫中国人，中国必须用最先进的武器武装起来。"[82]林奇在书中多次呼吁"中国是中国人的中国，不要为了传播我们的思想而去践踏他们的文明。"他认为英国人在中国的战斗与布尔战争不同，"这些身在中国的外国人没有类似的信心。他们似乎被一种茫然不定的恐惧填满了。"[83]去天津的途中，他担忧"东方用西方的武器武装自己"，"一场文明之间的战争就要打响了。"由此，一方面揭露西方在中国的不义之行，对中国表示了肯定和同情，另一方面，出于对本民族文化和本国身份的认同感，林奇也表达了对觉醒后的中国将会复仇的恐惧。西方人对中国的情感在贬抑或恐惧这两种极端的幻想中摇摆不定，关于中国的真相始终被西方人的自我认知和情感幻想所蒙蔽。

除了表达出失落伤感和忧虑恐惧的情感之外，乔治·林奇《文明的交锋》还加入了作者对东西方文明的深入思考。他认为该到了西方人正视东方文化的时刻，西方社会存在很多问题，而东方文明中的某些部分对解决这些问题具有价值。他赞扬东方文明中的家庭观念："东方文明的核心观念、社会价值和生活重心在于他们的家庭。家是他们生存的重心，其他一切将围绕它旋转。家庭观念在中国是社会生活、宗教信仰和政治制度最有生命力、最普遍的重心观念。"他之所以如此强调这点，是为了批判英国当时对家庭生活的崇拜的消退。他认为西方社会父母对孩子的亲密的爱没有东方人这么深，"对家庭生活的崇拜在消退，这对所有西方文明下的学生来说肯定是显而易见的。将孩子和父母连在一起的纽带和责任明显地松懈了，在我们时代的物质发展中领先的

81　〔英〕林奇，文明的交锋：一个"洋鬼子"的八国联军侵华实录〔M〕，第 199 页。
82　〔英〕林奇，文明的交锋：一个"洋鬼子"的八国联军侵华实录〔M〕，第 161 页。
83　〔英〕林奇，文明的交锋：一个"洋鬼子"的八国联军侵华实录〔M〕，第 11 页。

国家里，这点更为明显。"[84]他举例美国父亲变为赚钱机器，儿女要脱离家庭独自打拼，父母不为儿女承担责任，就像儿女也不必为父母晚年承担多少责任一样。伦敦东区也是这样。教皇都开始高声召唤西方重新关注家庭观念日益淡薄的问题。然而在现代早期，英国人的这种疏离的亲属关系被认为是现代社会和现代制度建立的一个要素，或称一大特征。"英格兰济贫制度的依据是居住地，而不是亲属关系。处理贫困、灾难和养老问题的不是亲属，而基本上是教会、庄园、教区等建制。正是从这种传统中，英格兰孕育了世界上第一个福利国家（welfare State）。"[85]父母对子女的财产无天然的法律权利，反之亦然。似乎正应了圣经里的话，我来不是叫你们团结，而是叫你们分离。在农业社会中家庭在社会中具有核心作用，但现代家庭正与之相反，"家庭既不充当基座，也不担任政治、经济和宗教的组织者。家庭与社会分离"。"'现代'社会的要义是，每一个领域彼此分立，因而家户的宗教功能消失了，家庭生产方式也遁迹了。"[86]现代社会中人际是原子化的社会关系，个人主义为中心，血缘联系的家庭关系自然弱化了。"实现融合的手段是货币、公民身份（citizenship）、契约、法律和情感……人民获得了'解放'，不仅在市场上，而且在上帝和国家面前。"[87]有学者认为这个过程是从十八世纪的英国开始继而传遍欧洲及世界，也有人认为这是工业革命和城市化的产物，麦克法兰甚至认为这在英格兰古已有之，从十三世纪就出现了。英国人或者说现代社会奉行的这一套家庭准则，如父母无天然权利继承子女的财产，子女也不一定有权继承父母财产，或者父母可以在幼年就不抚养孩子，孩子也无必然责任赡养老人，以中国人的道德传统来看，似有礼崩乐坏之嫌。在十九世纪的英国，由于长子继承制（primogeniture）使家庭中的次子和幼子尤其没有安全保障，所以他们从小就知道自力更生，因为指望不上任何人。富人家庭的次幼子也许可以接受教育，但也会很早就到社会中奋斗打拼，通过结交朋友，依靠赞助人或庇护人（patron）帮助赚钱立业。穷人家的孩子则很少接受教育，可能八九岁就开始离开家去当学徒，完全靠自己找寻生存之道。麦克法兰甚至断言，"大英帝国时期，英格兰扩张的活力大都来自'次幼子综合征'（younger son

---

84　〔英〕林奇，文明的交锋：一个"洋鬼子"的八国联军侵华实录〔M〕，第220页。
85　〔英〕艾伦·麦克法兰，现代世界的诞生〔M〕，管可秾译，上海：上海人民出版社，2013，第65页。
86　〔英〕艾伦·麦克法兰，现代世界的诞生〔M〕，第65页。
87　〔英〕艾伦·麦克法兰，现代世界的诞生〔M〕，第140页。

syndrome）"，"次幼子们匆匆离家，赶赴东、西印度群岛、中国和澳大利亚，搜刮全世界，然后回国建立家庭。"[88]这的确不是妄言，例如马礼逊就是一位苏格兰农民的孙子，家中最小的孩子，幼时当学徒和鞋楦工。后来加入基督教会才开始学习拉丁语、希腊语、希伯来语和系统神学。他的儿子马儒翰在英国接受教育后来中国工作，子承父业。[89]米怜出生于苏格兰的阿伯丁郡，自幼丧父，自小在农田干活，后当木匠学徒。1804 年成为教士，1809 年加入伦敦传道会。[90]麦都思虽然出生在伦敦，但他 14 岁就当印刷工学徒，后来到米怜的印刷所工作。[91]英国家庭将儿童从小就送出，让教会、学校和公司等机构完成其社会化，所以现代的英国人都是"漂浮的个人"，"不得不以'自由的'，平等的公民身份去竞争的人。"[92]在麦克法兰看来，"现代性的关键是消除三种传统的强制合作手段：亲属关系、绝对主义国家（absolutist state）和绝对主义教会（absolutist church）。"[93]也许就是在这个现代化进程中，林奇发现了东方家庭观念与西方个人主义不同的价值。除了家庭观念，林奇也对东方艺术的价值大加赞扬。他认为东方的艺术家们才是真的为艺术而艺术，因为他们创作作品从来不是为了出卖赚钱。他开始重提"光来自东方"（ex oriente lux）的古老箴言。"中世纪的宇宙哲学把人间天堂定位于东方东端，人们乐于充满希望地朝向东方。"[94]这种情感在二十世纪初期的西方人心中重新燃起。

　　林奇的这本书一方面是对联军罪行的记录，另一方面也是他作为一名普通记者对中西方关系和未来的思考。书的附录表格是对英、法、俄、德、美、日对中国的军事行动及条约、割地、赔款、杀人的数量、时间事件的记录，作者将之命名为列强对中国的"凌迟之刑"。他说"'文明本身的延续让每一代人都比上一代更为忙碌，并加深了持续的焦虑和责任感。'这句话只适用于将速度误以为进步的西方文明，它驱使我们像加大拉猪群一样冲向了天晓得

88　〔英〕艾伦·麦克法兰，现代世界的诞生〔M〕，第 142-143 页。

89　〔英〕伟烈亚力，基督教新教传教士在华名录〔M〕，张康英译，天津：天津人民出版社，2013，第 3 页。

90　〔英〕伟烈亚力，基督教新教传教士在华名录〔M〕，第 16 页。

91　〔英〕伟烈亚力，基督教新教传教士在华名录〔M〕，第 30 页。

92　〔英〕艾伦·麦克法兰，现代世界的诞生〔M〕，管可秾译，上海：上海人民出版社，2013，第 144 页。

93　〔英〕艾伦·麦克法兰，现代世界的诞生〔M〕，第 159 页。

94　〔英〕雷蒙·道森，中国变色龙——对于欧洲中国文明观的分析〔M〕，常绍民、明毅译，北京：中华书局，2006，第 28 页。

是什么的一道深渊"。[95]就像黑格尔的历史观一样,他认为历史意味着变化、新生命和进步,如果不具备这三要素,一个国家就不能被称为有历史的,那种文明也是没有历史意义的。在黑格尔的历史观念里,中国只是在不停延续,所以没有历史。而黑格尔这种历史观并非他个人所独有,这种历史进化论和文明进化论都有基督教文化的影子,他们将人类历史视为线性前进的、不断向上发展的和有目标的。而中国文化则将世界视为无始无终、不断循环的。当西方文明发展到现代阶段,这一时代的西方人开始产生持续的焦虑,因为他们不确定能否继续前进,不断创造出比前一个时代更为优异的成就,尤其是后一代人还要承担前一代人犯下的过错。所以,十九世纪西方对中国的侵略行动,伤害了中国的同时在西方人的精神史中也撕开了一道裂缝,他们在 1900 年后要面对的就是如何弥合这道伤口。人们一般会认为西方文明对自身的反思和质疑是从第一次世界大战后开始的,但是通过研究整个十九世纪从英国开始,后来更多西方国家参与的对中国的掠夺与瓜分历史,可以发现,西方人对自身文明的怀疑从八国联军侵华事件发生后就已经开始了。不能忽视"中国"这一客体在西方文明发展史中曾产生的巨大影响和重大作用。英国在资本主义和帝国主义上升阶段开始接触中国,通过科考、旅行写作等方式揭露中国问题,继而贬抑中国,由此抬升英国的自我认知。超越了欧洲人幻想中的乌托邦中华帝国,就意味着英国成为了世界上最伟大的帝国。然而,帝国的维持与进步需要不停加大对世界其他地区资源的掠夺,而这一过程必然充满暴力和血腥。随着世界各地受压迫和被欺侮民族反抗运动的兴起,以日不落帝国为代表的西方帝国开始萎缩和衰退,所以,到二十世纪初期,"西方文明的衰落"这种话题开始兴起。之所以被称作"衰落"实际是与十九世纪西方文明最辉煌的时刻进行对比而言的,这种疑虑并不等于说西方文明真的衰败或落后于别的文明了,而是忧虑如何能继续前进或发展得更为伟大。帝国丧失,而且无法回避殖民历史的罪恶,欧洲各民族国家兵戎相见,工商业和城市化排挤了诗意,颓废和怀疑侵蚀精神信仰,这一系列因缘聚合在一起,使一战后的英国人在政治立场和宗教信仰等文明问题上充满焦虑,一部分人开始学习和了解东方的哲学和文化,对中国革命、中国的道教和佛教等投来关注就可以被理解了。直到此时他们才开始逐渐意识到,西方文明并非独一无二、完美无缺,对待他者的态

---

95 〔英〕林奇,文明的交锋:一个"洋鬼子"的八国联军侵华实录〔M〕,王铮译,北京:国家图书馆出版社,2011,第 221 页。

度不一定必须是挑剔、排斥或否定的，西方文明也许也需要真正的学习。

额尔金伯爵和戴维·芮尼等人对第二次鸦片战争的叙述，以及乔治·林奇对八国联军远征中国的观察记录，都揭示出帝国主义和人道情感在战争经验写作中的独特表现。参与对华事务的英国外交官、军人和领事几乎都坚信，所有战事都是由清政府不遵守国际法，不履行条约，残害无辜传教士等背信弃义的行为所引发，英国远征中国是在维护国家尊严和保护侨民，由此，帝国主义侵略行动就被"合理化"和"合法化"了。然而同时，亲历远征的经验也引发了人道主义的反思，对清政府感到遗憾和对中国人民同情的表述，也最早出现在亲眼目睹战争之残酷与劫掠之可耻的旅行者笔下。私人日记、书信或笔记里流露的矛盾感受，实际构成了对英帝国殖民正义宏大叙事的反话语。

第三章　社会观察写作

　　第二次鸦片战争结束后，中国在商业上逐渐向英国人打开大门，旅行者们蜂拥而至，中国在这些旅行作家笔下又向国内公众展开了新的画卷。这时期英国人写的中国游记很有特点，或者按照旅程顺序记录，或者按专题分章节。大部分著作的目录都很详细，标题下面会有成串的关键短语或短句，提示本章记述的主要内容。这种目录必然是对作者所认为的最重要内容的高度概括和提炼。目录中的这部分内容为中国知识的构建提供了模板。十九世纪的英国旅行者为国内读者提供了过多的中国消息，中国实在太大了，外国人仿佛总是觉得有更多的"中国"可供他们旅行、描述或征服。他们来中国见证中国的变化，甚至参与其中，创造历史。本章主要探讨十九世纪中期来华英国人的写作，包括苏格兰旅行摄影师约翰·汤姆逊（John Thomson）的《中国与中国人影像》（*Illustrations of China and Its People*, 1873-1874），驻京使馆馆员密福特的《北京信札》（*The Attache at Peking*, 1900），戴维·芮尼医生的《北京与北京人》（*Peking and the Pekingese*, 1860），伦敦会传教士施美夫的《代表安立甘会探访中国领事城市、香港岛和舟山岛记事》（*A Narrative of an Exploratory Visit to Each of the Consular Cities of China, and to the Islands of Hongkong and Chusan, in Behalf of the Church Missionary Society, in the Years 1844, 1845, 1846, 1847*）等作品，以展示在这些社会观察家眼中，是如何看待中国政府、中国人民及中国文化的。汤姆逊、密福特、芮尼和施美夫的社会职务虽然各不相同，但他们的作品都以游览和社会观察为主，都对中国的政府、城市、科技、教育和文化发表了很多看法，他们在中国的活动时间也较为接近，将之放在一起讨论，不仅可以对英国某一时段的历史语境有所透视，也可以对当时英国社会抱有的对中国的整体看法有所管窥。

英国当代历史学家阿兰·麦克法兰（Alan Macfarlane）认为，十六世纪的英格兰人就已经物质生活丰腴，这种富裕令外国游客惊叹。英国人有糖吃有肉吃，而且基本不喝白水，而是喝啤酒、麦芽酒、茶和奶；他们对服饰也很热衷，衣服、皮鞋、毛纺织品和帽子样式诸多；他们的房屋坚固，劳动效率高，休闲时间多，所以才发展出那么多游戏运动。通过旅行者的观察和记录，英格兰被本国人和外国人都确认为富裕之国。十九世纪中期在不列颠旅行的美国作家爱默生（Ralph Waldo Emerson, 1803-1882）也发现，英国人富得流油，而且丝毫不加掩饰。"在英格兰，身份的基础是财富和土地。"[1]维多利亚时期英国社会有四大特征：经济繁荣、福利国家的出现、慈善事业，以及自立和恭顺的文化。

> 19世纪，英国人不仅取得了经济上的霸权、世界性的帝国和政治上的民主，而且形成了一种令人敬畏的风尚，被称作维多利亚时代风尚。……它是复杂的——有时诚挚、精干、沉着、高尚，有时则沾沾自喜、养尊处优、随遇而安、俗不可耐；有时宽容大度、独立自主、诚实无欺，有时则武断专横、随声附和、虚饰伪善。它会热情地追求英雄和美丽的事物，或者习惯于物质主义和实利主义。……他们的风尚中包含着一种道德精神上严肃认真的核心。[2]

总的来说，自由贸易、帝国扩张、殖民以及科学的进步，共同促成了维多利亚时代英国的经济奇迹，政治和社会改革步伐加快，同时基督教精神复兴，注重家庭美德与社会公德，富裕阶层追求安逸享乐的同时也热衷慈善事业，这一系列特征也使英国人的民族优越感达到顶峰，用家长制作风和白人的责任这类观念对待殖民地或尚未现代化的其他民族。《天津条约》签订后，英国在北京建立了使馆。何伟亚认为，当时的使馆并非仅仅被视作一个外交机构，而是被英国人当作教育中国人的基地。曾任额尔金翻译的李泰国（Horatio Nelson Lay, 1832-1898），与参加天津条约谈判的清朝大臣交谈时曾说：

1　〔英〕艾伦·麦克法兰，现代世界的诞生〔M〕，管可秾译，上海：上海人民出版社，2013，第98页。

2　〔美〕克莱顿·罗伯茨、戴维·罗伯茨、道格拉斯·R.比松，英国史〔M〕，潘兴明等译，北京：商务印书馆，2013，第267页。

历史上的封闭排外使中国把自己看做是'中央之国'，而对世界上还存在着一些富强国家的无知又使中国人把中国以外的所有民族都视为尚未文明开化的'蛮夷'。这是一个巨大的错误，一个中国现在应该改正的错误。无论多么不情愿，中国今后都必须要遵从西方国家的惯例，因为她现在的力量太过虚弱，无法拒绝与西方国家进行交往。[3]

他谈话的语气和观点，在十九世纪英国人看待中英关系问题的观点中极具代表性。北京使馆设法让中国人了解外面的世界，给他们建议，英国代表以身作则进行示范，期望清政府认同自己的利益与英国利益一致。此外，传教士在中国的旅行和写作也与外交官、商人等分享大部分共有的观念。早在十九世纪三十年代，如马礼逊等英国传教士就在广东担任东印度公司（British East India Company）或怡和洋行（Jardine Matheson）的翻译，上帝与财富之间的界限已经模糊。传教士们在中国沿海登陆，一边忙着走私鸦片，一边偷偷地四处散发传教小册子。"一方面这似乎是在用魔鬼的金币为上帝做事，另一方面这是一种利益上的结合，即把西方的物品和思想双双强加给中国人。"[4]十九世纪上半叶，传教士和商人相互依存的关系非常明显，到鸦片战争爆发后，他们之间有所分裂。然而，"贸易和圣经是一个同盟，跟在他们后面的便是帝国的旗帜。"十九世纪下半叶英国传教士在中国的活动更加多样，医疗、教育、政治改革、汉学等诸多领域都有他们的身影，但从批评中国社会和中国人精神的落后，敦促中国接受西方价值观的倾向上来看，商人、政治家与传教士确有相似之处。苏珊·瑟琳（Susan Shoenbauer Thurin）在《维多利亚时代的旅行者和中国的开放：1842-1907》（*Victorian Travelers and the Opening of China, 1842-1907*, 1999）一书中曾断言："十九世纪下半叶，英国人对中国的一个主导观点是：一个正在衰败的文化理所当然需要由西方价值观来重建。"[5]由"重建"中国这种想象所激发，鸦片战争后来中国的英国人在写作中展现了一个需要启蒙，或正在被西方启蒙的"中国"。历史学家认为，"城市化的英国也产生

3　〔美〕何伟亚，英国的课业：19世纪中国的帝国主义教程〔M〕，刘天路、邓红风译，北京：社会科学文献出版社，2007。

4　〔英〕保罗·法兰奇，镜里看中国：从鸦片战争到毛泽东时代的驻华外国记者〔M〕，张强译，北京：中国友谊出版公司，2011，第108页。

5　Thurin, Susan Schoenbauer. *Victorian Travelers and the Opening of China, 1842-1907*. Athens: Ohio University Press, 1999. p.51.

了人道主义和理性主义"，[6]前者认为罪恶之事不应发生，后者认为教育可以减少犯罪。英国现代哲学家伯特兰·罗素（Bertrand Arthur William Russell, 3rd Earl Russell, 1872-1970）也发现，"每一个踌躇满志的西方人一开始都有一种强烈的愿望"，要去根除中国存在的一些明显的罪恶，如乞丐、疾病、贫穷和政治腐败等。可是，"困惑的旅行者的心灵逐渐袭入一种奇怪的踌躇；愤慨了一段时间之后他就开始反省一向不假思索就采用的格言是否有错。"[7]十九世纪的英国旅行者不仅对清朝的政治制度、社会条件、教育、科技、军事等进行挑剔，而且对中国人的习俗、道德、宗教和性格下了评判，从物质与精神两面夹击，以证明并力图说服中国人正视、学习和接受西方文明。他们的话语中有坚定，也有动摇。

第一节　西方文明拯救中国

在清政府还坚持自己是天朝上国，所有外族都是蛮夷，用海禁和朝贡体系控制对外关系时，英国人的民族和国家自豪感早已建立，机器生产和城市化等现代工业文明的急速发展，使英国人相信英国的文明程度已遥遥领先全世界。早在启蒙运动时期，苏格兰著名的"历史哲学"学派就将世界各地社会的进化程度分为文明、半文明、野蛮等不同阶段，认为西欧社会处于人类文明发展的顶端。从十八世纪中叶到十九世纪，英国人认为不列颠民族已经拥有了贸易的海上霸权以及科学技术的世界霸权，这相互联系和相互促进的两种力量，使他们自信地认为不列颠人就是全人类的统治者。像牛顿（Sir Isaac Newton, 1643-1727）这样的科学家和亚当·斯密这类经济学家被英国政府高度尊重，因为依靠他们的学识，不列颠才能够迅速繁荣进步，才获得了"统治世界"的权力。马嘎尔尼使团访华时，清朝的国内生产总值几乎是英国的七倍，然而在使团的记述下，英国不仅认为"欧洲"比中国发达，更重要的是，"英国人"比全世界所有国家都富有和发达。在与中国作比较时，一部分写作会使用"英国人"或"英国"，但很多情况下都会使用"欧洲"或"西方"作为自身的指称。这说明，他们对西方文化和欧洲文明有一种统一的认同感，而"西方"

6　〔美〕克莱顿·罗伯茨、戴维·罗伯茨、道格拉斯·R.比松，英国史〔M〕，潘兴明等译，北京：商务印书馆，2013，第222页。

7　〔英〕罗素，中国问题〔M〕，秦悦译，北京：学林出版社，1996，第157页。

和"欧洲"真正指代的就是以英国为首的西欧国家。当英法交战（拿破仑战争，1803-1815）时，在英国人笔下，法国也同样被轻视为手下败将。所以，当英国人在试图说明中国文明已经原始落后的段落里，说"欧洲"已经如何先进时，实际是将英国视作欧洲的最大代表，英国就是欧洲，英国就是西方。鸦片战争期间，英国对中国的评论与马嘎尔尼时代几乎相同，中国与欧洲的差距越来越大，科技落后，人民赤贫，中国是一个虚弱的巨人，而统治者又无力改革或适应现代世界。清政府由此成了被英国人抨击的主要对象，因为从中产阶级的价值观看，勤劳刻苦却饱受苦难的中国人理应得到一个更好的命运。

一、传递西方现代文化

十九世纪中期来华的每个英国旅行者，都像是"现代性专家"。[8]他们敏锐的眼光总能发现中国社会的落后之处，他们都倾向于在作品中将中国社会描述为一个原始文明的标本。中国人就像"生活在大洪水之前的人"，中国的语言也像"大洪水之前的语言"，这种形容词出现在许多人笔下。这一时期英国旅行者笔下最常见的中国景象是脏与臭，到处都是垃圾和污水沟，野狗和猪以及各种动物与密集的人群拥挤在狭窄的街道，弥漫着无法忍受的臭味。这种臭味欧洲人无法忍受，但中国人似乎并不受困扰。曾任香港总督的卜力（Sir Henry Arthur Blake, 1840-1918）说："这些特定区域散发的异味，对于欧洲人来说简直糟透了，但对气味的好恶也取决于个人和民族的特性。"[9]在他看来，能否忍受臭味也可以被视作区分民族特性的标准之一，中国人就能忍受欧洲人无法忍受的折磨。这种观点也出现在美国传教士明恩溥（Arthur Henderson Smith, 1845-1932）《中国人的性格》（*Chinese Characteristics*, 1894）一书中。此外，另一个他们时常描绘的景象还有中国北方极差的道路状况，他们抱怨出行只能乘坐骡子或驴车，不仅速度慢，而且由于道路凹凸不平以及车子没有弹簧和轮胎，每次乘坐都是上下颠簸、全身酸痛、苦不堪言。如果适逢大雨，那么马路会泥泞到无法行走，一不小心还会掉入泥水坑淹死。除了卫生条件差、交通工具和公路建设落后，中国没有旅店或者旅店条件简陋也是英国旅行者们不断向国内公众传达的信息。当时很多旅行者都寄宿在寺庙里，如果有幸找

8　Thurin, Susan Schoenbauer. *Victorian Travelers and the Opening of China, 1842-1907*. Athens: Ohio University Press, 1999.

9　〔英〕布莱克，港督话神州〔M〕，余静娴译，北京：北京图书馆出版社，2006，第 94 页。

到一家客栈，还得提防被店主欺骗或敲诈。实际上，英国公共卫生及交通条件的改善也不过是十九世纪中期以来的事。因为英国政府在 1831 至 1875 年间采取了许多改进城市卫生环境，提高人民生活条件的举措，很多英国人都从这个角度对中国城市进行了批评，认为在这一点上，中国已经落后英国很多。驻北京使馆的一位英国医生芮尼（Dr.Rennie）曾经在书中写，一些英国人因为实在不能忍受北京城内的垃圾堆和臭水沟，自行将垃圾填埋并且堵死了排水沟，结果由于排水不畅，一场大雨使城市很多地方被淹。芮尼以此讽刺他的同胞自作聪明的行为，他认为，中国城市自有一套运行方式，不必非得改造成英国样式。他举例北京有那么多垃圾堆，但是瘟疫或其他传染病并不多见，因为当时的生活垃圾在阳光和空气下能够自然分解，并不会产生危害人类健康的病毒或细菌。不过，芮尼这样的观念在当时的英国人中可谓个例，绝大部分英国人总是以英国的标准来判定中国。

对中国穷人英国人也非常关注，他们的著作中大多都会有乞丐的影子。驻北京使馆的馆员密福特（Freeman-Mitford）曾说，从乞丐云集的北京天桥走过简直是场"噩梦"。对乞丐群体展现最全面的当属约翰·汤姆逊（John Thompson），他携带着笨重的照相器材专门去丐帮居住的坟岗拍照，他镜头下呈现的那些中国乞丐蓬头垢面、丑陋残疾。他还对中国的丐帮体系有所介绍，认为中国缺乏济贫机构，丐帮则是一种平衡。对贫穷问题的处理在英国也历经了一个过程。1792 年，英国政府决定给穷人补助，但是后来负担太重。1834 年，英国政府通过了济贫修正案，帮助穷人的方式变成了让他们去专门的济贫院（workhouse）参加繁重的劳动，如砸石块修路、磨骨头做肥料等。很多夫妻为此而分离，孩童在七岁以后就与父母分离。这些穷人将这类济贫院称为"巴士底狱"。狄更斯的小说里常出现对这种济贫院悲惨境遇的描写。当时英国社会对穷人的主导看法是负面的，很多人认为贫穷是个人的一种罪恶，雷蒙·威廉斯（Raymond Williams）曾总结，维多利亚时期的人们相信工作是有价值的，这种信念与个人奋斗以及在此意义上的成功紧密联系。

> 穷人之所以陷入贫困，是因为他们自身有缺点，很多人都坚定地相信，穷人当中最出色的那些人是会爬出泥淖的。为了激励人们努力奋斗，就必须实行一种惩罚性的'济贫法'，如果一个人有退路可走，相信不用离开自己的家庭去承受艰苦的劳作——比如砸石头或是理棉絮之类的苦活——就能够果腹，那他就不会作出必要的

努力来养活自己。[10]

不仅如此，维多利亚时代的价值观还进一步宣称，在更高更广的区域，受苦是高贵的，因为"它教导人们要谦逊，要勇敢，并引导人们努力尽职。俭朴、节制和虔诚是首要的美德……帮助弱者也是职责之一，但前提是这种帮助不能去主张人的弱点，所以，宽恕在性方面所犯下的过错，安慰穷人，都是不可取的。"[11]威廉斯认为这就是那个时期英国社会的主要特点，而这些道德是"工商业中产阶级道德的一种成熟的形式"。[12]结合当时在中国进行过观察的英国人的作品来看，他们对中国社会中贫穷现象的描述和展示，似乎也有对本国国情的投射。一方面高度工业化和城市化了的伦敦充满穷人、小偷、流浪汉和妓女，这成为当时英国社会的黑暗面，在中国旅居的英国人自然也会关注此类问题；另一方面，他们抨击清政府在制造这类社会罪恶中的主要责任，实际也反映了英国人对改进本国制度的某些诉求。英国社会中的残酷冷漠现象激发了作家的良心，他们关心精神病、流浪汉、罪犯、矿工等社会弱势群体，批判不受限制的资本主义默许罪恶存在，提倡对教育和慈善事业加大投入。当时的英国人都坚信政府应当承担减少罪恶的任务。[13]爱尔兰在 1741 年和 1845 年分别爆发了非常严重的大饥荒，但在十九世纪以前，饥荒一直未被当做政治问题看待。十九世纪中期以后，英国人认为社会发生饥荒和赤贫状况罪责在政府，政府必须负担起维持人民最低生活水平的责任。出于这种认识，十九世纪后期来中国的英国人都对苦力等穷苦百姓报以同情，这与英国人的阶级观念有密切关系，他们多将谴责的矛头指向清政府。

苏格兰经济学家亚当·斯密很早就认为，国家想方设法提高社会成员的生活水平，使全社会人员享有基本衣食保障是对国家有利的。当下层阶级生活状况改善，他们会更积极地劳动，增进整个国家的财富。他在书中多处举例中国的政治制度与经济状况，说中国有若干大江大河，有便捷繁盛的河运和国内贸易，但是"古埃及人、印度人和中国人，都不奖励外国贸易"，这大大限制了国家的发展进步与人民整体的富裕程度。中国之所以停滞也与重农抑商的政

---

10 〔英〕雷蒙德·威廉斯，漫长的革命〔M〕，倪伟译，上海：上海人民出版社，2012，第 70 页。

11 〔英〕雷蒙德·威廉斯，漫长的革命〔M〕，第 7 页。

12 〔英〕雷蒙德·威廉斯，漫长的革命〔M〕，第 72 页。

13 〔美〕克莱顿·罗伯茨、戴维·罗伯茨、道格拉斯·R.比松，英国史〔M〕，潘兴明等译，北京：商务印书馆，2013，第 218 页。

策相关。[14]所以国家应该大力鼓励全球贸易，政府可以从贸易中获益，每一个社会成员的生活水平也会随之提高，这就是提高全人类福祉的有效途径。英国领导者采用了斯密的理论和政策，但当时的中国大部分地区还保留着古代的小农经济体系，政府还是搜刮民膏的皇权专制。所以，中国这片土地所能产生的利润完全被落后不公的国家统治制度限制了，如果换成英国的制度，中国这片领土所能产生的利润将使全世界人民获益。所以，批判清朝官员，以及以皇帝为核心的统治制度的腐败，从十八世纪开始就是英国观察家乐道的主题。

第一位来华的新教传教士马礼逊认为，"中国官员们极其傲慢、专横和喧嚷"。作为译员跟随阿美士德使团访华的经历，使他对清政府这个朝廷更加厌恶。这次出使经历使他确认中国的统治者是"封建专制皇帝"，而政府则是个"半开化的朝廷。"[15]1822 年 11 月 15 日，广州发生大火，烧毁了外国商行，马礼逊指责清政府没有采取挽救和补偿措施。马礼逊和小斯当东是亲密的朋友，当马礼逊在广州传教时，小斯当东是英国下议院议员，他曾在给马礼逊的信中说中国政府"既穷又弱，一点也不可信任。"[16]马礼逊在东印度公司担任翻译时，认为中英双方在交往时态度都不友好，在海盗问题、走私鸦片问题，以及中外人员在广州时常发生人身伤害等问题上，清政府与英国的处理方式都不能令对方满意。马礼逊担任翻译也很矛盾和费神。他认为，中国对英国军舰无理粗暴，对鸦片走私船却厚待有加。按理说外国人在中国的领土上应该遵守中国律法，但当时清廷的律法有问题，所以英国人不愿遵守。马礼逊认为清朝政府只享受权力却不履行义务，他们既要求外国人守法，但又不给于保护，不允许他们申诉。而且清政府严禁中国官员和百姓与外国人交往，没有老师教授外国人中文，这些排外政策为中英交往造成了许多麻烦和障碍。马礼逊在很多国际案件中担任翻译，所以他对清朝律法多有指摘。他认为清朝律法很原始，尤其涉及命案时，调查方法是由原告指认凶手，并且不区分犯罪动机，不论是故意伤害还是误伤，都要求杀人偿命。他还认为清朝刑罚严苛，容易屈打成招。尤其在广东，当中外两国人员之间发生法律纠纷时，如果外国人不服朝廷的审判而进行反抗，官府就用全面停止两国贸易、停止向外国人供应生活用

---

14 Smith, Adam. *An Inquiry into the Nature and Causes of the Wealth of Nations.* Rowman & Littlefield Publishers, Inc. 1993. Book 1, Chapter X, p.202.

15 〔英〕马礼逊夫人编，马礼逊回忆录〔M〕，顾长声译，桂林：广西师范大学出版社，2004，第 126 页。

16 〔英〕马礼逊夫人编，马礼逊回忆录〔M〕，第 217 页。

品等方式威胁和惩罚他们，殃及所有在华洋人，使其屈服。一命偿一命是中国的公正，而英国的公正绝非如此。马礼逊认为，不能包庇一个坏人，也不能送一个无辜者去死，这才是英国人所推崇的公正。[17]在马礼逊的时代，英国商人不断伸张的权利是，在中国发生的涉及英国人的案件，应由英国人首先组成法庭审判，继而再交由清政府处置。在广东的英国商人们的呼声传回伦敦，因为清朝的律法非常有失公正，同时，以保护本国贸易和人民的人身财产安全为由，英国政府要求在中国的治外法权就成为正当合理的了。

认为中国的专制皇权统治森严、律法刑罚严酷，在十九世纪的英国非常普遍而流行。马礼逊也这样强调自己的亲身感受，一方面为了证明不论中国政府还是中国人民的确亟需基督教教诲，另一方面也为英国在与中国的交往中争取更自主与更多的权利给予了道义上的支持。而第二点的改善也会为基督教在中国传播铺平道路。在日记中他就直接表示过回部叛乱、西南苗族和台湾地区的反叛，以及盗匪猖獗、鸦片走私厉害，这些都使清政府的政权处在危险境地，他认为这是好事，因为政府的改变可以为福音传播开辟道路。[18]另一位来华的伦敦传教士施美夫也说，中国是一个"充满迷信与盲目崇拜的黑暗国度"。而且，满族人统治的清政府非常排外，他们既防范西方人，又疑心汉人，所以在很多政治策略上试图让两者为敌。1840 年 7 月 5 日，英军登陆舟山时几乎未遇到抵抗，军队里的英国和印度士兵抢劫成风。施美夫在游记中记录，在这种情况下，朝廷一方面下令悬赏逮捕英国人，造成当地百姓与英国军队的冲突，另一方面又毫不手软地处死为英军提供粮食的百姓。[19]他也认为，虽然《南京条约》的签订迫使清政府打开国门迎接外国人，但事实上他们又不保护外国人的安全，这仍旧是排外政策的延续。他说："中国闭关自守，不许外国人为之服务，必将每战必败"。[20]清政府如此深拒固闭，朝廷官员也同样见识短浅。在浙江传教时，施美夫曾拜访宁波的道台大人，他认为这位官员的西方知识非常贫乏。中国官员表面恭敬客气，内心却丝毫不真诚，他们尔虞我诈，鱼肉百姓。对林则徐这种朝廷里的反洋保守派，施美

---

17 〔英〕马礼逊夫人编，马礼逊回忆录〔M〕，顾长声译，桂林：广西师范大学出版社，2004，第 187 页。
18 〔英〕马礼逊夫人编，马礼逊回忆录〔M〕，第 256 页。
19 〔英〕施美夫，五口通商城市游记〔M〕，温时幸译，北京：北京图书馆出版社，2007，第 213 页。
20 〔英〕施美夫，五口通商城市游记〔M〕，第 198 页。

夫认为他们是狂妄自大。对极个别对西方人态度友好、对西方文化了解的官员，他都持赞成态度。在施美夫的观念中，清政府和清朝官员必须开放思想、学习西方，才有可能根治弊端。

于 1898 年至 1903 年间，受英国政府委派出任驻香港总督的卜力（Sir Henry Arthur Blake, 1840-1918），1909 年出版了《中国》（*China*）一书。他曾走访北京、上海和广州等城市，遍游长江、黄河和珠江流域，记了一本笔记，作为向国内同胞介绍中国的综合性书籍。在这本书中，他赞扬了中国人民的刻苦耐劳，揭露了统治阶层的昏庸残酷。他说："中国官吏等级制度的构成有点奇特。与所有的民主政体不同，中国极其专制独裁。对每个官员来说，在他管辖的范围之内，他自己就是法律。"他还特别强调，"在逐级提升中，金钱起着不可或缺的作用。"[21]不仅如此，"打官司必须向上至法官、下至与法庭有关的每个人打点金钱的制度，会彻底摧毁每一条司法公正的原则。"[22]卜力认为，除了腐败以外，"中国法庭动用的刑罚极其严酷，有时简直令人发指。"刑讯逼供是最常见的事。作者记述一个中国绅士给他讲的一个案子，非常曲折离奇。他将此事写得如同侦探小说一般引人入胜，目的是为了说明靠拷打获得的证言有多么不可信，同时表明屈打成招造成的冤案在中国经常发生。随后，他表示自己在当总督时，判案就取消了刑讯逼供这一环节。卜力宣称，"我希望，正在觉醒的中国能够很快地与世界上其他文明国家取得一致，在刑事诉讼程序之类的事务中，努力消除残忍的不公正行为，以减轻人类众多的苦难。"因为他认为，中国的刑事诉讼中的某些特征是野蛮时代残留下来的习惯。

由此可见，十九世纪英国观察家对清政府的批判主要集中于专制暴政、法治腐败，以及闭关自守的外交政策。基于此观察，这些英国人也在著作中提出了中国改革的方向。出生于伦敦的英国外交官密福特（Algernon Bertram Freeman-Mitford, 1837-1916），同时也是一位古董收藏家（西方关注中国的人群中令人瞩目的一群）。他幼年在法兰克福和巴黎等欧陆城市生活，1846 至 1854 年就读于伊顿公学。1858 年进入英国外交部，最初在圣彼得堡英国驻俄国大使馆担任二等秘书。1865 年，他自愿申请到北京英国驻华使馆任参赞。1892 年，密福特成为英国国会保守党议员，1902 年获得爵位。晚年的他经常

---

21 〔英〕布莱克，港督话神州〔M〕，余静娴译，北京：北京图书馆出版社，2006，第 20 页。
22 〔英〕布莱克，港督话神州〔M〕，第 25 页。

被邀请出席上议院会议，就有关远东的问题发表意见。密福特将他在北京生活时的经历记下，成为《清末驻京英使信札》（*The Attache at Peking*）一书，于1900年在伦敦出版。从成书之始到书籍出版，总共历经二十五年，密福特对清政府的看法都没有改变。他在著作中对清廷官员以及整个摇摇欲坠的清朝政府都抨击得不留情面。首先，清政府的专制腐败和排外政策是阻止中国改变的最大障碍。"与外国人任何方式的交往都会引起清朝官员无端的恐惧，觉得是对他们的统治及特权的永久威胁。而在他们的特权中，巧取豪夺与残酷无情是最重要的两项。"密福特认为，"所有的障碍都来自统治者，而非被统治者"，清朝反对外国人的原因不在宗教、通商和鸦片本身，而在清政府旧官员惧怕改革。他认为日本人可以不遗余力追随西方，因为他们舍弃传统并无损国家尊严，但中国却大不相同：

> 清朝官员就精明多了。李鸿章及其同党，逆天行道，而又狡诈如狐。他们清楚地知道，在西方文明的照耀下，他们将冰消雪融，因而殊死抵抗，也就不足为奇了。大小官吏如蝼蚁般布满这个庞大的帝国。他们清醒地认识到，唯有不懈地与'红毛鬼子'为敌，方能赖以生存。[23]

密福特声称，这就是他一向认为的中国时局的关键之所在。十九世纪五十年代，欧洲人相信只要北京大门洞开就可万事大吉，令西方国家与中国皇帝和朝廷保持联系，也许可以劝服最顽固的清朝官员接受西方文明。然而，四十年来，劝诫、奉承、斥责甚至恐吓的方式用尽，都未能使西方达到改变中国的目的。直到1900年，密福特还是认为清政府没有平等看待西方各国，认为西方各国的外交政策仍应该致力于提高西方在中国人眼中的地位。在北京的大使们常常被中国人投石块，面见皇帝还是很难，偶有一次还被中国人视作是给外国天大的面子。密福特认为，这种觐见不过是一场闹剧而已。与此相反，清朝大臣李鸿章访欧时却得到了礼遇，"那个阴险狡诈的老家伙，看到自己像皇亲贵族一样被娇宠奉承，一定在掩袖而笑呢！"[24]这种褒贬分明、讽刺色彩浓重的想象性叙述，生动地将中国朝廷、官员和百姓描述为阴险狡诈、顽固自守和敌视外国的形象，英国人不仅不被中国人尊重甚至还被玩弄。密福特的这种判断并

23　〔英〕密福特，清末驻京英使信札〔M〕，温时幸译，北京：国家图书馆出版社，2010，第5页。
24　〔英〕密福特，清末驻京英使信札〔M〕，第29页。

不令人感到陌生，马嘎尔尼使团的报告就早已对清朝统治下的中国奠定了的基本印象，这种印象集中表现在统治阶层的傲慢无知、宫廷礼仪的荒谬可笑以及整个中国民族的排外敌对。直到 1900 年，英国外交人员还是这样看待中英两国的外交关系，可见初次印象留下了多么深刻的烙印。每一位后来的英国人但凡谈及与中国的交往，这种记忆都会被唤起。而且，他们会以此为模板，在现实和个体经验中找寻印证，一遍遍地将这些固定特征反复铭写。而这种随着时间流逝不断被增强的感受，会使英国人更加坚信，如果清政府不能主动改革，彻底学习和接受西方文化，英国就应当为了本国的利益，同时也为了中国人的利益，用更加强硬的手段迫使中国就范。密福特说："在与我们的交往过程中，中国人期待我们节制，但又像所有的亚洲人一样，把我们的节制看做是惧怕，因此加以鄙视。"他认为 1860 年那场报复性劫掠并没有达到预期的目的。所以，密福特在 1900 年提出建议："不是我们进驻北京，而是把皇帝及其朝廷各部请出北京去。"[25]他宣称早在 1870 年天津教案发生后，他就曾写文章建议列强要求清政府迁都，因为这"必会一举摧毁清朝官僚体制的中心，扫除进步的障碍。地方总督的权力将受中央政府控制。一个既能促进中国百姓的民生幸福，又能保证欧洲商人的安全与利润的新纪元，很可能就会自此诞生"。如果中国的首都从北京迁往南京，政府就会直接处于西方势力的影响下，"距离会减弱威慑，而东方人看见西方的武力，则会留下深刻印象"。如此，清政府就会被迫开放，不得不向西方学习。迁都这种意见来源于俄国彼得大帝的做法，为了使俄国走上现代化道路，他将首都从莫斯科迁往彼得堡。在十九世纪末期，伊藤博文也如此建议中国迁都。

此外，密福特还分析了清政府的排外政策、谣言的制造、反基督教与义和团运动这些事件的关系。在书的序言中，他强调中国社会上流传的关于外国人的谣言众多，如杀害婴孩和挖小孩的眼睛，就连曾国藩这样的高官都相信洋人用婴儿的眼球照相。他说曾国藩曾有一次拿出一些胶囊，说那是洋人取婴儿眼球的证据，密福特认为荒谬至极。普通民众对外国人的厌恶、仇恨和敌对情绪，都是由官方和各类社会群体制造的谣言所影响。他认为，正是这些谣言对义和团运动起了推波助澜的作用。中国统治阶级在政治上憎恶改变，所以暗中扶持灭洋运动。而统治阶层在政治层面的对抗导致了他们对基督教的排斥和对通商的限制。1870 年的"天津大屠杀"发生之后，他在《麦克米兰杂志》（Macmillan's

---

25 〔英〕密福特，清末驻京英使信札〔M〕，第 27 页。

Magazine）写文章提醒英国要警惕，要保护本国教士及民众不受迫害，并"防止中国成为世界文明与进步的绊脚石"。他建议西方强国应在京城驻兵，对清政府保持武力威慑。对清政府不配合西方各国解决教士和民众安全的问题，密福特认为，赔款不是最好的惩罚方式。赔款会使清政府从百姓身上搜刮钱财，而德国占领胶州后，给西方各国提了醒，英国也可以要求清政府割地赔偿。

最后，密福特总结说：

> 将宗教排斥归咎于中国的老百姓并不公正，官员们对天主教势力的畏惧才是促成并助长这股风气的原因。贸易也是如此。……中国人生来就是生意人。生活的乐趣就在于买进卖出，讨价还价。只要生意划算，管他跟谁交易呢？老外或同胞，对他们来说都一样。[26]

排斥基督教、阻止中英通商，这一切都出于清政府对西方国家政治方面的憎恶，他们恐惧基督教可能动摇统治者的政权。对于英国的传教事业，密福特也给出了建议。他用讲故事的方式栩栩如生地描绘了西方人，尤其是天主教传教士在中国的历史。密福特的语言充满了情感色彩，这种讲述方式使得他的叙事忠奸分明、跌宕起伏、充满趣味。他认为西方传教士与中国朝廷交往的那段历史引人入胜，今天的传教士们也应该学习先贤，好好学习中国文化，拉拢上层士大夫。尽管清朝官员满脑子都是对变革的惧怕，密福特也相信"变革终究会实现"。他认为中国政府必须接触和接受西方文明，了解强国的物质与文化基础，唯有如此才能得救。

英国观察家们一边揭发清政府的专制腐败和抱残守缺，一边也在更深入地挖掘问题的根源，找寻变革中国的途径。密福特认为清朝官员遴选制度存在严重问题，首先是教育方式和教育内容死板，然后是科举考试制度严重不公。对中国孩童的教育状况，很多英国人都表示惋惜与同情。因为在他们的观察下，中国的幼童从没有像西方的孩子一样拥有过活泼生动而愉快的启蒙教育，一是因为中国典籍里缺少供孩童阅读的文学，二是但凡八岁开始进入学堂，就要背诵那些成人都很难理解的教条，一生的创造力都被折煞了。施美夫就形象地描述了他所见的中国私塾里小孩学习的情景：他们先被要求反复大声诵读，然后要背对着书，将所读的内容复述出来，这一过程就被称作"背书"。[27]马

---

26 〔英〕密福特，清末驻京英使信札〔M〕，第23页。
27 〔英〕施美夫，五口通商城市游记〔M〕，温时幸译，北京：北京图书馆出版社，2007，第213页。

礼逊也曾在日记里写，他在来中国之前曾跟住在伦敦的一位叫容三德的中国人学习中文，这位中国老师告诉他的学习方法就是背书。施美夫是英国圣公会的传教士，同时也是香港教育部门最早的创建人之一，所以他对中国的教育文化非常关注。在游记中他写道中国传统的教育方式严重压抑了孩童的本性，在这种环境里长大的中国文人都被这种教育制度教成了固执、精明而又盲目自大的人。他举同伴麦赖滋的中文老师邱先生为例，认为他酸腐、愚昧、封闭却又自视甚高，他津津乐道的东西实际毫无价值。"这件事提供了中国式逻辑的真实样品，显示了中国教育的不成熟，周而复始地制造出这种僵化的思想。"[28]英国人初来中国时都需要请中国教习，他们对中国老师的描写无一例外都充满了讽刺语气，认为那些中国文人引以为豪的词章玩弄和吟诗作赋毫无意义。在研习知识方面，因为尊崇古人，丝毫不允许创新，所以中国人的才智都被压抑了。施美夫说，"西方以独创性为主来评判文章的优劣，中国却恰恰相反，遏制创造性，把改革创新扼杀在萌芽中。"[29]曾经在十八世纪被欧洲人赞颂的科举制，在十九世纪英国人的眼中也变成了罪恶之源："科举制度的缺陷十分明显：在这种制度下，文史优异的考生得以升任高官；他们饱读四书五经，成绩优于其他考生，然而常常缺乏管理能力，不能应付时代的突发事件。"[30]而且，科举考试舞弊行为盛行，这也为英国人所诟病。密福特在他的书中曾讲述一位考生因为没有行贿打点关系，所以名落孙山，愤愤不平。他以一句非常具有反讽意味的话评价了这一故事："单凭不行贿一事，即显示其缺乏担任高位的能力。"[31]所以，在这些英国观察家眼中，清朝的科举考试不仅不能够为国家遴选优秀人才，而且已经是徇私舞弊和卖官鬻爵的重灾区。"学习是获得财富的唯一道路，是抢劫、投机、勒索的最冠冕堂皇的方式。官位每升一级，抢劫百姓、欺诈国家的机会就会倍增。"[32]所以，通过科举考试选拔官员的制度，会使国民认为读书就是为了升官发财。"欺诈和腐败如同一只巨大的章鱼，用它的触角扼杀整个帝国"。在这种政府制度的统治之下，每个人都蝇营狗苟，国家也毫无生气和希望。由于这种压抑创造性的教育制度，学生所学习的内容又

---

28 〔英〕施美夫，五口通商城市游记〔M〕，第 235 页。
29 〔英〕施美夫，五口通商城市游记〔M〕，第 33 页。
30 〔英〕施美夫，五口通商城市游记〔M〕，第 33 页。
31 〔英〕密福特，清末驻京英使信札〔M〕，温时幸译，北京：国家图书馆出版社，2010，第 245 页。
32 〔英〕密福特，清末驻京英使信札〔M〕，温时幸译，第 245 页。

都是世代流传的经典教条，千百年来根本没有外国的新知识与文化渗入，所以中国人就很难对自然和世界产生真正的求知欲，也就很难发展出真正的科学。施美夫说："在他们落伍系统的黑暗斗室中，物理学的光芒不能渗透一星半点。"[33]从马嘎尔尼使团对中国的考察开始，英国人就批判了中国原始的造船技术和罗盘等航海设备。他们对中医也多有讽刺，斯当东本人是医学博士，所以他曾记录旅程中一位中医的行医景象，将他讽刺为骗子。"中国的外科知识比其他科更落后"，而且缺少正式医科学校和医院。"他们的解剖学是如此，其他科学，化学、博物等等知识大概也都高明不了多少。"密福特也揭露中国完全没有医学，治疗理念就是迷信和占星术的混杂，如同欧洲的中世纪。中国知识的匮乏几乎覆盖所有的学科，医学只是其中一例。李提摩太后来直接揭露中国的书中缺乏四样东西：真正的科学、真正的历史、真正的经济学和真正的宗教。[34]

1870 年来中国从事新闻行业的巴尔福（Frederic Henry Balfour, 1846-1909），曾在他的书中表达对中国的政治力量、文化水平和道德规范的不认同，主要原因就在他对中国人从来不承认西方文化的优越很不屑。"中国人对西方道德规范的蔑视绝对真实，毫无隐瞒。他们的自负最自然，朴实无华，基于无知——这种无知几乎在坦诚方面达到'崇高'的境界。"[35]他用一个长句说反话以讽刺中国人毫不隐晦对西方文化的无知和蔑视。当时洋务派已经开始学习和引起西方的船舶、枪炮等军事制造技术，但巴尔福认为翻译家们也不能光翻译科学和工业类书籍，因为中国人的道德也急需西方文化教导。所以他推荐同胞应该多翻译社会科学类书籍，比如"赫伯特·斯宾塞（Herbert Spencer）与约翰·斯图尔特·穆勒（John Stuart Mill）这些哲学家的作品"。[36]在巴尔福眼中，宣扬社会达尔文主义的斯宾塞，和高呼公民自由权利的穆勒能够补充中国文化的缺陷。他认为这一世纪中国所受的来自西方的压力，主要责任在中国人自己，"中国人经常作出盲目和愚蠢的举动，从而使自己受制于缔约国的淫

---

33 〔英〕施美夫，五口通商城市游记〔M〕，温时幸译，北京：北京图书馆出版社，2007，第 33 页。
34 〔英〕苏慧廉，李提摩太在中国〔M〕，关志远、关志英、何玉译，桂林：广西师范大学出版社，2007，第 303 页。
35 〔英〕巴尔福，远东漫游：中国事务系列〔M〕，王玉括等译，南京：南京出版社，2006，第 106 页。
36 〔英〕巴尔福，远东漫游：中国事务系列〔M〕，第 107 页。

威，选择最不愿走的道路。"[37]他并不指望也不希望中国像日本那样完全丢掉自己的传统而模仿西方，但中国也必须正视和吸纳西方文化的优秀成果：

> 我们的确希望并相信，随着时间的推移，他们会逐渐意识到，采纳西方的文明成果，在其最深层的意义上，是通向强大与自由，实现真正的和永久安康的最可靠，也是唯一的途径。[38]

要想生存，只能承认适者生存，只有变得强大，自己的权利和自由才有保障，这是该书作者暗示的一个民族和国家的生存之道。中国必须承认且加入其中，才能在世界大家庭中继续存在下去。

密福特在著作结尾引用了老子的话来说明中国应该努力的方向：

> 道教创始人老子在公元前 500 年就指出，中国的教育体制和政府体制已滑向虚荣、空洞。圣人曰：'绝圣弃智，民利百倍。'中国哲学家之中，老子倡导见素抱朴，与基督教规范最为接近。[39]

作者的这个判断来源于他本人对清朝所坚持的观念系统的认知，他认为清朝的统治权威以及知识体系已经失去了实力，只剩下虚荣的表象。而中国要想生存下去，必须抛弃那些陈旧无用和顽固愚昧的知识传统，面对现实，接受西方的文化。

由此，英国旅行者与观察家们对中国社会已经有了透彻的了解，任何一个细处都逃不过他们的眼睛和笔端。当观察家们将中国的这些弊端揭示出来后，就引来了更多的"改革者"们。他们或者是外交官，或者是传教士。前者要么进入政府机构任职，期望帮助清政府改革制度，要么来殖民地香港当总督，又或者在租借地任领事。后者则积极来中国开办基督教学校，或者开设西式医院治病救人。在英国人以及其他西方人的干预下，中国社会发生的变化也逃不过旅行者的眼睛。在七十年代后，很多英国人一方面记录他们预感即将逝去的旧中国景象，另一方面也注重描绘在西方压力下中国自身进行的变革性举措，对中国终将"醒来"充满了预期，也流露出隐隐的忧虑。

对变革下的中国记录最为详细的，当属旅行摄影家约翰·汤姆逊（John Thomson, 1837-1921）。他生于苏格兰一个烟草商家庭，1862 年成为皇家苏格兰艺术学会会员。之后他跟随兄弟去新加坡开照相馆，在十年的远东之旅中，

---

37 〔英〕巴尔福，远东漫游：中国事务系列〔M〕，第 58 页。
38 〔英〕巴尔福，远东漫游：中国事务系列〔M〕，第 69 页。
39 〔英〕密福特，清末驻京英使信札〔M〕，温时幸译，北京：国家图书馆出版社，2010，第 247 页。

拍摄了大量东南亚各国皇室的图像，回国出版，获得盛赞。在当时的英国及整个西方社会，有识之士们都已经预感到，曾经那个多样性文明并存的世界，很快就会因为现代工业文明的普及而彻底消逝。而东方各国和各民族的生活景象是尤其珍贵的标本，如果能将这些景象在消失之前详细记录，无疑对人类文明有巨大贡献。这也是驱动很多西方人来中国进行事无巨细地书写的原因。而汤姆逊因为使用了最新的摄影术，能将现实图景直接投影到纸张上，使人眼所见的景象永久保存下来，这无疑比单纯的文字记录更令人兴奋。1866 年，汤姆逊入选为皇家人种学会和地理学会会员，这激发起他更大的信心。1867 年 10 月，他到香港开照相馆，之后在中国大陆旅行。回国后，他将游记与相片一同出版，在西方社会引起轰动。汤姆逊的著作可谓开时代先河之作，自此之后，人们发现了另一种游记写作的新方式，那就是穿插照片。摄影也被进一步确认为记载和传播知识的有效途径《中国与中国人影像》（*Illustrations of China and Its People*, 1873-1874）并非只是照片的排列，用他自己的话说，这本书是"用照片为游记做插图"，这是游记创作的"一种新尝试"。这本书出版时是图文并排印刷，这也是印刷技术史上的创新。他认为，"照片的直观和真实能把书中的场景带到读者触手可及的眼前"。这显然是之前的游记作品难以达到的效果。由于这种完全崭新的记录方式，使得汤姆逊在记录中国的英国作者群中引人注目。他的著作给观众传达出这样一种暗示：这些照片和文字都是对真相客观、直接的呈现，它们是游记，但其中的文字也是可靠的科研资料，图片则是科研标本与档案。汤姆逊的著作所展示出的这样一种人类学与社会学研究风格，使他赢得了比其他普通旅行者更高的尊重和赞誉。

汤姆逊在书中描写和展示的第一个地方是香港，他说在英国国旗升起之前，这里了无生趣，只有渔民和海盗。这里一度被称为欧洲人的坟墓，一方面因为香港原住民对欧洲人非常敌视，另一方面英国人非常不适应香港的气候。而现在香港已经开始发展，被英国建设得很美。上海也是西方势力建设的样本城市，这里有方圆十里的外国租界区，故称十里洋场。汤姆逊也是将上海视作西方力量改造中国成功的案例，外滩道路以中国的省份和城市命名，这样微缩的"中国大地"就全部聚集在西方人脚下了。[40]在汤姆逊的展示下，中国人社区封闭、贫穷和破烂，而西方租界区则整齐、干净和漂亮。这样明显的对比是

---

40 〔英〕汤姆逊，约翰·汤姆逊记录的晚清帝国〔M〕，徐家宁译，桂林：广西师范大学出版社，2012，第 319 页。

在不停地说服，也是在不断地强制，让中国开门，"接受我们的好意"。他认为"中国政府那些令人反感的针对外国人的侮辱性政策"，是在 1839 年英国向清朝宣战后才得以改变的，而这种开战不仅使英国人在中国获得了尊重，更使中国迈上了变革之路。这种以西方为标准的变革在他看来是完全正确且对中国绝对有好处的。

汤姆逊是最早为清朝宫廷里的官员拍摄肖像的英国人，这显然继承了他之前在东南亚各王国拍摄的风格。他的镜头下有长指甲很明显、目光沉静的恭亲王奕䜣，还有衙门里的文祥，成林，沈桂芬，董恂和李鸿章等人。这些人要么是专门负责处理外国事务的，要么是直接负责洋务实践的。李鸿章被他赞赏是中国人的优秀楷模。他对中西人士合作的行动非常支持，专门拍摄了用西式方法训练的中国人军队，并赞扬在平息太平天国叛乱时，曾国藩与戈登上校的合作。在汤姆逊镜头中，洋枪队以及经过西方式军事管理和训练的士兵都充满了希望与生气。例如有一张名为"鞑靼士兵"的照片，是十一位中国男性错落有致地坐在葱郁美丽的公园里的肖像，他们身材魁梧且着装威严，身体姿态显得生动活泼，面容流露出刚毅高贵的神情，这与之前英国人笔下软弱苍白、毫无纪律的清兵形象大相径庭。原来这些士兵是广州领事罗伯特先生（Sir D.B.Robertson）的本地卫队成员，正在被当作炮兵训练。这些景象用确凿无疑的案例向读者诉说，并非中国人生性懦弱，不能成为好士兵，只要使用西方军队的管理和训练方法，中国人完全可以被组建成像西方人一样优秀勇武的部队。汤姆逊还拍摄了"南京兵工厂"（金陵制造局）里生产的炮弹和枪，在法国人日意格的监管下运行的"福州兵工厂"（福州船政局）等。在他眼中，这些生产军事武器的工厂昭示着中国已经迈开了走向现代化的重要一步。

除了学习西方军事技术，清政府还开始改革教育领域。汤姆逊赞扬官府办新式学校，培养外贸人才。美国人丁韪良（William Alexander Parsons Martin, 1827-1916）在京师同文馆任外文老师，数学家李善兰与英国汉学家伟烈亚力（Alexander Wylie, 1815-1887）合译《几何原本》，他们培养出一批懂外语、懂西方数学知识的新式学生，这都是中国的希望。西方传教士也在中国各地开办西式医院，同文馆有英国医生教授解剖学，汤姆逊认为这是中国医学走向现代的曙光。不仅改革的曙光在政府部门显现，中国民众也开始显示出对西方文化极大的热情。他生动地记录了一个叫丁先生的北京官员学习西方科学技术的趣事，这位丁先生对西方科学及机器异常着迷，并积极实践，即使因为制造水泵把庭院淹了也没能阻止他继续探索的热情。

汤姆逊说，英国人普遍认为中国没有进步，而日本被津津乐道为东方进步的典型，但他这本书就是试图向英国人显示，中国已经迈开了向现代化前进的步伐。他认为中国正逐步走上西方道路，尽管还比较保守。[41]汤姆逊对中国和中国人没有特别的厌恶，甚至含有同情与喜爱，但他仍旧坚持着西方文明论的前提判断。在十九世纪英国人的思想中，西方文化是全人类最先进和最高等的文明，这是无需任何说明的既定事实。全世界民族和国家都必然要接受西方文明，进入现代社会，这是人类历史的必然趋势。唯有顺应此潮流才是正确的，如果对此判断前提有任何疑虑，都会被理所当然视作是荒谬的。然而，事实上，汤姆逊所记录的时代里的中国人，包括慈禧太后、官员、文人和百姓，绝大部分人根本没有接受英国人的这种文化霸权观念。他眼中所见的"变革"，不过是中国人在延续"师夷长技以制夷"的抵抗策略，这些行动都是出于对英法列强暴力侵略与攻击的反抗。而且，负责兴办洋务的清朝官员多存在渎职贪污的现象，他们故意使用不同国籍的西方人来共同指导一个工厂，使双方产生利益矛盾，这些都使"变革"不过徒有其表。

不过，清朝的这些行动还是改变了英国观察者们对中国的看法。到义和团运动爆发后，西方人开始恐惧中国不仅在军事技术上有了进步，更重要的是民众似乎也有了精神觉醒，这种力量比技术和制度的变革都更深刻。曾经的香港总督卜力预言："当中国这个沉睡的东方巨人完全睁开了眼睛，就会意识到自身的巨大力量和能力，并会要求世界列强关注其互惠权利的要求。"[42]这将给西方国家带来挑战：

> 中国的苏醒意味着她将要进入世界市场去争取她应得的全部份额。凭借其强大的商贸能力和巨大的生产力，她一定能够在很大程度上满足自身的需求，而且一定会扩展到遥远的国外市场。[43]

将中华民族的觉醒与中国人特有的优秀品质结合到一起判断时，卜力就发出了下面的感慨："有一项竞争中国人是永远不会参与的，那就是比谁更懈怠和懒惰。中国的每一位国民都在竭尽全力努力工作，这个国家充满着强大的活力。"尽管中国复兴的迹象还很不明显，但以卜力为代表的英国人已经开

41　〔英〕汤姆逊，约翰·汤姆逊记录的晚清帝国〔M〕，第44页。

42　〔英〕布莱克，港督话神州〔M〕，余静娴译，北京：北京图书馆出版社，2006，第90页。

43　〔英〕布莱克，港督话神州〔M〕，第90页。

始忧虑：

> 未来的竞争有可能产生这样的结果：利物浦、伯明翰和曼彻斯特的工人会生出一种苦涩的遗憾，用哄骗、困扰、威吓和棍棒等政策，把远东巨人推入商贸开发之路的做法竟然会是那样的成功。中国由于有了机器、廉价的劳动力、丰富的矿藏以及运用上述资源的明智决策，她一定会证明自己是这样一个竞争者：除了最强的竞争者之外，所有的人在她的面前都会感到胆怯。[44]

这种预言显然带有焦虑的性质。

十九世纪英国人在向西方报道中国的著作中，都隐藏了最为关键的内容，那就是英国人是如何开始闯入、攻击、羞辱和胁迫清政府，使中国从一个盛世王朝急速变为任由西方国家宰割的猎物的过程。而这些关键问题的揭露会彻底改变英国人判定中国问题的前提。这种揭露至今也没有完全实现，所以从"中国龙觉醒"的预言到"中国威胁论"之间，建立起了联系。在欧洲人的记忆里，中国的历史常是如此：原始落后、保守封闭的那个古老中国拒绝西方文化是荒谬错误的，西方人花了一个世纪的精力，为帮助中国人走上幸福的现代化道路，结果非但得不到中国人的友谊，甚至只剩下了仇视。所以，在中国发展强大后，他们可能会报复西方，以致威胁西方的利益与安全。这种影响深远的观念的建立，正与本文所讨论的这些著作紧密相关。这些书写中国问题的著作一遍遍地述说和强化片面的历史，形成了讲述中国的话语霸权。这种话语霸权正是帝国主义将所有西方文化（政治制度、国际法、商品经济、工业化和基督教等）当作一种"自然化了的霸权话语"（a naturalized hegemonic discourse）的直接体现。

二、推行基督教普世价值

宗教在英国乃至整个西方世界中的重要地位，是如何估量都不为过的。广义的基督教的信仰争夺战，几乎伴随着欧洲内部或涉及全球的历史风云变幻的每一个阶段。那些表面上看是政治、军事和商业等国家实力的较量，深层都有宗教斗争的影子。所以，在欧洲与中国发生关系的八九百年间，罗马天主教传教士不仅担任着先锋角色，而且他们都拥有绵绵不绝的继承者。在英国与中国发生关系的两三百年间，商人、殖民者和军人来了，新教传教士也毫无悬念

---

44 〔英〕布莱克，港督话神州〔M〕，第142页。

随之而来。然而，对英国教士来说，来中国传教绝不简单是传播知识、普及教育或行医治病，他们的行为被视作是一种天赋使命，有着神圣的动机与无上的光荣。将愚昧混沌的不信教者或异教徒转变为基督徒，这是上帝认可的他们所能做的最伟大事业，这种荣耀绝不是在世俗世界建功立业所能比拟的。这是一位标准的基督教传教士所秉持的原则。不过，只要传教士的道路不是通过和平的方式开辟，只要他们步着暴力侵略者的脚步而行，他们的行动就难以被认作是完美高尚的。尤其是十九世纪在中国的西方传教士们，他们鱼龙混杂、良莠不齐。本应宽容奉献、远离罪恶，但他们中很多人就如同殖民者一般，对中国人的礼仪与文化百般指责、横加干涉，或者以高人一等的姿态将中国人视作邪恶异教徒。一方面根本没有遵从耶稣的教导无私爱世人，另一方面却希望迫使中国人皈依。这就是十九世纪天主教与新教传教士们所存在的环境，不仅中国人排斥他们，就连英国人自己也不时批评本国传教士在中国的行为。而且，天主教与新教之间还会相互揭短和指责。

欧洲的中国报道在十八世纪以前基本由天主教传教士主导，他们中很多人比商人更深入中国内地，在康熙年间进入北京甚至直接在朝廷任职的都有不少。他们掌握着比其他人更直接、更深入的第一手经验，他们传回国内的传教报告一度成为中国消息的独家权威。然而，英国人对天主教的报道从十七世纪就开始质疑和不认可，这一方面出于英格兰强烈的反天主教情绪（Anti-Catholic Feeling），另一方面也在于，国家实力强盛起来的英国人处处都要强调本民族身份和本国文化的独立性。自宗教改革之后，新教与天主教就在全球争夺着势力范围，十九世纪的中国也成为信仰争夺的重要地域。立德先生（Archibald Little）在中国旅行途中观察中国人对基督教的态度，他认为天主教先为中国人带来了"天主"（Lord of Heaven），英国人又带来"上帝"（Shang-ti, Supreme Ruler），最后美国人又带来"真神"（Chen shen, The True Spirit），同一位神却在中国以不同的称呼和面目展现，这正表明了西方国家的宗教与世俗政治无法脱离干系。也由于这一点，当时的中国人难以理解和相信基督教。

十九世纪上半叶英国的"中国通"小斯当东（George Thomas Staunton）不是宗教人士，但他对英国新教的热情和尊崇在他的回忆录中表露无遗。在书的结尾，他引用埃德蒙·伯克（Edmund Burke, 1729-1797）的话以证明英国人虔诚的信仰热情：

> 我们既不猛烈抨击希腊也不激烈谴责罗马教会，我们选择新教，
> 并不是因为我们觉得新教是比较淡化的基督宗教，而是因为，在我
> 们看来，新教的基督性更浓厚。我们成为新教徒，不是出于淡漠，
> 而是出于热情。[45]

英国从罗马天主教会脱离，建立本民族的新教信仰，本身就出于很多政治原因。当新教确认为英国国教后，反过来，宗教信仰又会成为强化民族和国家独立身份的重要标志。所以，在十九世纪欧洲各国争夺中国土地和资源的同时，精神领域的信仰争夺也进行着。马礼逊的同伴米怜（William Milne）就认为天主教士的报告又冗长又繁琐，书又大又贵，而且耶稣会士的报道充满疑点，他们对中国的介绍不如马嘎尔尼使团的报告对英国人影响大。米怜认为，耶稣会传教士们之所以吹捧中国的好处，是他们见识少，大惊小怪。见多识广的英国人才不会认为那些他们惊叹的地方有什么大不了。他寄希望于扩展全球商业来帮助传教。[46]外交官密福特也在书中揭露天主教传教士的不当行为，说明他们的行为对基督教在中国的传播产生了危害。他说，有些犯了罪的中国人为了享受治外法权，向传教士寻求庇护，传教士听信他们的话，以致与当地官员针锋相对，这加剧了中国对西方国家的疑心。"横加干涉的传教士与被干涉的清廷命官，如何能和睦相处？更有甚者，有些传教士竟督促教徒不要听从官方法令，而要全力效忠于作为罗马教皇陛下代表的传教士们。"[47]密福特将这些"横加干涉"的责任推给了罗马天主教传教士。他认为，"与之相反，中国内地的传教士却从不作这样的要求，也不至招来仇恨。"这很明显是在为英国教士辩护，说明新教传教士与罗马教士在中国的传教方式有所不同。

英国新教传教团大多在十八世纪末十九世纪初组建，根据伟烈亚力（Alexander Wylie, 1815-1887）统计，1870 年以前来华的英国传教会大致有伦敦传道会（London Missionary Society, 1807），英国圣公会（Church of England Missionary Society, 1837），英格兰浸礼教总会（General Baptist Missionary Society, London, 1845），英国长老会传道会（Foreign Mission Board of the Presbyterian Church in England, 1847），英格兰循道会卫斯理公会（Wesleyan

---

45 Staunton, George Thomas. *Memoirs of the Chief Incidents of the Public Life of Sir George Thomas Staunton*. Cambridge: Cambridge University Press, 2010. p.185.

46 〔英〕米怜，新教在华传教前十年回顾〔M〕，北京：大象出版社，2008。

47 〔英〕密福特，清末驻京英使信札〔M〕，温时幸译，北京：国家图书馆出版社，2010，第 26 页。

Missionary Society, London, 1852），英格兰中国福音会（Chinese Evangelization Society, London, 1853），英国浸礼会（English Baptist Missionary Society, 1860），英国圣道堂（New Connection Methodist Missionary Society in England, 1860），英格兰偕我公会（United Methodist Free Church Missionary Society in England, 1864）和苏格兰联合长老会（Mission Board of the United Presbyterian Church of Scotland, 1865）。还有许多偶尔来华且与任何团体没有关系的传教士。[48]英国人来中国传教的热情由福音派教义复兴运动所激发，他们倡导"以全副热忱去改造德性、救济困苦和传播福音。"[49]这些运动产生的初衷是为了抵抗日渐退化和不得人心的国教。十八世纪上半叶的理性和温和极大地削弱了宗教教条和神秘冲动对人的控制力，功利主义、宗教自由主义在英国大行其道，法国人都嘲讽英国是没有宗教的国家。从十八世纪下半叶开始，国教牧师成了乡绅们的伴侣，富人的服务者，教士教育水平低，见解浅陋庸俗，这在亨利·菲尔丁（Henry Fielding, 1707-1754）的小说《汤姆·琼斯》（*The History of Tom Jones, a Foundling*, 1749）中可见一斑。国教不能为民众服务，穷苦人和富人均感受不到福音的启迪和感召。复兴狂热活跃的非国教教义的运动就在这种情况下产生。以卫理公会为代表，他们的教义吸收了路德、加尔文神学的成分，认为世人得救在上帝施恩，而非善举。他们在街头讲道，在穷人中布道。非国教教会的复兴成为一支重要政治力量，"缔造了一种以坚实的个人主义为基础的社会和思想文化"，[50]俭朴、节制、正直、远见、自励和勤劳等道德观念得到倡导，"在这许多基本的建树中，产生了英国维多利亚时代最强大动力之一——认真的、清教的、坚决的、带野心并经常狭隘的功利的观念——非国教的道德观。"[51]带着这种宗教热忱与道德观念，十九世纪中后期的英国传教士们来到中国，他们看待中国问题的视角深受国内环境影响。虽同为教士，但他们的行动和世俗事业却各有不同，有些四处奔波宣讲布道，有些治病救人办医院，有些建学校办教育，有些开书馆发展印刷业。然而，即便他们的所作所为

48　〔英〕伟烈亚力，基督教新教传教士在华名录〔M〕，张康英译，天津：天津人民
　　出版社，2013，第6-7页。
49　〔美〕克莱顿·罗伯茨、戴维·罗伯茨，道格拉斯·R.比松，英国史〔M〕，潘兴
　　明等译，北京：商务印书馆，2013。
50　〔美〕克莱顿·罗伯茨、戴维·罗伯茨，道格拉斯·R.比松，英国史〔M〕，第208
　　页。
51　〔美〕克莱顿·罗伯茨、戴维·罗伯茨，道格拉斯·R.比松，英国史〔M〕，第111
　　页。

不尽相同，但他们的目的大多只有一个，那就是帮助中国人精神觉醒，放弃佛教等异教信仰，皈依基督教。因为是基督教文化孕育和诞生了西方现代文明，皈依基督不仅能使中国社会走上富强之路，并且能纠正和拯救中国人堕落的道德和灵魂。在英国传教士的中国叙事中，中国人是一个充满了原罪的民族，如果他们仅仅学习和接受了西方科技、经济、政治或军事文化，而没有接受基督教信仰，那么他们就仍旧是狡诈邪恶的民族，并且会为世界带来危险。所以，西方人对中国完整"拯救"的最重要一项应该是使他们皈依基督。

天主教主导西方在中国的传教时，他们主要攻击的是中国人的祖先崇拜以及偶像崇拜。英国新教传教士则多揭露中国人的迷信和道德堕落。1804 年9 月，马礼逊由伦敦会高士坡传教学院派往中国，他是第一位来中国传教的英国教士。他认为向中国人传教无疑是最艰巨的任务，因为中国的人口接近四亿，而且他们都是坚定固执的"偶像崇拜者"。然而，也正因为如此，他更要勇敢承担起这项任务，因为"中国是救主耶稣所拥有的疆土之一"。[52]他认为，中国人虽然也是一个"具有不可知论、狡诈和说谎言的民族"，然而，"求上帝看在耶稣的面上，怜悯中国人，改变他们的心。中国人不会比希腊人、罗马人更坏，也不会比我们英国人的祖先更坏。"[53]他不远万里、历尽千辛万苦，就如同圣经中记载的耶稣的门徒向罗马人传教一样，是来救中国人属灵的命。在马礼逊的日记中，他论及所面对的艰难的传教环境，1813 年山东洪水引发饥荒，又有借基督教名义兴起的天理教民变。内忧外患促使清政府闭关锁国，擅入内地的传教士会被斩首。不过，日记中所展示的马礼逊是一个有同情心和道德感的宽容教士形象，为了促进中英两国人在海岸交往时能相互调适，他呼吁国人应该多学习中国文化、政治和法律知识。他担心英国水手素质差，容易闹事，特写《对改善外国水手在华道德问题的建议》（1822）。马礼逊还在日记中说自己注意到广东沿海有英国的鸦片走私船，写信给小斯当东："这种非法买卖，对于英国的国旗，或者基督教国家的国格而言，都是极端可耻的。"1823年一位英国青年给他写信，也说鸦片走私是违背基督教道德的，这得到了他的声援。马礼逊自称不是那类爱国主义者：只主张扩张本国而损害或毁灭另一国。他希望自由贸易时也能考虑中国的利益。这些观点展示了一个真正的基督

---

52 〔英〕马礼逊夫人编，马礼逊回忆录〔M〕，顾长声译，桂林：广西师范大学出版社，2004，第17 页。

53 〔英〕马礼逊夫人编，马礼逊回忆录〔M〕，第130 页。

徒的人道主义和对现实的关怀。

马礼逊 1823 年第一次回国时，在公开演讲中说中国地大物博，不需要欧洲的任何东西，但唯独缺少基督真理。因他们虽然文明古老，物产丰富，却仍旧昏头昏脑、骄傲、不敬神，[54]而这种道德和精神上的匮乏是致命的。马礼逊的这种判断显示了这一时期英国文化对中国形象塑造的一个共有倾向：中国有匮乏，这种匮乏是英国人能够给予和弥补的。英国人由于依赖中国商品而产生的焦虑感使他们开始重点检视中国匮乏的部分，强调中国对英国的需要。对肩负传播福音使命的传教士来说，新教教义和信仰就是中国人首先需要的。

马礼逊原本想将生命都献给主的事业，但为了传教资金，不得不从事世俗工作。他先为东印度公司的商人服务，后受封成为英王的臣仆，在使团中担任翻译，在广东处理中英外交事务。在马礼逊的记述中，也流露了后来一直主导英国传教士对待中国的矛盾态度：一方面坚定基督教的优越性，坚信基督教文明是最高最好的人类行动的教导与精神信仰，他们力图向中国播撒爱的种子，向中国人民传播得救的福音；另一方面，他们虽然也明白在英国的全球自由贸易政策下存在鸦片走私这类的罪恶，但本国实力的强大和权威力量在外国的树立，能够为传教铺平道路，他们也难免流露出潜在支持。传教士的自我形象在他们的报告中也就不可避免地一面是仁爱使者，另一面是帝国侵略的协同者。两次鸦片战争爆发后，不平等条约签订，随着中国开放的口岸越来越多，来华的英国传教士数量增大，活动的地域也深入内地。他们中的很多人已不再纯粹关注教务，也开始积极参与改变中国的世俗行动。尽管有些人谴责战争，谴责鸦片贸易，但他们几乎都同时认为，英国在中国获得权力有助于中国接受西方现代文明，同时也为传教开了便利之路。由此，他们认为从中国的长远利益考量，战争对中国是有好处的，在中国传教与在西方领导下进行改革，成了拯救中国的两条必经之路。施美夫（George Smith）就明确表示，传教是在以另一种方式弥补和偿还英国发动战争给中国人带来的伤害。主动将传播西方工业、科学和制度与传播基督教信仰相结合，成了将英国和美国新教与罗马天主教区别开来的，在中国传教的特殊方式。英国人中的李提摩太（Timothy Richard,1845-1919）即为代表。李提摩太 1871 年来到中国，他有一段名言：

> 在中国的传教士所面临的问题，不仅是如何拯救占人类四分之一的人的灵魂，而且还包括如何在年均四百万的死亡率下拯救他们的肉

---

54 〔英〕马礼逊夫人编，马礼逊回忆录〔M〕，第 234 页。

> 体，以及如何解放他们的心智——从一种延续了无数个世纪的哲学和
> 习俗的统治下解放他们的心智，而正是那种哲学和习俗使中国陷入了
> 困境，以致任何居心不良的国家都可以任意对其伤害和摆布。[55]

就是这种原则指导着他在中国的传教工作。1876 至 1879 年，中国北方发生了严重饥荒，他在山西和山东积极赈灾。李提摩太将中国政府与百姓分开来看，认为中国的主要问题在于政府不得力，而百姓是无辜的。"如果中国政府不那么自负，声称只有自己是文明的，从野蛮的西方人那里学不到任何东西，有数百万人应当能够得救。"李提摩太在翻译麦肯齐《泰西新史览要》一书的序言中说，中国近六十年所受屈辱，均因清政府顽固自闭，不顺应时代变化的潮流，他们态度不变，中国就会一直衰败下去，若改变态度，仍能成为强国。在自传中他也声称：

> 如果这个民族从无知和恶行的禁锢下获得自由，并且沐浴到科
> 学的、工业的、宗教的教育之光，它就可能成为这个地球上最强大
> 的民族之一。传教士给中国的政治和宗教领袖带来了福音。[56]

1890 年左右，中国多地教案频发，李提摩太和其他欧洲人一样，认为清政府应负全责，背后最大的阴谋者是慈禧。因此，他上书清政府要求宗教自由，停止迫害基督徒。在李提摩太的观念里，义和团运动多了一层宗教战争的意味，是一场政府暗中支持下的宗教迫害运动。若基督徒与传教士得不到中国政府的保护，他们本国的政府只好亲自出马，这样引起的政局动荡和国际矛盾升级都是清政府的责任。但是，他同时也看到，中国并非一直奉行闭关锁国的政策，只因为近代几个原因清政府才如此排外。首先，天主教以教皇为唯一和最高权威，这大大挑战了天子的权威；其次，葡萄牙和西班牙分别对美洲和亚洲各地进行侵略和殖民，英国又占领了邻国印度，这些事件使清政府警觉，害怕自己的统治受威胁。基于以上认识，他立志要帮助和引导中国人寻找最合适的发展道路，这就是在中国上层阶级中传播西方文明。他认为，西方文明优于中国的是"它热衷于在自然中探讨上帝的工作方式，并利用自然规律为人类服务。这就是在遵守上帝给予亚当的指令，去支配世间万事万物"。他认为中国很伟大，但是当时的状况他们的确需要帮助，因为中国的书中缺乏四样东西：

---

55 〔英〕李提摩太，亲历晚清四十五年：李提摩太在华回忆录〔M〕，李宪堂译，北京：人民出版社，2011。

56 〔英〕李提摩太，亲历晚清四十五年：李提摩太在华回忆录〔M〕。

真正的科学、真正的历史、真正的经济学和真正的宗教。就如他在自传中所言：

> 这些陈年旧事讲述了一种富有同情心的努力，……这种努力意味着在不同方向上对中国的提升，通过更优越的宗教、更先进的科学、更便利的通讯、更完善的国际贸易，还有现代大学、出版社的建立，以及在这个与欧洲一般大小的国家内发展工业，开发新产品。[57]

李提摩太几乎参与了以上所有领域的活动。比如，为中国改革提出草案，建议政府修铁路、炼钢和采矿，让官员赴欧美考察、办现代教育以及宗教自由等。他还学习比较宗教学，研究科学，译书，开办山西大学，运用迂回战术希望既使中国在世俗的国力上强盛起来，又在精神的国度里皈依基督。他在回国后的演讲中称，一个新时代已经到来，英国在中国的传教重心已经改变。以前在于"拯救异教徒于地狱的痛苦中"，现在变为"拯救异教徒于这世界上痛苦的地狱中。"也就是说，过去的传教注重精神信仰层面，现在则应侧重现实层面，要改变中国的现实状况，才能拯救中国人民。

李提摩太来自威尔士一个普通农民家庭，家族中最有名的就是一位牧师。他通过浸礼会传教协会来到中国传教，一方面是出自 1858 至 1860 年间席卷"美国、北爱尔兰、威尔士、苏格兰、挪威和瑞典的宗教复兴运动"的鼓舞，另一方面也是李提摩太改变和提升自我命运的方式。将生命奉献在中国，并且以传播福音和造福人类为目标，使他的人生意义得到升华。李提摩太的自传和苏慧廉（William Edward Soothill, 1861-1935）为他所写的传记，将他在中国的一生书写成为中国人民着想，拯救中国于水火之中的圣徒形象，这背后正是宗教理想的狂热在左右，同时国家政治与宗教之间密切的关系也得到了揭示。

英国对中国的打击和摧毁行动一开始就有基督教的影子，额尔金在第二次鸦片战争中说，"我们在摧毁这一古老文明过程中也没什么令人好遗憾的。人口众多，胆小而贫穷，这似乎就是这一古老文明带来的主要成果。"[58]在他眼中，中国文明除了"古老"以外，别无任何可称道之处。"古老"在西方人眼中没有什么高尚或可尊敬的意义，古老就是时间久，并无美德可言。额尔金认为：

> 我们虽不能说这一古老文明是原始落后的文明，但它在许多方

---

57 〔英〕李提摩太，亲历晚清四十五年：李提摩太在华回忆录〔M〕。

58 〔英〕沃尔龙德编，额尔金书信和日记选〔M〕，汪洪章、陈以侃译，上海：中西书局，2011，第 92 页。

> 面已显得疲惫衰弱，很不完善……基督教文明必须在一个足智多谋
> 但同时却又充满怀疑的民族中取得胜利。我们将向世人表明，只有
> 对上帝信仰才能使公众和个人生活有道理可言，目光系着在大地上
> 的世俗信仰是无道理可言的。"[59]

中国与西方的碰撞与接触一方面在世俗方面，如商业、外交和人民生活的交往，但同时，更为重要的和更为本质的是文明的接触与碰撞。而西方文明根本上是基督教文明，基督教信仰不是世俗的，只有基督教信仰给予人类生活的道理，而任何世俗的信仰都无道理可言。也就是，基督教信仰才是赋予人类生命和生活的唯一意义源泉，此外别无其他。那么，中国人自然只有接受西方文明这唯一一条路，此外都是无用的。

以额尔金为代表的英国人，将中国与西方的交往视作两种文明的较量，必须一争高下，而且一定会有好坏高下之分。而他们一直努力的就是证明西方文明是最高级、最上等和最先进的文明。今天的人们可以认为市场经济和民主制度是人类社会普遍可以采用的制度，工业化和城市化等现代文明也是人类社会普遍可以进行的构造，并非为西方文明独有。如果现代文明并不等同于西方文明，那么就不存在西化派或保守派之争了。但是，在当时欧美人的观念中，现代文明是由西方人发明创造出来的，而他们之所以能够发明创造，与基督教信仰有直接关系。所以，西方文明就等于现代文明。如果不接受基督教信仰而仅仅学习西方科技，这个民族和国家就永远不可能现代化。直到二十世纪初，这种观念愈演愈烈，明恩溥（Arthur H.Smith）在他影响甚大的《中国人的性格》（*Chinese Characteristics*）一书结尾中明确表示，拯救中国部分地在于西方化和工业化这些不可抗拒的变革力量，但如果没有相应的基督教化，也是不完整的。只有基督教化才会使中国人适应西方文明的冲击，而中国必将得救，因为西方人（英美为主）已经为中国带来了基督教。雷蒙·道森（Raymond Dawson）在评价另一位英国传教士麦都思的中国观点时说："他不是用他的想象力去理解中国人民，而宁愿满足于死抱住自己的信念：'他们（指中国）除了接受基督教的自由化和幸运的影响外，是没有改善的希望的。'"[60]这就是传教士汉学家看待中国问题的出发点。

---

59 〔英〕沃尔龙德编，额尔金书信和日记选〔M〕，第80页。
60 〔英〕雷蒙·道森，中国变色龙——对于欧洲中国文明观的分析〔M〕，常绍民、明毅译，北京：中华书局，2006，第173页。

"《圣经·旧约》中的那个严厉的、时常无情的上帝即耶和华,此时体现在最高审判者基督身上;基督乐意救赎顺从的人,同样也乐意谴责不顺从的人。"[61]英国伯明翰大学宗教学系的苏吉教授(R.S.Sugirtharajah),在《后殖民批评:未完成的旅程》(Postcolonial Criticism: The Unfinished Journey, 2012)一文中,重申了后殖民批评方法和观念的重要性。他认为《圣经》中所记载的观念,如征服(conquest)、转变(conversion)和选民(election),是一种令人振奋的混合物,可以潜在地将天真、文明和博学的男性(主要是男性)变为粗暴的掠夺者。与征服话语相关的是圣经里说要让异教徒听到福音,圣经的教导使他们相信,促使异教徒皈依是一种神圣行动,将世界上的人都转变为基督徒是一种上帝赋予的使命。可是,不论令人皈依的行动有多高尚的初衷,本质上仍是一种殖民行动。转变的观念与选民的观念紧密相关,圣经中的教导使一些人相信自己是被选中的民族,这强化了他们在历史中对本民族的独特性和重要性的想象。只要圣经里这些记录仍旧被人实践,殖民主义就不会消失。不论是哪种叙述——作为竞争者和对抗者对中国进行贬低和羞辱,或者承认中国开始变革将会变得强大,英国人的叙述总是站在一个教导者的立场。在他们书写的历史叙事中,中国近代以来的命运就是由英国人在主宰,英国就像一位严厉的老师,教训这位中国学生走上正道。所以不论是贬低和批判,还是抬举和鼓励,英国的导师角色和形象永远在那里,立于不败之地。这应该说就是贯穿始终的英国人十九世纪中国叙事的一大特征。然而,若要质疑和辩驳这一现象的客观公正性也很容易,因为英国人的叙事全部建立在他们对那个幻想中的"中国"理解基础上,而这个"中国"是他们通过帝国侵略和扩张的话语霸权构建起来的。由于讲述中国的前提早已被他们篡改,所以,在此基础上发展起来的叙事自然处处遵循这个被误解的前提。那么,不论是"中国匮乏论"还是"中国威胁论",都是西方人以他们的利益为出发点,在他们对东方一厢情愿的记忆和认知历史中发展出来的。不论是再现一个即将消失的古老帝国、揭露传统中国的匮乏,还是记录英国人在中国大地上的功绩,这一切都逃不出英国人的自我幻想。这种永不间歇的书写会不断加强西方人的自我认知,以为英国人征服并改变了一个人类历史上最伟大的帝国和民族,由此,他们的力量也就影响和创造了整个新世界。

---

61 〔美〕理查德·塔纳斯,西方思想史〔M〕,吴象婴、晏可佳等译,上海:上海社会科学院出版社,2012,第139页。

对中国社会和文化抱有不尽相同的观点，与英国旅行者国内的生活经历密不可分。维多利亚时代的英国最明显的一个特征就是迅速地工业化和城市化，这增加了国家和社会财富，也产生了诸多问题。政治方面，贵族、地主、商人等资产阶级的权利较大，以矿工为代表的工人阶级则处于弱势地位，不公正与腐败行为多发；城市环境方面，街道肮脏、空气污染严重、流行疾病多发、居民生活环境差；还有因为财富分配不均导致的城市病，如贫穷、失业、流浪、乞讨、卖淫、犯罪等国民道德堕落行为。所以本杰明·迪斯雷利（Benjamin Disraeli, 1st Earl of Beaconsfield, 1804-1881）将十九世纪的英国称为"两个国家"，也就是从工业化和城市化带来的好处与坏处两种角度评判，看到的英国将会是两种截然相反的景象。英国的现代化为人类带来利益、效率和舒适的同时，也带来了严重的环境污染、自然资源的破坏、阶级分化、贫富悬殊和世俗化等另一面问题，这些都存在于旅行写作者的先见里，所以，对英国自身的焦虑也折射在他们描述中国景象的话语中。他们讽刺中国人贪财、缺乏道德观念和精神信仰，这道出了一部分关于中国的事实，但同时也道出了一部分英国的现实。新教教士大量来中国传教的一个国内背景就是，在十八世纪晚期，英国人的宗教情感不断淡漠，"牛津运动"等非国教教会思想的复兴引发了来中国传教的热忱。在这些传教士旅行者眼中，中国文明仅仅接受西方的物质文明而不接受基督教，也不可能完美。但是，在另一部分观察家眼中，中国人有自己的古老哲学，他们并不需要基督教。更为复杂的是，所谓的好与坏总是相互依附而存在，它们互为表里、互为条件、互为因果并相互转化。科学和理性的昌明必然伴随着宗教信仰淡漠和无神论泛滥，而信仰淡漠造成的危机感又引发了宗教热忱的复兴；资本主义发展了经济也导致贫穷和犯罪等道德堕落现象增多，而社会财富的普遍增加也使慈善事业和人道主义开始盛行；工业化和城市化带来便利也带来祸患，二者共同促使英国政治和社会改革步伐加快，福利国家的基础由此奠定。在这种复杂的本国环境中成长，带着这些经验到中国旅行，十九世纪英国人所观察的中国既是现实的中国，也是英国的镜子，既反映着部分真实的中国景象，也投射着部分真实的英国影像。

第二节　文明与野蛮的想象

一个国家停滞或者飞速进步，与该国的政治、经济制度、科技和文化相关，而这些系统的进步发展又与从事这类活动的人相关。故而，一个国家的人民和民族决定着他们国家的发展方向。如果一个国家停滞了，那么一定是他的人民和民族本性中有缺憾，致使其文化有缺憾，故而国家落后；如果一个国家飞速前进，那么一定是他的人民和民族有过人之处，有独特高等的能力，故而整个国家成为了领先。这种逻辑推测为自由民主制度、白人优越论、基督教文明论以及殖民主义提供了有力支持。

> 扩张同时哺育出一种新的欧美文化，它的基础是一系列'科学的'理念：白人种族优越、有关民族和文明发展的新理论（如社会达尔文主义）以及传播文明的使命等。通过神启宗教和技术优势来结束'异教'民族的'原始'和'野蛮'，是新帝国时代欧美人的梦想。[62]

这些理论既有科研的支持，也有现实经验的支持。因为十八、十九世纪的世界历史似乎已经确凿地证明了其他民族国家的落后和弱小，证明了盎格鲁-撒克逊人或者所有白种人所创造出的文明的优越。而且，中国就在这些例证当中。中国曾经是世界上领土最广阔、文明程度最高的帝国之一，中国人也被认为是所有人类中最聪明的一种。然而，在面对现代科技和工业文明的新兴帝国英国的挑战时，中国却如此脆弱，不堪一击，这说明大量存在于东方的人类古代文明形式已经落伍，以皇权为中心的东方体制应该被强调民权的西方民主制所取代。通过将原本属于东方皇帝和贵族的财富掠夺到欧洲，他们证明了注重审美而非流通的东方宝藏，必将落入追求实用和交换的西方人之手，凭借肉体劳作的技能必然被利用机器生产的技术打败。由此，英美种族优越论、白人至上论和科学技术是人类文明的最高成就，这三种观点成了新帝国主义的三根支柱。

本节就将详细讨论从十九世纪早期到高度帝国主义时期，英国人是如何展现中国人的种族和民族特性的。通过构建中国人与英国人完全相异的种族神话，中国开始不再简单地被视为是英国一个经济和政治上的教导对象，更变成了一种与西方人完全相异的劣等人种。这种观念无疑比之前的贬抑、羞辱和惩罚更加残酷，更加偏离事实。

---

62 Adas, Michael. *Machines as the Measure of Men*. Ithaca: Cornell University Press. 1989. 转引自〔美〕何伟亚，英国的课业：19 世纪中国的帝国主义教程〔M〕，刘天路、邓红风译，北京：社会科学文献出版社，2007，第 173 页。

一、构建中国人"民族性"的神话

在十八世纪到十九世纪上半叶，"种族"一词基本被用来标识那些具有同一血统或者同一祖先的族群，不同种族所具有的某些独特的特征——即造成不同族群的那些不同的体貌特征——通常被解释为不同环境或气候的结果。十九世纪英国科学家们在世界各地探险和搜集标本，植物、动物和人群都经过了他们的编目与分类。以这种方式对人类进行划分时，不同族群的容貌、肤色和体型就成了最直观的判断要素。所以，在英国十九世纪的海外旅行著作中，经常出现对异族人外貌的详尽描述，而这种对面部相异特征的描写在今天的旅行著作中已经很少见。因为，强调其他民族人的外貌与本族人外貌的差异，很容易使用以本族特征为美的标准来进行评判，外族人与本族人不同的相貌特征就相应地会被视作是丑陋，故而常常带有歧视的意味。不过，在英国人最早对中国人的面貌进行记录时，他们还仅仅是出于博物学家的眼光，为了对新事物建立档案。

斯当东的使团报告中引用了希基先生（Hicky）对中国人外貌的描述：

> 中国人不分男女差不多都是小眼睛。他说，'大部分男人的鼻子都是扁平的，鼻孔上翻，颊骨很高，嘴唇厚，面色暗而浊。他们的头发都是黑而粗硬。欧洲人的头发和他们的比起来，好似小动物身上的软毛。中国人喜欢留胡子，下颌胡子成直线似地垂下来。'[63]

这当属英国人对中国人面相最初的详细描绘，而这段话中出现的特征几乎成为后来西方人心目中标准的中国人形象。读者很容易发现英国作家萨克斯·罗默（Sax Rohmer）系列小说中邪恶恐怖的中西混血人傅满洲博士（Dr.Fu Manchu）的模样，与上述描绘的相似之处。有趣的是，使团随行的画家亚历山大绘笔下的中国人并没有呈现出这种面貌，他所描绘的中国人面容与欧洲人非常相似。但是，在后来英国流行的漫画杂志《潘趣》（Punch）中，但凡中国人出现，必然都长着细长的吊脚眼和上翻的鼻孔。尤其是这种形状的眼睛，直到今天都被所有欧美人视作中国人的象征，这种类型的眼睛被称作"中国式的眼睛"。

外貌毕竟仅仅是一种直观表象，从中国人生活习惯的特异之处揭露中国文化和中华民族的特性，也是英国人观察中国的兴趣点之一。比如，强调中国人的食物的特异：

---

[63] 〔英〕斯当东，英使谒见乾隆纪实〔M〕，叶笃义译，北京：商务印书馆，1963，第 425 页。

> 中国普通百姓很少有肉吃。……因此遇有机会他们什么肉都可
> 以吃，不管它是牛肉或骆驼肉，羊肉或驴肉，干净的或不干净的
> 肉。……家畜中猪肉和狗肉是最普通的肉品，在市场出售。[64]

1884 年 7 月 12 日的《伦敦新闻画报》（*Illustrated London News*）刊登了两条
狗的图画，题目是"在水晶宫展示的中国可食用的狗"（Chinese edible dog at
the Crystal Palace Show）。这个展览是由"肯耐尔俱乐部"（Kennel Club）在
伦敦水晶宫举办的。英国人将这些可食用的狗称为"中国 Chow-chow"。[65]
英国人对中国人的吃狗肉关注甚多，这种看法也延续至今，并且，常被认定
是中国人拥有不可理喻的残忍特性的证据之一。不仅残忍，中国人还食用那
些在西方人看来完全不是人类食用的东西。港督卜力确定地说："凡是当作
食品，没有什么是不可接受的；老鼠也以同样的方式加工出售"，不过他还
算客观，后面加了一句，"但人们一般不吃家鼠，供出售的都是在田间捕捉
到的田鼠。"[66]可是，中国人是一个吃狗肉和吃老鼠的民族这种印象，已经固
执地留在了西方人的集体记忆里，不论后面加多少个"但是"，人们都不会
在意。比上述记录更夸张的是，在十九世纪英国旅行者的记录中，常常写中
国人吃虱子，不知这是否能被视作是客观如实的历史档案。"穷人吃东西不
能讲究，他们不得不搜索自然界任何生物来果腹。他们龌龊身体上生的虱子，
反过来可以当他们的食物。"[67]那个被巴罗瞧不起的水手安德逊也是这样写
的："晚上，我们船上的两个中国人脱了衣服后，从衣服上找到许多虱子。
他们吃虱子就像吃山珍海味一样津津有味。"[68]可见，在这件事上，不论高贵
的爵士还是下流的水手，他们的观察焦点很一致。头发长虱子在十八世纪英
国人的生活中是司空见惯的事，[69]可是从他们写中国人的段落中展示出的似
乎是英国人非常干净整洁，只有中国人才那么脏。历史上中国人是否真的吃

64　〔英〕斯当东，英使谒见乾隆纪实〔M〕，第 438 页。

65　黄时鉴编，维多利亚时代的中国图像〔M〕，上海：上海辞书出版社，2008，第 334
页。

66　〔英〕布莱克，港督话神州〔M〕，余静娴译，北京：北京图书馆出版社，2006，
第 79 页。

67　〔英〕斯当东，英使谒见乾隆纪实〔M〕，叶笃义译，北京：商务印书馆，1963，
第 439 页。

68　〔英〕爱尼斯·安德逊，英国人眼中的大清王朝〔M〕，费振东译，北京：群言出
版社，2002。

69　〔英〕劳伦斯·斯通，英国的家庭、性与婚姻：1500-1800〔M〕，北京：商务印书
馆，2011，第 156、172、182 页。

虱子，这个要留给历史考据学家去确认。不过，"吃虱子"这一景象却成了讽刺和贬低中国人的特有武器。不仅英国人这样写，就连鲁迅也在《阿Q正传》中不惜笔墨描写王胡吃虱子的样子，以此作为对浑噩恶心的"中国人的民族劣根性"进行批判。尽管不知鲁迅是否读过斯当东的报告，鲁迅与英国人对中国人怪异吃食的描写目的也不尽相同，但这种描写似乎都表明了一点，那就是一个民族吃什么能够反映这个民族的文明程度，吃食的怪异等于这个民族性格的怪异。比如，斯当东继续讨论不同族群的食物问题："他们把丝取下以后，剩下的蛹还可以吃。中国人不但吃蛹，而且还吃白蟒蟝和天蛾的幼虫。这并不足奇，据说西印度群岛的人把棕榈树上的蝶蛾类昆虫当为珍品吃。"[70] "在甘蔗根下面有一种大的白色蟒蟝，放在油里炸着吃，中国人认为是一种美味。"[71]一开始斯当东还会提醒读者注意，也许是那些过于贫困的中国人缺乏基本的生活资料，所以才吃狗肉和老鼠，但是后来的吃虱子和吃蟒蟝就完全被当做是中国人独有的特性被夸大了。德庇时著作中也有非常类似的话，"他们觉得天蛾的幼虫以及甘蔗上长出的蟒蟝十分美味。"这句显然来自斯当东的记录。穷人吃一切可吃的东西，"他们毫无忌讳地将狗、猫甚至老鼠列入菜单……在富人眼里，人工饲养的猫是美食。"[72]与对这些不寻常食物的描写相类似，英国人笔下还常出现对中国富裕家庭的筵席描写，这就是另一种极端。富人一顿宴席上几十道上百道菜，极尽奢华，什么鱼翅、燕窝和海参，尽管在中国人看来是山珍海味，但在英国人眼中，这些食物却是与穷人的吃食一样怪异和稀奇的，并不因此而改变对中国人饮食习惯的偏见。描写穷人吃虱子津津有味，描写富人大快朵颐英国人一样在行。立德（Archibald Little）在游记中曾经说，中国的宴席常引起英国同胞的好奇和向往，也被无数次描述过，但他以亲身经历告诉大家，真相其实是中国的宴席是非常冗长枯燥、令人厌烦恶心的。与丰盛昂贵的食材相对应的，是在席间吃得大汗淋漓、满嘴油光的中国富人们，他们把骨头吐得桌下满地都是，不吃得腹胀腰圆不会停止。一顿这种中国式宴席要持续三四个小时，吃完后大家还要小坐一会，比比谁的饱嗝更响更长。

---

70 〔英〕斯当东，英使谒见乾隆纪实〔M〕，叶笃义译，北京：商务印书馆，1963，第448页。

71 〔英〕斯当东，英使谒见乾隆纪实〔M〕，第466页。

72 〔英〕戴维斯，崩溃前的大清帝国：第二任港督的中国笔记〔M〕，易强译，北京：光明日报出版社，2013，第233-235页。

　　以上是十九世纪英国人以中国人的食物为主题，最有特色和最极端的描绘。几乎所有旅行者都会写食物的主题，食物被当成了解读中国的密码之一。在他们眼中和笔下，中国人的食物要么极尽怪异，要么极尽奢华，而真正普通百姓的日常食物却被忽略了。[73]有心的读者可以发现，实际，当时中国普通百姓的家常饭菜就是米饭和大白菜，最多再加一点豆腐，而这种寻常景象仅仅出现在极个别观察者笔下，而且是一笔带过。所以，给英国读者留下最深刻印象的自然就是上述那些夸张的描绘。这些景象给读者传达出这样一种对中国人的印象：那些一贫如洗的中国人就像野兽一样什么都吃，中国人就是一个贪吃、贪财、残忍和怪异的民族。今天的人们会公认，饮食也是人类的一种文明。但有英国人类学家指出，英国人似乎向来不爱好或不过分关注食物，这种不言自明的传统成了一条文化原则，作者将之命名为"不过分热情规则和色情规则"。直到今天，英国人仍旧对食物保持距离，因为如果过分关注饮食会被视作"贪吃鬼"，对食物的详尽描述或充满热情在英国人看来类似一种"色情"（gastro-porn）。[74]这本书由英国人所写，在国内外都传播很广，也受到广泛的认同，她的解释从英国文化如何看待食物的角度给我们理解英国人对中国人饮食的描写提供了启发。十九世纪英国旅行者对中国人饮食习惯的描述也许一方面带有这种文化烙印，另一方面，当时的英国人也将食物视作一个族群进化等级的象征。描写一个民族的食物，就是在判断这个民族的文明程度。中国人就在这种看似新奇可笑的描述中，被视为是粗俗和低等的民族。

　　尽管外貌和食物都是可以展示和区分民族特性的标志，但英国人更感兴趣的还是包裹在这些表象下真实的中国人的气质与性格。斯当东的报告已经做出了不好的暗示。使团的船离开临清州不久，附近村镇跑出几千人拥挤在河两岸看外国人经过。为了看得更清楚，很多人站到停在河边的驳船上来。船少人多，一个船的船尾被压坏，几个人掉到水里，其余的人听见呼救却无动于衷。这时，有人向出事地点划去，但他不是去救人，而是去抢掉在水里的遇难人的帽子。斯当东看到这个景象感到惊异并遗憾，他说："中国人对家属关系看得如此重，但却缺乏一般的人道心，既不设法拯救遇难人，也不阻止在最危急时

73　Forman, Ross G. "Eating out East: Representing Chinese Food in Victorian Travel Literature and Journalism." Kerr, Douglas, and Julia Kuehn, ed. *A Century of Travels in China: Critical Essays on Travel Writing from the 1840s to 1940s*. Hong Kong: Hong Kong University Press, 2007. p.63.

74　〔英〕福克斯，英国人的言行潜规则〔M〕，姚芸竹译，北京：三联书店，2010，第 287 页。

候贪图小利不顾及他人生命的举动。"[75]这个小插曲虽然短短数行，却生动真实地展现了中国人近乎残忍的冷漠。而这种性格正是被英国人反复渲染和强调的，他们通过道听途说或亲眼所见，不断证实中国人是一个漠视生命、贪财的民族。最常出现在英国人笔下的例证是中国人杀婴，当一个家庭中生了女孩，他们就会想方设法将女婴溺毙或者抛弃。传教士对此非常关注，施美夫就说，这种现象很多，一方面原因在于贫穷，但更重要的是中国人的良知未受启迪，意识不到这是多么无人性的犯罪！此外，缠足也是被反复诟病的野蛮习俗，斯当东说裹脚是"违背自然"，与印度的寡妇必须跳入火中为丈夫殉葬的习俗一样野蛮。[76]英国统治印度后，政府极力打击和纠正的两项社会问题，一个是拦路抢劫，另一个就是寡妇殉葬。这一运动也被视作是殖民统治合理的证据，英国在印度的统治可以使印度人变得更文明，而非使她们堕落。[77]无独有偶，在中国最先发起"反缠足运动"的就是英国的立德夫人。

在十九世纪英国旅行家笔下，吸鸦片也成了中国人道德特性的一部分。1847 年来华的英国传教士施美夫详细描述了鸦片对中国人的伤害，一旦上瘾就会使人堕落，不仅伤身使人短命，而且浪费时间、耗费钱财，当有中国人来问他是否有消除鸦片瘾的药，他认为最有效的办法只能是通过信仰上帝来使他们在精神上醒悟，主动摆脱鸦片，灵魂得到拯救。1860 年之后，大部分英国旅行者都热衷描述中国人如何贪恋鸦片烟，却从来不说鸦片从哪里来，如果提及这个话题也会百般狡辩。额尔金在日记中曾写自己逛鸦片烟馆的经历：

> 6 月 8 日。今天上午步行逛了几家鸦片馆，那景象很可怕，然而，有关方面对此举鼓励有加。这些鸦片馆环境大都肮脏、阴暗，没点什么灯。来此吸食鸦片的人点燃了烟斗后，把身子斜倚到木头做的隔板上，就开始大口大口地吸食起来，直到睡着了为止。鸦片膏看上去有点像浓稠的糖浆，吸食者形容憔悴，一幅昏昏沉沉的样子，只有在往肺里吸的那一刻，两只眼珠子里才闪出一些不很自然的光来。从这种可怕的贼窝一样的地方逃出来后，我去看了一个华商。

这种景象是十九世纪外国人描写中国鸦片馆的标准格式。

---

75 〔英〕斯当东，英使谒见乾隆纪实〔M〕，叶笃义译，北京：商务印书馆，1963，第 432 页。

76 〔英〕斯当东，英使谒见乾隆纪实〔M〕，第 217 页。

77 Gifford, Paul, and Tessa Hausedell, ed. *Europe and its Others: Essays on Interperception and Identity*. Bern: Peter Lang AG. 2010. p.254.

英国作者为鸦片贸易辩护大致有四种主要理由：首先，中国吸鸦片上瘾的人并不多，所以鸦片对中国的损害并不严重；第二，即使长久吸食鸦片对人的损害也并不大；第三，中国人早在英国人向中国引进鸦片之前就开始吸食了，英国并非罪魁祸首；最后，印度也有鸦片，但印度人并不像中国人这样沉溺，所以，是因为中国人这个种族本身就堕落，才会中毒那么深。密福特说："较之英国小镇上那些可耻的酒徒，中国鸦片鬼的比例其实很小。此外，根据人们暗中观察，鸦片鬼回家不会打老婆。"[78]不仅如此，他还更进一步说："不让中国人获得质量上乘的印度鸦片，只会迫使他们使用本地种植的劣质代用品。"这么说来，英国人倾销鸦片还是为中国人好。当十九世纪七八十年代，中国很多地区开始自己种植鸦片，英国人在书中开始批判清政府这种不道义的行为，并且更加严厉地抨击中国人的道德沦丧。港督卜力在1900年说："鸦片主要产于陕西、四川和云南省，成为当时最重要的出口产品。"他们的写作都倾向于将1840年以来英国的所作所为全部隐去，鸦片成了中国人自己邪恶堕落的一部分特性，仿佛英国人与中国的鸦片是丝毫没有干系的。卜力还说："我们坚信，沾染抽鸦片陋习的主要原因在于中国人中间普遍表现出了基于人类本性的、具有某种嗜好的倾向。"[79]对鸦片问题轻描淡写，并且常常转换矛盾焦点，这就是英国人为鸦片贸易辩护的常用策略。发展到二十世纪初，在英国人笔下，鸦片不但与英国没有任何关系，并且成了证明中国人道德堕落的象征。

对中国人性格的总结早在第一批新教传教士来中国时就出现了。马礼逊说中国人贪财，"缺乏忠诚是他们的主要特征，由此而产生互不信任，低级的狡诈和欺骗行为"。[80]马礼逊的儿子马儒翰这样形容他的出生地澳门和工作的地方广州："在这个落后国家最腐败的城市里"。米怜是马礼逊的同伴和助手，他对中国的评价更苛刻。他对佛教体系充满恶评，并认为中国人道德差，完全按异教世界去描写中国和中国人。他说中国人固守传统，现在的中国就是满人加汉人的统治，是野蛮武力加欺骗的混合。[81]在米怜身上展现了近似原教

78　〔英〕密福特，清末驻京英使信札〔M〕，温时幸译，北京：国家图书馆出版社，2010，第24页。

79　〔英〕布莱克，港督话神州〔M〕，余静娴译，北京：北京图书馆出版社，2006，第60页。

80　〔英〕马礼逊夫人编，马礼逊回忆录〔M〕，顾长声译，桂林：广西师范大学出版社，2004，第65页。

81　详见〔英〕米怜，新教在华传教前十年回顾〔M〕，北京：大象出版社，2008。

旨主义的宗教狂热，这种情绪使他对中国人充满了蔑视与厌恶。在第二次鸦片战争期间，英军翻译斯温霍（Robert Swinhoe）在书中也将中国人展示为无情、贪财和懦弱的形象。英军从广东的海盗和小偷等苦力中挑选了一些人加入军队，交战后，"中国苦力通常会跑上前去，把他们已死或将死的同胞的身体翻过来，指着他们的脸哈哈大笑，或者把他们的口袋翻个底朝天。"[82]不管炮弹炸死了清军还是联军士兵，中国人都会哈哈大笑。斯温霍认为："中国人最大的特点就是为聚敛财富而不惜牺牲任何道德伦理原则，完全无视儒家思想的教义。……中国人还缺乏欧洲人身上那种与生俱来的勇气和热爱冒险的精神。"[83]他也毫无顾忌地表示了对中国人外表的厌恶："所有中国人都是深黄色的皮肤，相貌丑陋，都是一样的肮脏恶臭。"斯温霍还举了一个战时的案例，一个中国小伙子身上有九处伤，医生以为他是勇敢的士兵。而斯温霍却说事实恰恰相反，战斗时他躲在屋内一个垫子下，士兵们冲进来刺戳他藏身的垫子，他没有出声；第二波士兵又来刺时，他终于没能忍住疼痛暴露了自己。这个中国人"被联军士兵粗暴地揪了出来。他吓得全身发抖，以为没命了。不过，没想到，鬼子大发慈悲，不但没有把他就地处决，反而友好地将他保护起来。"[84]在英国人正直勇敢的形象对比下，中国人显得更加可鄙。斯温霍认为，英国人即使在战时对中国人也是充满人道关怀的，可是中国人却毫不领情：

> 对待当地百姓，我们都是以礼相待，有些情况下甚至非常客气。
> 然而……当地人就很有可能用石头砸或者用武力威胁他，而且这些粗鲁的乡民根本不理会我们好意的声明。中国人对于他们自己政府官员的欺压已经习以为常，所以对他们冷酷一点，效果反而更好，客气只会被他们视作软弱。[85]

出于这种理解，后来很多英国人在与中国人交往时，都会将这种告诫当成一条法则。

将"中国人的性格"作为专门问题进行讨论，是十九世纪末期才出现的写作主题，最著名的当属明恩溥（Arthur Henderson Smith, 1845-1932）《中国人的性格》（*Chinese Characteristics*, 1898）一书。虽然他是一位美国人，但在

---

82 〔英〕斯温霍，1860 年华北战役纪要〔M〕，邹文华译，上海：中西书局，2011，第 55 页。

83 〔英〕斯温霍，1860 年华北战役纪要〔M〕，第 82 页。

84 〔英〕斯温霍，1860 年华北战役纪要〔M〕，第 85 页。

85 〔英〕斯温霍，1860 年华北战役纪要〔M〕，第 23 页。

这本书中，他是将盎格鲁-撒克逊人作为与中国人相对的民族进行讨论的，所以也能反映英格兰文化的影响。他在序言中说："在过去的三十年中，中国人已经使自己成为国际事务中的一个重要的角色。他们被看做是压服不了的、神秘虚伪……根本无法理解的矛盾体。""中国人的生活充满了矛盾的现象"，外国人想了解关于中国人的两面，实属困难。

中国从进入英国人考察视域伊始，就一直被视作是西方人难以透彻理解、难以全面把握的庞大文化体。中国的起源似乎无从可考，他们从哪里来，如何在世界上存在如此之久，这些问题都显示出中国和中国人的发展史与西方人完全不同：

> 这样多的人口，在这样广袤的地面上，遵守着一个统一的政治制度和法律，有共同的语言文字和生活方式，俯首帖耳于君主一人的绝对统治之下。他们同世界其余的人在许多方面有很大悬殊，他们闭关自守，同其余世界无争，但也不愿同其余世界有任何往来。[86]

这就是斯当东对中国的总结，中国在欧洲人的世界理念中始终是一个特殊的存在。这种感受也促使英国人希望中国的特殊性能够减少一些，希望将中国的历史和文化归化到西方的知识传统中来理解，让中国加入到西方主导的世界潮流中去。不论是中国的语言文字、礼仪习俗还是宗教信仰，对大部分西方人来说都在表明中国人是一个他们难以掌控的民族，不同于非洲人或印度人。"中国的文字没有任何渊源于或混杂于外国的部分。中国文字纯粹来源于中国语言。"[87]马嘎尔尼使团来华的年代，在全英国甚至没有一个懂中国语言的人。在马礼逊来中国的时候，据说英国只有小斯当东一人懂中文，此外，伦敦还有一位中国人。斯当东说："一种文字的难学程度是同使用这种文字的国度和学习者的国度之间的距离成正比例的，距离越远学起来越困难，因为距离越远，文字上的隐喻就越不容易懂。"[88]而英国与中国的距离比任何一个欧洲国家离中国都远。即使英国人来到澳门和广东等地，由于清政府严禁中国人向英国人教授汉语，所以早年的很多传教士都将毕生精力花费在学习语言上，却难以达到预期的理想，很多人因此郁郁寡欢、积劳成疾。而且，也如明恩溥所言，因为外国人学不好中文常使他们招致取笑，就连社会最下层的奴仆和苦力都

---

86 〔英〕斯当东，英使谒见乾隆纪实〔M〕，叶笃义译，北京：商务印书馆，1963，第504页。

87 〔英〕斯当东，英使谒见乾隆纪实〔M〕，第518页。

88 〔英〕斯当东，英使谒见乾隆纪实〔M〕，第519页。

会因此嘲笑他们，这必然令自尊心甚强的英国人不服气。何伟亚认为，语言是一个国家和民族构建统治和文化基础的密码，控制这种语言不被外族掌握就是控制着权力。而威妥玛、巴夏礼和李泰国等人成为最早一批对中国语言进行解码的英国人，当英国海军用大炮打开中国大门，当两国条约的签订以英文条款为准，当英国人规定中国不准再使用"夷"字的时候，中国的语言体系就被解码了，清政府也就彻底失去了掌控自己国家的话语体系，主导的权力落到了英国人手中。到明恩溥的时代，他甚至将"中国语言引起思绪混乱"作为中国人的特性之一，他认为西方人之所以学不好中文是中国语言本身有毛病，这种语言不像英语那样明晰，而使用这种不适用于表达人类思想的语言就导致了中国人普遍的思维混乱。"轻视外族"也被明恩溥视作中国人的特性，他说："在中国的官方文件中，也一直习惯于用'野蛮人'而不用'外国人'来指称外国人。只是到了1860年，由于某条约的特别条款规定，才开始不允许使用'野蛮人'这个词来指称外国人。"[89]可见，威妥玛和巴夏礼等人在传播中国知识方面的影响力有多大。而且，明恩溥认为，中国人至今都轻视外国人就是因为外国人不懂中国话和中国礼，这也正是英国人对之诋毁和嘲讽最多的两种情形。

明恩溥以在中国数十年的生活经历为参照，挑选出了一些他认为是最能够反映中国人性情特点的方面进行论证，像是为中华民族画了一幅幅特点突出的漫画。不可否认，他对中国文化中有些问题的发现和批判是很敏锐准确的，比如后几章论及三纲五常等封建道德礼俗对人性的压迫，这些问题也成为后来中国现代作家揭露和批判的主题之一，如巴金的《家》，萧红的《呼兰河传》等。但是，明恩溥笔下所塑造的大部分关于中国人性格的特征都有夸张的成分，并且基本都是以"盎格鲁-撒克逊人"的特点为比较基准的。更为重要的是，明恩溥虽然以中国人的性格为论述主题，但作为一名传教士，他最终还是将民族性格上升到了民族信仰和宗教的层面。他认为中国人之所以有那些错误的观念和性格，是因为他们没有真正的宗教信仰。而要想使中国人的人格有所改进，只能皈依基督教。

明恩溥认为，中国对外国人根本没有真正的尊敬，是因为他们还没有完全"欧洲化"，而且，"要使中国人对西方人保持稳固而持久的尊敬，唯一的途

---

89 Smith, Arthur Henderson. *Chinese Characteristics*. Nanjing: Yilin Press, 2013. p.77. Chapter XII.

径是通过可信的客观事实表明，基督教文明无论是总体上还是在细节上，都取得了中国已有的文明所不能相提并论的结果。"[90]他总结说，中国人的同情和谦虚都是"虚伪的同情，虚假的谦逊"，中国人是"一个不重视事实的民族"，"要是具备必要的知识，可以就中国人的敲诈勒索写一套非常有趣的书——上至龙椅上的皇帝，下至最卑贱的乞丐，人人都那样干。……它是如此恶毒，堕落，除非对整个帝国进行彻底整顿，才能将其铲除。"[91]他知道有人为中国人辩护，称每个民族都有弱点，每个社会都存在邪恶，但明恩溥驳斥说："中国社会明显存在许多邪恶，西方无疑也存在，但最重要的是，要清醒地意识到两者之间的本质区别。"他的意思是，中国人的恶是民族性和文化体系里的邪恶，与西方人的恶却不同。这种判断乍听起来似乎有些荒谬，明恩溥这样解释,中国人并不缺乏智慧，也不缺乏耐心、现实性、快乐……他们"缺乏的是人格和良心。"[92]他说，在中国生活一辈子从没见过一个真正宽厚、正直和高贵的人。而本质原因就在于中国人没有基督教信仰，因为只有基督教才能给人带来幸福的家庭生活与完美的人生。

在书的结尾处明恩溥表示，中国的改革必须且只能借助来自西方的商业、物质和科学力量，但这些仍不是根本：

盎格鲁-撒克逊人培养人格和良心的动力就像裘力斯·凯撒在不列颠登陆或威廉大帝入侵的历史一样确凿无疑，它诞生于基督教，又随着基督教的发展而发展。随着基督教在人们心中扎下根，它们也变得枝叶繁茂了。[93]

在明恩溥看来，"英国人的人格和良心经历了一千多年才发展到目前的水平"，而之所以能发展到今天的程度，完全是来自基督教信仰的动力：

中国需要的是正义，为了获得正义，中国人必须了解上帝，必须更新人的概念，并确立人与上帝之间的关系。他们需要全新的灵魂，全新的家庭，全新的社会。总之，中国人的各种需要化为一种迫切的需要，即她应该永久地，彻底地接受基督教文明。[94]

由此，认为某国国民和某民族都有其固定的性格特征，一方面出于种族差

90 Smith, Arthur Henderson. *Chinese Characteristics*. p.83. Chapter XII.
91 Smith, Arthur Henderson. *Chinese Characteristics*. p.232. Chapter XXV.
92 Smith, Arthur Henderson. *Chinese Characteristics*. p.264. Chapter XXVII.
93 Smith, Arthur Henderson. *Chinese Characteristics*. p.271. Chapter XXV.
94 Smith, Arthur Henderson. *Chinese Characteristics*. p.272. Chapter XXV.

异观念，另一方面则与确认本民族的特性息息相关。而比民族性更高一级的，则是一个国家和民族的精神信仰，这是决定民族性的最终因素。对比中国人与"盎格鲁-撒克逊人"或"英国人"哪个更高贵，实际对比的是中国文化与基督教文化孕育繁衍出的文明到底哪个更高级的问题。

自英国人以国家的身份第一次与中国接触时，他们就对"夷"这种称呼耿耿于怀。斯当东的记录里说中国人称英国人为红毛蛮夷，十九世纪初期英国东印度公司的大班益花臣，小斯当东等人已向广东地方官抗议此事，中方官员解释称"蛮夷"乃外国统称，无轻侮之意。还用古书"南蛮、北狄、东夷、西戎"为证，甚至孟子也曾以此自称，仅仅告诉大家他来自哪个方位。但是英国人不相信，数次执着争辩。[95]后来，巴夏礼和威妥玛等学会中文的外交官也通过钻研中国典籍，找寻中国人使用该词是歧视贬低外国人的证据，与中国人据理力争，争夺对该词释义的话语权，最终，他们将"夷"翻译为 barbarian，使英国人认为中国人竟然将英国人视为野蛮民族，愤慨之情绵延甚久。[96]到第二次鸦片战争期间，广东总督府被英军攻占，耆英的奏折等机密档案被英军截获，[97]1858 年《天津条约》附款中规定："嗣后各式公文，无论京外，内叙大英国官民，自不得提书夷字。"[98]即使如此规定，中国人也不可能一下就改掉，1866 年 10 月，清官方文件《道光朝筹办夷务始末》，1867 年 5 月，1880 年 9 月的《咸丰朝筹办夷务始末》、《同治朝筹办夷务始末》都还在使用。[99]有学者认为"夷"的称呼在上古指的是华夏人即汉族人以外的非我族类，明清相交之际，西人来，被中国人称为"化外之夷"，即未接受华夏文明教化的人。就像林则徐说英人不知"礼义廉耻、君臣天下"。魏源使用"夷"字是指代外国

---

95 王开玺，读史说"夷"，中国典籍与文化〔J〕，2001，（2）：21-25。

96 刘禾，帝国的话语政治：从近代中西冲突看现代世界秩序的形成〔M〕，杨立华等译，北京：三联书店，2009。

97 耆英在第一次鸦片战争期间盛情款待璞鼎查及其家眷，试图以诚相待来感动他们，并称他们是"因地密特"（intimate，密友）。然而后来被截获和破译的一份奏折副本却揭示出诚信被耆英当作一种安抚英夷的外交手段，1858 年耆英与英使谈判期间，英国人将此曝光，他顿感颜面大失，径自不辞而别。擅自逃离官方谈判，咸丰帝赐其白绫自尽。李泰国等人通过翻译揭穿清政府官员的虚伪行为，以达到羞辱和驾驭的目的。不诚信、口是心非、两面三刀成了英国人心目中中国人的民族性之一。

98 《中外旧约章大全》编委会编，中外旧约章大全〔M〕，北京：中国海关出版社，2007。

99 王开玺，读史说"夷"〔J〕，中国典籍与文化，2001，（2）：21-25。

人。外族人、外国人、野蛮人的涵义似乎都曾包含在该词的涵义之中，硬说中国人使用"夷"毫无歧视之意也似乎不客观。[100]英国人能够在条约中对政府官员下禁令，却难以压服百姓的口舌。十九世纪下半叶中国普通百姓将所有外国人称为番鬼或洋鬼子的势头却有增无减。每一位十九世纪来中国旅行的英国人都曾被这样称呼，他们将此视作人身攻击，所以无数次通过使馆向清政府抗议，要求政府保护在华外国人不受威胁或侮辱。然而，这些抗议不但毫无用处，随着越来越多的西方列强在中华大地上为非作歹，中国人对外国人的仇视愈演愈烈。以至于后来很多英国人写作时都不再避讳此称呼，有时出于反讽中国人的自大无知，他们会反证实际中国人才是真正的野蛮人，或者出于自嘲西方人不齿的行为，自称是"洋鬼子"（foreign devil）。表面上看，这只是称呼问题，而英国人却从"夷"中看出中国以自我为中心的世界观、以本民族文化为文明，而所有其他民族都为妖怪或野人的偏见，以及中国人自高自大和傲慢顽固的本性。英国人之所以如此反对和禁止中国人再使用这类歧视性词语称呼他们，也是在迫使中国人放弃以上那些执念，让中国人正视外面的世界，正视外国人，正视外国文化。巴尔福的书中曾有一章"中国人的异想天开"，记述一位中国文人将一本中国人的海外旅行见闻记录翻译成了英文，巴尔福不仅从中看出中国人何等缺乏地理知识，并且认为那些对海外世界怪异的描述简直到了不可理喻的境界。最荒谬的是这本书在当时却被中国人称为"智慧与博学的奇迹"。他认为任何一个西方读者看到此书都会对作者"嘲笑与蔑视"。不过，因为英国人迫使中国人开眼看世界，中国人已经开始领会到"在包围中国广袤土地的四海之外还有一个世界，而且不是他们曾经信以为真的是个野蛮人与妖怪的世界，而是一个智慧、进步与启蒙的世界，是中国人注定不久要向其进发的世界。"[101]这就是一个世纪以来英国人对中国的教育目标，用尽办法纠正中国人对世界荒谬可笑且顽固的看法。

十九世纪英国在中国的所为就是强迫中国打开大门，与外国交往，说服中国人赞同甚至仰视西方文化，继而以西方文化改造或替代中国传统文化的过程，这个过程也可以被看作是中英两国在斗争到底哪个民族才是蛮夷，到底哪国文明才是真正的文明的权力问题。征服者总是会将失败的被征服者排挤到

---

100 王开玺，读史说"夷"〔J〕，中国典籍与文化，2001，（2）：21-25。
101 〔英〕巴尔福，远东漫游：中国事务系列〔M〕，王玉括等译，南京：南京出版社，2006，第 123 页。

边疆地区并将他们称为野蛮人，这在英格兰也不例外。来自北欧的盎格鲁-撒克逊人人侵不列颠岛时，将原住民凯尔特人排挤到西部山区，称他们"威利斯"（Wealeas），意思是蛮族人，另一个称呼 Wealh 是奴隶的意思，[102]这些词就是今天的"威尔士"（Welsh）的源头。可见，盎格鲁-撒克逊人也同样自视甚高，将本民族视为文明高等的民族，而被征服的发展水平较低的民族则是野蛮的民族。不过，古代中国人（或汉族人）与盎格鲁-撒克逊人的民族观念乍看起来虽有相似，本质却仍有差异。中国虽然自古以来讲究"华夷之辨甚严"，却总是出于防御的目的，很少通过国家的行动来用武力迫使外族皈依汉族文化或采用汉制。而英国自从十七世纪以来发展为海上霸权国家，他们不仅爱国热情和民族主义情绪高涨，不断侵略殖民地，扩张统治领土，甚至到十九世纪后半叶，发展为狭隘挑衅的种族主义。这种观念认为以英国人为代表的白种人是最高等的种族，由他们创造的文明是最高等的文明，而且他们有权力、有义务去改变世界其他地区和民族。统治那些原始、低级和落后的种族是白种人的责任，这能增进人类世界整体的福祉。所以，不惜动用武力也要使他们"接受英国的好意"。

二、从种族主义到殖民主义

十九世纪三四十年代，马亚特（Captain Frederick Marryat）的海军小说在英国非常流行，之后还有丁尼生和吉卜林的诗歌与小说，这些创作都展现了英国作家的爱国主义热情和对国家身份的想象。从维多利亚女王 1837 年加冕，到第一次世界大战，一个真正的帝国主义者的冒险叙事产业建立，这些作品主要写给男孩们，赞美和吹捧英国的勇气和英雄主义，这些勇气来自种族或血统。爱国主义和帝国主义观念占据了维多利亚文化的主流，除文学外，从政治仪式到所谓的盎格鲁-撒克逊种族优越的科学理论，都是对此的反映。英吉利民族是帝国的人民，他们的命运就是要为了自己的益处统治其他种族。[103]在大多数帝国主义者的话语中，英雄崇拜和种族主义都是相生相伴的，民族主义与种族主义的关系也复杂纠缠。1890 年，当时正在进行一场关于凯尔特人、盎

---

102 〔英〕安德鲁·桑德斯，牛津简明英国文学史〔M〕，谷启楠、韩加明、高万隆译，北京：人民文学出版社，2000，第 17 页。

103 Brantlinger, Patrick. 'Empire and Nationalism'. Shattock, Joanne, ed. *The Cambridge Companion to English Literature 1830-1914*. Cambridge: Cambridge University Press, 2010. p.252.

格鲁-撒克逊人以及其他种族对"英国民族性格"影响的讨论，赫胥黎曾对这场伪科学讨论发表过评论。[104]"英国性"（Britishness）成为一个被讨论的话题，"英国人"（British）这个词可以是一个国家的人民的统称，同时也可以被用作是一种形容词，为事物定性，比如说"这个很英国"（It's so British）。在中国旅行的英国人常会说"英国饭""英国床"和"英国房子"等等，这些以国家为名号为事物特征进行的定义，彰显的是一种与他者相区分的身份，即英国与中国不同，英国人与中国人不同，而英国是他们所引以为豪的，中国则是怪异的。

第一次世界大战爆发前几十年，占地球表面大约四分之一的领土统治权被重新分配。英国增加了 400 万平方英里左右的殖民领土，法国大约增加了 350 万平方英里。新殖民国家也登上舞台，德国攫取了 100 多万平方英里，意大利和比利时各自得到将近 100 万平方英里土地，美国和日本分别获得 10 万平方英里。[105]欧洲和美、日这些帝国与古罗马、古波斯等古代帝国不大相同，与十六至十九世纪初的旧帝国主义也有区别，所以，此时这些国家对外侵略和殖民的行为被称为"新帝国主义"。以英国为首率先步入工业文明的西方各国经济加速发展，而亚洲、非洲和南美洲等世界其他地区则要么是西方列强的殖民地，要么是如中国这样被掠夺的贫弱国家，世界的两极化趋势越来越明显。这一切都与英国争夺世界霸权以及推广英国的价值观有直接关系，其他西方国家认同并加入其中，用类似的方式在全球开展侵略、殖民和竞争，这从根本上重构了全球的权力和权威关系。而这些行动背后的动力，则是在英国和整个西方占主导地位的意识形态，这些意识形态中首当其冲的，就是社会达尔文主义或称斯宾塞式的适者生存观念。"这一观念以一种简单的公式与帝国的扩张结合在一起：只有那些能够征服他者的民族才能继续生存，而那些不能满足现代世界严酷要求的民族最终将会消失。"[106]对世界资源的抢占成了民族与民族间的斗争。英国首相索尔兹伯里曾在 1898 年说，这个世界已经被划分为两部分："活着的"国家和"垂死的"国家。而决定一个国家是继续生存还是走向死亡的主要因素，就是统治这个国家的种族。这种逻辑之所以成立，是

---

104 〔美〕鲁宾斯坦，英国文学的伟大传统〔M〕，陈安全译，上海：上海译文出版社，1998，第 257 页。

105 〔美〕何伟亚，英国的课业：19 世纪中国的帝国主义教程〔M〕，刘天路、邓红风译，北京：社会科学文献出版社，2007，第 172 页。

106 〔美〕何伟亚，英国的课业：19 世纪中国的帝国主义教程〔M〕，第 173 页。

因为英国人通过前两个世纪对全世界的人种学和社会学科研已经证明，种族是有差异的。

对中国的认知，在英国人如何想象自己的民族和国家历程中产生了深刻影响。想象中国和想象不列颠是一个开放的和充满对抗的过程。[107]到十九世纪九十年代，尽管中国人自身也存在着语言和文化的差异，但已经被看做是一个具有统一特性的单一族群了。他们被按照一个普世的衡量标准放到某个位置上，这个标准最简单的形式是以肤色排列次序，如白种人、黄种人和黑种人，或者高加索人种，蒙古人种和黑色人种。这一等级次序又得到其他一些同样简单化的图式的强化，如大脑体积可能与文明程度有关，较大的大脑意味着较高与较先进的文明，较小意味着落后文明，更小的则意味着野蛮。颅相学就是与此相关的学问，而"颅相学不过是当时用以将白人殖民地中早已盛传的有关种族差异的观点合法化的一系列伪科学之一。"[108]此外，这类科学还认为"低等"族群的成年人只能相当于高加索人种的青少年。[109]很多西方旅行家都曾用孩子比喻中国人的性情，比如从达官贵人到街头百姓，他们见到西方人都会充满好奇，从摸他们的衣服到谈论他们所带的物品。马嘎尔尼使团的天文学家丁维提就将中国人比作儿童，"他们像小孩似的，很容易满足，但同样也很容易厌倦"。从中国人有类似小孩的性格，到将中国人的精神成熟度视为人类的儿童阶段这些看法，在十九世纪末二十世纪初，也传到了中国的士大夫阶层，在刘鹗的小说《孽海花》里，主人公雯青在出使欧洲的轮船上，碰见一位俄国人，那位俄国人就是这样评判中国在人类文明的阶段的。作者在小说中借俄国人之口阐述了这种观点：因为中国人将皇帝的统治视作天经地义，所以十分顺服，从来不会有争取个人权利之类的想法，并且基本都认为反对政府就是作乱犯上、离经叛道，这种民智就如同懵懂的儿童。蒙古人种并不在西方人构建的种族等级的最低端，而总是被放置在最先进与最落后民族之间的一个虚构的中间点上。这样一个中间位置，似乎有助于解释为什么亚洲人尤其是中国人被赋予了很多混合的性质。关于中国人特性这一课题的研究，作家们写了许多，他们最后认识到，中国人是许多相互矛盾着的特性的结合体。这种奇特的矛盾

---

107 Nussbaum, Felicity A., ed. *The Global Eighteenth Century*. Battimore and London: The Johns Hopkins University Press, 2003. p.81.

108 〔英〕尼尔·弗格森，帝国〔M〕，雨珂译，北京：中信出版社，2012，第225页。

109 Gould, Stephen J. *The Mismeasure of Man*. New York: Norton, 1981. p.40, 114-116.

使得中国人成为有色种族中最优秀的种族，而这种揣测又引起了二十世纪初流行的"黄祸"观念。

有学者指出，"种族主义一词的使用只是为了说明现代时期在欧洲和美洲出现的一种意识形态和社会政治现象。"[110]种族主义是一种"源自欧洲的现代现象"，它以近代科学产生的时期为源头，如林奈（Carolos Linnaeus, 1707-1778）、布丰（Georges-Louis Leclerc, Comte de Buffon, 1707-1788）等人建立的基于进化论的生物分类学，贝尔尼埃的人文地理学等。他们"将人类的各种种类，将分类学意义上的'种族'设想为相互区别的'人种'，甚至是不同的'种类'"。这种观念成为潮流是欧洲各种政治思想遗产在十九世纪下半叶的大杂烩的结果，但其产生根源中最根本的一点是对"人类的同一性"的怀疑，即对《圣经》中记载的人类拥有统一祖先的怀疑。"一个种族，一种文明"这类伪科学由此风靡。[111]当种族与欧洲扩张结合在一起时，这个概念就为为什么白种人统治非洲人、印度人和亚洲人，而不是相反，找到了理由和解释，并从而证明了这种统治的正当性。有关种族的科学提供了一个使"白人至上"自然化和正常化的理论框架。

"种族"的定义在十九世纪下半叶被置换了，西方科学旨在证明每个"种族"的生物特征决定了每个人群的心理和社会能力，按照这些能力就可以给这些人群划分出等级。种族不仅仅是描述性术语了，它还是一种组织方式和评价方式，并最终成为一个影响世界所有人的指导性概念。艾默生在英国旅行时发现关于种族类研究书籍是一大热门，如罗伯特·诺克斯的《人类种族：种族对民族命运影响的哲学质疑》（*The Races of Man, A Philosophical Inquiry into the Influence of Race over the Destinies of nations*, 1862），1850 年布鲁门巴赫（Blumenbach, 1752-1840）将人类分为五大种，洪堡（Humboldt, 1769-1858）将人类划分为三大种族，皮克林（Charles Pickering）在《人类种族》（*Races of Man*）中则将人类划分为十一种。欧洲人在探究国家命运兴衰的过程中，将焦点放在了种族上。[112]在十九世纪八十年代，英国人认知中国人的方式又增加了一条，那就是试图通过分析这个民族作为整体的性格，来更准确地理解中国的

110 〔法〕皮埃尔-安德烈·塔吉耶夫，种族主义源流〔M〕，高凌瀚译，北京：三联书店，2005，第 7 页。
111 〔法〕皮埃尔-安德烈·塔吉耶夫，种族主义源流〔M〕，第 7 页。
112 〔美〕艾默生，英国人的特性〔M〕，张其贵、李昌其等译，北京：中国社会科学出版社，2008，第 45-53 页。

历史、社会、文化和当时的世界局势。巴尔福在《远东漫游》一书中就表示，希望"读懂东方人那种坚毅的四方脸、小巧的鼻子、长而斜的眼睛与平静神情的真正含义"。[113]他认为，只要详细观察一下汉族人与满族人的外貌，就可以发现他们背后的文化差异：

> 这位满族人面色黝黑，皮肤粗糙；他的脸型瘦长，下巴突出；他的嘴型开阔，鼻梁挺拔；……你可以觉察到游牧民族天生的刚烈。那位汉人则正好相反。他体型娇小，柔弱；他的面部丰满，油光闪闪，虽有皱纹，却依然平滑……他有一双精巧的手，手型纤细而又丰满；……他身着名贵绸缎、无价毛皮，白皙的手指饰以翡翠，通体散发出麝香和龙涎香的芬芳。……但他的外表却不足以掩饰他在发号施令时表现的冷酷。[114]

巴尔福将民族的体貌特征与性格以及培育出这种性格的不同文化结合在了一起，认为这样的观察和研究有助于西方人更深刻地理解和把握东方人。

1870 年来中国的巴尔福（Frederic Henry Balfour, 1846-1909），虽然最初经营丝绸和茶叶生意，但后来担任《通闻西报》、《华洋通闻》和《字林西报》的主笔，并担任过 1873 年创刊、柯泰洋行发行的上海英文报纸《晚报》的主编。他还对中国的道家哲学十分感兴趣，翻译了《南华经》。辜鸿铭认为他翻译这本书选得是相当好，"满怀雄心"，但翻译的水平实在太差了。"我们承认，当我们第一次听到这本著作的发表时，我们感到的期待与高兴的程度，是听到一个英国人进入翰林院的消息时也不会产生的。……但是，巴尔福先生的著作根本不是翻译，它简直就是瞎译。我们承认，巴尔福先生一定在这部作品上耗费了多年的心血，对于我们来说，我们如此评判，也感到心情很沉重。"[115]辜鸿铭认为巴尔福既不懂词语的涵义，也没能正确分析句子结构，更是忽略了段落安排。巴尔福认为儒家学说"功利而老于世故"也让辜鸿铭反对。[116]虽然巴尔福受到辜鸿铭如此严苛的批评，但他在十九世纪末书写中国的英国人中显然是比较有影响力的。在 1876 年出版的《远东漫游》一书中，作者以二十个篇章介绍了中国的政治、经济、外交和文化，对涉及朝鲜和日本等国的远东问

---

113 〔英〕巴尔福，远东漫游：中国事务系列〔M〕，王玉括等译，南京：南京出版社，2006，第 1 页。
114 〔英〕巴尔福，远东漫游：中国事务系列〔M〕，第 14 页。
115 辜鸿铭，中国人的精神〔M〕，李晨曦译，上海：上海三联书店，2010，第 95 页。
116 辜鸿铭，中国人的精神〔M〕，第 98 页。

题发表了见解。他认为，当前的英国对中国观点大致分为保华派和反华派，而"真理就存在于这两种极端的观点之间"。巴尔福认为中国人的优点和缺点都很明显，但英国人应当"在中国人的性格中发现被私利弱化的强烈不屈的一面，除却其根深蒂固的保守和自负，他们对西方文明成就富有智慧的欣赏，还有他们为了推行改革所拥有的足够的决心和意志。"[117]作者认为，理解中国问题的客观方法之一就是了解中国人的性格：

> 中国从外族征服中绝对获益匪浅。中国吸纳了鞑靼族的成分，如同合金熔入一块更富弹性、更为稀有的金属而变得坚硬一样。软弱似乎是汉人自身固有的性格。当中国屈服于一些可憎的外族野蛮的统治和更为严格的管教时，作为一个民族，她才最值得尊敬，因为这时的她最为自立。[118]

对于哪个民族将哪个民族征服，在作者眼中都不重要：

> 汉人还是鞑靼人，这于我们有何干系？除非一者较另一者更为圆通。但两面性是东方民族的特点，而中国又主宰着东方，这样我们将无法与任何一方以诚相待，建立彼此间的信任。[119]

他是从地缘政治学和全球外交视角判断东方事务的，东方的意义就在于被西方操控，为英国的利益服务。

"琉球诸岛和与其毗邻的两大东方强国之间的关系长久以来带有一种特有的暧昧性和含混性，体现了半开化民族的权力和义务相互依存的特点。"显然，巴尔福是按照当时欧洲政治理念来判断东方国家间的关系的，他对以中国为中心的东亚朝觐体系不以为然，认为琉球和中国"互相交换的公文所用的措词极为可笑"，中国皇帝总是显露出典型的"东方式的傲慢自大"。在分析日本帝国在东亚的扩张和侵略野心时，巴尔福基本不站在历史的和道义的角度考虑问题，而完全将世界视作供强者国家占领和使用的工具。分析利弊时，他都是以帝国利益作为标准。例如评价日本对琉球的觊觎，巴尔福说："毫无疑问，占有一群具有琉球诸岛这样地理位置的岛屿，对处于战争时期的大国来说是一大优势。要是我们能拥有这样的一群岛屿，用于驻扎军队，作为我们在太平洋的一个独立中转站，那么我们在东方的形势就会从本

117　〔英〕巴尔福，远东漫游：中国事务系列〔M〕，王玉括等译，南京：南京出版社，2006，第3页。
118　〔英〕巴尔福，远东漫游：中国事务系列〔M〕，第42页。
119　〔英〕巴尔福，远东漫游：中国事务系列〔M〕，第8页。

质上得到改善。"[120]他是以大国博弈、适者生存和无情的功利主义观念来判断国际关系的，大国侵略和霸占小国是天经地义，完全为本国利益考虑的战略原则无可指摘。由于清政府在甲午海战中战败，与日本签订了《马关条约》，所以作者说："（琉球）这片令人迷醉的土地像童话里漂浮在海上的王国，它是日本人无可争议的财产。"但是，现实是琉球人只认中华帝国为她的宗主国，而且中国并无吞并琉球的意愿，中国对琉球的保护在作者看来是"高傲的善意"。中国与周边亚洲国家一直是朝觐式的宗主国与附属国关系，西方人对这种外交关系十分不认可，仿佛那种关系是屈辱可鄙的不平等关系。然而，在巴尔福的争论文章中显示的却是，欧美人认为使各国平等交往的国际法也仅仅是名义上的平等，强大的国家可以在全球争夺势力范围，殖民弱国。巴尔福就给祖国在远东的利益出谋划策：

> 如果英国有意作为买家介入这个市场的话，那么这个戈耳迪之结[121]或许可以结开。正如前不久《观察家》指出的，我们在东方的地位永远不会稳固，除非我们在太平洋拥有一个岛屿，将其作为第二个马耳他，在那里驻扎军队，并可在短时间内登陆上海。英国人可以在日本人跌倒的地方爬起来，利用好这片土地，从中获取实际的利益。这片土地对其目前的占有者而言似乎不仅是一头沉重的大象，而且是一个难以驯服、贪得无厌的动物。[122]

巴尔福不过是个新闻工作者，但由于他在中国生活，对远东有所了解，所以可以在写作中讨论世界局势。他的出谋划策都是从祖国的军事、政治和商业利益出发，所以侵略和占领他国领土就变得不足为奇了。这就是十九世纪主导西方世界的霸权政治逻辑，在国家利益面前，所谓人道无足轻重。这种帝国逻辑与西方传统文化中存在的人类对世界所拥有的权力观念，以及世界是供人类占有和使用的信念有密切关系。

在西方人眼中，世界历史仿佛就是一部征战与混乱厮杀的历史，强国在某一时期占领和侵略另一国或地区是不足为奇的。而中国人则强调和平的绝对意义，尊重世界，尊重既有秩序。这些特征和原则在十九世纪英国人眼中似乎

---

120 〔英〕巴尔福，远东漫游：中国事务系列〔M〕，第46页。

121 希腊神话中弗利基亚国王戈尔迪打的难解开的结，按照神话之意，能入主亚洲者才能解开。后来马其顿国王亚历山大挥剑将之斩开。

122 〔英〕巴尔福，远东漫游：中国事务系列〔M〕，王玉括等译，南京：南京出版社，2006，第47页。

已不具有可尊敬的价值和意义，中国人求和的努力在他们眼中只被视作是懦弱胆小。殖民东方在英国人眼中是合理自然的事，斯当东第一次中国之行就说"在交趾支那（Cochin-China）开辟一块属地对任何一个欧洲国家都有利，对英国当然就更加有利。"[123]在巴尔福眼中，奉行相似的强国侵略政策的国家如日本、英国、美国和法国是同一阵营的国家。在日本逼迫朝鲜开了通商口岸后，他对日本的评价是：

> 日本，这个名字曾经是排外和保守的代名词（曾几何时，她的海岸对来访的外国人和离开的本国人来说意味着死亡），如今却因为完成了法国、德国和美国显然都未能实现的伟业而声名鹊起。这个胜利是伟大的，而且不费一兵一卒，为此，日本天皇政府理应受到所有真正的进步朋友的尊敬。[124]

这段话明白地展现了西方人所信奉的"高尚伟业"意味着什么，侵略和占领就是进步的伟业。与侵略者沆瀣一气才能获得尊敬，而且才称得上"真正的进步"。这种观念仿佛是强权就是王道和真理活生生的体现。罗素揭示，"西方各国之所以重视日本，完全是因为它的军事力量，如果没有军备而徒有其他长处恐怕仍然难免被白人轻视。"[125]英国在中国的利益则主要存在于长江流域，所以巴尔福极力宣扬英国应该维护其在中国的势力，保证英国的商业利益：

> 自由贸易是一个民族繁荣的中枢，因此一旦贸易能够自由，那么外国商人的利益实际上就与中国商人一样了。我们相信，把中华帝国与外界隔离开来的障碍迟早将会被打破，这个地球上最古老的民族将被迫参与到全球的福利当中，并对其做出自己的贡献。[126]

巴尔福认为中国人的利益与英国人的利益实际上是一致的：

> 外国商品在内地的自由通行一旦实现，将使得这个国家开始在肥沃的土地上开采各种各样蕴藏丰富的矿藏；铁路的铺设将对这个社会产生净化作用，纠正清朝官员的受贿行为以及政府的贪污腐败行为：会有一条通道清理出来让西方文明、西方的商业以及西方的理论全面进入中华帝国，那时，也只有在那时，中国才能真正变得

---

123 〔英〕巴尔福，远东漫游：中国事务系列〔M〕，第 195 页。
124 〔英〕巴尔福，远东漫游：中国事务系列〔M〕，第 52 页。
125 〔英〕罗素，中国问题〔M〕，秦悦译，北京：学林出版社，1996，第 133 页。
126 〔英〕巴尔福，远东漫游：中国事务系列〔M〕，王玉括等译，南京：南京出版社，2006，第 77 页。

强大、高贵、自由。

在巴尔福看来，亚当·私密的《国富论》提出的自由贸易学说，在英国本土繁荣，继而由英国人不断推展向全世界，获得了人们的推崇，因为它的确能使国家富有。所以，在中国推行是互利行为，何乐不为？中国若想变得真正得"强大、高贵和自由"，只有接受西方这唯一一条道路，这是十九世纪西方人普遍认可的观念。

支持西方国家侵占全球领地的学说在"固有权力学说"这一章被论述到。巴尔福认为："由文明国家发起的反对东方半文明民族的战争大都是这么引起的：主要是由于东方国家违反了与西方签署的条约中给予他们的特权，或者拒绝承认他们的公正，而非公开违背一些具体的契约。"[127]在国际法中，一定要有一个能够开始的共同点，一个所有国家都遵守的自然法，只有在此基础上才能进行战争、缔结条约以及从事商业活动。而西方国家出于自身的人口和生存压力，要求占有自己领土以外的世界资源，必须有正当的理由。几乎所有西方国家都需要这么一个合理的"自然法"来为他们的侵略扩张行为辩护，所以巴尔福也说："我们无需进行外交方面的教育也懂得，上帝不会有意识地把地球如此这般地给这些种族划分得多些，给那些种族划分得少些，让他们把这些地方据为己有。"于是，中国人占有如此辽阔和富饶的土地不能被视作是理所当然的，中国人应该学会与他人分享。巴尔福引用了冯冈帕棋从男爵在《外国商人根据条约在中国享有的权利，以及货物运输系统的权利》一书中理直气壮表明的观点：

> 在文明国家，无论个人拥有的土地有多么宽广，都不包括高山或者河流，或者公路。今天每一个受教育的人，无论他有没有意识到，都得承认这一伟大原则，即地球是上帝的，并以他的名义给了人类，人类自由地开垦每一片土地。在这种原则的指导下，人们的公共权利得以扩展，为了商业、科学、教育以及其他和平与合理追求的目的，任何土地使用权限都应该对外国人与当地人一视同仁。[128]

将全世界的土地都视作是上帝的财产，所以人类有权利共同享受地球上的资源，这个道理被欧洲人言说得崇高而合理。但是，他们更近了一步，以此为原则，中国人就不能独霸原本属于中国人的那片领土和资源，所以中国人拒绝与

---

127 〔英〕巴尔福，远东漫游：中国事务系列〔M〕，第 79 页。
128 〔英〕巴尔福，远东漫游：中国事务系列〔M〕，第 79 页。

外国人交往，拒绝国际贸易就是公然的敌意。那么，以英国为首的西方列强迫使中国打开大门，与外国进行交易就是合理且公正的，不仅对外国好，对中国自己也有利。这种理论使欧洲人争夺世界资源的行动合法化了。上帝赐予欧洲人的土地和资源太少，而他们意欲拥有的又太多，出于民族生存和国家发展的必然要求，他们必须向外扩张，地球就这么大，谁强大谁就有权处置更多的资源。这种逻辑一直支撑着西方国家的意识形态，直到第一次世界大战爆发。不过，这种逻辑并不能使所有人都信服，比如林奇就在书中反复强调"中国是中国人的中国"，如果西方人在处理中西关系上不承认这一点，就没有正义可言。

对于传教事业，巴尔福给出的建议是，"中国能否真正成为礼仪之邦，取决于中国能否抛弃偶像崇拜，接受、信仰西方文化"。[129]不论是天主教还是新教教士，都应该努力反对中国人的迷信和偶像崇拜，"他一定要表明，关于耶稣受难的十字架的教义比儒教、佛教、道教、伊斯兰教或任何其他仿佛与其竞争的宗教所要求与坚持的道德标准都要高。"[130]谈论及此，巴尔福还列举了莎士比亚戏剧《威尼斯商人》中，基督徒公爵撤消了对犹太人夏洛克的死亡惩罚的例子，公爵宣称他这么做的目的是为了让丑恶的犹太人夏洛克"看看我们之间在精神方面的差异"。巴尔福认为，类似公爵的这种观念应始终存在于基督教传教士心中。他认为基督教传教士也应该处处表现得品行高尚，显示他们的精神比中国人的要高得多。比如，当中国人因为冒犯欧洲人而被逮捕，并且将要被执行死刑时，传教士应该站出来窜恕他的罪，放他一马，这样就"能够从心灵深处感动中国人"。巴尔福自己也认为，尽管这种行为似乎表演性质有点重，但展现出基督徒以德报怨的品格，对说服中国人皈依总是会有帮助的。"让中国佬感受到的第一件事就是我们与他们'在精神方面的差别'"，[131]这应当成为传教的首要原则。

以巴尔福为代表的英国旅行者，到十九世纪末期，开始意识到对中国过分贬低和抬高都不客观。而要想正确认识中国，必须对中国人的本性和品质有深入认识。以此为指导目标，他们的文章中都展示了其丰富的中国文化知识，有助于使读者相信他们的资质和水平。然而，他们的写作对那一时代的帝国意识和霸权观念，甚至殖民主义倾向，也有明显的流露。在文化方面，他们都自认

---

129 〔英〕巴尔福，远东漫游：中国事务系列〔M〕，第 102 页。
130 〔英〕巴尔福，远东漫游：中国事务系列〔M〕，第 103 页。
131 〔英〕巴尔福，远东漫游：中国事务系列〔M〕，第 104 页。

为基督教是最高等的人类文明和宗教信仰，中国这群偶像崇拜者、异教徒应该被好好改造和教化。西方工业文明和军事帝国主义以及基督教文明最高等的理念，主导着这时期英国人看待世界和看待中国的方式。

第三节　酷刑景象里的中国人

种族主义的观念深深影响了英国人对中国人的民族性的理解，同时支持了西方人对中国领土的瓜分，及用基督教对中国人的思想进行转变的行动。然而，对中国人的"民族性"进行展示的另一个庞大领域，就是西方人对中国的刑罚与处决场景的反复刻画。以此为分析焦点，可以对英国人塑造那种野蛮、残酷和暴虐的中国人形象的方式有所揭示。

不遗余力地描述中国不公正的律法与残暴的刑罚，是十九世纪贯穿西方人中国写作的一个重要主题，以至于"中国式酷刑"（supplice Chinois）成了《简明牛津词典》的一个条目。十五世纪末，哥伦布发现美洲新大陆，经过罗马教廷协调，将地球沿着西班牙人和葡萄牙人划成的界限分为东西两个部分，沿这条线向西是西班牙人的势力范围，向东则属于葡萄牙人的领地。葡萄牙人来到中国南海时，首先遭遇的就是刑罚和牢狱之灾。1517年，葡萄牙使臣被当做"长毛红夷"的贡使，被明朝官员关押在市舶司，并按照惯例押送进京。葡萄牙使团的随从在监狱中写信寄回国内，谈到的主要内容就是在中国的牢狱生活和所遭受的刑罚。明朝对待私自闯入中国领地的外族手段强硬，这些葡萄牙人基于本人的经历以及沿途所见所闻，记录了各种各样的严刑酷罚。所以，西方早期流传的中国旅行书籍中有许多与此相关的内容。到1801年，一位叫梅森（George Mason）的英国人在伦敦出版了一部书，名叫《中国的刑罚：关于中国司法的二十二幅铜版画》，专门介绍这方面知识。这本书中的水彩画是从广州搜集来的，是按照欧洲人的口味和要求由中国画师绘制。作者评价说："这些刑罚不仅带给我们新奇和信息，这些新奇和信息还具有一些基本精神，他们产生于安全感的需要，阻止性恶者为害他们的同胞，防止犯法者继续作恶。……死刑仅作为社会秩序的必要一环而存在。"[132]尽管这段评价将中国的刑罚视作一种国家为了维护统治和维持正

---

132 〔加〕卜正民、巩涛、格里高利·布鲁，杀千刀：中西视野下的凌迟处死〔M〕，张光润、乐凌译，北京：商务印书馆，2013，第28页。

义的合理正常的程序，不过，编者显然对那些五花八门的具体处罚方式更感兴趣。他将中国的这些刑罚与欧洲中世纪盛行的宗教法庭的刑罚进行了比较。这本书对中国最常用和常见的刑罚介绍得少，却对极少使用的酷刑大加渲染，有些处罚方式甚至在中国的历史文献里都没有记载，如木管刑（Punishment of the Wooden Tube）。[133]

英国人对中国刑罚的兴趣，一方面在那些残忍新奇的惩罚方式，另一方面则在其背后的判罪理念与律法制度。巴罗在他的《中国之行》一书中就发表了他对清朝法律制度的看法。他认为，总体上中国律法是量罪而罚，但判罪理念、判罪程序和刑罚方式仍存在问题。如判罪理念上，清朝律法不区分蓄意谋杀和过失杀人，刑罚方式包括株连的原则和父罪子承等，这些在巴罗看来都是十分不公正的。巴罗引用圣经《以西结书》里的教导："世人都是属我的，为父的怎样属我，为子的也照样属我。唯有犯罪的，他必死亡。儿子必不担当父亲的罪孽，父亲也不担当儿子的罪孽，义人的善果必归自己，恶人的恶报也必归自己。"这段话的原文来自《以西结书》（Ezekiel）第 18 章第 3 节与第 19 节。遵循圣经的教导，英国人认为一个人犯的罪应该由他个人承担，中国这种由家族连坐责任控制犯罪的制度对无辜的人是一种压迫。在判罪程序上，巴罗认为案件只由一个地方官员裁定，所以多刑讯逼供和徇私枉法的现象。惩罚方式上，中国没有如英国一般的监禁，只有体罚、流放或死刑。巴罗认为这是没有给人赎罪的机会，西方的监禁是给人悔改赎罪的机会。他认为，所有这些问题中严刑逼供最糟糕。挨板子的威胁造成中国人普遍的奴性和顺从，因为上至大夫下至苦力任何人都可能被打。大清律例野蛮无理且不尊重人性，与中国人杀害女婴的社会习俗结合起来，巴罗据此判定中国人对生命和人道极度漠视，实行那些邪恶犯罪时肆无忌惮。最后，巴罗总结道，中国人天性并不残忍，可是习俗教化和权威压迫导致中国的惩罚方式以侮辱人身为原则，使得人人都可能变得像奴隶一样受鞭打，而鞭笞、游街和站笼等惩罚方式将人的荣誉感、尊严感和同情心消于无形。

为了更准确地理解清政府治国的方式和法律条款，以服务于中英贸易，小斯当东于 1810 年翻译出版了《大清律例》一书。在前言中他说："马嘎尔尼勋爵和他的使团在中国的短暂逗留足以使他们发现，中国人所吹嘘并得到许

---

133 田涛、李祝环，接触与碰撞：16 世纪以来西方人眼中的中国法律〔M〕，北京：北京大学出版社，2007，第 120 页。

多欧洲历史学家承认的中国对其他民族的优势全然是骗人的。"[134]在 1810 年第 16 期的《爱丁堡评论》上，小斯当东发表了《大清律例评论》一文。他认为，迄今为止，中国人在欧洲仍没有得到公正的看待。欧洲的第一批传教士们对中国人的才智夸大了，然后是启蒙时代的哲学家们，"他们不仅高抬那些遥远的亚洲人，让他们高于欧洲的对手，而且甚至于把他们说成是两足的纯粹理性的和有教养的善良的动物。"[135]小斯当东认为这种过分的夸赞触发了相反的论调。所以，欧洲一部分人开始否定中国人的品行和他们的科学、文化及历史，而且还把他们描述为最可轻视的人，甚至把他们贬低为野蛮人。对这部分人来说，欧洲以外的地方一直被认定永远是如此的。小斯当东认为，只有当英国使团于 1793 年进入中国后，英国人才为欧洲带回了关于中国的客观公正的知识。而对大清律例，他是这样评价的："在与政治自由或个人独立有关的方面，它确实存在着令人厌恶的缺陷，但是，为了镇压叛乱和对庞大的人口进行温和的控制，对我们来说，它好像是适中和有效的。"[136]十九世纪初期，欧洲各国处罚罪犯的理念和方式也是十分严格残酷的，在 1822 年之前，英国有两百多种罪名都可被判处绞刑，但托利党政府改革后，从 1825 到 1828 年间，死刑在一百八十多项罪名中都被废除了。所以，随着欧洲律法和刑罚制度改革的推进，西方人看待中国法律和刑罚的眼光也变化了，中国变成了停留在野蛮阶段的落后国家。

1857 年，一个名叫珀西·克鲁克香克（Percy Cruikshank）[137]的人在英国出版了一本小画册，描绘了一系列中国式酷刑，内含剥人皮、抽肠、凌迟等形式。他叔叔在画册的序言中说广州的大部分男人是"地球上最肮脏、最堕落、最残忍和最欺诈的人。"珀西为英国外长巴麦尊工作，巴麦尊希望漫画家能够展示清朝的落后和错误之处，为英国打击中国的行动提供支持。[138]这类画册已经显现出英国人对中国刑罚的关注转移了焦点，法律思想和制度的严肃讨论已不再被他们关注，他们兴趣的焦点完全集中在那些折磨人类肉体的恐怖凶

---

134 田涛、李祝环，接触与碰撞：16 世纪以来西方人眼中的中国法律〔M〕，第 94 页。

135 田涛、李祝环，接触与碰撞：16 世纪以来西方人眼中的中国法律〔M〕，第 96 页。

136 〔美〕马森，西方的中国及中国人观念：1840-1876〔M〕，杨德山译，北京：中华书局，2006，第 80 页。

137 珀西是乔治·克鲁克香克（George Cruikshank, 1792-1878）的侄儿。乔治是英国画家、漫画家和插图画家，为狄更斯的著作所作的插图最为有名。

138 〔加〕卜正民、巩涛、格里高利·布鲁，杀千刀：中西视野下的凌迟处死〔M〕，张光润、乐凌译，北京：商务印书馆，2013，第 208-209 页。

残的惩罚手段上。如果说画册还有虚构的成分，那么约翰·汤姆逊的照片集的出版，就大大增加了关于中国人判案和惩罚方式残酷的真实性。汤姆逊在游记中展示了中国没有律师、中国的司法程序不公正、中国的刑事处罚还非常严重，并且只要有钱就可以逃脱惩罚，而没钱行贿的人只能接受悲惨的命运。他拍摄了枷刑和站笼等惩罚景象，照片里受枷刑的男性罪犯卑贱地跪在地上，蓬头垢面，张着嘴，神情既惊恐又冷漠；站笼则是为了惩罚犯了严重罪行的人，他们像野兽一样被锁在木制的高笼里，仅露出一个脑袋，很多人都会直接这样站死。这种关于中国律法和刑罚残酷严苛的传说在英国人心中烙印很深，立德夫人就曾半开玩笑地感慨："生活在北京似乎总是令人产生绝望的感觉。我猜许多年幼时被灌输过英国历史的孩子，曾经也像我一样，没心没肺地觉得，如果他们活到最后，没被吊死或砍头就算是幸运至极了。"[139]在 1870 年以前，英国人对惩罚景象的兴趣更多地出于猎奇心理。然而，当天津的传教士们被杀害，一直到 1900 年义和团运动的大规模爆发，这些关于中国的严刑酷罚的记忆就与中国人对西方人暴虐的屠杀联系在了一起。严刑和暴政被认为不仅仅是中国统治阶级的特色，而被西方人确认为是中华民族共有的本性。中国人全是野蛮欺诈、冷血残忍的暴徒，这种观念通过各式各样的文字和图片在西方世界广泛传播。下文就将行刑叙事作为一个案例，来分析英国人对刑场景象的描写是如何演变的。

欧洲早期流传的灯草画对砍头的场面就多有展示，尽管有些刽子手甚至被画得面带微笑，但由于画面人物简单，动作就像在做游戏，所以很少会给观者恐怖之感。然而，英国人对观看砍头的兴趣丝毫不减，十九世纪来中国的旅行者或外交官，无一例外都曾奔赴刑场观察和记录过这类景象。1865 年在北京使馆工作的密福特就专门去菜市口看了行刑，他观看后说之前有些作家描写得过于恐怖，实际刽子手没那么冷血，他甚至从中看出了仁慈。但那仅仅是一种猜测，他发现中国人对砍头的态度更多的是麻木。对中国人一向抱有好感和同情的另一位使馆人员芮尼也去观看了行刑，他将这一场景用了三页进行详细描述，并附了一张图："刽子手的刀"。其中最使人印象深刻的是当罪犯人头落地，刽子手拿出一串馒头，蘸满了从断头尸躯体不停喷涌出的鲜血。这些馒头将会在阳光下晒干，然后小片小片地售卖。因为中国人认为血馒头可以

---

139 〔英〕立德夫人，我的北京花园〔M〕，李国庆译，北京：北京图书馆出版社，2004，
    第 41 页。

医治某些重症。[140]芮尼是一位医生，他的描述总体来说是较为中正的，没有刻意渲染中国人的嗜血和残忍。但他这种看似平淡的讲述反倒会使人更加恐惧，仿佛刑场的景象并不值得惊奇，中国人对此习以为常。

不过，等到 1894 年英国人亨利·诺曼（Henry Norman）在伦敦出版《近代中国社会》（*The People and Politics of The Far East*）一书时，刑场的景象就彻底被描述和渲染成了屠宰场的模样，那些文字异常血腥，令人不忍卒读，可作者仿佛书写得非常过瘾。在"中国的酷吏"一章里，作者宣称他是为了使更多人的了解"真实的中国""到底是一个什么样的国度"，所以才"如实地"记录"让人非常恶心"的经历。而他认为，真实中国的景象就存在于衙门里和刑场上。广州在他眼中就是一个地狱，中国人都是行尸走肉。他详细描述地方官判案时如何刑讯逼供，展示各种刑具并附图，还将凌迟的景象详加描述，就像他真的亲眼所见一般。凌迟事实上是很少使用的刑罚，但作者却信誓旦旦地声称"从《北京公报》上找到十几个凌迟的例子是非常容易的，而这些或许不过是其中的一小部分"。不仅如此，他还在书中附了一张异常恐怖的照片，是一个已经被肢解的中国男性匍匐在血泊中的肖像。[141]到二十世纪初，西方人不仅可以通过文字记录中国刑场的景象，而且摄像技术为西方观者提供了更清晰和直接的感官冲击。诺曼对砍头场面的记录实属震撼，罪犯们被押上刑场时都"无动于衷"，有一个还"引吭高歌"，"屠刀刚刚落下，另一个刽子手就'嗬'地一声把罪犯的尸体往前一推，尸体立即瘫倒在地。在场的每个人都发出一声'哦'的欢呼，以表达他们有幸见到这完美一刀的喜悦心情。"[142]刽子手就这样一个脑袋一个脑袋地砍过去，看客们也一声接一声地"欢呼"。"刑场的血已经有脚踝深了，围观的人群在欢乐而疯狂地叫喊。……刽子手膝盖以下都已经被鲜血染红了，手上正滴着罪犯的鲜血。"行刑结束后，"只有几个顽皮的孩童，围着这些尸体玩耍，相互把对方推到血泊里去。"这些文字所塑造出的场景令读者不寒而栗，甚至会产生生理上的极度厌恶与恶心之感。就像作者自己所言，观看这类场景会

---

140 〔英〕芮尼，北京与北京人〔M〕，李绍明译，北京：国家图书馆出版社，2008，第 403-406 页。

141 卜正民、巩涛和格里高利·布鲁所著的《杀千刀：中西视野下的凌迟处死》一书中附了这幅照片。

142 〔英〕吉尔伯特·威尔士、亨利·诺曼，龙旗下的臣民：近代中国社会与礼俗〔M〕，邓海平、刘一君译，北京：光明日报出版社，2000，第 262 页。

使他产生"恐怖和强烈的厌恶感……想到自己将被溅得满身是血而浑身战栗",而同时呢,他又坦言自己对此景象"如此地着迷,以致努力地睁大眼睛,生怕错过了任何细节"。[143]他最终花了九元钱将刽子手杀人的刀买下,并说这把刀一直挂在他的墙上,"它时时提醒我,不要轻信我所读到的有关中国文明已经进步的文字"。亨利·诺曼用极富煽动性的文字将中国描述得比地狱还阴暗恐怖,中国人就像魔鬼一样麻木冷漠,甚至为宰杀同胞而欢呼雀跃。在这种极端阴森的景象里,除了认为全体中国人都是比撒旦还嗜血的怪物以外,读者很难得出别的结论。加拿大当代汉学家卜正民(Timothy Brook)写道:"一旦旅华的欧洲人在中国拍摄到凌迟并因好奇心而将照片(尤其是以明信片的形式)传播,这种折磨式的死刑便被视为异种文化的一个标志——中国人在法律及各方面均是野蛮和没人性的。"[144]这些描述支持了西方蔑视中国法律是无人性和不公正的观点,从而确定了自身文化的优越性。这类行刑叙事使欧美人坚信,"中国可能已经倒退、落后一千年,而不是落后几十年而已。"在西方观察家看来,"在欧洲平稳地从野蛮到文明,从不合理到合理,从愚昧的过去到文明的现在的过程中,中国已经被落下了。"[145]所以,严刑酷罚不仅是中国人性格野蛮的标志,也是中国文明落后野蛮的标志。

将中国人异化为野蛮民族最高潮的叙事即为行刑叙事,裹脚、抽鸦片和杀婴都比不上砍头更能引起英国人的兴趣。在这些片面而极端的叙事中,中国人不仅被认为是在行为习惯或文化观念上与欧洲人相异,中国人简直就不像人。到十九世纪后期,文字都已经不能让西方观众们满足,越来越多的摄影师来上海和香港等地,拍摄小脚、抽鸦片和砍头的景象。绝大部分来中国的英国人都坦言想看砍头,观看砍头甚至成了中国旅行的压轴项目。到九十年代,真实的砍头场面被允许现场拍摄,越来越多这个主题的照片和明信片流传至国外。其中最为著名的当属 1891 年 5 月 11 日那摩(Namoa)海盗在香港被英国人处决的景象,海盗人头滚落、尸首分离,站在周围的洋人一幅冷漠甚至得胜的表情。

---

143 〔英〕吉尔伯特·威尔士、亨利·诺曼,龙旗下的臣民:近代中国社会与礼俗〔M〕,第 263 页。

144 〔加〕卜正民、巩涛、格里高利·布鲁,杀千刀:中西视野下的凌迟处死〔M〕,张光润、乐凌译,北京:商务印书馆,2013,第 23-24 页。

145 〔加〕卜正民、巩涛、格里高利·布鲁,杀千刀:中西视野下的凌迟处死〔M〕,第 30-31 页。

这张相片被上色做成明信片销售，流传非常广。[146]这些图像一遍又一遍地强化这样一种认知，中国人一直是麻木、残酷和野蛮的民族，中国政府的律法也一样残忍而不公正，这就是中国的本质。

义和团事件发生后，英国人的这种观念似乎得到了更加有效的证实，英国必须用"中国的方式"对他们进行惩处。所以，在 1900 年后，英国人不再仅仅是砍头的看客，他们开始指挥中国刽子手拿起屠刀，对那些胆敢杀害传教士的拳匪进行最严厉的惩罚。1900 年 7 月 21 日的《莱斯利周报》（Leslie's Weekly），在图片版（ILLUSTRATED）发表了两幅照片，上面一幅是刽子手正要砍犯人头颅的瞬间，四周全是围观的中国人，表情麻木，画面左边甚至有一个中年男人肩上扛着一个孩童，为了让他看得更清楚；下面是处理那摩海盗的场景，背后是高山，八位欧洲人站在一排被砍掉头的中国人面前。图片标题是"嗜人血的中国佬"（"THE THIRST OF THE CHINAMAN FOR HUMAN BLOOD"）。[147]处决义和团团民的照片在西方开始广泛流传，这种砍头场景与之前英国人的围观记事发生了微妙的转换，过去西方人都是旁观者，他们揭露和批判清政府的残暴嗜血，而如今他们成了下令行刑的主人，他们不但不是嗜血的，而且是主持正义的，是为同胞复仇。不论是被谁屠杀，"中国人"总是被认定为是野蛮、残暴和嗜血的。英国人笔下和镜头下的行刑叙事就从阶级视角转换到了种族视角，从证明清政府统治者的残暴到证明整个中华民族都是野蛮、原始、残暴的种族。通过文字书写和影像记录，英国人对刑场景象反复渲染和异化，从中国人自己砍杀中国人，到欧洲人砍杀中国的海盗和义和团成员，这一过程被展示得理所当然，毫无破绽。被屠杀的中国人反倒成了罪有应得的凶手，杀人的欧洲人倒成了受害者与英雄，被杀者被认定为嗜血的暴徒，杀人者却被铭记成文明的捍卫者。

欧美的新闻报道者和作家们对义和团事件的报道充满了殖民想象和殖民知识，发生在中国的事件为欧洲人提供了一些可以被加以利用的戏剧性内容，比如包括男人、女人和儿童在内的传教士被用惨无人道的方式杀害的消息，不仅能激起人们的强烈感情，还会使人回想起殖民世界发生过的其他针对白人

---

146 〔英〕何伯英，旧日影像：西方早期摄影与明信片上的中国〔M〕，张关林译，上海：东方出版中心，2008。

147 〔美〕何伟亚，英国的课业：19 世纪中国的帝国主义教程〔M〕，刘天路、邓红风译，北京：社会科学文献出版社，2007，第 208 页。

的暴行。京津之间的电报线在 7 月被切断，使馆联系中断，这种形势让他们联想到南部非洲事件。由于几百名在华传教士和使馆人员的命运不能确定，人们对东方的野蛮行为进行着充分的猜测和想象，从而使得解救使馆的远征具有某种史诗般的色彩。媒体通过臆想进行夸张的报道，而这些报道也暗示和鼓励着大众进行臆想，事件的危险性与戏剧性比事实离奇百倍。[148]义和团事件的主角之一是西方传教士，十九世纪西方在东方的传教事业本身就充满了内在矛盾，一方面他们依赖帝国主义的侵略行动为他们提供权利，同时他们又试图建立起某种超越这种世俗依赖的道德基础。何伟亚认为，1900 年的暴行故事成了拔高和升华基督教在华事业的绝妙素材，被暴徒杀死的教士们被西方舆论塑造成了殉道者，这些记录事件的书籍被理解为殉道者传。殉道者一词具有悠久历史，一直要回溯到基督教刚刚兴起的时代。殉道者的意思是，见证耶稣是上帝的儿子这一事实，并为这一事实作证，并且要在面对迫害和死亡时拒绝宣布背弃自己的信仰。一个殉道者的死一直被刻画为第二次洗礼或者是血的洗礼。殉道者的遗物，他们身体的一部分或者他们的衣服，被用来使新的教堂里的圣坛神圣化，并因此成为基督教世界领土扩张的方式。从公元三世纪以来，人们一直认为"殉道者的鲜血是教会的种子"。[149]那些被义和团杀害的人也可被视作殉道者，这些叙事有力地驳斥了对在华传教事业的批评。这种叙事还促成了基督教在华传教事业的复兴，成功地把中国纳入到基督教世界并且推动了在华传教事业的拓展。

密福特 1901 年曾言："许多人可能会问，我们怎么能够在一个近年来犯下如此暴行的民族中平安无事地生活这么多年，还赤手空拳到处旅行？中国是世界上矛盾百出，令人费解的国家。"事实上，不是中国令人费解，而是英国人总是站在自己的角度对中国进行报道，他们从来都将英国对中国的许多不齿行径隐藏起来，然后大肆渲染那些使中国看起来不可理喻的部分。所以密福特说："经验告诉我们，那些表面温和、近乎稚气的中国人，常常能在极短时间内被煽动起来，变成凶残暴虐的魔鬼军团。"[150]密福特将义和团与阿富汗

---

148 Cohen, Paul. *History in three keys: the boxer as event, experience and myth*, Columbia University Press, 1997.

149 〔美〕何伟亚，英国的课业：19 世纪中国的帝国主义教程〔M〕，刘天路、邓红风译，北京：社会科学文献出版社，2007，第 316-317 页。

150 〔英〕密福特，清末驻京英使信札〔M〕，温时幸译，北京：国家图书馆出版社，2010，第 21 页。

1879 年杀死路易·卡瓦纳格里总督的事件相提并论，将英国人铭记为东方暴徒手下的受难者。因为在他们的认知里，英国是在东方做好事却不被领情，反倒遭受野蛮的东方人的残害。"殖民化始终是一个混乱无序的过程，有许多不同力量同时从不同方向推动或是阻滞这一过程。"[151]殖民地人民的反抗不是特例，而是正常现象。但是，十九世纪从这些起义和反抗活动中，英国产生出了很多描述土著人残暴和野蛮行为的骇人听闻的故事，使得人们认定，对待这些劣等民族必须更加强硬。义和团运动后，列强对中国惩罚的对象从皇宫扩展到普通百姓，长达一年之久对北京和周边地区的占领，充斥着大规模的烧杀劫掠和政治、经济上的无政府状态。

中国对古代刑罚的记载资料很少，而西方人却搜集和创造了非常多的关于中国刑罚的资料。从西方人对酷刑的书写不难看出，当他们试图展现中国人的嗜血与残暴的同时，却恰恰展现了书写者本性中的嗜血与残暴。卜正民在《杀千刀：中西视野下的凌迟处死》（*Death By A Thousand Cuts*）一书中，就专门研究了西方人对中国式刑罚的书写历史，揭示了这段历史背后深藏的文化意义。中国的酷刑容易使西方人想起耶稣的受难，地狱的惩罚以及中世纪的宗教法庭。英国十九世纪之前律法也十分严苛，死刑泛滥，1689 年英格兰可判处死刑的罪名有四十种，1800 年有 160 种之多，偷一块面包也可能被判处绞刑。英国的法律尤其在制止侵犯财产罪上相当全面严厉。[152]赫德逊也曾说过，到十九世纪，英国法律改革使他们变得人道，他们就开始指责中国律法严苛了。1837 年英国废除了示众柱刑，1840 年后，英国再也看不到公开处决的场面。[153]所以，从十八世纪末年开始，欧洲各地开始酝酿现代法典，作为一种公共景观的酷刑消失了。也许正是出于这些原因，中国在英国观察者眼中成了落后、原始和野蛮文明的标本。清政府也不希望再被西方如此评论，在 1905 年 4 月废除了凌迟酷刑。在同一年被废除的，还有科举考试制度。英国人对中国刑罚这一主题的书写也引出了另一些问题，中国古代的那些酷刑到底应该如何理解？如果英国人的描写和观点不对，我们又该如何解释和反驳这些看法？英国旅行者作为看客，在叙事中将中国刑罚"野蛮化"，以至有将整个中国民族"污名化"的倾向，部分原因在于他们没有尝试深入

---

151 〔美〕何伟亚，英国的课业：19 世纪中国的帝国主义教程〔M〕，刘天路、邓红凤译，北京：社会科学文献出版社，2007。

152 阎照祥，英国史〔M〕，北京：人民出版社，2014，第 215 页。

153 〔法〕福柯，规训与惩罚，刘北成译，北京：三联书店，2007。

到中国的法律、道德和文化传统中去评判这件事，这也难以强求。不过，面对如此严重的诘难，中国人自己似乎探究和应对得也非常不够。苏力在《法律与文学》一书中，以中国传统戏曲中的公案类等涉及法律问题的作品为素材，一方面将文学故事放回到历史文化语境中去理解，另一方面也通过理解文学作品思考永恒的法理问题，是极具启发性的学术实践。他揭示了中国古代法律的诸多特征，认为文学通过宣扬道德，也承担着法律的部分职能。"德主刑辅"是中国古代法律文化的一大特点，可是作者尖锐地指出，这并不是一种理所当然的文化，"由于国家财力、人力、资源和信息的限制，国家无法以法律有效治理国家，必须有一种政治法律意识形态作为辅助制度来保证国家的治理"，所以"德治不是一种文化的选择，而是一种在特定制约下的被选择。"[154]进而，他提出："旧制度被替代的前提并不是它本身有多少或多大弱点，而在于有没有更有效率的制度可以替代它。"[155]从这个角度我们可以理解，英国人在清末中国看到的酷刑的确残忍，但它仍有其存在的土壤，它的消亡与先一步进行律法改革的西方国家施加的压力不无关系。但是这本书由于焦点在法理，对刑罚手段涉及得不是很多。法国学者福柯写了多部与法律和刑罚有关的著作，他追溯了欧洲社会中的监狱、规训和惩罚的话语历史。加拿大中国学研究者卜正民注意到，西方人在十九世纪传播和创造了大量关于中国酷刑，尤其是凌迟处死的话语，这些话语无疑已经与真正的中国人的真实处境相去甚远，他即试图从中西两种文化视角，来理解和解释这一文化现象。然而，这种努力才刚刚启程，关于中国古代刑罚的文化内涵这一问题，还亟待深入探究。

在十九世纪英国人眼中，中国人的缠足、溺婴、吸鸦片和砍头就如同印度的殉夫制一样残酷野蛮。中国人所遭受的苦难如此长久、深重且广泛，但他们却能够忍受，这增加了中国人的神秘感。"他们对欢乐和痛苦一样地麻木不仁，因此他们富于耐力，能够忍受最深重的痛苦和最沉重的重负，也能够忍受最残酷的行为：一切有关于中国的叙述中都少不了对'中国酷刑'的描写。"[156]基尔南讽刺说，"世界其他地方的'上等民族'也常常认为，'下

---

154 苏力，法律与文学：以中国传统戏剧为材料〔M〕，北京：三联书店，2006，第 38 页。

155 苏力，法律与文学：以中国传统戏剧为材料〔M〕，第 69 页。

156 〔法〕米丽耶·德特利，19 世纪西方文学中的中国形象〔A〕，孟华主编，比较文学形象学〔C〕，北京：北京大学出版社，2001，第 250 页。

等民族'对事物不如他们这般敏感。钓鱼者总爱假想鱼儿没有感觉。"[157]然而，西方人关于中国酷刑的描写也经历了历史流变。最初是对中国律法感兴趣，以介绍事实为主；后来成为批评清朝政府独裁统治和专制残酷的证据；再后来成为证明中国人麻木不仁、种族嗜血的说明；最后，西方人血腥镇压和实施屠杀的景象，令他们中的一些人开始怀疑文明与野蛮的界限，人性的善良与残忍嗜血间的界限；到后现代时期，和平年代，中国的酷刑又被西方艺术家、哲学家、理论家和思想家们发掘出了与身体和暴力相关的哲学和美学，用以透视人性。中国古代的凌迟处死景象与西方宗教绘画传统中塞巴斯蒂安死亡的造型建立起了联系。[158]因为耶稣和历代圣徒的受难，酷刑不仅仅意味着残忍的折磨，更意味着牺牲，刑场的景观与仪式、表演以及某些更深刻复杂的意义相连。法国思想家巴塔耶就根据他所见的关于中国人被凌迟处死的照片写了一本著作，卜正民认为，西方人只是看到了中国酷刑的表象，"欣喜若狂的表情属于面具，而不是真实的中国酷刑受难者，受难者的表情和感受仍然存在，而我们无法触及。"早在1898年，法国人奥克塔夫·米尔博（Octave Mirbeau）就写了一部奇特的小说《苦刑花园》（Le Jardin des Suplices），在这部小说里"中国"是一个想象之地，用来证明"西方人在文明的表象下隐藏了灵魂中残忍、嗜血和卑鄙的本能"。作者宣称，"这些使你们恐惧的中国人就是被剥掉了宗教美德、教育和道德面具的你们自身"。批评家通过分析认为，在这类叙事中，"中国人像是成了欧洲人的地狱……因为他代表了欧洲人隐藏的面孔。"[159]包括行刑叙事等一系列对中国人道德和习俗的展示，在西方社会和文化界引发了难以预料的复杂反应，帝国主义者将之作为控制和打击中国人的工具，文人由此寄托世纪末的颓废怀疑情绪，思想家则借以拷问人性的黑暗深渊。

到十九世纪末，英国将俄罗斯帝国视为其在东方的最大威胁，英国国际问题专家克劳斯（Alexis Karausse）在九十年代出版了好几本讨论远东问题的著作，包括《衰落的中国》和《俄国在亚洲》等。他煞费苦心地将俄国在亚洲的

---

157 〔英〕维克托·基尔南，人类的主人：欧洲帝国时期对其他文化的态度〔M〕，陈正国译，商务印书馆，2006，第178页。

158 〔加〕卜正民，巩涛、格里高利·布鲁，杀千刀：中西视野下的凌迟处死〔M〕，张光润、乐凌译，北京：商务印书馆，2013。

159 〔法〕米丽耶·德特利，19世纪西方文学中的中国形象〔A〕，孟华主编，比较文学形象学〔C〕，北京：北京大学出版社，2001，第259页。

政策同英国在远东的政策进行了一番比较，发现英似乎更缺乏俄国所拥有的果断性和目标意识。俄国喜欢在亚洲使用惩罚性力量，动辄就会屠杀成千上万的人。克劳斯没有将这类行为看做是俄国的野蛮主义，反而认为是一种精心计划的政策。无论从俄国人的认知，还是其在亚洲实践的结果来看，这一政策似乎都是对付亚洲人心智的有效工具。

> 俄国人指出，英国关于惩罚性远征的思想是完全错误的。在亚洲退缩，是一个致命的错误。如果你要给亚洲人留下印象，你就要采取他们所能理解的方式对待他们。亚洲人残忍、贪婪、无情。他们根本不懂仁慈，对他们施以仁慈毫无用处。如果必须要进入一个亚洲国家并且给它的人民树立一个榜样的话，那么退缩就是一种彻头彻尾的愚蠢。因为退缩会被理解成失败，一支征服军的撤除会被认为是不能够继续留下来的表示。然而，英国却不断地重复这样的退缩政策，而每重复一次，它的利益就受到了更大的伤害。[160]

辜鸿铭早在 1928 年就对这位所谓的远东问题专家克劳斯进行了批判。为了反驳西方人脑海中对中国的错误观念，辜鸿铭自称对当时西方人所写的关于中国的书不厌其烦地阅读，得出的结论就是，盎格鲁-撒克逊人不仅要做生意，还要改造中国人。他幽默讽刺地列了"盎格鲁-撒克逊人观念问答集"，认为崇尚帝国、金钱利益、享乐、利用开发中国和中国人、用英国文化改造中国，与德国俄国竞争瓜分中国就是当时英国的真面目。他认为那些不停研究和写中国书的西方人都是胡说八道，而通过阅读这些书籍了解中国之后来中国的人，不可能对中国友好，"那些满脑子全都是关于中国人的乱七八糟言论书籍的外国人，当他们来到中国后，如果能够和他必须打交道的中国人友好相处，那真是一个奇迹。"[161]他尤其举例出了一个大部头的书，那就是克劳斯的《远东：它的历史和问题》，该书作者极力宣扬东方人不可理喻，与西方人完全相反。辜鸿铭认为这类荒谬的判定罪大恶极，要想中英两国人民能够和平共处，他们就必须抛弃这种对中国人的偏见以及盎格鲁-撒克逊人固有的观念。他还列举了明恩溥与理雅各对中国历史完全相反的评价和判断，以此证明没有什么绝对的本质主义的东方和西方，西方国家和民族内部的差异也许比他们与

---

160 〔美〕何伟亚，英国的课业：19 世纪中国的帝国主义教程〔M〕，刘天路、邓红风译，北京：社会科学文献出版社，2007，第 198 页。

161 辜鸿铭，中国人的精神〔M〕，李晨曦译，上海：上海三联书店，2010，第 78 页。

中国人的差异更大。然而，"在大工业时代，进步的、帝国主义的时代，欧洲人确信自己是文明的持有者，不能容忍另一个民族有同样的全球抱负。"[162]西方国家制定对外政策，尤其对华政策，是基于他们所理解的中国人的民族性格和处事方式来进行的。如果他们认为中国人是那样，他们就会用相应的方式对待。而有时，那种认识不过是为他们渴望采取的行动找话语支持。像克劳斯一类的西方学者依据对统一的东方人特性的认知来为国家出谋划策，而这种认知是由种族分类科学和殖民环境中产生的新知识所制造出来的。这种认知本质上都是西方人的一种损人利己的想象，能够为西方人对亚洲人使用武力做辩护。"帝国的代理人们争论道，原住居民除了暴力外是不可能理解任何语言的。"[163]英国出于这样的原因，在香港法律中仍旧推行英国本土早已禁止的死刑。马克·B·索尔特在《文明与野蛮》中写道："关于野蛮的隐喻如此深入人心，以至于号召进行一场反对野蛮人的文明战争证明能够胜过别的叙事手段。"[164]在欧洲全球霸权和帝国竞争的时代，对不顺从的他者的惩罚从来就不曾间断过，所有的行动背后都有这种关于野蛮的隐喻叙事的支持。

新版剑桥英国文学指南的编者夏多克曾言："那种也许可被称为'中心'（centre）与'外围'（periphery）之间的交流，已经成为我们理解1830年至1914年间这段历史的关键"。[165]十九世纪的英国人以不列颠本土为帝国中心，而巨大的海外殖民地就是外圈，这种圈层结构不仅是地理意义上的指涉，更是种族与文化意义上的指涉。美国历史和政治地理学家布劳特，在考察十九世纪欧洲的历史教科书后发现，当时的学者们讲述世界历史及人类历史的方式都充满了"欧洲中心主义"及"地理传播主义"观念。欧洲之所以是"中心"是基于以下判断：只有欧洲人能理性思考，有创新力、荣誉感和道德感，这就是欧洲的价值观；欧洲是民主制度的起源地、现代化的起源地、工业革命的发生地，是欧洲人发现了世界并统治其他民族，而非反过来。所以，这种判断似乎无可辩驳，因为历史就是这样发生的。布劳特也理解，"如果他们

162 〔法〕米丽耶·德特利，19世纪西方文学中的中国形象〔A〕，孟华主编，比较文学形象学〔C〕，北京：北京大学出版社，2001，第262页。

163 〔加〕卜正民、巩涛、格里高利·布鲁，杀千刀：中西视野下的凌迟处死〔M〕，张光润、乐凌译，北京：商务印书馆，2013，第31页。

164 周宁、周云龙，他乡是一面负向的镜子：跨文化形象学访谈〔Z〕，北京：北京大学出版社，2014，第219页。

165 Shattock, Joanne, ed. *The Cambridge Companion to English Literature 1830-1914.* Cambridge: Cambridge University Press, 2010. p.2.

断言欧洲人发明了民主、科学、封建主义、资本主义、现代民族国家，这是因为他们认为这些都是事实。"[166]与"中心"相对，非欧洲地区都是"外圈"，这种判定的依据有：人类有多种起源，"某些人群是在亚当夏娃之前创造出来的"，这些人缺乏智力和精神因素，是"理性的空洞"。也就是说，非欧洲地区没有人存在，即使有人存在那里的人也没有私有财产概念，所以那里的土地并不属于他们；那里的人没有理性或只有半理性；东方只有独裁和专制主义，那里的人没有自由的概念，因此能够容忍独裁政府压制进步。[167]基于以上"中心"与"外圈"的区分，他们认为文化有一个发源中心，那里的人被上帝选中，最先进发达，文化从中心向外圈扩散，外圈的人麻木落后，等待着被教育和被改造。所以，殖民主义是"自然的，不可避免的和进步的"，他们相信，欧洲人去外圈带给了他们先进文明，野蛮人也理所应当将当地资源作为回报给予欧洲人。[168]到十九世纪末，这种观念走得更远，他们坚信文明是从欧洲流向亚、非、拉等地区，而疾病、堕落、腐化和野蛮则从外圈流向中心，威胁且败坏着西方民族。所以，英国人将非洲大陆称为邪恶的"黑暗之心"（the heart of darkness）或将秘鲁叫作"幽暗的秘鲁"（the darkest Peru），都是在极力掩饰殖民罪恶，并强化英帝国道德上的正义面具。十九世纪是经典的文化传播主义时代，也是经典殖民主义时代，那一时期流行的观念是把一些表面事实解释为欧洲历史、文化和心理优越的一般理论，以支持殖民并使殖民合法化。在十九世纪英国人的中国游记以及汉学家的著作中，这种根深蒂固的观念俯拾即是，最典型的就是中国停滞论。此外，中国的专制主义，缺乏自由，需要开放迎接西方文化，中国人精神愚昧，需要基督教价值观等等，都与此暗合。这类叙事充满了启蒙话语与殖民话语，而这一特征将长久且顽固地存在于英国人看待中国的态度中。

---

166 〔美〕布劳特，殖民者的世界模式：地理传播主义和欧洲中心主义史观〔M〕，谭荣根译，北京：社会科学文献出版社，2002，第10页。

167 〔美〕布劳特，殖民者的世界模式：地理传播主义和欧洲中心主义史观〔M〕，第29页。

168 〔美〕布劳特，殖民者的世界模式：地理传播主义和欧洲中心主义史观〔M〕，第28页。

第四章　自由旅行写作

　　十九世纪后期来中国旅行的英国人大量增加，第一手的旅行记录也占据了书写中国图书的大片市场。随着写作者人数增加，读者鉴赏能力提高，消费者对书写中国的著作的要求也提高了。如果总是老生常谈、陈词滥调，他们的作品就没有独创性，没有读者市场，也就不会产生影响力。所以，经过市场淘汰和时间检验，十九世纪后期流传的中国游记比之前的著作更丰富多彩，每位旅行者都争相用自我独特的视角来感受和凝视中国，期望体味到中国的深层生活，以此在写作中展示比他人更深刻的见解。这些旅行者大多没有传教士的大使命，没有政治家那些强势的国家理念的支撑，也不像见识狭隘的猎奇者偏于一隅。他们希望用更文学性地方式描绘中国景象，将中国人当作与他们一样的人来看待和理解。这造就了一批真正的书写中国的英国作家们，阿奇波德·立德、立德夫人和威廉臣夫人，都是其中的代表。他们三位的社会身份各不相同，但他们的旅行时间接近，都在十九世纪后三十年；他们旅行的方式都是自由探险和自愿观光，写作也不以公务为要；不论是旅行还是写作，他们的目的都以体验、消遣和愉悦为主。这些共同要素对他们作品的主题、内容和观点，产生了比其他因素更大的决定性作用，而这些要素在旅行写作的文体特征中又是相当重要的，所以放在一起讨论。这样有助于揭示探险旅行、消遣的旅行和市场化的写作在十九世纪后期英国人中国写作中的共同作用。

　　美国思想家拉尔夫·爱默生（Ralph Waldo Emerson, 1803-1882）在十九世纪中期访问不列颠时曾说，"英国人对使用技能的偏爱影响了他们的民族心理"，"书店里除了政治、旅游、统计、制图、工程以及结构机械呆板的所谓哲学或文学之类的书外，什么也没有。好像灵感已经枯竭，希望已到终止，什么信仰、欢歌、智慧、泪水，都已不复存在。"[1]英国诗人和文化批评家马修·阿诺德（Matthew Arnold, 1822-1888）也在十九世纪中期曾慨叹：

> 与希腊文明相比，整个现代文明在很大的程度上是机器文明，是外部文明，而且这种趋势还在愈演愈烈。但尤其在我们自己的国家，文化可谓任重而道远。虽说文明会将机器的特征传播四方，可在我国，机械性已到了无与伦比的地步。更确切地说，在我们这个国家里，凡是文化教我们所确立的几乎所有的完美品格，都遭遇到强劲的反对和公然的蔑视。关于完美是心智和精神的内在状况的理念与我们尊崇的机械和物质文明相抵牾，而世上没有哪个国家比我们更推崇机械和物质文明。[2]

似乎正是由于物质和机械文明发展到巅峰的状态，一种返回自然，追寻文化，幻想浪漫的精神在十九世纪末叶有了复归的迹象。"赞成异国情调的人们首先警觉到西方帝国主义的罪行：欧洲人把一个统一的文明模式强加给世界的时候，也剥夺了遥远国家的魅力和诗人们的梦想。"[3]

英国现代作家乔治·奥威尔（George Orwell）曾言："我们不仅是一国爱花人，而且是一国集邮家、养鸽迷、业余木匠、票券收藏家、投镖手和纵横字谜控。"[4]英国人似乎总有一项嗜好和迷恋（obsession），而迷恋的东西也区分阶级，比如公学的男性玩橄榄球，富人猎狐，劳动阶层赛鸽，上层阶级钓可吃的鲑鱼和鳟鱼，劳动阶层钓不可吃的淡水鱼。[5]十九世纪末在中国旅行的业余作家夏金（Charles J.H.Halcombe），在《玄华夏》（*The Mystic Flowery Land: Being a True Account of an Englishman's Travels and Adventures in China*, 1896）一书中就提到他酷爱搜集火花，另一位女作家立德夫人则热爱狗。"英格兰是举世闻

---

1 〔美〕艾默生，英国人的特性〔M〕，张其贵、李昌其等译，北京：中国社会科学出版社，2008，第 239 页。
2 〔英〕马修·阿诺德，文化与无政府状态：政治与社会批评〔M〕，韩敏中译，北京：三联书店，2008，第 12 页。
3 〔法〕米丽耶·德特利，19 世纪西方文学中的中国形象〔A〕，孟华主编，比较文学形象学〔C〕，北京：北京大学出版社，2001，第 255 页。
4 Orwell, George. *The Lion and the Unicorn*, 1941.
5 〔英〕艾伦·麦克法兰，现代世界的诞生〔M〕，管可秾译，上海：上海人民出版社，2013。

名的店主之国，它也是举世闻名的养宠物者之国。"在英国，皇家防止虐待动物协会（Royal Society for the Prevention for Cruelty to Animals）甚至比全国防止虐待儿童协会（National Society for the Prevention for Cruelty to Children）出现得更早。历史学家和人类学家经过考证认为，英国人的这些总体特征都有心理根源，而独特的心理需求则又源自其社会文化体系的总体特征。"养宠物和热爱大自然是英格兰的古老现象，而且与个人主义的亲属关系和婚姻体系密切相关。"[6]他们在宠物关系上寻找已失去的亲属间身体与情感上的亲密满足感。英国人对植物的喜爱也似乎自古流传，"1500 年，英格兰大约有 200 种人工栽培植物，但是在 1839 年，数量已经上升到 18000 种。"[7]十三世纪英格兰就有了商业性植物卖家。"品种的藩篱在于英格兰和欧洲的自然条件，然而，一旦从美洲新大陆进口异国品种，一旦与非洲和亚洲拓宽联系，从而使植物的多样化有了可能，英格兰人立刻热火朝天地投入行动，充分表现了内心的热情。"[8]在十九世纪，与来中国旅行相关的英国人中，有很多都有强烈的动植物（flora and fauna）研究爱好，[9]例如大力促成马嘎尔尼使团访华的"皇家学会"主席约瑟夫·班克斯爵士（Sir Joseph Banks, 1st Baronet, 1743-1820），出生于一个富豪乡绅家庭，对博物史和植物研究痴迷至极，也为科研旅行提供了大量赞助；乔治·伦纳德·斯当东也对植物研究深感兴趣；在十九世纪四十年代来中国旅行的罗伯特·福钧（Robert Fortune），是苏格兰植物学家，为了搜集茶叶种子和学习茶叶种植方法；曾任厦门和台湾等地领事，在第二次鸦片战争中担任翻译的郇和（Robert Swinhoe），名垂史册的原因也与他对鸟类研究（ornithology）的贡献有关。所以，对动植物抱有特殊爱好似乎的确在英国人的性格中占据重要位置，"从村舍，小花园，到绅士府邸的大花园，普遍的园艺热是英格兰的一个惊人的和典型的表征，最早在 16 世纪的翔实记录中就有明确表现，并且持续至今。"英国人热爱的不对称，不中规中矩，讲究变化多端，隐秘的和自然天成的花园，与中式园林的美学追求很一致。"虽然最终在 19 世纪创造了人类有史以来最城市化的文明，但英国人心理上却保有一种反

6　〔英〕艾伦·麦克法兰，现代世界的诞生〔M〕，第 131 页。
7　〔英〕福克斯，英国人的言行潜规则〔M〕，姚芸竹译，北京：三联书店，2010。
8　〔英〕艾伦·麦克法兰，现代世界的诞生〔M〕，管可秾译，上海：上海人民出版社，2013，第 133 页。
9　Fa-ti Fan. *British Naturalists in Qing China: Science, Empire, and Cultural Encounter*. Cambridge: Harvard University Press, 2004.

城市主义（anti-urbanism）的基调"。[10]所以，英国人还成立了全国防止虐待花园协会（National Society for the Prevention of Cruelty to Gardens）这类组织。如果说自由主义、资本主义、民主制度、帝国主义和殖民主义是英国文化的一部分特征，那么崇尚探险、热爱自然、拥有嗜好、喜爱异域情调、幽默自嘲也是构成英国文化的不能被忽略的另一部分特征。

在高度工业化和城市化环境里，英国人对中国乡村田园、建筑、古董、艺术品等事物的兴趣有了复兴的趋势。罗素认为，西方人崇拜进步，而中国人享受自然之美。[11]阿兰·麦克法兰认为，英国人注重实用、宽容、光明正大（Fair-play）等精神，因此缺少狂热和激情，很少产生天才艺术家，所以绘画、音乐和建筑都不如欧洲其他国家表现好。[12]维多利亚时期的英国人开始重视家居装饰，喜爱小古董。但该时期的风尚也代表着俗气，大部分人喜爱的都是庸俗乏味的艺术，如"拉斐尔前派"（Pre-Raphaelite Brotherhood）感伤的绘画，威廉·贺加斯（William Hogarth, 1697-1764）的叙事画，华丽的家具，扎眼的壁纸和拙劣的小古玩等。然而，即使被指责为缺乏品味，维多利亚时期的英国人对艺术品的兴趣仍旧高涨，这反映了中产阶级的品味和心态。[13]到二十世纪上半叶，西方思想家如本雅明认为技术化和商品化的现代艺术品缺少古代艺术所拥有的灵晕（aura），也许英国人对中国艺术兴趣的重新燃起也有这方面的原因。在十九世纪上半叶，人们热衷进步、技术和科学，看到的是商业和工业征服农业，城市消灭乡村的成就感。然而，当资本主义、工业化、技术和工具理性无节制地壮大后，人们又感到了压迫和痛苦，古代的和原始的文明又引起了人们的怀念。"阴暗的天空大概是工业便利造成的唯一缺陷。伦敦几乎日夜不辨，读书写字非常吃力，更可怕的还有煤炭的烟雾。在工业区的小镇，煤烟或'黑尘'铺天盖地，白羊变成了黑山羊，人们的唾液变成了黑糨糊，空气被污染了，许多植物被毒死了，纪念像和建筑物也被腐蚀了。伦敦的大雾把天空变得更加污浊不堪，有时正如一位英国智者所说：'晴天烟囱抬头可见，雨天

---

10 〔英〕艾伦·麦克法兰，现代世界的诞生〔M〕，管可秾译，上海：上海人民出版社，2013，第70页。
11 〔英〕罗素，中国问题〔M〕，秦悦译，北京：学林出版社，1996，第158页。
12 〔英〕艾伦·麦克法兰，现代世界的诞生〔M〕，管可秾译，上海：上海人民出版社，2013。
13 〔美〕克莱顿·罗伯茨、戴维·罗伯茨、道格拉斯·R.比松，英国史〔M〕，潘兴明等译，北京：商务印书馆，2013，第80、298页。

烟囱脚下可寻。'"[14]对煤的大量消耗导致英国的气候变化，污染严重，爱默生当时就警觉地发现，英国像一艘不知会驶向哪里的大船，无人能够掌舵。到二十世纪初，中国的儒家、佛教和道教等哲学思想逐渐为更多英国人所了解，其相异于基督教文明的特点博得了部分人的认可。所以，从立德、立德夫人和威廉臣夫人等人的写作中展露的对中国遭遇的同情以及对中国文化的肯定，也成为了二十世纪初期英国反帝国与反现代性话语的一部分。

第一节　中国腹地探险记：立德笔下的扬子江

英国一直致力于将清政府培育成一个能够听命于英国的同盟国。但是，随着德国、俄国和日本等新帝国加入到争夺中国的竞争中去，英国从地缘政治学角度考虑，试图在亚洲把清朝吸纳为同盟国的目标出现了某种紊乱。十九世纪八十年代的英国，将对中国的政策重点放在了控制住属于自己领域的"势力范围"（influenced sphere）上。密福特曾说，瓜分中国巨兽的行动已经开始，"为征服非洲而发明的外交辞令，如'势力范围'、'腹地'在三、四年前被应用于名义上还是友好领邦的中国身上。"[15]在与德、俄等国的竞争中，很多英国人都为自己的国家出谋划策，认为控制住长江流域是英国在东方的关键。英国一方面希望清政府合作顺从，另一方面又要保护它不被俄国搞垮。英国人此时的努力方向就是要帮助清朝变得强大些，足够保护自己的主权，这种外交努力被比喻成"大博弈"行动。

> 大博弈中的阴谋诡计与中国东部更加公开、更加赤裸裸的强权政治之间，还是存在着明显的不同。大博弈行动的秘密性质需要欺骗和秘密行动，需要对当地人民进行间接操控。这方面的秘密活动包括让英国人冒充'土著'，也包括训练当地人作为英国代理人进行活动。[16]

法国占领越南后，势力范围延伸到中国南部边境，俄国势力则在新疆和蒙古等

---

14 〔美〕艾默生，英国人的特性〔M〕，张其贵、李昌其等译，北京：中国社会科学出版社，2008，第 38 页。

15 〔英〕密福特，清末驻京英使信札〔M〕，温时幸译，北京：国家图书馆出版社，2010，第 30 页。

16 〔美〕何伟亚，英国的课业：19 世纪中国的帝国主义教程〔M〕，刘天路、邓红风译，北京：社会科学文献出版社，2007，第 28 页。

北方边境，英国在华利益的主要地区是长江流域。

到十九世纪最后十年，新知识与视觉一致性已经创造出一个全新的中国，一个让越来越多的讲英语和读英语的读者可以接近中国，一个由地图、统计数字和各种图表组织起来的中国，一个填补了帝国档案分类系统中的空白——中国部的中国，一个大大扩展了英国对中国的想象空间的中国。[17]

何伟亚发现，越来越多远离中国的人也能够搜集到关于中国的"真实"信息，并可以对远东问题发表评论。他们可以跟随明恩溥进入中国乡村，和他一道思考中国人性格的基本特点，也可以加入到中亚大博弈的浪漫历险之中，还能够揭露俄国在东亚的阴谋诡计，对中华帝国的状况作出评估。这些英国人既不是外交官、传教士，也不是汉学家，但他们也能够通过旅行写作参加"大博弈"，共同思考英国在亚洲的命运。"经过接近半个世纪专心致志的工作，欧美人现在已经可以将中国把握在他们的手掌上，仔细地审视它，声称已经理解了它，并且对其采取行动。一个异邦的帝国被解码、分类、概括，结果就使人们比以往任何时候都更加了解它。"[18]十九世纪末英国本土还爆发了毒品恐慌，宗主国与殖民地原本清晰的"边界"受到了安全威胁。通俗报刊和想象文学中流露出对中国人报复的恐惧，傅满洲的形象即象征着一个突然觉醒的中国会成为英国掌控亚洲的最大威胁。他们恐惧一个领导东方反抗西方的中国，他们恐惧中国会赶走那些在中亚大博弈的竞争者们，然后从亚洲清除掉所有殖民政府，把欧洲势力赶回到它历史上所占据的，位于广袤欧亚大陆上与世隔绝的，西部边远的那个小小的半岛上。所以，这一时期英国人在长江流域的探险旅行著作，就成了反映这段历史及其背后复杂情感的记录。

英国担忧在中国建立起来的威信以及所掌握的利益会被其他国家毁掉，所以十九世纪后期，涌现了一系列对四川、云南和西藏等西南腹地的新探险行动，这些行动催生出许多探险著作。例如，1876 年在云南死去的马嘉理（Augustus Raymond Margary, 1846-1875），就是在"大博弈"行动之下去西南探路的英国人，在威妥玛的协助下，英国成功要挟清政府对此事件负责，签订了《芝罘条约》。曾任上海领事的阿礼国（Rutherford Alcock, 1807-1897）

---

17 〔美〕何伟亚，英国的课业：19 世纪中国的帝国主义教程〔M〕，第 152 页。
18 〔美〕何伟亚，英国的课业：19 世纪中国的帝国主义教程〔M〕，第 154 页。

将马嘉里的旅行记录整理出版，即《马嘉里行纪》（*The Journey of Augustus Raymond Margary, from Shanghae to Bhamo, and Back to Manwyne: From His Journals and Letters, with a Brief Biographical Preface*, 1876）一书。汉学家翟理斯（Herbert Allen Giles, 1845-1935）写过一本《从汕头到广州的旅行》（*From Swatow to Canton*, 1877），这本书就是他被吩咐去广东查看申明条约权利的告示张贴情况的游记。为了维护和扩大英国在亚洲的利益，探险家从缅甸到云南和四川的旅行愈演愈烈。1894 到 1900 年间，不列颠政府又委派亨利·戴维斯（Henry Rudolph Davies, 1865-1950）带领调查远征队去云南，探寻一条从英属缅甸经过四川连接长江上游地区的铁路线。他将这段在云南的探险经历写成了一本游记《云南：连接印度和长江》（*YUN-NAN: The Link between India and the Yangtze*, 1909），这本书同时也是科研报告。戴维斯是一位英国军官，不列颠智囊团成员。在戴维斯之前，英国医师和博物学家约翰·安德逊（John Anderson, 1833-1900）于 1868 年，随斯拉登探路队从缅甸进入过云南，著有《从曼德勒到腾越州：1868 年及 1875 年两次华西探险记事》（*Mandalay to Momien: a Narrative or the two Expedition: to Western-China of 1868 and 1875*, 1876）一书。然而，戴维斯的书是欧洲旅行者专门对云南的第一部详细描述。在书中，作者记录了云南地区多样的土著文化，当地的地理、经济和政治现状也都被详细考察。书内穿插 73 幅照片，附录包括计划的铁路线地图，西南少数民族部落的生活境况与习俗，苗语和瑶语的基本知识，以及详尽的旅行行程和途经各地的地理参数。在前言中，作者将成书原因、经过和目的做了说明。他要"写一些也许对未来的旅行者有用的东西"，给那些对中印边境感兴趣的人，以及"发展我们在这些国家的贸易"。在这次探险旅行中，他们走了 5500 英里的路，这本游记能够"给未来的地理学家和旅行者一些有价值的信息"。[19]除了云南，这一时期更多的英国探险家还是将足迹留在了扬子江上，如布拉克斯顿（Thomas Wright Blakiston, 1832-1891）的《扬子江上五个月》（*Five Months on the Yangtze: With A Narrative of the Exploration of its Upper Waters and Notice of the Present Rebellions in China*, 1862），毕晓普夫人（Mrs.J.F.Bishop）的《扬子江及周边》（*The Yangtze Valley and Beyond, an account of journeys in China, chiefly in the province of Sze Chuan*

19 Davies, Henry Rudolph. *YUN-NAN: The Link between India and the Yangtze*. Cambridge: Cambridge University Press, 2010.

and Among the Man-tze of the Somo Territor, 1899）等。

对长江探索和记录最为有名的一位英国人，当属阿奇波德·约翰·立德（Archibald John Little, 1838-1908），他是英国皇家地理学会会员，1859 年来中国经商，1860 年曾到苏州访问过李秀成。1883 年乘舢板到重庆，探索在中国西部开展贸易的可能性，以后又在四川和云南等地活动，重庆至今还有立德洋行的旧址。为英国在华利益考虑，立德力主在长江上游通航轮船。1895 年，他自筹资金在上海订造了"利川"（Leechuen）号轮船，进行首航实验。1898 年 2 月 15 日从宜昌出发，逆流而上，历经艰难险阻，3 月 8 日到达重庆，受到当地外国社群的热烈欢迎。立德在中国生活近五十年，会讲汉语，一生留下诸多作品，如《穿越扬子江峡谷》（*Through the Yang-Tse Gorges: Or, Trade and Travel In Western China*, 1888），《峨眉山及周边——川藏边界旅行记》（*Mount Omi and Beyon; a record of travel on the Tibetan Order*, 1901）和《远东》（*The Far East*, 1905）。身后他的妻子立德夫人整理出版了他的两部遗作，《穿越云南》（*Across Yunnan*, 1910）和《中国五十年见闻录》（*Gleanings from Fifty Years in China*, 1910）。

《穿越扬子江峡谷》是立德的日记，1888 年在伦敦出版。记录的是 1883 年他乘一艘中式帆船沿长江从上海到重庆的旅行。在这本游记中，作者将自我塑造为一名发现新地域、为祖国拓展新机遇的英勇探索者形象。他的行动不仅对英国具有巨大意义，而且还能为拯救中国提供途径。这种叙述继承了英国早期全球探险叙事的传统，并且展示了十九世纪英国男性在中国的旅行及写作观念与帝国欲望的密切关系。

该书封面大标题《穿越扬子江峡谷，或在中国西部的贸易与旅行》（*Through the Yang-tse Gorges, or Trade and Travel in Western China*）之下引用了两段与中国文学有关的段落，第一段，"长江之上溯游，岸上千门万户，岸边芳草连天；山间崎岖峡谷，起伏绵延无尽，洋洋江水奔涌入谷。俞伯牙的琴曲。"（"On the great river, that from town to town, Through meadow miles; 'twixt gorges of the Hills, Sweeps through the land's whole length, and ever fills Its widening channel deeper."YU-PE-YA'S LUTE.）据考察，这段引文应摘录自 1874 年出版的《俞伯牙的琴曲：一个中国故事的英文韵诗》（*YU-PE-YA's Lute: A Chinese Tale, in English Verse*）一书。该书作者是韦伯斯特（Augusta Webster, 1837-1894），一位英国诗人、戏剧家和散文家。该段落描述的是一种穿越高山流水，游览峡谷

草地的愉悦心情。第二段"Good government obtains, when those who are near are made happy, and those who are far off are attracted. CONFUCIUS 'Lun yu', xlii. 16, 2."引用方式如同引用圣经的格式。这段当出自《论语》"子路篇"第 16 节："叶公问政。子曰：'近者悦，远者来。'"。立德在书中引用这两段是有考虑的，如第一段表达的是一种在名山大川间游山玩水的情怀，说明他的这本书是游记；第二段则暗示，一个开明昌盛的国家应该使本国人幸福，使远方人被吸引来，这是孔子曾说过的话，那么为什么当今的清朝政府不明白呢？因为他在日记中曾多次抱怨清政府顽固封闭，紧锁国门不让外国人进入，不开放自由贸易，而他一生重要的行动的目的就是促使中国开放。所以，虽然这是本私人日记，但出版时作者明显考虑到读者的期待和公众效应，一方面增加了文学诗意，另一方面也突出了自己对国家政治、经济和文化的思考。题记写"献给我的妻子，为了她给予我的爱护帮助和鼓励，这个小的文学尝试得以实现，我敬献此书。"她妻子艾丽西亚（Alicia Little），最常被称作立德夫人，是书写中国的专业户。她在自己写作的同时也不忘鼓励丈夫将自己对中国的独到发现公之于众。

这本书的形式是书信体（Episology）与游记（travelogue）的合二为一，书信体使主人公与读者知道得一样多，不知第二天会发生什么；游记的内容又充满神秘探险性质，二者共同吸引读者兴趣。每篇开头都有星期，日月，天气，温度，气候和纬度记录。还有对沿途景观，主要城镇，峡谷与急流的名称，每日行程，一地与另一地距离和消费记账的记录。他的同伴有山西商人张先生，船长老大和一个山西厨子。中国同伴们在他看来既懒散又迷信，对行程计划毫不上心。他的随身携带物品有枪，一条名叫"尼格"（Nigger）的黑狗，还有英文书籍。这些从十八世纪英国的航海记录中传承下来的旅行及旅行写作方式，有助于他将自我塑造为一个勇敢、充满好奇心、有计划和有行动力的探险者形象。

该书漫长的导言部分表明了作者的思考主题和重点，他认为从东印度公司开始，英国与中国的交往没别的特殊之处，就是持续地努力让中国开放，发展自由贸易。他认为发展自由贸易是中国自救的唯一途径。立德对中国西部的巨大潜力做了详尽分析，说这里的人民富裕，对商品需求量大，煤矿资源丰富。他建议英国政府增派人员来中国，迫使中国继续开放，英国在中国西部仍大有可为。[20]他认为中国开放贸易不仅对英国有好处，对中国自身也是得救之道。因为中国已经面临很多危机和困难，能够拯救中国的一个是基督教，另一个就是开放贸易。立德的这种观念并无新奇之处，在他之前的绝大部分英国人都已发表过此类观点。不过，立德对西方人的传教行为有所微词，他质疑中国人能否被转化为基督徒，因为中国人传统的信教观念与基督教差异甚大；而且天主教、新教等教派的不统一给中国人造成了认知上的怀疑。所以，他极力渲染自己想法的正确性：修铁路和开煤矿，贫穷的农民就可以变为工人；中国人是热爱贸易的民族，自由贸易可以使中国的资源得到利用。百姓有活干，富起来，自然就没工夫吸大烟了。[21]这样，他仿佛既为英国也为中国找到了双赢的发展之路。

立德的这次旅程总共航行 1400 英里，从上海到宜昌的 1000 英里是乘蒸汽船，用了一周的时间。剩下 400 英里乘中国式帆船用了五到六周的时间，比乘轮船从伦敦到上海用时还久。这些公里数的罗列彰显着他的这趟行程的首创意义。并且，他说，《芝罘条约》签订时，他就与中国人讨论过蒸汽船在中国的使用问题。中国的商人们同意，但政府官员和知识阶层不同意。他认为长江是沟通中国东西的要脉，因为中国的陆路很落后，沟通东西只能依靠河运，而运用西方先进航运技术无疑是大有裨益的。清政府面对这么明显的现代化提议还拒绝，对比出了他的明智和中国统治阶层的愚昧。他还引用培根（Bacon）的话："如果人们不去努力将事情向好的方向引导，事情就会自然地到转向最坏的方向，结局会怎样呢？"中国统治者应该将这话铭记于心。[22]他的意思是既然中国已经衰败到这种程度，就应该勇于尝试新的努力，事情总会往好的方向转化的。

正文共十一章，途径的地点有湖北平原，宜昌郊外，三峡，归州府到万县，重庆。立德的这本游记，第一个特点是求真和求新。在前言中作者讲述此书来历，在从上海到重庆两个月的旅行中，他每晚写一些文字寄回英格兰娱乐他的友人们。朋友们都鼓励他将这些文字出版，因为他的写作"比很多

20 Little, Archibald John. *Through the Yang-Tse Gorges: Or, Trade and Travel In Western China*. Cambridge: Cambridge University Press, 2010. p.15-6.

21 Little, Archibald John. *Through the Yang-Tse Gorges: Or, Trade and Travel In Western China*. p.247.

22 Little, Archibald John. *Through the Yang-Tse Gorges: Or, Trade and Travel In Western China*. p.x.

试图对中国进行全面彻底描述的那些精心编纂的集成之作，能更好地告诉大家一些关于中国事情的真实状况"。他自己也认为，"国内有很多人对'鲜花之国'[23]充满了兴趣，但也有很多错误观念，如她的财富，力量和高超之处，以及她作为同盟国的价值等，目前她所展现的潜力使我觉得，将我旅行所见的景象用文字呈现出来是很有意义的。"[24]他说，"中国是政治意义上最古老的国家，却是地理意义上最年轻的国家之一。"[25]中国虽然有古老的统治政府，但地理上的界限明晰却是近些年的事。这本日记从 1883 年 2 月 24 日，星期六，开始写起。作者自称是"真实记述所见所闻"，"告诉读者迄今为止没有人描述过的关于中国社会文化的内容。"追求真实可靠和权威性，以及唯一性和新奇性。这一点在内容细节处都有体现。比如，在途径某些重要峡谷地带，他都注意与前人的作品进行对话，而且这种对话常常表现出作者的准确性与对前人的超越。3 月 20 日，"布拉克斯顿的名著的卷首插画上画的就是牛肝峡的入口处。但这幅画很蹩脚，并未表现出景观的宏伟壮丽。"而且，立德发现他的图把峡谷的名字标错了。在通过兵书宝剑峡时，立德记道："这一名字也是取自悬崖上数量众多的钟乳石，它们很像中国古代历史上一副关于兵书宝剑的著名寓意画，现在在中国瓷器和刺绣中仍是受欢迎的画面。布拉克斯顿和《海军部调查报告》中都未曾列出这一峡谷的名称。"[26]3 月 24 日，"从宜昌到归州府总共 146 英里。我认为这个数字比布拉克斯顿估计的 102 英里更接近实际，我不大相信布拉克斯顿对三峡拐弯抹角的流程会做出足够的估计，他的航线图肯定只画出了一般方向。"[27]3 月 26 日，立德想到了法国女作家乔治·桑曾比较从上方和下方看激流峡谷的迷人之处，她似乎喜欢前者，但立德更喜欢从上面看，因为那样更激动人心，可以更好地欣赏到激流峡谷的宏伟气魄。这也引出了立德游记的第二大特点，那就是重视审美，不论对中国的自然景观还是人文景观，立德都不吝笔

---

23 很多英国人用"Flowery Land"代称中国，有译者将之等同"华夏"，但是该称呼是否确实来源于"华夏"还需考证。

24 Little, Archibald John. *Through the Yang-Tse Gorges: Or, Trade and Travel In Western China*. Cambridge: Cambridge University Press, 2010. p.vii, viii.

25 Little, Archibald John. *Through the Yang-Tse Gorges: Or, Trade and Travel In Western China*. p.23.

26 Little, Archibald John. *Through the Yang-Tse Gorges: Or, Trade and Travel In Western China*. Chapter III. 下文引用段落的翻译均参考黄立思所译《扁舟过三峡》一书。

27 Little, Archibald John. *Through the Yang-Tse Gorges: Or, Trade and Travel In Western China*. Chapter IV.

墨大肆赞美。

马可·波罗曾写过长江（"Great River Kian"）的宏伟壮丽，苏格兰汉学家裕尔（Henry Yule）认为有夸张，但立德认为毫无夸张。[28]在游记中他详细记录一路见闻，罗列各种花草、果蔬、树木和飞禽走兽，其中很多都没有英文对应名称，这都令他沉醉惊奇。所以，他呼吁同胞应对中国进行全面研究，包括地理的、物理科学的、伦理道德的和语言学的，而非仅仅致力于传教硬让中国服从西方文化。例如，4月11日，重庆。

> 这个窄谷长满了一丛丛繁茂的竹子，整个山野弥漫着植物的芳香；尽管阳光很好，空气还显得潮湿闷热，像在温室中一样。花园中各个优美去处都建有漂亮的亭子，供结伴的游人宴饮和玩耍。柑橘、山茶和杜鹃花长满每一处空地。此处还有数不清的，我不知道名字的花朵。[29]

中国西南腹地物种丰富，立德在作品中都不厌其详地进行描述和记录：

> 植被极其茂盛，水源充沛，石灰岩碎屑提供了最佳土壤。除了无数种类的蕨类植物外，大量鲜花布满石崖，令人目不暇接，其中许多品种人们迄今为止都以为只有日本才有。用一天时间随便走上一条幽谷，都可以看见：山茶、玫瑰、飞燕草、中国雏菊、秋海棠、向日葵、纯白百合、比格诺藤、紫藤、薰衣草、栀子、杜鹃花、黄茉莉和橙色百合。此外，还有许多同样美丽，但叫不出英文名字的花朵。农家庭院种满了石榴、枇杷、桃、李子、桔子及其他果树。在悬崖上方的更高山坡上，我们发现了极好的胡桃树和栗子树林；而用途很广的乌桕树则到处都是，其花香繁茂，叶簇嫩绿，这就是米勒所说的学名为 Excalcaria sebifera 的树种。[30]

对扬子江自然环境的考察，也使立德的游记具有明显的博物学风格。

与中国的优美自然环境相联系，立德还注意到中国人对自然的敬畏态度。3月4日，他记述了一个与雁门关有关的故事。

> 山西有一座城，叫雁门关，其由来是野禽飞越时要穿过城门，

28　Little, Archibald John. *Through the Yang-Tse Gorges: Or, Trade and Travel In Western China*. p.196.

29　Little, Archibald John. *Through the Yang-Tse Gorges: Or, Trade and Travel In Western China*. Chapter VI.

30　Little, Archibald John. *Through the Yang-Tse Gorges: Or, Trade and Travel In Western China*. Chapter XI.

当城门关闭，鸟儿们就栖息下来，等开门后飞过。在春天它们向北飞，秋天向南飞时都会出现。还由于人们认为雌雄鸟相互忠贞，中国人不杀也不吃他们，它们的智慧与人相近。我的同伴是当地人，坚持说这完全是真的。厨子也是山西人，也帮着说服我，连做饭都忘了。[31]

虽然立德也常抱怨和小瞧中国人太过迷信，但有些纯朴的想法也能打动人。

"风景如画"（picturesque）是许多英国旅行者形容中国城镇风光的词语，这种审美体验在十九世纪的英国非常流行。12 月 6 日，立德记述了他在宜昌的一次浪漫之旅。他去一个岩间的寺庙过夜：

越向前走，山谷就越发荒凉，仿佛已走到了世界的尽头。太阳从左方的山峦后面落下，但仍把右边的山顶映照得光芒四射。突然，一个急转弯后看见另一道陡谷，尽头处是砾岩岩壁，岩壁下是优雅的常绿树林。小路弯弯曲曲地通向林子，林中有一段向上的整齐的石头台阶，预示着已接近寺庙。终于看见一个宽阔的深洞了，这是潺潺流水在树林后面的山上缓慢地冲蚀出来的。我费力地爬上陡直的阶梯，晚钟的声音在宁静的薄暮中回响。独特的古钟的鸣声圆润、响亮、音色深沉，像所有的佛教寺庙的古钟一样。进入山门，是一个有铺砌地面的院子，由此踏上另一段梯级便到达平台，平台后面是三座宽阔的寺庙，修建在高高的巨大山洞下面。平台上设有一个石槽，水珠从高约 60 英尺的洞顶不停往下滴，注满石槽；当你坐在客房中透过水帘看树林时，就像是外面正在下阵雨。此洞称为龙王洞……全部景致是这样神奇，这样浪漫，我渴望进行更全面的探索。[32]

此外，壮观的三峡也震撼了立德的感官。3 月 18 日：

宜昌往上的这一段河段宽约四分之三英里，完全像一个山间湖泊，看不见出口；到一个坝面前，小船艰难地行进，这时已靠近'湖'的顶端，河流似乎完全消失了。突然，山峦出现一道裂口，瞧！这就是大江，缩至 400 码宽，在陡峻的石灰岩峭壁之间奔流，巍峨壮观！远处，两边的山崖似乎要合拢起来，大江似乎流不过去，这种

31　Little, Archibald John. *Through the Yang-Tse Gorges: Or, Trade and Travel In Western China*. Chapter I.

32　Little, Archibald John. *Through the Yang-Tse Gorges: Or, Trade and Travel In Western China*. Chapter II.

景观本身及第一次见到时所引起的惊讶之感是难以形容的。在随后的 3 个小时中，峡谷的全景逐渐展开，任何笔墨都无法描述其全貌之美丽动人。[33]

立德的游记当属英语文学中最早对长江三峡进行详细描绘的杰出代表作。在面对如此震撼人心的美景时，他感慨道："我虽孤独（中国人不可能成为欧洲人的知心旅伴），却满心欢喜地感到能在扬子江的三峡游历真是我的幸运，因为将来蒸汽船不可避免要通航，无所不贪的环球游客必将破坏这迷人的风景。"立德的书写就是最早向英国国内读者传递中国长江风光的作品。

透过这些东方地域才有的壮丽景观，立德也注意到了中国人独特的审美理念，他习惯将之称为"东方人的审美"。3 月 19 日：

我完全陶醉于不断变换的壮丽景色及春天清晨的新鲜空气中。峡谷尽头，一条支流穿过一个美丽的山谷，在左岸一个叫南陀的地点注入大江。在汇流处有一块醒目的岩石，上面用很大的字写着诗句……如果在庸俗的西方，我会认为这是骗人的广告；但是在审美观念很强的东方，这些诗句是对美景的简短抒情：江天一色，山青水隐。[34]

3 月 27 日，云阳县对面的张飞庙上也"有一处巨大的石刻，写着四个雅致的中国字（中国书法本身就有欣赏价值）：灵钟千古。""庙宇建筑十分坚固，维修精良，装饰华丽；三进大殿和一个两层亭子顺着临河一面延伸排列。庙的一侧有一道美丽的石桥，从石桥往上看，只见一条瀑布从一个陡峭的窄谷中飞流直下，这是我所见过的最完整的一幅东方美景。"[35]从立德对中国景观的描述可以发现，他既运用了西方文化中的审美标准，也对东方式的审美理念有深刻的领悟。透过旅游和观览，中英两种文化视域在审美经验中自然融合。

立德的写作还有第三个特点，那就是对西方传教士的行为颇有微词。例如他在 4 月 12 日，星期四记道："在宜昌，这些书（圣经）主要用于制造鞋底，也有很少数人愿意或有能力阅读，但如果没有口头解释，他们读起来很糊

---

33 Little, Archibald John. *Through the Yang-Tse Gorges: Or, Trade and Travel In Western China*. Chapter III.

34 Little, Archibald John. *Through the Yang-Tse Gorges: Or, Trade and Travel In Western China*. Chapter III.

35 Little, Archibald John. *Through the Yang-Tse Gorges: Or, Trade and Travel In Western China*. Chapter IV.

涂。"[36]4 月 13 日，当他对比中国自有的建筑景观与西方人所建的教堂时说：

> 这一带有一定数量的人皈依天主教，原来捐献给本地神灵的一点点可怜的钱也转交给教会，去修建那座丑得让人心烦的刷白的教堂。如今美丽的古老寺庙连同冷落的殿堂，阴凉的庭院，以及足以抚慰厌倦尘世的心灵的一切艺术与大自然相结合的美好景观，都已经逐渐破败。就连那些声音圆润而从容的古钟也逐渐地被粗俗的古董商全部收集走了，取而代之的是临近的小教堂那不和谐的叮叮当当的铃声。我在林木茂密的幽静山谷中散步时，曾经多少次听到那一下一下的深沉钟声，那是佛门圣殿的晚祷钟；我驻足聆听，望着那些参拜者和香火的青烟！作为十九世纪的欧洲人，我要说"为什么耶稣的高尚教导不能与人奋斗的成果结合，使生活更美好，相反，却去与之相对抗，破坏这些成果呢？"[37]

一方面对佛教、古寺、钟声极尽欣赏，一方面对天主教和教堂出言不逊，在立德的笔下，他对中国文化的偏爱溢于言表。"在欧洲，特别是在美洲，当你凝视最美丽的风景时，那些生硬的人造工程，常常让你兴致大减，除非是纯粹的原始风光。甚至作为唯美主义家乡的美丽的日本，现在也是这样；模仿西方建筑及服饰的狂热，形成笼罩在日出之岛上的黑影。但是在这里，在中国偏远的西部，人类与自然的和谐没有遭到人为的破坏。"[38]立德的旅行经历是非常丰富的，他对未经西方文化改造过的地方比较青睐，然而矛盾的是，在享受和欣赏中国传统之美的同时，他却力主中国向西方开放。这种体现在十九世纪英国人对中国的复杂态度中的特点，至少揭示了两方面内涵，其一，旅行者对异国的态度往往受多种因素影响，有时政治和经济的观念会与审美追求相冲突；其二，与英国当代文学批评家雷蒙·威廉斯（Raymond Henry Williams, 1921-1988）在《英国现代小说里的乡村与城市》（*The Country and the City in the Modern Novel*, 1973）中的分析类似，像立德这样的英国旅行家在中国的偏远山区发现了美，并以首创者的身份向读者传递这种审美理念，这种情感中不乏浪漫化误读的倾向。对当时中国土生土长的四川百姓来说，长江可能意味着无尽的险

36　Little, Archibald John. *Through the Yang-Tse Gorges: Or, Trade and Travel In Western China*. Chapter VII.

37　Little, Archibald John. *Through the Yang-Tse Gorges: Or, Trade and Travel In Western China*. Chapter VII.

38　Little, Archibald John. *Through the Yang-Tse Gorges: Or, Trade and Travel In Western China*. Chapter VII.

滩，是可怕的自然力量，在长江航行具有生命危险；对靠拉船维生的纤夫来说，长江可能带着更为悲苦的意味。而这一切，在衣食无忧，充满活力，以探险和猎奇为目的的英国旅行者来说，都变成了是可以被审美的对象。难免体现着殖民者对未征服土地的欲望想象。

立德作品的最后一个特点是，他尽管对中国和中国人的某些特点持鄙视态度，但也通过亲身体验，发现了中国和中国人的一些优点。这些发现都具有宝贵价值，是从未来过中国的写作者难以触及的。4 月 15 日：

> 没有一个民族能像中国人那样对这么多充满智慧的谚语和道德格言了如指掌；很少有一句话不包含着古代圣贤的箴言和教导。要知道，中国人是一个爱好读书的民族，他们普遍接受孔子的学说，这一学说丝毫不比基督教教义逊色，并且与后者不同，历经两千五百年的战乱而仍然盛行不衰，没有遭受怀疑。如果指望一个不易激动的民族，一个能把伦理道德学说应用于日常生活的民族，能够专注地信仰希伯来文《圣经》，这在非神职人员的一般信徒来看，是愚不可及的。[39]

对中国穷人的生活态度，立德似乎也很欣赏，因为在他眼中，中国人虽然既贫又贱，但他们总是那么愉悦。5 月 2 日：

> 毫无疑问，遭受如此残酷役使，只挣如此低的工资，而脾气这么好的人群在全世界都是找不到的。他们很脏，收入极低，许多人从头到脚长满疥疮，受到像狗一样的对待，但是他们热情地工作，常常开玩笑。在整个旅途上，我穿着滑稽的洋装，却从未见他们说过一句没有礼貌的话。我已叙述过，在上述的旅途中，当我顺着河岸漫游时，不止一次意外地被困在危险的境地中，他们都善良地来帮助我，并不生气。[40]

在国家层面，立德也认为，从东印度公司到现在，英国人与中国人交往的历史就是"中国人民和官吏为了使自己不受外部世界的侵扰而徒劳地进行斗争，这种始终不渝的精神是使人感动的，任何公正的旁观者都会真心地对他们寄予同情。"另外，尽管很多英国人都极力抨击清朝的统治制度，但立德也看到

---

39 Little, Archibald John. *Through the Yang-Tse Gorges: Or, Trade and Travel In Western China.* p.1.

40 Little, Archibald John. *Through the Yang-Tse Gorges: Or, Trade and Travel In Western China.* p.1.

了另一面，那就是在中国虽然官吏贪污，但财富分配很公平，"穷人受折磨而富人妄自尊大这种欧洲式的惯例，在这里是例外。赋税轻微，秩序良好，因此在相当于欧洲一个王国大小的省份中，作为地方行政长官施政后盾的军队数量只有几百人。"中国的治安良好，非常安全。

由于在中国的经历非常深入，立德也理解了中国人的很多看法。"中国人认为尽管西方在使用机器方面有明显优势，各国却长期处于以武装维持和平的状况。这种强制局面在频繁的战争中被打破，造成更坏的灾难，带来贫穷和债务的重负。"[41]中国却偶尔才发生革命，总体都是和平的。但是，虽然理解了这一点，立德还是坚持认为，"尽管他们对战争非常厌恶，但中国人在历史上还是遭受了比任何其他民族都多的内部战乱和灾难，他们的历史似乎证明了这个事实：不论对个人还是民族来说，获取和平安宁的最差方式就是无所作为地表面维护。"这是立德本人对中国历史和中国人性格的看法，也似乎在为中国人总结经验教训。他试图重申的，还是自己认为的能够解救中国的方法，那就是开放贸易。政府当行动起来有所作为，和平安宁的生活绝不能靠表面维护，必须以经济实力和军事力量为保障。他说，当时伦敦可能认为中国已经开始接受西方事物和思想，但他通过亲身经验告诉大家非也。中国只想学习西方的军事武器将外国人赶走。他无奈地表示"这是一种毫无希望的反抗，但我们无法抑制对他们的同情。"这种语调完美地展示了作者的宽容博爱之心。

在促进英国人理解中国方面，立德也发起了呼吁：

> 对于这片广阔无垠的土地，无论是从自然界，还是从社会，政治，伦理道德等领域看，都需要我们就其现状和历史进行更深入的研究。不带偏见地研究毫无疑问将会修整我们的固有观念。有人认为秩序，正义和高度文明是基督教国家所独有，如果你曾亲自对这个民族做过仔细研究，就会放弃这种偏见。然而欧洲还有许多热心人继续向这个国家投入大量金钱，徒劳地想在这篇土地植入完全不适合其人们的西方伦理观念和宗教信仰，以为推翻一个牢固根植于历史并完全适合这个民族特征的体制不过是人力和金钱的问题。……但中国的历史文明与尼尼微和巴比伦同时代，她从被孤立的灾难中生存下来，从危机四伏的 19 世纪受到启迪。我们应该认真

---

41 Little, Archibald John. *Through the Yang-Tse Gorges: Or, Trade and Travel In Western China.* p.1.

> 研究这个国家，她从远古一直生存到现在，在我们正确理解并重视
> 这个事实的意义后，难道不能从中得到启示，以解决西方面临的许
> 多重大伦理道德问题吗？这种文明，不论起源还是发展过程，都是
> 完全独立的，它可提供我们的借鉴之处不会比我们的文明能给中国
> 的更少。[42]

他认为中国文明独立发展，自古至今从未中断，英国人能从中国学习的应和中国能向英国学习的一样多。两种文明可互补长短，结合起来，不过，结合的结果如何就难以预料了。立德对当时的中国和中国人的评价是：除了一些基本的短处外，中国人拥有很多美德，比如容易相处，对他人友好，支持亲族时很团结，服从雇主，当情感被激发时也有公益心，这些都是欧洲人之前不知道的。但是，最后，他还是直接为中国文明进行了重新定性："他们的文明比我们的低，物质的和精神的才能都是。如果他们想要上升到我们的高度，得需要很多代人与西方的现实接触才可能实现。"[43]这些观点显示着作者对中国现状有透彻了解，那么之后他为英国和中国提的意见，就被赋予了权威性和深刻性。

重庆虽然深居大陆腹地，但英国人早已觊觎其重要的地理位置、丰富的资源和天府之国的通商潜力。1876年中英《烟台条约》（即《芝罘条约》）规定，"四川重庆府可由英国派员驻寓查看川省英商事宜"。1890年《新订烟台条约续增专条》："重庆即准作为通商口岸，与各通商口岸无异。英商自宜昌至重庆往来运货，或雇佣华船，或自备华式之船，均听其便。"1891年3月1日，重庆朝天门海关建立，标志着重庆正式开埠。但在此前，急于挺进中国西南的英国商人或探险家们已经有所行动，立德就是最著名的代表。英国人对中国的探索正如同他们对世界的探索进程一样，经历着由近及远、由易到难、由沿海到内陆的深入过程。作为"滇案"了结的《烟台条约》的签订，给予英国人进入江西、广西、四川和云南的权利，这彰显了英国人为了背靠印度将侵略势力扩展到中国西南的野心和策略。英国为了修建连结印度到中国的铁路，在云南、西藏的探索和考察在十九世纪末二十世纪初愈演愈烈。立德是一位英国商人，因为对长江的探索和推广蒸汽动力运用在长江航运而被后人记住。他可谓挺进中国西南腹地的急先锋。这种行为被英国人崇尚的冒险和创新精神所

---

42 Little, Archibald John. *Through the Yang-Tse Gorges: Or, Trade and Travel In Western China*. Chapter XI.

43 Little, Archibald John. *Through the Yang-Tse Gorges: Or, Trade and Travel In Western China*. p.258.

鼓舞，只要有机会，他们就会抢占先机涉足新的处女地，如果他们进入到前人从未涉足的地区，征服从未被人征服过的土地，这就是一种英雄主义和男性力量的彰显。穿越（through）和进入（penetrate）是他们记录涉足处女地经历的惯用词语，这具有一种明显的比喻意味，仿佛一个强大勇猛的力量征服了一个未被染指的纯洁处子。长江上游遍布峡谷和急流，使旅途充满了危险，他强烈推荐蒸汽动力运用在长江上游从宜昌到重庆段的航行中。因为，他在中国帆船上的旅行历时一个月，而如果用蒸汽船的话则只需要三十六小时，这不仅更安全而且更高效。使用蒸汽动力在长江航行的建议不断被中国政府回绝，他指责中国政府阻碍着现代化。最终，在 1898 年，他成功驾驶一艘蒸汽船航行在长江上游。如此，他的行动和记录就像是对一位伟大的先锋人物历经挫败后终于成功的事例的赞颂。

在《旅行写作》一书中，作者曾论述男性的旅行多抱有塑造男性气概的目的，如"大旅行"（Grand Tour）就被赋予这样一种意义：它可以使一个男孩变为男人。所以，很多英国男性的旅行写作都是在将自己塑造为一位"探寻骑士"（'questioning knight'）或征服者的形象。将自我理解和塑造为一个"探寻骑士"以另一些更隐喻的形式存在，比如"他们出发是为了探索有用的知识，找寻新的贸易机会，或者一些其他的目标，并且利用探寻的形象来拔高他们的行动，展示一种更伟大的英雄主义和增加庄严宏伟感"。[44] 在这种叙述中，他们试图证明自己已经为本国的商业发展、知识积累或技术策略做出了贡献。另外，强调旅途的艰险也可以给本国少年上一课，告诉他们男性应有的样子。尤其是十九世纪，如立德这样的英国男性旅行者的行动和思想，背后都有国家和帝国力量的支撑，这种在中国西部腹地的穿越使他们远离女性化，奔赴专属男性活动的前线地区，体现着对本土和家庭束缚的挣脱。

在书的结尾处他说，今天的中国与当年马可·波罗笔下的中国别无二致，甚至倒退两千年，与普林尼所记的也几乎一样。所以他完整地引用普林尼著作中介绍中国的拉丁文和英文段落（Pliny, Ammian. I.23, C.6）："中国人，尽管有温和的性情，但仍旧有些粗野的天性，避免与其他人接触，但也愿意交换和贸易。""中国人安静地生活，总是远离武器或战争，而且就像和平宁静的人愿意休憩一样，他们从不给邻人找麻烦。"这是古罗马人对中国人性格的总结，这种认识为立德所认可。

---

44 Thompson, Carl. *Travel Writing*. London: Routledge, 2011. p.174.

> 中国气候舒适宜人；空气纯净；微风习习；到处都长有茂密的
> 桑树林，树上长有轻软如羊毛的东西，中国人往上轻洒水滴，梳理
> 下非常纤柔精细的物质——是一种湿润的绒毛混合物，然后用它做
> 成的线织出丝绸。丝织品之前只有贵族可以享用，但现在不分贵贱，
> 即使最下层的人也可以使用。

这是古罗马人对"丝国"人最富诗意的想象性描绘。"中国人从生长在自己国土的树上搜集最纤柔精巧的羊绒或棉花，销往世界各地用于制作昂贵的华服，这使他们天下闻名。"这几段对先贤记述的引用，充满了情感，与立德当时所处的中国的境遇相对比，仿佛在对中国唱着一首挽歌。

立德实际只是一位商人，他的旅行动因也许只是出去行走，见识新地方，在中国内陆发现更多的商业机会。但在他将自己的旅行经历转化为文字公开出版时，他就变成了一本公开出版物的作者，甚至称得上是作家，这促使他的写作加入了很多专业的内容、深刻的思想和宽容的情感，因为这样的叙述可以展示给受众一个良好可信的形象。在这本游记中，立德声称他的写作纠正了很多英国人关于中国的错误观念，于是他就会被视为一个熟悉中国事务的"中国通"；同时，通过详尽的科研调查和数据积累，为英国政府建言献策，显示自己的发现在推进祖国在中国利益中的巨大贡献，这就展示了自己俨然如"国家顾问"的形象。他妻子曾在《亲密的中国》一书中这样写："我们的航行就像实现了孩童时期的一个梦想，对辛巴达的奇幻历险故事的阅读激励了这个梦想。"[45]立德在扬子江上的旅行写作使现实、梦想和欲望，通过文学叙述实现了相互转化。

第二节　立德夫人的生活记事

荷马史诗《奥德赛》中的两位男性角色，奥德赛和他的儿子都在旅途中，一个在回家的路上，一个在寻父的路上。而女性角色如妻子则留守家中。这暗示了在西方文化传统中，女性常常被视作家的代表，男性历经千辛万苦只为回到她这里。旅行似乎带着天然的性别特征：男性始终与动荡不安、自由移动、冒险兴趣和积极行动相关，而女性却大不相同。父权制文化中，女性应该待的地方是家里，女性始终与不流动和固守紧密相连，女性代表着家庭生活而非外

45 Little, Alicia E.Neva. *Intimate China: The Chinese as I Have Seen Them*. Cambridge: Cambridge University Press, 2010. p.41.

界活动。在许多旅行文学中，旅途中出现的女性也多含有危险的、情欲的和诱惑性的特征。女性在旅途中的出现似乎是高度异国情调化的，像是旅行写作中流行的一种风尚。

十七世纪以前，英国女性的旅行写作非常少。这一方面因为女性受教育的机会比男性少，二是女性的旅行机会也比较少。十七世纪晚期到十八世纪，欧洲和美国的女性可以去国内各地，国外的埃及和中东地区旅行，之后还可去非洲和土耳其等地，但这些旅行也多是因为跟随丈夫工作或商务的移动。由此，女性的旅行写作也开始逐渐增多，但大多为日记和书信类型的个人消遣，公开出版供大众消费的很少。直到十八世纪末，女性独自作为寻求愉快和娱乐的旅游者数量才开始增加。英国第一位女性旅行家和游记作家大概是西莉亚·费恩思（Celia Fiennes），但是她的旅行日记直到十九世纪才被出版。她的日记不仅为普通游客，还为想了解急速发展为商业中心的英格兰的商人们，提供了丰富而有价值的信息。十九世纪之前，英国公开出版的女性游记大概只有二十余本。[46]十九世纪中期始，英国女性所写的游记数量激增，为旅行写作这一文类的发展做出了很大贡献。

由于旅行写作仿佛完全是男性的事业，这种预设大大影响了一批关于旅行写作的研究著作。从上世纪七十年代开始，西方学者开始重新发现和评价女性作家在写作形式上对旅行写作文类的独特贡献。女性旅行者与男性的观察视角和侧重点都有所不同。如蒙太古女士（Lady Mary Wortley Montagu）在自己的游记中曾说：

> 我承认，我希望世界能够看到，女士旅行的目的比男主人们要好得多。男性旅行者所写的内容展示的都是同样的琐事，使用的都是同样的语调。而一位女士则有技艺去开拓一条新路，有能力使一个陈词滥调的主题展示出各式各样的新鲜感，并体现出优雅的享受。[47]

女性作家在游记中善于描绘日常生活的细节和家庭事务，例如"土耳其浴室"的形象，在男性眼中常被看作是展现了英国的自由与东方的专制之间的对立，而在英国女性旅行者眼中，却被视为是土耳其女性自由快乐的裸露，

---

46 Thompson, Carl. *Travel Writing*. London: Routledge, 2011.

47 *Letters of the Right Honourable Lady m-y w-y m-e: written during her travels in Europe, Asia, and Africa, to Persons of Distinction* (Berline, 1781), p.v.转引自 Richetti, John, ed. *The Cambridge History of English Literature: 1660-1780*. Cambridge: Cambridge University Press, 2005. p.715.

与英国女性被压抑和束缚处境的对比。旅游和旅行写作仿佛成了"女性的咖啡屋"。咖啡厅是英国十八世纪兴起的最重要的公共场所之一,只有男性可以光顾,女性仅作为服务员存在。咖啡厅成为公民自由聚会和聊天的公共空间。而旅行写作为十八世纪的英国女性提供了言说自我和对公共事务发表意见的空间,所以旅行写作就像是女性专属的咖啡厅。

"女性以不同于男性的方式游览世界",[48] "男性的旅行记录多与什么和哪里有关,而女性关注的是如何和为什么",[49]这是研究者们认为女性作家与男性作家最大的区别。此外,旅行写作所涉及的话题类型在不同性别作家笔下也有差别。自然科学、政治、经济和外交关系,这些都是男性旅行写作经常涉及的话题。女性也可以在写作中涉及这些话题,但呈现方式有所不同。另外,性是女性作者的话题禁忌之一。十九世纪的批评观念制造出一系列女性作品的标准,如情感化和道德化等。这意味着女性写作应该充满感情,甚至多愁善感。然而,这并不能使十九世纪的西方女性作家都天然的成为反殖民和反种族主义者。她们中的很多人也同男性作者一样贡献了殖民话语。也许女性作家会更轻易流露出同情,但正如瓦利(Vron Ware)所说,十九世纪的西方女性在书写殖民地或非西方民族时,被一种帝国主义的意识形态所主导,她们几乎一致认为"当地民族唯有通过与西方文明接触,才有可能将自己从残暴专制的本国习俗中拯救出来"。[50]

十九世纪早期,蒸汽引擎作为新发明的动力,最早运用在海上船舶,接着被用到陆地铁路,为更多的人自由旅行提供了便利,这对英国关于中国的记录的大量增加有直接作用。普通大众的观光旅游行为正是在此时逐渐繁盛起来。从此时起,来中国旅行不再是极少数人才能拥有的机会,书写中国也不再是属于个别人的特权了。不仅男性商人、外交人员和传教士来中国旅行和写作,英国女性跟随他们的丈夫也陆续来到中国,她们也成了能拥有亲身旅行经历,并对中国进行描述和发表意见的主体之一。"维多利亚时代,蓬勃发展的资产阶级文化一方面将维多利亚女王塑造成贤妻良母的典范,形成十分广泛的影响;另一方面,英帝国的全球扩张,也给许多白人女性带来了前所未有的脱离传统

---

48 Morris, Mary, ed. *The Illustrated Virago Book of Women Travellers*, London: Virago, 2007. p.9.

49 Robinson, Jane. *Wayward Women: A Guide to Women Travellers*. Oxford: Oxford University Press, 1990. p.xiv.

50 Ware, Vron. *Beyond the Pale: White women, Racism and History*, London: Verso, 1992. p.147.

社会的可能性。这些女性——传教士和殖民地官员的妻子以及女传教士——因此不但有机会畅游世界（主要是殖民地），并且获得史无前例的人身自由。出国前，这些女性必须遵守妇道，履行家庭主妇的职责，而出国后，她们有机会做很多其他的事情，这些事通常都超出了家庭主妇的责任范围。由此，这些来到殖民地工作、旅行或定居的欧美白人女性，都取得了与在国内的时候很不相同的社会身份。"[51]这是十九世纪末期，英国关于中国的写作最为突出的新特征之一。这些十九世纪来华的英国女士们，第一身份也许是传教士的助手，也许是商人的妻子，但在中国的经历以及这种独特经历所提供的写作素材，使她们中的一些人创作出了非常成功的旅行作品。性别是永远不会消失的分类标准。当女性流动时，性别跟随她而走。[52]她们的旅行及写作天然带着性别的烙印，尽管中国在欧洲男性的文字事业里已经是个老话题，但英国女性的到来却为这个古老话题打开了新天地，她们一样能找到新的视角和新的叙述方式，为英国的中国书写增添新内容。

立德夫人（Alicia Helen Neva Bewicke, or Alicia E.Neva Little）是十九世纪，乃至整个英国文学历史中，书写中国的最为著名的女性作家。她原籍英格兰，生于马德里，1845 年移民伦敦，从事写作与女权运动，她的女权思想也促使了她在中国积极从事废除缠足运动。在立德夫人的时代，英国国内女性的政治和社会地位都不高，争取自由权利的运动正如火如荼地上演。中国为她提供了广阔的实践场地，她在中国倡导的放足运动与英国国内的女权运动交相呼应。她于 1887 年五月首到中国上海，在华生活二十年，与丈夫立德先生结伴遍游长江上下游沿岸，以重庆为基地，学中文、教英文、摄影采风，并成为第一位到西藏旅游的英国女性。她一生出版了十余本关于中国的著作，其中四本是游记。她去世后，1926 年 8 月 6 日的《泰晤士报》登了讣告，称她为"著名的中国专家"。在来华之前，立德夫人就已经开始了专业的写作生涯。她所写的关于中国的作品文学性强，想象力充沛。擅长描述景观和日常生活景象，辞藻生动。她的中国游记内容丰富，注意叙述技巧，常流露出为读者揭秘似的心情，而且全部附照片和插图。《亲密的中国》是立德夫人影响最大的代表作之一，这本书的书名《亲密的中国：我所见的中国人》（*Intimate China: The*

51 刘禾，帝国的话语政治：从近代中西冲突看现代世界秩序的形成〔M〕，杨立华等译，北京：三联书店，2009，第 187 页。
52 Shirley, Foster and Sara Mills, ed. *An Anthology of Women's Travel Writing*. Manchester: Manchester University Press, 2002.

Chinese as I Have Seen Them）就在向读者暗示此书与其它书不同。使用"亲密"（Intimate）一词，表示她与中国接触得非常深入，对中国无比熟悉，这也暗示了该书绝对是基于亲身体验的第一手记录，非常真实可靠。书中的每幅插图都标有出处，大部分是她亲自摄影的作品。图文并茂且拥有六百多页的厚度，足以使各类读者从中得到他们想知道的关于中国的一切。

开篇第一页，她就敬告读者一些关于中国的基本情况：中国在哪，国土多大，人口多少，有哪些著名城市，有何风俗习惯，以及国民有何特点等。她对中国人的一句话评论是："总而言之，尽管中国人在所有细节方面都与我们不同，但他们仍是一个拥有很多可贵品质的民族。"[53]在正文开始时，她也承认，英国关于中国的书已经太多了，而且"几乎每个人都知道上海什么样了"。但她仍旧不厌其烦地想给予读者关于中国更多的信息，这是因为：

> 对我来说，我要尽力使读者看到那个跟我所见一样的中国和中国人景象，家中的他们，在饭桌上的他们，以及在漫长的夏天，天哪！如此漫长的夏天，和疲倦暗淡的冬季里他们的生活。我有意采取更多样的写作风格，在行文中，有时对那些即时印象匆匆速写，直接呈现给大家，比如那些中国生活中奇怪和不合时宜的地方带给我的震惊。但在随后的其他段落里，我会将严肃思考的结果呈现给大家。这是要使读者在我所描述的景象和视野中获得更多自己的感受。[54]

这种对自己写作目的和策略的阐述，在十九世纪后期书写中国的著作中普遍存在，这很好地证明了英国人的中国写作在随时代发展不断变化。十九世纪末的中国游记开始注重叙述本身而非叙述的内容，这大大改变了本世纪英国人笔下的中国形象。

她首先断言中国令人失望，原因是，之前期望里的中国是蓝白柳树瓷器的世界，而实际中国的色彩却是棕黄和灰暗的。而且，一开始她就奠定了中国正在衰败的基调，她充满情感地感慨："啊！中国丝与茶的美好往日已逝，会有好日子出现在一个新的中国，来代替那个古老中国吗？那个旧中国就在我们谈论时，也正在消失。"立德夫人的感慨表明，她幻想和期望里的中国是十七、

---

53 Little, Alicia E. Neva. *Intimate China: The Chinese as I Have Seen Them*. Cambridge: Cambridge University Press, 2010. p.xv.

54 Little, Alicia E. Neva. *Intimate China: The Chinese as I Have Seen Them*. Cambridge: p.5.

十八世纪欧洲流行的艺术、美学和景观化的理想中国形象，而当她有机会亲临这片土地时，美好的往日早已消逝。她在写作中既不忘流露那种旧时的梦想，又积极向大家转述一个现实的中国景象。立德夫人对中国的自然风光、寺庙建筑、服饰、工艺品非常喜爱。德庇时认为中国体面人的服饰男女都很精美华丽，宽松舒适，不束缚人体。立德夫人也对中国富人的服装十分欣赏。立德夫人的中国游记大致有以下特点：首先，力求新颖和独创，贴近当下。在《亲密的中国》一书首版扉页，她的姓名在书名之下，并附了一句话，说明她还是《中国的婚事》一书的作者。这表明"立德夫人"这个名字，也成了该书的一个卖点，在众多关于中国的书中，这本最值得读者购阅。其次，她的游记写作中时尚与思古并存。每到一处名胜古迹进行游览，她都会引用中国先贤的名句，或者插叙相关的传说故事。这显示出她对中国文化的了解比读者预料的更多。再次，立德夫人的写作与实践都与当时的中国时政有密切联系。例如，出于女性解放的思想，她在中国的外国人社区以及中国的知识分子阶层，大力倡导女性放足运动，影响很大。这种经历展现出她比其他人有更深入的中国经历。第四，她还善于在写作中展现女性的日常爱好和独有的细腻情感。比如养育北京狮子狗和金鱼的故事。这些外国人在中国日常生活细节，在之前的男性作者笔下几乎没有展现。最后，立德夫人还经常在写作中刻意透露与清廷或皇室相关的人与事，激发读者兴趣。她谈政治、皇室或高官世界，写曾国藩、曾纪泽和康有为等人的故事。尽管她也承认，"我们所能知道的关于中国皇帝的事几乎都是道听途说"，但她仍然尽她所知所能，写了很多，并附了一些重要人物的照片，如奕劻、载淳、琦善和李鸿章等，用的都是七十年代约翰·汤姆逊的摄影作品。另外，她在写作中多使用对话的形式，并加引号，这就向读者传递出一种信息，仿佛她在描述非常生动实时的情形，增加了她叙述的可信性。

立德夫人的书写带着旧时代的烙印，她在写作中从不回避使用今天我们读来觉得是歧视性的称呼，如"中国佬"（Chinaman），"猪尾巴辫子"（pigtail），"蹄子似的脚"（hoof-like feet）等。她反复使用这些难听的"套话"，并非想故意侮辱中国。这种语言运用习惯反映的是一种类似无意识的惯性，是对一种文化上的集体意识的传承，似乎论及这些东西就得用这些现成说法，这更容易被本国读者理解和接受。立德夫人笔下的中国女人和男人都不如京巴可爱，她为曾养过的三只狗，杰克（Jack）、铃儿（Shing-erh），和他丈夫的黑狗尼格（Nigger），不惜写长文以示纪念。在立德夫人看来，中国男性大多是苍白的，女性的声音是尖细的，就连农村的狗都会被她吓得连叫都不叫一声慌忙跳开。[55]对有英国女人嫁给了中国男人这种事，她表示非常愤慨，因为立德夫人觉得中国男人缺少男性气概。她还明确地表示了遗憾，原本尚武（martial）的满族人也失去了本民族的特性，现如今退化得跟汉人（Chinaman）一样女人气（effeminate）。在立德夫人的摄影作品中，也可以看出她对中国男性的偏见。她拍摄过普通中国男性劳动者的群像，还有士兵像，这些人要么蜷坐在地上，要么驼背站立，都是一副身形佝偻和营养不良的瘦弱模样。那些士兵木然无知的表情，和非常不专业的服装与武器，传递出的都是苍白无力和蒙昧病态的气质。由此可见，将中国男性直接描述为一种女性化的软弱形象，也许并不如之前我们所预料的，是由欧洲男性作家所为。这些拥有女权主义思想的欧洲女性旅行者的性别刻板观念流露得更加明显。

在这本书里，立德夫人用"在华二十年一句汉语不会讲的人"（"the twenty-years-in-China-and-not-speak-a-word-of-the-language men"），讽刺那些长久在中国做生意或谋生的，却不愿意学习汉语的外国人。然而，似乎更具讽刺意味的是，她本人也不怎么懂汉语，在她笔下中国人都是哑巴，或者张嘴说话都是一口洋泾浜英语。专门凸显中国人用那些错误百出、表意不明的"英语"与游记中的英国女主人公对话，这种叙述就如同她使用那些歧视性的"套话"一样，成功地将中国人他者化和异化了。

立德夫人对中国的感情是复杂的，有哀其不幸，怒其不争的一面，又有想让中国皈依基督教，服从英帝国主义的一面。她对中国山川河流之爱溢于言表，尤其喜爱中国长江上游西南地区优美的自然风光、花草树木和流水峡谷，对中国人的服饰、手工艺品和中国的房屋建筑艺术都非常欣赏。但是，对中国人不断仇视和骚扰她们的行为，立德夫人也毫不隐晦。他说中国人又脏又臭，而且粗鲁。在她眼中，仿佛每个中国人都有鸦片鬼的嫌疑。总是伴随她的旅程的是尾随其后向她丢石块的顽童和刁民，这种情况有时甚至很危险，所以，她将这些人称为"暴民"。立德夫人还尤其关注中国女性的生存境况，她对裹脚的恶习极力抨击，并且批评孔子从来没有论述过女性。对中国的年轻学生她也非常关心，她认为这些人是中国未来的希望。立德夫人笔下的中国，一种形象是"浪漫的东方"，无比曼妙美丽，就像中国的另一个称号"鲜花之国"

---

55 Little, Alicia E. Neva. *Intimate China: The Chinese as I Have Seen Them*. Cambridge: Cambridge University Press, 2010. p.38.

（Flowery land）一样；另一种形象则是仇外、贫穷、肮脏和落后的中国现实。前一种形象是满足了她幻想里的那个东方传统，是十八世纪中国美学对英国人审美想象的影响；后一种则是对十九世纪末中国现实的反映。

第三节　韦廉臣夫人的布道之旅

　　除了立德夫人，十九世纪还有一位英国女作家的中国游记传播较广，这就是威廉臣夫人（Isabelle Williamson）的《在中国的大路上》（*Old Highways In China*, 1884）。韦廉臣（Alexander Williamson, 1829-1890）是来自苏格兰的传教士，他先由伦敦会派到中国，是李提摩太的前辈。后于 1863 年又代表苏格兰圣经会（National Bible Society of Scotland）回到中国，在山东烟台传教，并在北京和蒙古等地四处旅行，散发中文圣经。韦廉臣夫人的这本游记就得益于她跟随丈夫的传教和旅行活动。该书首版扉页在书名大标题下写着作者姓名，并在姓名后附"来自中国北部的芝罘"字样（OF ZHEFOO, NORTH CHINA），表明作者扎根在中国北部城镇。而且该书由宗教协会出版，展示这本书的内容与英国人在中国的传教工作相关。在前言中作者也详细介绍了自己的经历和此书的来龙去脉。她早年随夫在浙江传教，曾写系列文章"我们的中国姊妹"（"our sisters in China"），在 1863 年的"休闲时光"（Lesisure Hour）杂志出版过。1864 年她搬到山东，芝罘（即烟台）向外国人开放后，他们就住在了那里。在熟悉了山东方言和生活习惯后，她做过四次旅行，本书记载的是其中的两次。她说她的旅行目的有二，首先是向沿途地区的妇女传播福音；第二是让中国妇女对西方女性有所熟悉，为她们的皈依创造条件。并且，在她们开辟道路之后，西方女性再来时就可以安全地在省内旅行和留宿了。

　　韦廉臣夫人说，这本书重点不在讲述传教过程，而在记录她对中国日常生活的观察和与人交往的经历。[56]她相信英国的女性读者一定对中国女性很感兴趣，她们也该知道点关于她们的故事了。所以，作者的写作跟旅行一样是有明确目的性的，她设定的受众群是英国的女性读者，所记载的内容重点也是中国的妇女们。在韦廉臣夫人看来，中国妇女在智力和行动力上都与男人不相上下，在宗教信仰上也比男性容易开化。所以，使中国妇女基督教化对整个中国的基督教化很重要，而且这还是一条高效的途径。韦廉臣夫人说，圣经教导她

---

56 Williamson, Isabelle. *Old Highways in China*. Cambridge: Cambridge University Press, 2010. p.6.

们要向全世界所有人传福音，而中国和印度妇女占了全世界女性人数的多半，不能对之不闻不问。所以，她在前言中呼吁，希望同胞都来参与这项伟大的行动，中国北方对健康没有害处，而且很漂亮，比北美或澳洲都安全。[57]

对韦廉臣夫人的前言进行分析可以发现，她对该书的写作有充分的构思，将兴趣和重点放在记录中国女性上，这在英国人书写中国的作品中还很少见，所以她找到了这个缺口。这样的写作不仅可以表明她对传教工作忠诚尽职，对世界其他地区女性同胞关心爱护，还扩大了英国人关于中国人的认知范围，这显然是非常有意义的。在英国男性旅行者笔下，中国女性总是隐藏起来的一群人，是一种沉默的神秘事物。而在韦廉臣夫人笔下，中国女人恢复了常态，有说有笑、有谈话有想法，是活生生的人。在这本游记中，韦廉臣夫人还专门用一节描写了中国妇女泡温泉的场景，[58]很容易使人联想到十九世纪西方绘画中常出现的"土耳其浴室"主题作品。英国人对中国女性形象的塑造在男性和女性作家笔下表现出了巨大差异。

这本书的确如作者本人所申明的，重点记载旅行过程中接触到的中国人和事，视角偏向日常生活。她用女性特有的观察力和语调，对中国北方不同阶层的男性和女性的衣着、样貌和打扮都有细致描绘。她们出行所乘的驴车，路上的颠簸，途中所遇之人的对话等，都逃不过她的眼睛，这使得韦廉臣夫人的游记非常生动而真实。每到一处，她都会去逛集市，记录市井街道的模样，展现中国大小城镇的商业风貌。书中的女主人公对中国充满了兴趣和热情，她常用本国俗语或文化理解和记录中国事物，如春游日被记为"狂欢节"（Carnival Time），街头表演记为"潘趣和朱迪秀"（the Punch and Judy show）。[59]这些描述一方面体现了作者丰富敏感的体察力，另一方面也给国内读者传递出了中国与英国相似的地方。她在书写传教事务的同时，更多地记录了中国自然景观的壮丽优美，中国人民的和善友好与通情达理。例如，她将济南府称为"中国的巴黎"（The Paris of China），在这里泛舟湖中的经历，被威廉臣夫人描写得无比美妙：

> 在受够了街市的喧闹和热浪之后，下午，我们来到城内的美丽湖中。那里有数不清的游船供人租赁。我们登上了一个绘画非常精

---

57 Williamson, Isabelle. *Old Highways in China*. p.8.
58 Williamson, Isabelle. *Old Highways in China*. p.33.
59 Williamson, Isabelle. *Old Highways in China*. p.126, 129.

美的船只，向波光粼粼的湖面缓缓划去。这个湖被人工建造的沙洲
小岛分隔成了几部分，当我们在纵横交错的河道中穿梭时，感到这
里就像仙境。……四周都被粉色的莲花和拥有美丽形状的莲叶包围，
光彩照人。我一边享受着在这些河道中泛舟，一边观看这个季节的
人们忙碌地收获荷花宽大的叶子，这些叶子被晾干后用来包裹货物
或其他东西。收集莲叶的人都站在竹筏上，我问他们为什么不划船
采摘，他们回答说筏子更好，它们既不会伤害任何莲花，也不会破
坏这个漂浮的花园。[60]

在济南府的这个愉快的下午，令威廉臣夫人感慨不敢相信这是在中国。"我们
一定是在阿拉丁神灯的魔咒里，阿拉丁一定曾住在这里。"她们在这船上一直
待到太阳落山。

这本游记中所附的插图都是手绘图或版画，与立德夫人作品中的照片插
图相比，颇有古风。虽然韦廉臣夫人是用英文在写作，然而她将中国独特的自
然风光描写得如此优美，而且传达出了中国文化中特有的意境与风情，这足以
使她在书写中国的英国作家中脱颖而出。韦廉臣夫人还在游记中记录了一些
中国歌曲，最著名的一首是《茉莉花》，这首曲子在 1840 年约翰·巴罗爵士的
书中就已记过。可见，《茉莉花》的确是最早传入西方的中国音乐的代表作。

这本游记所展示的主人公是一位宽容友爱的女传教士形象，虽然她自言
尽量完整记录路途见闻，但她笔下却明显是美好之事居多，即使有涉及冲突和
不快的事件，她都对之轻描淡写，或展现其宽容善良之处。比如，面对嘲笑和
挑衅她的中国顽童，她会用中国话耐心地教育他们；遇到妨碍他们传教的中国
纨绔子弟，她丈夫会用合理的方式回应；碰到敲诈勒索的旅店店主，她也不会
渲染她们如何气愤。并且，她还专门替中国解释了一下杀婴的问题，她说，并
非所有地方的人都会这么做，只是沿海地区较多。早期来华的西方人看到过，
就大肆传播开来。中国北方地区这类行为较少，这件事并不像英国人想象的那
么严重恐怖。见到清真寺及穆斯林妇女，她也尽量客观描述，不因她们信仰异
教而出言不逊。在访问孔子的故里曲阜和孟子的家乡时，韦廉臣夫人引经据
典，展示了她对中国传统文化的了解。总之，这本游记所展现出的叙事者是一
位乐于学习，且谦逊、宽容和无私的西方女性形象。

当作者在描写中国人时，也刻意对比信基督教与不信基督教的人的区别。

---

60 Williamson, Isabelle. *Old Highways in China*. p.116-117.

比如，描写信教的人家总是更干净整洁和知书达理。她们不论走到哪里，都有许多热情的群众欢迎她们，嘘寒问暖，问她们为何不早来，表达对她们的盼望和喜爱之情。写到售卖宗教书籍和小册子的景象时，常常都是一抢而空。这些叙述都是经过美化处理过的，为了凸显传教的成果和功劳，同时也使叙述充满了宗教热情。并且，当她记述她被邀请到大户人家赴宴，并跟妇女成员们聊天时，她们都愿意向她倾诉和求助。通过讲道理和指导她们该如何作为，她也帮助某些中国人家庭解决了道德或生活的相关问题。一边展示自己温和宽容的态度，一边展示中国人对基督教的热情，而且罗列她们的传教成果，这些叙述倾向一方面为了替中国说好话，召唤同胞们来传教，另一方面也暗示了她和丈夫作为新教信徒的高尚之处，展现了她们改变中国人行动上的效果。最终，韦廉臣夫人仍抱有这种观念，她希望中国开放并基督教化。她认为用西方的科学技术和宗教思想启蒙中国人，是对中国的帮助，她对中国充满信心和希望。这种观念正是十九世纪西方人惯持的态度，不论是传教士还是官员、商人、文人和普通人，他们因自己来自较先进的文明，就认为自己有责任也有能力改变中国。中国需要西方文化，向西方开放，向西方学习，这就是中国的得救之道。

将韦廉臣夫人与立德夫人的写作相比较可以发现，女性作者会书写一些共同的话题，如中国女性的缠足历史和现状，中国人的婚丧习俗，月老的传说，孟母的故事，以及对道观和佛教寺庙等各类中国特色景观的描述等。但她们的叙述也呈现出许多不同的特征，如韦廉臣夫人描写中国普通百姓，尤其是中国女性的段落，比立德夫人的就更加生动详细。韦廉臣夫人对人物对话的描写仿佛能落实到生活细处，通过语言能够展示人物的内心和思想。而立德夫人的写作涉及的话题虽然也丰富细致，但更多地是展示她自己对中国生活和中国人私人化的感受。她游记中的中国人很少有正常的谈话，即使开口，所说的也是错误百出、难以理解的洋泾浜，这使得她笔下的中国人没有言说和展露真实的机会。所以，立德夫人的写作像是一种凝视中国后的独白，是她个人的所有感受与想法的集合。她们两人的写作在这方面的差异，也展示了懂汉语与不懂汉语的作者的差别。学习或者不学习一国的语言，能展示这个人对一国的态度，而懂不懂这国语言，则对一个人能否深入理解一个民族和国家的文化起着决定性影响。所以，旅行写作不仅呈现着被旅行者所观察的那个国家的景象，还不可避免地展示着作为观察者的旅行主体和写作者的自身情况。一本旅行作品通过文字和图像的叙述呈现了被看的对象，而叙述的过程也塑造了旅行者主人公的自我形象。读者通过阅读，既观看了被观察者（the observed），也观看了观察者（the observer）。英国人关于中国的写作也历经了从写什么到如何写，从中国什么样到我所见的中国什么样的过程。与感情色彩较少的汉学研究著作和关于中国的一般性概述著作相比，十九世纪英国的女性旅行者为中国描摹了一些新的画像，她们的旅行写作展现了更多独特的个人化感受，这为中国形象在英国文化中逐渐羽翼丰满提供了契机。

美国学者劳伦斯曾言，"这两种观点——美学的和政治的——好比两极，关于中国的讨论就围绕着这两极的观点展开铺陈，有时篡改有时歪曲了我们的文化理解。"[61]爱德华·萨义德也曾说，十九世纪英国旅行者的"东方"主要是印度，而由于印度已完全沦为英国的殖民地，所以在旅行者眼中它也主要是一个现实区域。在英国人击败拿破仑之后，从地中海到印度的庞大地域，在英国人的想象中，都是连绵不断的帝国领地，直到中国为止。[62]所以，除了中国尚未被完全征服，英帝国的领地似乎已经可以环绕地球一整圈了。于是，十九世纪的英国旅行者与法国旅行家相比，总体来说比较缺乏浪漫的想象力，但英国人的想象力在中国仍有发挥余地。即使在政治性话语浓重的旅行文本中，也仍随处可见作者对中国的山川河流和花草树木等自然风光的流连，对寺庙、建筑、古董等艺术的着迷。在十九世纪后期英国旅行写作者笔下，对中国的瓷器、园林、亭台楼阁、水乡歌舞、服装、绘画、音乐的关注更为多见，评判的态度也与十九世纪早期巴罗那种科学理性风格相去甚远。他们毫不吝啬地表达对中国乡村景色和田园风光的留恋，对中国社会和中国人的生活也多了几分理解与宽容，以审美的态度欣赏中国文化的传统似乎有了新的复归。这些特点和微妙的转变不是偶然发生的。维多利亚时代逐渐富裕起来的中产阶级的审美观常常被指责为俗气，而缺乏艺术特质和热烈奔放的情感几乎被认为是英国人的特性，所以，中国传统的美学和艺术风格对英国人始终有特别的吸引力。而且，从十九世纪开始，英国人对花草园林、田园和乡村生活的偏好表现更加明显，在浪漫主义诗歌和风景绘画兴起中也可看出。[63]而这种倾向也与英

61　〔美〕帕特丽卡·劳伦斯，丽莉·布瑞斯珂的中国眼睛〔M〕，万江波、韦晓保等译，上海：上海书店出版社，2008，第259页。

62　〔美〕爱德华·萨义德，东方学〔M〕，王宇根译，北京：三联书店，1999，第218页。

63　见诺夫乔依，浪漫主义的中国起源〔A〕，李达三、罗钢主编，中外比较文学的里程碑〔C〕，北京：人民文学出版社，1997，第156-168页。

国政治、社会和审美的现代化进程密切相关，工业化与城市化促使人们对自然世界和传统社会更加珍视与依恋，十九世纪末，英国人逐渐意识到欧洲文明与人类文明并不是一回事，很多人对世界其他地域的艺术开始感兴趣。美国作家爱默生早在五十年代就认为，东方的博大精深能够医治英国人"养尊处优的时髦生活，繁琐杂碎，贪恋物质享受，憎恶思考"的精神痼疾。中国的儒释道哲学、传统艺术和自然风光，与英国的资本主义、帝国主义、侵略战争等错综复杂的因素融合在一起，当英国人开始对现代化和西方文明进行反思的时候，中国文化的价值也再次被发掘出来。而十九世纪末叶自由旅行者的中国书写，在传递这种观念上，起了非常重要的作用。

结　语

以我们欧洲人的准则来判断中国，没有比这更能使人犯错误的了。

——马嘎尔尼勋爵，1794

我不相信"难以捉摸的东方人"这样的神话。

——罗素，1922

运用比较文学的研究视角和研究方法，分析从第一次官方访华到八国联军侵华这一个世纪中英国人在中国的旅行写作可以发现，旅行写作同时具有历史性（historical）、政治性（political）与诗性（poetic）特征，并且在建构英国的中国知识历程中起了非常关键的作用。这些作品不仅涉及中英交往史中的重大事件，也创造了关于中国政治、地理、社会、科技、文化和人民生活的大量知识，在塑造西方人的中国观念上扮演了关键角色。他们的写作再现了一部分关于中国的客观真实，但也深受身份、政治权力、意识形态和个体观念的影响，使它无法等同于客观真实。英国公众所认识和了解的那个"中国"，更多地存在于书架上归类于"游记"的各式文本里，而非存在于中国人几千年世代繁衍生息那片真实的土地上。旅行者对中国的描述，既反映了被观察者，即中国的部分现实，也反映了观察者对本国文化的反思和焦虑。跨文化体验促使本国的和外国的这两种视域在旅行写作中得到交融，为我们从英国的视角反观中国，与用中国经验理解英国提供了路径。

在今天的英国，包括本文讨论的很多年代久远的游记还在不断再版，如剑桥大学出版社的"旅行与探险"系列（Cambridge Library Collection, Travel and Exploration）。旅行写作的繁荣及读者对这种文类的尊崇，是英国思想文化史中的一个独特之处，这种特点体现的是不列颠人探索世界的求知欲、冒险和征

服的精神以及对异国情调的兴趣。近代英国人在世界范围内的旅行活动以及
对旅行经历的写作，在构建英吉利民族和国家认同历史中扮演了重要角色。当
代学者霍兰德（Patrick Holland）和哈甘（Graham Huggan）经过调查认为，当
今英国人仍对游记感兴趣，是因为这种文类常常是"平淡生活现状的避难所，
甚至是怀旧性的倒退，中产阶级的价值观。"[1]另一位旅行作家戴维森（Robyn
Davidson）指出，英国人对旅行写作这一文类的着迷被一种怀旧的感情所加强，
他们怀念的是那样一个时代，那时"本国与外国，西方与东方，中心与边缘的
定义有着毫无疑问的确凿界限"。[2]游记太具欺骗性，它们制造一种幻象：在
世界的某个角落仍然存在着一个未被染指的"别处"等待人们发现。推崇旅
行具有发现世界和发现自我功用的人认为，旅行是人类的伟大壮举，他们探索
自身所寄生的世界，将原本隔绝的个体与群体连接起来，将原本隔绝的国家、
民族群体相互联系起来。通过旅行，有限的个人融入到无限的世界中，个体过
去所认知的外界的范围通过旅行不断扩展开来，正是人类的探险和旅行改变
了世界在人眼中和心中的模样。而那些有机会周游世界的人将自己的旅行经
历记载下来，用语言文字构造一个纸上的浩瀚帝国，给读者提供了一扇虚构的
世界之窗，阅读旅行著作就成了人们满足好奇心和求知欲，扩展心灵世界的重
要途径。英国当代博物学家、作家考克（Mark Cocker）声称，"旅行是人类通
向自由的最伟大的途径之一，游记则是人类赞美这种自由的中介。"[3]旅行是
旅行者们实践自由的方式，旅行著作是他们对自由行动的歌咏，而阅读旅行著
作也成了读者们自由理想的变相实现。

　　然而，旅行和旅行写作的内涵绝不仅仅是哲学层面的，"只有把旅行文
学研究纳入现代性的展开这个大主题中，始终保持文化批评与文学研究、理
论阐发与文本分析之间的张力，才能发现某种既具有丰富的历史内涵，又具
有持久性品质，可上升为人类普世性价值的东西。"[4]有学者已经指出，英国
现代早期的旅行文学是"以各种不同的方式定义英国（和欧洲）的民族意识，
政治实体问题和正在崛起的中产阶级的身份意识"的文本集合体。"在现代

1　Holland, Patrick, and Graham Huggan, *Tourists with typewriters: critical reflections on
　contemporary travel writing*. Ann Arbor: University of Michigan Press, 1998. p.viii.

2　Davidson, Robyn. *Journeys: An Anthology*. London: Picador, 2002. p.6.

3　Cocker, Mark. *Loneliness and Time: British Travel Writing in the Twentieth Century*,
　London: Secker and Warburg, 1992. p.260.

4　张德明，从岛国到帝国：英国旅行文学研究〔M〕，北京：北京大学出版社，2014，
　第5-6页。

性的建构和旅行文学的兴起中，英国无疑有着举足轻重的地位。"但凡考察一下世界文学史，就不难发现这一点。"纪实的旅行文本与虚构的旅行小说一起，澄清、加强并促进了英国一般民众对于英国和世界的认识，形成了他们的跨文化想象。"5斯当东和巴罗爵士的游记不仅成功地贬抑了中国在欧洲的形象，并且激起了以后百余年里传遍世界的盎格鲁-撒克逊人的优越感。他们的写作不断重复着欧洲人优越的信条，这一信条使吞并美洲、非洲、亚洲和大洋洲的无数领土合法化。在英国人书写中国的著作中，英国不但是欧洲文明的最杰出代表，同时也是它发展的动力。这种动力就是 WASP 模式，即白人的（White），盎格鲁-撒克逊人的（Anglo-Saxon），和基督教新教的（Protestant）模式。查尔·狄更斯的小说《董贝父子》（Dombey and Son, 1848）中乐善好施的富人董贝先生，靠非法手段谋取不义之财，一心想铤而走险致富的冒险家，就是享有盛誉的维多利亚盛世的中心人物，全盛时期的资本家形象。"地球是为了董贝父子商行做买卖而创设的，太阳与月亮是给他么照明用的，江河大海是为了让他们的商船航行而形成的，彩虹是给他们预示好天气的，星星绕着自己的轨道运转，是为了保持他们为中心的宇宙不受干扰。"6世界仿佛是围绕英国而转，这就是主导维多利亚时期英国人的世界观。这段话萨义德在《文化与帝国主义》中也分析过。7维多利亚女王不喜欢十八世纪所建的，有中国风格装饰的皇家布莱顿宫（Brighton Pavilion），1846 年将之公开出售，《笨拙》（Punch）杂志曾刊登漫画，以"废物出售"为题，推测新主人是谁。1842 年，海德公园的中国展号称"告诉你一个真实的中国"，来极力展示中国的落后和愚昧。8经由喝茶这种生活方式，维多利亚时代的普通英国人也对英国的海外贸易和中国产生了广泛兴趣。据统计，十九世纪的英国报纸如《观察者》（Observer）和《卫报》（Guardian）在 1812 至 1870 年间，发表了至少 17,208 篇与茶叶和中国有关的文章。9公众媒体对中国出口商

5 张德明，从岛国到帝国：英国旅行文学研究〔M〕，第 9 页。

6 〔美〕鲁宾斯坦，英国文学的伟大传统〔M〕，陈安全译，上海：上海译文出版社，1998，第 149 页。

7 〔美〕爱德华·W·萨义德，文化与帝国主义〔M〕，李琨译，北京：三联书店，2004，第一章，第 15-16 页。

8 袁宣萍，十七至十八世纪欧洲的中国风设计〔M〕，北京：文物出版社，2006。

9 Lewis-Bill, Hannah. "'The World Was Very Busy Now, In Smooth, and Had a Lot to Say': Dickens, China and Chinese Commodities in *Dombey And Son*". *Victorian Network*, Vol.5, No.1 (2013): 28-43.

品和中国本身的关注与报道，不仅反映出当时英国政府与中国经济关系的紧密性，同时也引发和促进了英国文人对跨国主义（transnationalism）的思考。萨义德不无惊奇地发现，西方人不仅对中东地区的描述充满东方主义话语特征，在书写其他非欧洲地区如非洲、印度、远东、澳大利亚、加勒比等地区的著作中也同样充满这类相似的话语：

> 在描写"神秘的东方"时，总是出现那些刻板的形象，如有关"非洲人（或者印度人、爱尔兰人、牙买加人、中国人）"的心态的陈词滥调，那些把文明带给原始的或野蛮的民族的设想，那些令人不安的、熟悉的、有关鞭挞和死刑或其他必要的惩罚的设想，当'他们'行为不轨或造反时，就可以加以惩罚，因为'他们'只懂得强权和暴力。'他们'和'我们'不一样，因此就只能被统治。[10]

尽管萨义德将研究焦点集中在西方与伊斯兰地区的关系上，但他也发现了欧洲人对所有非欧洲地区的描述都存在着如出一辙的联系。这一部分内容就可被认定为欧洲的集体意识，一种相对稳定的欧洲中心主义观念。"文化成了一个舞台，各种政治的，意识形态的力量都在这个舞台上较量。"[11]加拿大汉学家格力高利·布鲁也注意到：

> 在较早也有相当一些作家对中国有负面意见，而即使在十九世纪也找得到正面评价。所以我们所关心的乃是舆论平衡的变化。伴随着这个变化而来的，是重点与取向上的明确移转，也就是说，先前时代里的讨论焦点通常是在中国文化之于西方的正面意义，然而十八世纪晚期的强调重点，则逐渐转移到解释中国的种种如何偏离了一个所谓西方的模式。大致上由 1600 年到 1850 年间，欧洲作家们引用中国所涉及的，通常是一种信念，觉得中国历史与文化如同埃及一样，能够对于西方文化的进步提出某些值得被欣赏或应用的教训。从 1750 年直到两次大战之间的期间，另外一种共识则逐渐稳固成型，其基础在于社会思想家们的一项预设：西方文明（虽然对此各家解释不同）是溯自古代希腊，而且也仅有这种文明才可称为

---

10 〔美〕爱德华·W·萨义德，文化与帝国主义〔M〕，李琨译，北京：三联书店，2004，第1-2页。

11 〔美〕爱德华·W·萨义德，文化与帝国主义〔M〕，李琨译，北京：三联书店，2004，第5页。

"普世"有效。[12]

坚信欧洲的现代文明是世界各国必然追随的进步文明，"他们就像睡美人，由王子来把他们唤醒。"[13]这种观念影响了英国人的中国观从十八世纪到十九世纪的转折。

可是，格力高利·布鲁在西方文化思想演变史的语境中，重新梳理历代思想家的中国观点也发现，其实歧异永远存在，尽管关于"中国"的不同向度的内容，时常被各路思想家当作论战的工具和例证，但就此认为西方文化史中的"中国"完全是"东方主义"的，也简化了问题。[14]关于中国的真实知识在漫长的历史过程中也在欧洲传播，并对欧洲人的思想确实产生了影响。外国文化对某一国产生影响不是指表面的穿衣戴帽追求外国风格，而是真正的对外国人的理念和思想产生认同与接受，外国的知识改变了本国人的世界观和价值观。这种影响才称得上是真正的文化交往。中国远古的历史对基督教的世界观和人类起源观都是巨大的挑战，[15]这不论如何都无法被西方抹煞，所以从十七世纪开始直到今天，编纂世界和人类历史的学者都必须将"地球上最古老的国家"中国放在前面论述。是中国人最早为世界贡献了火药、造纸术、指南针和印刷术，尽管曾有一度德国人和很多欧洲人都普遍相信是德国人古登堡最早发明了印刷术，[16]但几乎同时就会有学者对这类谬误进行嘲讽与批判，终能使真相大白于天下。英国的知识界面对所有问题几乎永远都有两种相对的、维持平衡的声音存在，《格列夫游记》就是有批判精神的文学家对帝国扩张和海外殖民行为最好的讽刺，"格列夫之后的所有十八世纪的旅行者，当他们不仅在自我的形象中，而且也在他者的形象中努力重建'世界的伟大地图'时，都会迫不得已面对希望与失望、揭露与欺骗相混合的矛盾。"[17]英国自十八世纪

12　格力高利·布鲁，"中国"与近代西方社会思想〔A〕，〔加〕卜正民，格力高利·布鲁主编，中国与历史资本主义：汉学知识的系谱学〔C〕，北京：新星出版社，2005，第87页。

13　〔美〕布劳特，殖民者的世界模式：地理传播主义和欧洲中心主义史观〔M〕，谭荣根译，北京：社会科学文献出版社，2002，第7页。

14　格力高利·布鲁，"中国"与近代西方社会思想〔A〕，〔加〕卜正民，格力高利·布鲁主编，中国与历史资本主义：汉学知识的系谱学〔C〕，北京：新星出版社，2005。

15　黑格尔在《历史哲学》中对该问题有详细解说。

16　〔法〕安田朴，中国文化西传欧洲史〔M〕，耿昇译，北京：商务印书馆，2013。绪论"欧洲中心论欺骗行为的代表作：所谓古登堡可能是印刷术的发明人"。

17　Richetti, John, ed. *The Cambridge History of English Literature: 1660-1780*. Cambridge: Cambridge University Press, 2005. p.744.

始就一直在知识上、观念上试图建构世界的形象，这种对全球整体的想象目的更是为了认清本国在世界中所处的位置。他们不仅对本国的地理、历史、文化进行探究反观，还对自身之外的所有的他者进行认知和定性，以此完成对世界的认识与自身身份的树立。在这个过程中，虚构或非虚构的文学写作扮演了重要角色，然而所有的写作都无可避免地混杂着期望或失望，揭露事实或歪曲涂抹的矛盾。这也体现了英国文化的一大独特之处，"以和缓、平稳、渐进为主要特色"，"它注重实际而不耽于空想，长于宽容而不爱走极端"。工业化社会、民主化政治、理性化思维、绅士风度等等，这些"英国特色"都是在历史的冲突中形成，冲突双方长期斗争，最终相互妥协融合，这就完成了民族文化的自我更新。"在传统与变革的冲突中，走互相融合的道路，这是英国文化模式的显著特色。"[18]这一典型特点不仅在英国的政治和外交历史中得到验证，也在英国文学思想史中有所展现。

所以，结合当今的现实看，我们需要一种更为辩证的立场来分析十九世纪英国旅行者关于中国的写作。正如萨义德所提醒的，"在我们这个时代，直接的控制已经基本结束；我们将要看到，帝国主义像过去一样，在具体的政治、意识形态、经济和社会活动中，也在一般的文化领域中继续存在。"[19]布劳特也指出，"欧洲中心主义"决不单单是一种偏见或态度，因此可以像清除其他过时的态度如种族主义、性别歧视和宗教盲从一样在开明的思想界把它清除掉。"欧洲中心主义"的顽固在于，它是"一个科学问题，一个学术问题，一种训练有素的专家意见。确切地说，欧洲中心主义包括一整套信条，这些信条是经验主义现实的说明，教育者和不带偏见的欧洲人把这些说明看做是真理，看做是得到'事实'支持的命题。"[20]"它们是为欧洲精英最为强大的社会利益而知识化、学术化了的推理。……形成一个欧洲中心主义信条的体系，为殖民主义活动辩护并给予支持一直是而且仍然是具有重要意义的。"[21]这种意识的确仍旧根植于许多西方学者心中，甚至在不自知的情况下影响了部分中国学者。

18 钱乘旦、陈晓律，在传统与变革之间：英国文化模式溯源〔M〕，南京：江苏人民出版社，2010，第2页。

19 〔美〕爱德华·W·萨义德，文化与帝国主义〔M〕，李琨译，北京：三联书店，2004，第一章，第10页。

20 〔美〕布劳特，殖民者的世界模式：地理传播主义和欧洲中心主义史观〔M〕，谭荣根译，北京：社会科学文献出版社，2002，第10页。

21 〔美〕布劳特，殖民者的世界模式：地理传播主义和欧洲中心主义史观〔M〕，第11页。

"因此，欧洲中心主义是一个非常复杂的问题。我们可以消除这个词的价值含义，消除偏见，但是欧洲中心主义作为一套经验主义信条将依然如故。"1981年，澳大利亚历史学家埃里克·琼斯（Eric Jones）出版了《欧洲奇迹：欧洲与亚洲历史中的环境、经济和地缘政治学》（*The European Miracle: Environments, Economies and Geopolitics in the History of Europe and Asia*）一书，引发了西方学术界大讨论，大部分人辩论的焦点还在为什么欧洲先进而亚洲落后，亚洲从什么时候起开始落后，欧洲又是从什么时候起开始先进的，而非辩论是否真的存在欧洲先进和亚洲落后这一历史事实。[22]布劳特本人力图证明，1492年哥伦布发现美洲之前，欧洲社会并不比世界上的其他地区先进，1492年之后，欧洲崛起是来自殖民地财富的支持，是因为掠夺使欧洲登上霸主地位。例如，工业革命的资本积累是来自奴隶制种植园，奴隶与英国工人阶级对现代化所起的作用是一样的。而美洲被欧洲征服绝非什么奇迹，只是地理的原因。美洲及亚洲和非洲殖民地的财富流向欧洲，这是资本主义迅速发展的根本力量，也是亚非地区衰落的原因。与布劳特站在同一阵营的学者还有美国社会学家伊曼纽·沃勒斯坦（Immanuel Wallerstein），《黑色的雅典娜：古典文明的亚非根源》（*Black Athena: The Afroasiatic Roots of Classical Civilization*）的作者马丁·伯纳尔（Martin Bernal），《白银资本》（*ReOrient: Global Economy in the Asian Age*）的作者弗兰克（Andre Gunder Frank），以及来自第三世界的部分历史学家。上世纪八十年代开始，西方围绕欧洲中心主义这个问题就开始持久辩论。正方继承传统，或者貌似未沿袭旧论，但本质仍在坚守，比如讨论为何是欧洲最早形成了现代文明，为何资本主义在欧洲诞生，东方却无法依靠自己的力量实现这些，这与马克斯·韦伯当年的思考一脉相承。在国内的影响则表现为，反思为何中国在近代落后了，中国从什么时候起开始落后，中国犯了什么历史错误等，刘禾批评这类问题为"伪科学"。[23]反方则检讨提问的方式，他们不认为历史上真的存在什么"欧洲奇迹"，一切历史的发生发展都与其它民族地区相关联，不能将这些联系切断或故意掩盖起来，独显欧洲国家和民族的优越。除了伯纳尔，弗兰克和萨义德以外，还有一些著作如约翰·霍布森（John M.Hobson）《西方文明的东方起源》（*The Eastern Origins of Western Civilisation*, 2004），唐纳德·拉赫（Donald

---

22　〔美〕布劳特，殖民者的世界模式：地理传播主义和欧洲中心主义史观〔M〕，第63页。

23　刘禾，欧洲路灯光影以外的世界：再谈西方学术新近的重大变革〔J〕，读书，2000，（5）：66-74。

F.Lach)《亚洲在促进欧洲形成中的作用》(*Asia in the Making of Europe*),维克多·基尔南（Victor G.Kiernan）《人类的主人》(*The Lords of the Humankind: European Attitudes to other Cultures in the Imperial Age*)等,都对挑战欧洲中心主义做出了贡献。中国研究也有意无意地卷入了这场辩论,比如,研究中国经济、科技历史的人可以举例中国古代经济和科技很落后,以支持欧洲中心论,或者找到许多证据说明中国古代经济繁荣、科技也并不落后,来反驳欧洲中心论。美国加州大学尔湾分校的很多历史学者,如王国斌,从社会和经济全球史的角度修正欧洲奇迹的观念,新儒家的杜维明、余英时等则从文化角度阐释儒家思想不是资本主义的障碍,以反驳韦伯的观点,中国的传统文化观念也不一定不能与现代化相容。面对这些争论,不得不多一重甄别的任务,而这种判别和选择都非常复杂困难。就像当代瑞士小说家艾蒂安·巴里利耶的《中国钢琴》(*Chinese Piano*)一书中所展示的两种论点,作为读者,我们该认同哪个人的观点?到底哪个人才是欧洲中心论者?支持中国人学习西方音乐,对中国人完美演绎西方艺术大加赞赏的,就是对的或好的吗?对中国人的模仿不欣赏不赞同,貌似不承认中国成就的,就是可讨厌和坏的吗?这是一个同时既烦扰西方人也烦扰中国人的困境。"热爱他者,并非要成为他者。"[24]将已认定的事实悬置,暂停判断,进行互为主观的比较,这也许是一种解脱路径。

虽然中国在世界历史上的地位和形象有些是确定的,也有些内容是不确定的,中华文明更是包罗万象,中国文化到底有些什么特点也是众说纷纭,但是历史总有些基本事实,中国的文化传统、哲学思想也大概有些不变的内核,这是任何时期的人都不能彻底否认的。即使在不同时代和社会阶段,出于各种不同目的,中国学人对本国文化的认知各有差异,但总有那么几个内核是难以被抹煞的。但是英国人对中国社会、政治和文化内涵的认知却不是一成不变的,十九世纪以前,他们对中国的孔子、儒家道德、君主统治和科举制都比较感兴趣,也有过正面评价,但是十九世纪开始就大力否定,部分原因在于他们创造出了一整套与中国文化传统相异的经济制度、政治体制和价值观。中国古代的文化传统是农业社会发展出来的一套价值观,与工业社会的价值观多有不同,英国人在资本主义经济制度、工业化生产和城市化、民主立宪政治体制下产生了一套新的关于人的道德和关于世界的哲学体系,这些思想与古希腊

---

24 〔瑞〕艾蒂安·巴里利耶,中国钢琴〔M〕,史忠义译,北京:中国社会科学出版社,2014。

文化、基督教文化相融合不断形成新传统，也被称作西方文化的精髓。以这样一套文化来看中国文化，自然是处处抵牾。这是十九世纪的状况。但是，到了二十世纪，两次世界大战、极权主义、种族屠杀等恶端频发，西方的那一套世俗制度与文化体系似乎受到了打击。人们开始怀疑西方的文化，一面是从十九世纪开始皇权与宗教力量衰退，基督教信仰体系对人的控制力下降，另一方面是现代工业资本主义那套价值观，以及民族国家观与高超军事科技连体导致帝国主义继而引发世界大战，使人们对西方文明的精髓产生深刻怀疑，似乎找不到终极信仰了。辜鸿铭说西方人用物质力量控制人的激情和欲望，而中国人用道德。西方原本有基督教，但是在信仰衰退的时代东方哲学又吸引了他们。

所以，纵观这段历史，英国人对中国的关注有他们自身状况这一动力因素，但与中国哲学本身的价值内涵也有关系。中国的道家和佛教注重精神超脱，无欲无求，知足常乐，这种文化自身的涵蕴也是吸引西方人的一个动力因素。所以伯特兰·罗素曾言，"我们的文明的显著长处在于科学的方法；中国文明的长处则在于对人生归宿的合理解释。"[25] "我希望我能够期待中国人给我们一些宽容的美德、深沉平和的心灵，以回报我们给他们的科学知识。"[26] 狄更生（Goldsworthy Lowes Dickinson, 1862-1932）也认为，英国人忙于竞争，重视物质财富和科学技术，而中国人倾心于礼仪道德、艺术和家庭。西方现代文明带来殖民扩张和战争，中国传统文明则给人和谐宁静的生活。[27] 在英国人书写中国的作品中，他们既塑造了他们眼中的中国形象，发表了他们对中国文化的看法，同时也会折射出他们心目中的英国形象，以及他们对英国文化的看法。尽管西方文明被公认为有三大组成部分，古希腊文化、基督教文化与现代世界观，但它们各自的涵义与相互作用非常复杂，难以用简单的语言下统一判断。不论是中国文化还是英国文化，都具有历史性和多样性，这是影响英国人对中国态度不稳定的因素之一。

文化与文明都有表象与本质之分，罗素也将之称为理论与实践之分，有时人只能看到社会的表象，而看不到社会运行的本质，只能看到人民的一举一动，看不到其内心深处的坚守。而且知与行也很难一致，尽管中国人追求知行

---

25 〔英〕罗素，中国问题〔M〕，秦悦译，北京：学林出版社，1996，第 153 页。
26 〔英〕罗素，中国问题〔M〕，第 156 页。
27 〔英〕狄更生，"中国佬"信札〔M〕，卢彦名、王玉括译，南京：南京出版社，2008。

合一，可是能做到者并不多，所以英国人看中国社会与中国人的性格也有表象与本质的分裂。很多旅行者都根据表象的观察而推测实质，就多有不好的判断，更多的英国人也读中国书，理解中国文化的内涵，所以就不发武断之言。住在中国几十年的英国人与来中国几个月的人，对中国社会和中国人的判断有时大相径庭，而且对中国文化持赞赏态度的很多都是在中国生活数十年的人。这是造成英国人著述中观点矛盾的原因之一。也许每个国家的文化都有理论和实践之间的鸿沟，而清末中国的状况似乎是士大夫阶层的文学、道德、哲学之类的理论过于高深，普通百姓的受教育水平又极低，实践与理论的鸿沟巨大，使外国人摸不着头脑，产生怀疑和矛盾。这大概是中国之谜的一个原因。

文化又有阶级和身份之分。在清朝，与满族官员接触多，看到的是满族官员的习性道德，有人就将此扩大到整个中国；与广东沿海商人接触多，就以为商人的品性是中国人的共有品性；与汉族的官员接触，又能窥视到汉族文化传统的特点；走街串巷，与广大的农民、苦力等老百姓接触，看到的又是下层人民的生活，这种生活肯定与知识分子和官员的生活有差异，与中国典籍里所倡导的文化精髓自然也有差异。这大概是造成英国人著述中观点矛盾的原因之二。

文化还有内容之分，例如统治文化、商业文化、艺术文学、哲学、科学文化、习俗文化等，用不同的衡量标准，就会得出不同的判断。中国的封建君主专制制度，在启蒙时代被认为是好的，在民主宪政时代就被认为是不好的；中国人经商，跟英国人贸易就是好的，拒绝与他贸易就不好，而且热衷赚钱本来就会得到两种评判，要么积极进取要么贪婪；中国的艺术如绘画，十九世纪之前几乎都被认为不好，但是二十世纪就被认为好；中国的哲学又分儒释道，每一种都不一样；中国的科学技术水平如四大发明被认为是对人类最大的贡献之一，但是到十九世纪就被认为根本没有科学，二十世纪又被李约瑟发现中国一直有科学；习俗中的忠孝曾被英国人认为束缚人，没有个人权利和自由，现在孝又被赋予新的内涵，被认为是非常好的道德。当然也有一些习俗的确属于旧时代，用人道的观点看无论如何也不能被接受，如裹脚、砍头、鞭笞等。不讲卫生，吃狗肉、猫肉、老鼠肉，这些大概也应属于旧时代的陋习，并非民族本性，而是特定地域、特定时代所产生的习俗。然而也不能因为今天的人把这些废除了就觉得过去的人太不可思议，尤其不应将这些习俗归为某些民族国家文化所独有，仿佛只有中国人如此野蛮残忍，是中华民族本性如此。这些内容不能属于某些文明或文化的内涵部分，他们会随着民智发展与社会制度的健全而逐渐消失。而真正属于一个民族文化和文明内涵的部分是不会轻易消逝的。这种区分也类似黑格尔所说的良心的道德与习俗的道德的区分。反驳这一点很容易，在中世纪的欧洲，天主教裁判所的火刑之类比中国的刑罚有过之而无不及，这些能否也被认定是欧洲人天性中的暴虐成分？西方的绞刑和砍头历史上也屡见不鲜，也是在上两个世纪逐步取消的。所以，区分真正的民族文化内核与一时的习俗，将所有内容都与历史语境结合起来辩证理解是很重要的。一个英国人看了中国人的绘画、瓷器等令人叹为观止的艺术品，又看到砍头之类的景象，就觉得中国人太不可思议了，矛盾至极。这岂非人之本性？英国人难道没有类似表现么？若非以本性论之，这些都更像是所有人类之本性，而非某民族之特性。

对异国的描述，与以下四条轴之间存在密切关系：

心态：	狂热喜爱		憎恶仇视
形象：	乌托邦		意识形态
立足点：	本国		对象国
再现方式：	浪漫化误读		二元对立、肤浅批判

在书写异国的文本中所呈现出的对本国的爱憎与对异国的爱憎，大致呈现此消彼长的关系，这又与写作者是站在本国还是对象国作为评判立足点有关。另外，对异国的喜爱狂热态度常常有浪漫化误读的倾向，而憎恶仇视态度多由于用二元对立的简化思维做脱离历史语境的肤浅批判。具体到十九世纪英国旅行写作中的中国这一论题，我通过总结认为，以下四条轴对作家的态度有直接影响：

评判标准：	道德（人道）		利益（权力）
视角：	对象国		本国眼光
目的：	批判		维护
现代性：	弊端		优势

英国人所理解的中国文化的内涵在不停变动，大致有专制独裁，官僚体系，家长制，人治而非法治，稳定，重既有的权威不重革新，缺少创造力；儒家为中心，重家庭伦理，偶像崇拜，没有真正虔诚的宗教信仰，重视金钱，没有爱国精神，集体主义，宿命迷信，缺乏逻辑思维，安闲顺从，重古不重今，爱走极端等等。英国人对中国文化的认识和看法与三个因素有关：中国的现实，英国的标准和需求，写作者个体的知识体系和情感。所以，中国的社会和历史以及中国典籍和文人对本国本民族文化的阐释会影响英国人的看法，但不会决定他们的看法，因为他们会运用英国文化的滤镜来有选择地呈现中国元素，用英国文化标准来评判中国事务，用英国文化的需求来取舍中国文化。这决定了英国人对中国的书写肯定会反映一部分中国事实，同时反映一部分英国文化。

异国书写既反映被观察者，也反映观察者，二者不可偏废。有部分研究过分强调对他者书写实际是书写自我，致使这类文本的另一半用途被遮蔽了。英国关于中国的旅行文本的确切实地发现、揭示和记录了关于中国的很多真实，他们的凝视、观察和记录并不完全是反映自我，他可能真的是在言说中国，只是在这个过程中不可避免地言说了自我。所以，我的研究不打算再在镜像说、自我建构说之类的论证中加上一本，而希望揭示言说他者的另一半价值与意义，那就是用"他者的眼光"认识和理解他者，而非仅仅是用他者的眼光反观自己。承认言说中国实际是言说了西方人自己，可以使分析达到揭示英国人思想的目的；承认言说中国是在认识和揭露中国真相，可以达到反观本民族历史的目的；但是，同时承认二者后，我们就得到了第三个发现，那就是既不能将这些文本视为完全是西方人依据其文化价值观臆造的幻象，对之批判后抛弃，也不能将这些文本视为绝对的真知灼见，认为他们的看法似乎是比本国人自我认知更高明更正确的指导，而彻底接受西方人的观念，将自我也换上一副"他者的眼光"，像一个英国人那样看中国。在这两种倾向间寻找一个平衡点，在两种作用间建立联系，是更重要的，也是本研究试图达到的目的。

参考文献

1. 〔英〕阿裨尔，中国旅行记（1816-1817 年）：阿美士德使团医官笔下的清代中国〔M〕，刘海岩译，刘天路校，上海古籍出版社，2012。

2. 〔英〕阿罗姆，大清帝国城市印象：19 世纪英国铜板画〔M〕，上海：上海古籍出版社，2002。

3. 〔美〕爱德华·萨义德，东方学〔M〕，王宇根译，北京：三联书店，1999。

4. 〔美〕爱德华·萨义德，文化与帝国主义〔M〕，李琨译，北京：三联书店，2004。

5. 〔瑞〕艾蒂安·巴里利耶，中国钢琴〔M〕，史忠义译，北京：中国社会科学出版社，2014。

6. 〔英〕安东尼·帕戈登，西方帝国简史：欧洲人的文明之旅〔M〕，徐鹏博译，合肥：安徽人民出版社，2013。

7. 〔英〕埃利斯，阿美士德使团出使中国日志〔M〕，刘天路，刘甜甜译，刘海岩审校，北京：商务印书馆，2013。

8. 〔英〕艾伦·麦克法兰，现代世界的诞生〔M〕，管可秾译，上海：上海人民出版社，2013。

9. 〔美〕艾默生，英国人的特性〔M〕，张其贵，李昌其等译，北京：中国社会科学出版社，2008。

10. 〔英〕爱尼斯·安德逊，英国人眼中的大清王朝〔M〕，费振东译，北京：群言出版社，2002。

11. 〔英〕安德鲁·桑德斯，牛津简明英国文学史〔M〕，谷启楠，韩加明，高万隆译，北京：人民文学出版社，2000。

12.〔法〕安田朴，中国文化西传欧洲史〔M〕，耿昇译，北京：商务印书馆，2013。

13.〔英〕保罗·法兰奇，镜里看中国：从鸦片战争到毛泽东时代的驻华外国记者〔M〕，张强译，北京：中国友谊出版公司，2011。

14.〔英〕巴尔福，远东漫游：中国事务系列〔M〕，王玉括等译，南京：南京出版社，2006。

15.〔英〕巴罗，我看乾隆盛世〔M〕，李国庆，欧阳少春译，北京：北京图书馆出版社，2007。

16.〔法〕贝凯，韩百诗译注，〔美〕柔克义译注，柏朗嘉宾蒙古行纪/鲁布鲁克东行记，耿昇，何高济译，北京：中华书局，1985。

17.〔美〕本尼迪克特·安德森，想象的共同体：民族主义的起源与散布〔M〕，吴叡人译，上海：上海人民出版社，2005。

18.〔英〕布莱克，港督话神州〔M〕，余静娴译，北京：北京图书馆出版社，2006。

19.〔美〕布劳特，殖民者的世界模式：地理传播主义和欧洲中心主义史观〔M〕，谭荣根译，北京：社会科学文献出版社，2002。

20.〔法〕布罗代尔，十五至十八世纪的物质文明、经济和资本主义〔M〕，施康强，顾良译，北京：三联书店，1993。

21.〔加〕卜正民，巩涛、格里高利·布鲁，杀千刀：中西视野下的凌迟处死〔M〕，张光润，乐凌译，北京：商务印书馆，2013。

22.〔加〕卜正民，格力高利·布鲁主编，中国与历史资本主义：汉学知识的系谱学〔C〕，北京：新星出版社，2005。

23. 曹青，全球视野下的中国形象：英国电视对华报道话语分析〔M〕，天津：南开大学出版社，2013。

24.〔英〕戴维斯，崩溃前的大清帝国：第二任港督的中国笔记〔M〕，易强译，北京：光明日报出版社，2013。

25.〔英〕狄更生，"中国佬"信札〔M〕，卢彦名，王玉括译南京：南京出版社，2008。

26.〔美〕多林，美国和中国最初的相遇：航海时代奇异的中美关系史〔M〕，朱颖译，北京：社会科学文献出版社，2014。

27. 范存忠，中国文化在启蒙时期的英国〔M〕，南京：译林出版社，2010。

28.〔法〕伏尔泰，风俗论：论各民族的精神与风俗以及自查理曼至路易十三的历史〔M〕，梁守锵译，北京：商务印书馆，1995。

29.〔法〕福柯，规训与惩罚，刘北成译，北京：三联书店，2007。

30.〔英〕福克斯，英国人的言行潜规则〔M〕，姚芸竹译，北京：三联书店，2010。

31.〔英〕格兰特，格兰特私人日记选〔M〕，陈洁华译，上海：中西书局，2011。

32.〔日〕沟口雄三，作为方法的中国〔M〕，孙军悦译，北京：三联书店，2011。

33.〔德〕顾彬，关于"异"的研究〔M〕，曹卫东编译，北京：北京大学出版社，1997。

34. 辜鸿铭，中国人的精神〔M〕，李晨曦译，上海：上海三联书店，2010。

35.《国际汉学》编委会编，国际汉学〔C〕，第一期，北京：商务印书馆，1995。

36.〔美〕海登·怀特，元史学：19世纪欧洲的历史想象〔M〕，陈新译，南京：译林出版社，2013。

37.〔英〕何伯英，旧日影像：西方早期摄影与明信片上的中国〔M〕，张关林译，上海：东方出版中心，2008。

38.〔英〕赫德逊，欧洲与中国〔M〕，王遵仲等译，何兆武校，北京：中华书局，1995。

39.〔美〕何伟亚，怀柔远人：马嘎尔尼使华的中英礼仪冲突〔M〕，邓常春译，北京：社会科学文献出版社，2002。

40.〔美〕何伟亚，英国的课业：19世纪中国的帝国主义教程〔M〕，刘天路，邓红风译，北京：社会科学文献出版社，2007。

41. 何兆武、柳卸林主编，中国印象：世界名人论中国文化〔C〕，桂林：广西师范大学出版社，2001。

42.〔德〕黑格尔，历史哲学〔M〕，王造时译，上海：上海书店出版社，2006。

43.〔美〕黑尼斯，鸦片战争：一个帝国的沉迷和另一个帝国的堕落〔M〕，周辉荣译，北京：三联书店，2005。

44. 胡优静，英国19世纪的汉学史研究〔M〕，北京：学苑出版社，2009。

45. 黄时鉴编，维多利亚时代的中国图像〔M〕，上海：上海辞书出版社，2008。

46. 黄时鉴、沙进编著，十九世纪中国市井风情：三百六十行〔M〕，上海：上海古籍出版社，1999。

47. 〔英〕吉尔伯特·威尔士，亨利·诺曼，龙旗下的臣民：近代中国社会与礼俗〔M〕，邓海平，刘一君译，北京：光明日报出版社，2000。

48. 纪陶然编著，天朝的镜像：西方人眼中的近代中国〔M〕，南京：江苏人民出版社，2014。

49. 〔美〕基辛格，论中国〔M〕，胡利平等译，北京：中信出版社，2012。

50. 〔美〕克莱顿·罗伯茨，戴维·罗伯茨，道格拉斯·R.比松，英国史〔M〕，潘兴明等译，北京：商务印书馆，2013。

51. 〔美〕柯文，在中国发现历史——中国中心观在美国的兴起〔M〕，林同奇译，北京：中华书局，2002。

52. 〔英〕劳伦斯·斯通，英国的家庭、性与婚姻：1500-1800〔M〕，北京：商务印书馆，2011。

53. 〔英〕雷蒙·道森，中国变色龙——对于欧洲中国文明观的分析〔M〕，常绍民，明毅译，北京：中华书局，2006。

54. 〔英〕雷蒙·威廉斯，漫长的革命〔M〕，倪伟译，上海：上海人民出版社，2012。

55. 〔英〕雷蒙·威廉斯，乡村与城市〔M〕，韩子满,刘戈,徐珊珊译，商务印书馆：2013。

56. 〔美〕理查德·塔纳斯，西方思想史〔M〕，吴象婴，晏可佳等译，上海：上海社会科学院出版社，2012。

57. 李达三，罗钢主编，中外比较文学的里程碑〔C〕，北京：人民文学出版社，1997。

58. 〔英〕立德，扁舟过三峡〔M〕，黄立思译，昆明：云南人民出版社，2001。

59. 〔英〕立德夫人，亲密接触中国：我眼中的中国人〔M〕，杨柏译，南京：南京出版社，2008。

60. 〔英〕立德夫人，我的北京花园〔M〕，李国庆译，北京：北京图书馆出版社，2004。

61. 〔英〕李提摩太，亲历晚清四十五年：李提摩太在华回忆录〔M〕，李宪堂译，北京：人民出版社，2011。

62. 〔英〕李约瑟，四海之内：东方和西方的对话〔M〕，劳陇译，北京：三联书店，1987。

63. 〔英〕林奇，文明的交锋：一个"洋鬼子"的八国联军侵华实录〔M〕，王铮译，北京：国家图书馆出版社，2011。

64. 刘禾，帝国的话语政治：从近代中西冲突看现代世界秩序的形成〔M〕，杨立华等译，北京：三联书店，2009。

65. 刘禾，六个字母的解法〔M〕，北京：中信出版社，2014。

66. 刘禾，欧洲路灯光影以外的世界：再谈西方学术新近的重大变革〔J〕，读书，2000，（5）：66-74。

67. 〔美〕鲁宾斯坦，英国文学的伟大传统〔M〕，陈安全译，上海：上海译文出版社，1998。

68. 〔英〕罗素，中国问题〔M〕，秦悦译，北京：学林出版社，1996。

69. 〔英〕马丁·雅克，当中国统治世界：中国的崛起和西方世界的衰落〔M〕，张莉，刘曲译，北京：中信出版社，2010。

70. 〔澳〕马克林，我看中国：1949年以来中国在西方的形象〔M〕，张勇先，吴迪译，北京：中国人民大学出版社，2013。

71. 〔英〕马礼逊夫人编，马礼逊回忆录〔M〕，顾长声译，桂林：广西师范大学出版社，2004。

72. 〔美〕马森，西方的中国及中国人观念：1840-1876〔M〕，杨德山译，北京：中华书局，2006。

73. 〔美〕马士，东印度公司对华贸易编年史〔M〕，区宗华译，广州：中山大学出版社，1991。

74. 〔英〕麦吉，我们如何进入北京〔M〕，叶红卫，江先发译，北京：中西书局，2011。

75. 〔西〕门多萨，中华大帝国史：据中国史书记载以及走访过中国的教士和其他人士记述编撰的中华大帝国奇闻要事、礼仪和习俗史，孙家堃译，北京：中央编译出版社，2009。

76. 孟华主编，比较文学形象学〔C〕，北京：北京大学出版社，2001。

77. 〔英〕密尔，论自由〔M〕，许宝骙译，北京：商务印书馆，2009。

78. 〔英〕密福特，清末驻京英使信札〔M〕，温时幸译，北京：国家图书馆出版社，2010。

79. 〔英〕米怜，新教在华传教前十年回顾〔M〕，北京：大象出版社，2008。

80. 〔美〕明恩溥，中国人的气质〔M〕，刘文飞，刘晓旸译，南京：译林出版社，2012。

81. 〔英〕尼尔·弗格森，帝国〔M〕，雨珂译，北京：中信出版社，2012。

82. 〔美〕帕特丽卡·劳伦斯，丽莉·布瑞斯珂的中国眼睛〔M〕，万江波，韦晓保等译，上海：上海书店出版社，2008。

83. 〔英〕培根，新工具〔M〕，许宝骙译，北京：商务印书馆，1984。

84. 〔法〕佩雷菲特，停滞的帝国：两个世界的撞击〔M〕，王国卿等译，北京：三联书店，1995。

85. 〔法〕皮埃尔-安德烈·塔吉耶夫，种族主义源流〔M〕，高凌瀚译，北京：三联书店，2005。

86. 钱乘旦，陈晓律，在传统与变革之间：英国文化模式溯源〔M〕，南京：江苏人民出版社，2010。

87. 钱乘旦，高岱编著，英国史新探：全球视野与文化转向〔C〕，北京：北京大学出版社，2011。

88. 钱钟书，钱钟书英文文集〔M〕，北京：外语教学与研究出版社，2011。

89. 清华大学思想文化研究所编，世界名人论中国文化〔C〕，武汉：湖北人民出版社，1991。

90. 〔英〕芮尼，北京与北京人〔M〕，李绍明译，北京：国家图书馆出版社，2008。

91. 〔美〕萨缪尔·亨廷顿，文明的冲突与世界秩序的重建〔M〕，周琪等译，北京：新华出版社，2013。

92. 沈弘编著，晚清印象：西方人眼中的近代中国〔M〕，北京：中国社会科学出版社，2005。

93. 沈弘编译，遗失在西方的中国史:《伦敦新闻画报》记录的晚清 1842-1873，北京：北京时代华文书局，2014。

94. 〔美〕史景迁，大汗之国：西方人眼中的中国〔M〕，阮淑梅译，台北：台湾商务印书馆，2000。

95. 〔美〕史景迁，文化类同与文化利用：世界文化总体对话中的中国形象〔M〕，廖世奇，彭小樵译，北京：北京大学出版社，1990。

96. 〔英〕施美夫，五口通商城市游记〔M〕，温时幸译，北京：北京图书馆出版社，2007。

97. 〔英〕斯当东，英使谒见乾隆纪实〔M〕，叶笃义译，北京：商务印书馆，1963。

98.〔英〕斯温霍，1860 年华北战役纪要〔M〕，邹文华译，上海：中西书局，2011。

99. 苏力，法律与文学：以中国传统戏剧为材料〔M〕，北京：三联书店，2006。

100.〔英〕苏慧廉，李提摩太在中国〔M〕，关志远，关志英，何玉译，桂林：广西师范大学出版社，2007。

101.〔英〕索利，英国哲学史〔M〕，段德智译，济南：山东人民出版社，2007。

102.〔英〕汤姆逊，约翰·汤姆逊记录的晚清帝国〔M〕，徐家宁译，桂林：广西师范大学出版社，2012。

103.〔美〕唐纳德·拉赫，欧洲形成中的亚洲，周宁总校译，北京：人民出版社，2013。

104. 田涛，李祝环，接触与碰撞：16 世纪以来西方人眼中的中国法律〔M〕，北京：北京大学出版社，2007。

105. 王开玺，读史说"夷"〔J〕，中国典籍与文化，2001，（2）：21-25。

106. 王开玺，英军焚毁圆明园事件与"国际法"〔J〕，北京师范大学学报（社会科学版），2012，（2）：55-65。

107. 王铭铭，想象的异邦：社会与文化人类学散论〔M〕，上海：上海人民出版社，1998。

108.〔法〕维吉尔·毕诺，中国对法国哲学思想形成的影响〔M〕，耿昇译，北京：商务印书馆，2013。

109.〔英〕维克托·基尔南，人类的主人：欧洲帝国时期对其他文化的态度〔M〕，陈正国译，商务印书馆，2006。

110.〔英〕威廉·亚历山大，1793：英国使团画家笔下的乾隆盛世：中国人的服饰和习俗图鉴〔M〕，杭州：浙江古籍出版社，2006。

111.〔英〕伟烈亚力，基督教新教传教士在华名录〔M〕，张康英译，天津：天津人民出版社，2013。

112.〔英〕吴芳思，中国的魅力：趋之若鹜的西方作家与收藏家〔M〕，方永德，宋光丽，方思源译，上海：东方出版中心，2009。

113.〔英〕吴芳思，刘潞编译，帝国掠影：英国访华使团画笔下的清代中国〔M〕，北京：中国人民大学出版社，2006。

114.〔英〕沃尔龙德编，额尔金书信和日记选〔M〕，汪洪章，陈以侃译，上海：中西书局，2011。

115. 夏建中，文化人类学理论学派：文化研究的历史〔M〕，北京：人民大学出版社，1997。

116.〔英〕夏金，玄华夏〔M〕，严向东译，李国庆校，北京：国家图书馆出版社，2009。

117. 忻剑飞，世界的中国观——近二千年来世界对中国的认识史纲〔M〕，上海：学林出版社，1991。

118. 熊文华，英国汉学史〔M〕，北京：学苑出版社，2007。

119.〔英〕休谟，休谟经济论文选〔C〕，陈玮译，北京：商务印书馆，1984。

120. 许明龙，欧洲十八世纪中国热〔M〕，北京：外语教学与研究出版社，2007。

121.〔英〕亚当·斯密，国富论〔M〕，郭大力译，北京：商务印书馆，1972。

122.〔法〕雅克·布罗斯，发现中国〔M〕，耿昇译，济南：山东画报出版社，2002。

123. 阎照祥，英国史〔M〕，北京：人民出版社，2014。

124. 叶向阳，英国17、18世纪旅华游记研究〔M〕，北京：外语教学与研究出版社，2013。

125.〔法〕伊夫·谢弗勒，比较文学〔M〕，王炳东译，北京：商务印书馆，2007。

126. 游博清，黄一农，天朝与远人——小斯当东与中英关系（1793-1840），中央研究院近代史研究所集刊，民国99年9月，（69）：1-40。

127. 余三乐，早期西方传教士与北京〔M〕，北京：北京出版社，2001。

128. 袁宣萍，十七至十八世纪欧洲的中国风设计〔M〕，北京：文物出版社，2006。

129. 乐黛云，张辉主编，文化传递与文学形象〔C〕，北京：北京大学出版社，1999。

130.〔英〕约·罗伯茨编著，十九世纪西方人眼中的中国〔M〕，蒋重跃，刘林海译，北京：中华书局，2006。

131. 曾朴，孽海花〔M〕，北京：人民文学出版社，2006。

132. 张德明，从岛国到帝国：英国旅行文学研究〔M〕，北京：北京大学出版社，2014。

133. 张进，新历史主义文艺思潮通论〔M〕，广州：暨南大学出版社，2003。

134. 张京媛主编，新历史主义与文学批评〔C〕，北京：北京大学出版社，1993。

135. 张西平主编，欧美汉学研究的历史与现状〔C〕，郑州：大象出版社，2006。

136. 张西平，顾钧主编，比较文学的新视野〔C〕，上海：华东师范大学出版社，2012。

137. 赵毅衡，伦敦浪了起来〔M〕，北京：人民文学出版社，2002。

138. 中国第一历史档案馆编，英使马嘎尔尼档案史料汇编〔M〕，北京：国际文化出版公司，1996。

139.《中外旧约章大全》编委会编，中外旧约章大全〔M〕，北京：中国海关出版社，2007。

140. 周宁，天朝遥远〔M〕，北京：北京大学出版社，2006。

141. 周宁，周云龙，他乡是一面负向的镜子：跨文化形象学访谈〔Z〕，北京：北京大学出版社，2014。

142. 周阳山，傅伟勋主编，西方思想家论中国〔M〕，台北：正中书局，中华民国八十三年。

英文类

1. Alexander, William. *Picturesque Representations of the Dress and Manners of the Chinese*. London: J.Murrray, 1814.

2. Anderson, Aeneas. *A Narrative of the British Embassy to China, in the years 1792, 1793, and 1794*. London: Printed for J.Debrett, 1795.

3. Austen, Jane. *Mansfield Park*. London: Wordsworth Classics, 2007.

4. Barrow, John. *Travels in China*. Cambridge: Cambridge University Press, 2010.

5. Bassnett, Susan. *Comparative Literature, A Critical Introduction*, Oxford UK & Cambridge USA: Blackwell, 1993.

6. Beeching, Jack. *The Chinese Opium War*. New York: Harcourt Brace Jovanovich, 1975.

7. Bickers, Robert, ed. *Ritual and Diplomacy: The Macartney Mission to China*, London: The Wellsweep Press, 1993.

8. Black, Jeremy. *Eighteenth-Century Britain, 1688-1783*. London: Palgrave Macmillan, 2008.

9. Cameron, Nigel. *Barbarians and Mandarins: Thirteen Centuries of Western Travellers in China*. Hongkong: Oxford University Press, Oxford New York, 1997.

10. Castle, Kathryn. *Britannia's Children: reading colonialism through children's books and magazines*. Manchester and New York: Manchester University Press, 1996.

11. Chang, Elizabeth Hope. *Britain's Chinese eye: literature, empire, and aesthetics in nineteenth-century Britain*. Stanford: Stanford University Press, 2010.

12. Clifford, Nicholas. *"A Truthful Impression of the Country": British and American Travel Writing in China, 1880-1949*. Ann Arbor: The University of Michigan Press, 2001.

13. Cocker, Mark. *Loneliness and Time: British Travel Writing in the Twentieth Century*, London: Secker and Warburg, 1992.

14. Davidson, Robyn. *Journeys: An Anthology*. London: Picador, 2002.

15. Davies, Henry Rudolph. *YUN-NAN: The Link Between India and the Yangtze*. Cambridge: Cambridge University Press, 2010.

16. Davis, John Francis. *The Chinese, A General Description of the Empire of China and Its Inhabitants*. New York: Harper & Brothers, 1836.

17. Day, Gary, and Bridget Keegan, ed. *The Eighteenth-century Literature Handbook*. London: Continuum. 2009.

18. Derrida, Jacques. *Of Grammatology*. Baltimore: Johns Hopkins University Press, 1976.

19. Derrida, Jacques. *Positions*. London: Athlone Press, 1978.

20. Duncan, James, and Derek Gregory, ed. *Writes of Passage, Reading travel writing*, London and New York: Routledge, 2002.

21. Early, Julie English. 'Victorian Travelers and the Opening of China, 1842-1907(review)', *Victorian Studies*, Vol.43, No.3 (2001): 524-526.

22. Elgin, James. *Letters and Journals of James, eighth earl of Elgin*. London: John Murray, 1872.

23. Fiske, Shanyn. Orientalism Reconsidered: China and the Chinese in Nineteenth-Century Literature and Victorian Studies. *Literature Compass* 8/4 (2011): 214-226.

24. Forman, Ross G. *China and the Victorian Imagination: Empires Entwined*. New York: Cambridge University Press, 2013.

25. Fussell, Paul, ed. *The Norton Book of Travel*. New York: W.W.Norton & co. 1987.

26. Gifford, Paul, and Tessa Hausedell, ed. *Europe and its Others: Essays on Interperception and Identity*. Bern: Peter Lang AG. 2010.

27. Gould, Stephen J. *The Mismeasure of Man*. New York: Norton, 1981.

28. Holland, Patrick, and Graham Huggan, *Tourists with typewriters: critical reflections on contemporary travel writing*. Ann Arbor: University of Michigan Press, 1998.

29. Honour, Hugh. *Chinoiserie: The Vision of Cathay*, London: John Murray Ltd., 1961.

30. Hulme, Peter, and Russel McDougall, ed. *Writing, Travel and Empire*. I.B.Tauris & Co. Ltd. 2007.

31. Hulme, Peter, and Tim Youngs, eds. *The Cambridge Companion to Travel Writing*. Cambridge : Cambridge University Press, 2002.

32. Huntington, Samuel P. *The Clash of Civilization and the Remaking of World Order*. New York: Simon & Schuster, 1996.

33. Jones, David Martin, *The Image of China in Western Social and Political Thought*. London: Palgrave macmillan, 2001.

34. Kerr, Douglas, and Julia Kuehn, ed. *A Century of Travels in China: Critical Essays on Travel Writing from the 1840s to 1940s*. Hong Kong: Hong Kong University Press, 2007.

35. Lach, Donald F. *Asia in the Making of Europe*. 3vols, Chicago: University of Chicago Press, 1994.

36. Leask, Nigel. *British Romantic Writers and the East*. Cambridge: Cambridge University Press, 1992.

37. Lewis-Bill, Hannah. "'The World Was Very Busy Now, In Smooth, and Had a Lot to Say': Dickens, China and Chinese Commodities in *Dombey And Son*". *Victorian Network*, Vol.5, No.1 (2013): 28-43.

38. Little, Alicia E. Neva. *Intimate China: The Chinese as I Have Seen Them*. Cambridge: Cambridge University Press, 2010.

39. Little, Archibald John. *Through the Yang-Tse Gorges: Or, Trade and Travel In*

Western China. Cambridge: Cambridge University Press, 2010.

40. Mackerras, Colin. *Western Images of China*. Hong Kong: Oxford University Press, 1989.

41. Mason, George Henry. *The Punishment of China*. London: Bulmer and co. 1805.

42. Malthus, Thomas Robert. *An Eassy on the Principle of Population 1798*. London: St.Paul's Church-yard, 1798.

43. Medhurst, Walter Henry. *The Foreigner in Far Cathay*, Cambridge: Cambridge University Press, 2010.

44. Mill, John Stuart. *On Liberty*. London: John W.Parker & Son. 1859.

45. Moran, Maureen. *Victorian Literature and Culture*. London and New York: Continuum, 2006.

46. Morris, Mary, ed. *The Illustrated Virago Book of Women Travellers*, London: Virago, 2007.

47. Mrs.J.F.Bishop. *The Yangtze Valley and Beyond, an account of journeys in China, chiefly in the province of Sze Chuan and Among the Man-tze of the Somo Territory*. London: John Murray, 1899.

48. Nussbaum, Felicity A., ed. *The Global Eighteenth Century*. Battimore and London: The Johns Hopkins University Press, 2003.

49. Pomeranz, Kenneth. *The Great Divergence: China, Europe, and the Making of the Modern World Economy*. Princeton: Princeton University Press, 2000.

50. Richetti, John, ed. *The Cambridge History of English Literature: 1660-1780*. Cambridge: Cambridge University Press, 2005.

51. Robinson, Jane. *Wayward Women: A Guide to Women Travellers*. Oxford: Oxford University Press, 1990.

52. Russell, Bertrand. *The Problem of China*, London: George Allen & Unwin LTD. 1922.

53. Said, Edward, *Orientalism*. London: Penguin Books, 1978.

54. Shattock, Joanne, ed. *The Cambridge Companion to English Literature 1830-1914*. Cambridge: Cambridge University Press, 2010.

55. Shirley, Foster and Sara Mills, ed. *An Anthology of Women's Travel Writing*.

Manchester: Manchester University Press, 2002.

56. Smith, Adam. *An Inquiry into the Nature and Causes of the Wealth of Nations*. Rowman & Littlefield Publishers, Inc. 1993.

57. Spence, Jonathan D. *The Chan's Great Continent: China in Western Minds*. New York: W.W.Norton, 1998.

58. Spence, Jonathan D. *To Change China: Western Advisers in China*, 1620-1960. Boston: Little, Brown, 1969.

59. Staunton, George. *An Authentic Account of an Embassy from the King of Great Britain to the Emperor of China*. London: G.Nicol, 1797.

60. Staunton, George Thomas. *Memoirs of the Chief Incidents of the Public Life of Sir George Thomas Staunton*. Cambridge: Cambridge University Press, 2010.

61. Staunton, George, and R.H.Major, ed. *The History of the Great and Mighty Kingdom of China and the Situation Thereof*, 2vols, Cambridge: Cambridge University Press, 2010.

62. Staunton, George T. *Miscellaneous Notices Relating to China, and Our Commercial Intercourse with the Country, Including a Few Translations from the Chinese Language*. London: John Murray, 1822.

63. Thompson, Carl. *Travel Writing*. London: Routledge, 2011.

64. Thurin, Susan Schoenbauer. *Victorian Travelers and the Opening of China, 1842-1907*. Athens: Ohio University Press, 1999.

65. Wagner, Tamara S. Imperialist Commerce and the Demystified Orient: Semicolonial China in Nineteenth-Century English Literature. *Postcolonial Text*, Vol.6, No.3 (2011): 1-17.

66. Ware, Vron. *Beyond the Pale: White women, Racism and History*, London: Verso, 1992.

67. Williamson, Isabelle. *Old Highways in China*. Cambridge: Cambridge University Press, 2010.

68. Youngs, Tim. *Travel Writing in the Nineteenth Century, Filling the Blank Spaces*. London: Anthem Press, 2006.